DIE letzten Eisschollen des Winters waren geschmolzen oder ins Meer getrieben. Der Wind wehte schwach aus Südost. Sie wechselten noch ein paar Worte, bevor sie ihren Tauchgang begannen.

«Da unten müssen wir zusammenhalten. Wenn was ist, gibst du mir sofort ein Zeichen, okay?»

«Ja, natürlich, okay.»

Ihr Tauchpartner bewegte sich in seinen Flossen genauso mühelos wie in normalen Schuhen. Ylva hatte ihn erst am Abend zuvor kennengelernt, nachdem sie mit dem Bus in Lunde angekommen war und in der Pension eingecheckt hatte.

Dankbar, so unendlich dankbar, dass sie mit rausdurfte, dass dieses Frühjahr anders werden würde als das letzte.

Ja, sie war sich der Gefahren bewusst, ja, sie hatte das entsprechende Zertifikat, achtzehn Meter tief durfte sie tauchen, hatte die entsprechenden Tauchstunden absolviert.

Nein, ihr war nicht klar gewesen, wie kalt es Ende April früh um fünf Uhr morgens sein konnte, doch das sagte sie nicht.

Ylva schnallte sich die Tarierweste mit der Tauchflasche um. Zog die Maske an und nahm das Mundstück des Atemreglers in den Mund, kontrollierte den Druck. Dann begann das wortlose Zusammenspiel, das sie so sehr liebte. Das Zeichen, dass alles okay war: Ich bin bereit, ich gehe zuerst runter, du folgst, wir verlassen uns aufeinander, ich bin für dich da, was auch immer geschieht.

Unter der Oberfläche wurde die Sicht trüb, sie ließ ein wenig Luft aus der Weste, um zu sinken, langsam, nicht zu schnell. Atmete tief und ruhig. Das Wasser hatte die Farbe von nicht fermentiertem Bier, Myriaden Partikel tanzten in der Strömung. Trotz des Neoprenanzugs spürte Ylva die Kälte.

Es hatte wenig mit den exotischen Abenteuern zu tun, mit denen die Leute in den sozialen Medien prahlten, mit fremdartigen bunten Fischen wie aus einem Disneyfilm.

Während des Abschlusstauchgangs ihres Kurses vor zwei Jahren in freiem Gewässer hatte sie erlebt, wie die Welt sich plötzlich weitete. Es gab noch so viel zu entdecken, zukünftige Dimensionen, mit denen sie nicht gerechnet hatte.

Ein Mann, natürlich hatte es mit einem Mann begonnen. Sie waren ein paar Monate zusammen gewesen und hatten ihre Träume geteilt, wie sie den Rest des Lebens verbringen wollten. Ylva wollte ihre Stunden reduzieren und vielleicht ein Wochenendhäuschen kaufen, irgendetwas Einfaches, während der Mann, dessen Namen sie vergessen wollte, vor Tahiti zu den Korallenriffen tauchen und um die Inseln am Great Barrier Reef segeln wollte, er kannte Orte, die der Massentourismus noch nicht erreicht hatte. Wenn Ylva alleine gewesen war, hatte sie Tauchkurse gegoogelt, weil sie Angst hatte, es sonst nicht zu schaffen. Panik zu bekommen, nicht atmen zu können. Das durfte ihr auf dem Segelboot in Australien nicht passieren, und so tauchte sie in jenem Winter heimlich donnerstags im Schwimmbad.

Acht Meter, neun Meter, und noch immer war es ein ganzes Stück bis zum Grund. Ylva konnte nicht mehr erkennen, dass ihre Handschuhe rot waren, in dieser Tiefe lösten sich die Farben auf.

Sie ließ sich noch ein Stück tiefer hinabsinken.

Der letzte Tauchgang in freiem Gewässer hatte noch ausgestanden, als der Mann sich plötzlich nicht mehr bei ihr meldete. Es sei alles ein bisschen zu schnell gegangen, schrieb er, als er endlich auf ihre unzähligen SMS reagierte, sie sei eine tolle Frau, aber er brauche Zeit. Habe mit der vorherigen Beziehung noch nicht abgeschlossen.

Jemanden nicht halten zu können, die Einsamkeit, die sich vor ihr ausdehnte. Außerdem hatte sie Tausende von Kronen investiert, die ihr niemand erstatten würde, sie hatte gelernt, unter Wasser zu atmen, und sich das Haar in dem vielen Chlor kaputt gemacht.

Zumindest würde sie ein Zertifikat bekommen, das sie auf Facebook posten konnte: Guckt mal, was ich geschafft habe!

Und dann kam der Abschlusstauchgang, sie entdeckte eine andere Welt, und die hatte nichts mehr mit ihm zu tun. Anschließend hatte sie jede Gelegenheit genutzt, um im Stockholmer Schärengarten zu tauchen, und sie hatte von den vielen unerforschten Wracks in Ångermanland gehört.

Am Rand des Lichtkegels ihrer Stirnlampe tauchte etwas auf. Pfähle oder was immer es war, mächtige Holzstämme, die ihr entgegenragten. Sie kontrollierte die Tiefe, vierzehn Meter, und wusste plötzlich, was es sein musste.

Die versunkene Brücke.

Unmittelbar vor ihnen waren Teile der zerbrochenen Konstruktion zusammengeschoben worden und bildeten ein spitzes Gewölbe, wie der Eingang zu einer Kathedrale.

Unter Tauchern nannte man es «die Kirche».

Ylva drehte sich um, wollte Kontakt mit ihrem Tauchpartner aufnehmen, der mit der Filmkamera hantierte. Sie gab ihm ein Zeichen: Ich schwimm da jetzt hin, ist das okay? Der andere hob die Hand, sie interpretierte es als das Zeichen für «Okay».

Ein feierliches Gefühl überkam sie, als sie durch die Öffnung schwamm. Die Stille. Das große Dunkel umgab sie und ließ die Welt auf den Strahl ihrer Lampe zusammenschrumpfen. Unglaublich, dass sie die ganze Zeit dort gelegen hatte, die Sandö-Brücke, die vor so langer Zeit noch während des Baus eingestürzt und in den Tiefen des Vergessens versunken war, während das zwanzigste Jahrhundert verstrich und das nächste seinen Anfang nahm. Ylva berührte mit dem Handschuh fast die zerbrochene Holzkonstruktion, folgte ihr auf der anderen Seite ein Stück. Die Vergangenheit verschwand nicht, sie war real.

Als sie zurückwollte, war sie sich auf einmal nicht mehr sicher, wohin sie musste. Die kompakte Dunkelheit, ihre Lampe, die nur ein paar Meter weit reichte.

Die Brücke war plötzlich nicht mehr da, sie war zu weit geschwommen. Ylva wurde eiskalt und heiß zugleich, sie spürte es nicht mehr richtig, alle Empfindungen waren hier unten anders. Wenn man seinen Tauchpartner nach zwei Minuten nicht wiederfand, musste man an die Oberfläche zurückkehren, so lautete die Regel. Ylva wusste nicht, wie viel Zeit bereits vergangen war. Sie begann aufzusteigen, als sie etwas großes Dunkles neben sich wahrnahm und innehielt.

Sofort bekam sie Angst, auch wenn das dumm war, es gab hier unten nichts, wovor man sich fürchten musste. Als sie die Lampe auf das Objekt richtete, machte sie die Längsseite eines Schiffs aus. Langsam schwamm sie wieder hinab und näher heran, mit Froschbewegungen, um so wenig Sand und Lehm wie möglich aufzuwirbeln. Unmöglich zu sagen, wie lange das Wrack schon dort lag. Im Brackwasser der Ostsee gab es keinen Schiffswurm, wie in salzigeren Gewässern, das

Holz etwa blieb beinahe unversehrt. Ylva versuchte sich daran zu erinnern, was sie über die Schiffsüberreste hier unten gelernt hatte. Die Wracks auf dieser Seite der Brücke waren erst im vergangenen Sommer kartiert worden, ein schwindelerregender Gedanke: Vielleicht war sie die Erste, die das hier nach hundert Jahren oder mehr aus der Nähe sah. Sie blickte durch ein Loch im Rumpf, ein Stuhl lag umgestürzt auf dem Boden, etwas Zerbrochenes, vielleicht Geschirr, ein an die Wand geschraubtes Bett. Langsam folgte sie dem Steven. Da lag etwas auf dem Grund, sie schwamm drum herum und bekam plötzlich Atemnot, als hätte jemand den Schlauch zur Sauerstoffflasche blockiert.

Sie griff nach dem Mundstück, atmete, atmete.

Ein Schädel. Ein menschliches Skelett, halb im Schlamm versunken. Ihr wurde schwindlig, als sie an die Gegenstände dachte, die sie dort drinnen gesehen hatte: das Bett, in dem ein Mensch geschlafen hatte, die Schüsseln, die beim Sinken des Schiffs zerbrochen waren, alles wurde plötzlich so real. Das Leben, der Tod, sie gingen ineinander über, wurden eins. Ein Pfeifen in den Ohren, das sie sich vielleicht nur einbildete, Ylva blies und schluckte, um den Druck auszugleichen, doch es half nichts. Wieso fühlte es sich an, als könnte sie nicht atmen, obwohl der Sauerstoff doch noch für viele Stunden reichte? Sie suchte nach dem Knopf am Inflatorschlauch, mit dem die Weste gefüllt werden und ihr Auftrieb verleihen konnte, behutsam und nicht zu schnell, denn das schadete der Lunge, aber sie konnte den roten Knopf nicht vom grauen unterscheiden, mit dem man die Luft abließ, wo war oben und wo unten, sie strampelte wie wild, Schlamm wirbelte auf, der Boden, keine Richtung, kein Ende.

JEDES Mal, wenn Allan Westin sich der Hafengegend näherte, vermisste er den Teergeruch von früher. Noch immer konnte er die Pfeife hören, die damals jeden Morgen kurz vor sieben schrillte, wenn die Fahrräder die Hügel bei Lunde zur Werft hinuntersausten.

Terpentin und Diesel, die dumpfen Schläge und das Scheppern, das Klatschen der Wellen, wenn die Schlepper eintrafen, damit nach dem Winter der Rumpf frisch gestrichen werden konnte. Er sah sie ganz deutlich vor sich, da waren die Stufvaren sowie die ehemaligen Walfänger Björn und Backe, die umgebaut worden waren, um Holzstämme zu ziehen, und die Dynäs II, die ein klein wenig vornehmer war als die anderen, mit ihrem Kapitänssalon, Samtsofas wie im Orient-Express, Gustaf VI. Adolf höchstselbst war auf ihr mal mitgefahren. In der Frühjahrsluft lag eine Vorfreude, die immer noch anregend wirkte, auch wenn es das alles nicht mehr gab und der Fluss leer und verlassen dalag.

Schattenbilder und Gespenster, wohin er auch ging. Keine Ingenieursvilla am Fuße des Hügels, wo die kleinen Mädchen auf dem Steg gesessen und Papierpüppchen ausgeschnitten hatten, ganz zu schweigen von der Bierstube, in der die Männer Karten spielten und wo der Junge, der er selbst gewesen war, sich fünf Öre verdienen konnte, wenn er der Alten zu Hause erklärte, ihr Mann müsse leider Überstunden machen.

Die Hügel hier waren beschwerlich für alte Knie und Hüften, vor allem das letzte steile Stück zum Fluss hinunter, wo Patrask an der Leine zerrte. Der Hund hatte wirklich keinerlei Erziehung genossen, das zumindest hatten sie gemeinsam.

Das Verlangen nach Freiheit, dorthin gehen zu können, wohin man wollte.

Nicht auf die Betriebsdirektoren hören zu müssen, wie die Sägewerksbesitzer sich nannten, wenn ihnen dies oder jenes nicht passte, sogar Titel wie Vizekonsul von Venezuela hatten sie sich gekauft, um vornehmer zu erscheinen, als sie waren.

Allan ließ den Hund von der Leine und setzte sich auf seine übliche Bank, in den schwachen Salzgeruch vom Fluss, der jetzt wieder offen dalag. Im Winter war er zugefroren und stumm, im Frühling strömte das Leben herein. Ganz leise hatte er vor ein paar Wochen gehört, wie das Eis zu knacken und zu singen begann. Wie es widerstandslos gelockert und aufgebrochen wurde, nicht mit der gewaltsamen Kraft, an die er sich noch aus seiner Jugend erinnerte, als das Eis donnernd herangerollt war und sich an den Ufern aufgetürmt hatte.

Patrask sprang durchs eiskalte Wasser, das aus den Bergen kam, bellte und schnappte nach Stöcken, die darin trieben.

Moment, war das nicht ein Boot da draußen?

Ja, natürlich!

Ein motorbetriebenes, kleineres Schiff näherte sich von der südlichen Landspitze Sandöns, schien direkt Kurs auf Lunde zu nehmen.

Allan kniff die Augen zusammen, obwohl das bei seinem altersschwachen Blick nicht viel half. Erst als es in den ehemaligen Hafen einbog, konnte er ein paar Gestalten an Deck ausmachen.

Leinte den widerstrebenden Hund an und erhob sich.

Ein junger Mann sprang geschmeidig von Bord und machte das Boot fest. Er konnte irgendwas zwischen zwanzig und fünfzig sein, so wie die Leute heute trainierten. Da waren auch noch ein etwas älterer, ebenso sportlicher Typ, sowie eine Frau, die reglos im Heck saß. Sie war nicht mehr ganz jung, aber auch noch nicht alt. Trug noch den Tauchanzug, wenn auch bis zur Taille heruntergezogen, sie hatte sich eine Jacke um die Schultern gelegt, Allan sah allerlei Schläuche und andere Gerätschaften an Deck.

«Schönes Tauchwetter habt ihr», sagte er.

Die beiden Männer grüßten höflich und schüttelten ihm die Hand. Stellten sich auch mit Namen vor, klar, aber die speicherte sein Gehirn nicht mehr ab. Zu viele Namen in all den Jahren, die konnte man sich ja verdammt noch mal nicht alle merken. Allan verstand zunächst, sie wären Meeresbiologen, aber sie korrigierten ihn. Meeresarchäologen. Tauchten nach Wracks und hatten von Sandslån bis zur Höga-Kusten-Brücke bereits mehr als dreihundert kartografiert.

«Jesses», sagte Allan, «dreihundert?»

Klar wusste er, dass eine Menge Schrott auf dem Grund lag. Aber dass ausgebildete Leute sich dafür interessierten! Nach Holz zu fischen, war immer etwas für arme Leute gewesen, die ihre Häuser aus versunkenen Balken und solchem Zeug bauten.

«Soso», brachte er heraus. «Habt ihr denn was Brauchbares entdeckt?»

Der jüngere Mann wechselte einen Blick mit seinem Team, als könnte er nicht für sich selbst sprechen. Allan meinte, Gemurmel zu hören, als würden sie Alkohol schmuggeln. Die Frau saß immer noch an Deck, das Gesicht in den Händen vergraben, sie sah aus, als wäre sie seekrank.

«Ich weiß nicht, ob wir darüber sprechen sollten», sagte der etwas ältere Typ, «nicht dass jemand auf die Idee kommt, da runterzutauchen … bevor die Polizei kommt, meine ich. Wir kennen uns ja aus und fassen nichts an, aber bei Freizeittauchern kann man nie wissen.»

«Freizeittaucher?» Allan sah sich um. Dachten die wirklich, es wimmele hier von Leuten, die Ende April im Fluss tauchen wollten? Nur so zum Spaß? Ein paar verrückte Eisbader hatte er in den letzten Monaten gesehen, mit so was hatte man sich in den Corona-Wintern vergnügt, aber da sprang man kurz rein und kam nach wenigen Sekunden wieder raus, mit einer Mütze auf dem Kopf.

«Was habt ihr denn gefunden?»

Immer noch dieses Gemurmel. Aber er wollte sich keine Blöße geben und nachfragen, um was genau es ging. Sie schienen eine Leiche gefunden zu haben – so viel zumindest war klar.

«Ach du Schande. Ein Mensch?»

Sie nickten.

Einen Schädel, halb im Bodensediment versunken und teilweise unter dem Bug eines Schiffs verborgen, von dem sie glaubten, dass es aus dem frühen zwanzigsten Jahrhundert stammte.

«Dann stammt er wohl auch aus dieser Zeit», meinte Allan, «also der Mensch?»

«Das lässt sich mit bloßem Auge nicht erkennen», sagte der eine, «wir ziehen keine vorschnellen Schlüsse, das muss erst untersucht werden, wir arbeiten wissenschaftlich …»

Sie wollten es der Polizei melden, hatten das Handy bereits gezückt und diskutierten nun, ob sie die Küstenwache oder die 112 anrufen sollten. Es handelte sich ja nicht wirklich um eine Notsituation. Weiter im Süden hätten sie wahrscheinlich die Wasserpolizei angerufen, aber so eine Einheit gab es nördlich von Stockholm gar nicht.

«Und wenn man die 112 wählt, landet man heute in Umeå», mischte Allan sich ein, «das ist zweihundertfünfzig Kilometer von hier. Diese bescheuerte Zentralisierung!»

Er nahm ein Ziehen im Bauch wahr, als er über den Fluss blickte, da war wirklich schon so mancher ertrunken.

«Aber wir haben hier eine Polizistin, ganz in der Nähe.»

EIRA Sjödin schlüpfte rasch aus der Trainingshose, wechselte die Unterwäsche und zog sich etwas an, das besser zu einer Ermittlerin passte, die in der Abteilung Gewaltverbrechen arbeitete. Der Pullover war fleckig, roch wahrscheinlich auch ein wenig nach Schweiß – darüber dachte sie nicht groß nach, wenn sie zu Hause vor dem Bildschirm saß und sogenannten Innendienst schob.

Sie setzte Kaffee auf, nahm Toastbrot aus dem Gefrierfach. Ein Mensch im Fluss, hatte ihr Nachbar am Telefon gesagt.

«Habt ihr den Rettungsdienst gerufen?» Eira war schon halb in den Schuhen und zur Tür hinaus gewesen, als Allan Westin erklärte, der Mensch sei mausetot.

«Okay», sagte Eira. «Bring die Leute her.»

Ein frischer Wind zog durch die Küche, als sie die Fenster zum Querlüften öffnete. Genau genommen war ein Leichenfund im Fluss keine Angelegenheit für ihre Abteilung, solange es dabei nicht um Mord ging. Das war Aufgabe der Kommunalpolizei, und zu der gehörte sie nicht mehr. Wenn Eira daran dachte, wurde sofort die Sehnsucht in ihr wach, wieder auf der Straße zu sein, die endlosen Entfernungen, nie zu wissen, was sich hinter der nächsten Kurve verbarg.

Sie stellte den Laptop beiseite und schob die Ermittlungsunterlagen zusammen, die auf dem ganzen Küchentisch verteilt lagen. Notizen über Bankkonten, Namen, Telefonnummern, so etwas. Ein größeres Drogennetz, das sie zu entwirren versuchten und das ständig wuchs. Eine absolut wichtige Polizeiaufgabe, und entscheidend, um unten in Sundsvall Anklage gegen den Hauptverdächtigen erheben zu können, aber Eira war nicht Polizistin geworden, um vor dem Rechner zu sitzen. Es machte sie müde und rastlos, egal, ob sie sich in einem engen Büro in Sundsvall oder am heimischen Küchentisch befand, was seit der Pandemie vollkommen normal war.

Zwar konnte auch eine schwangere Frau ab und zu rausfahren und am Rande der Ermittlungen mit Zeugen sprechen, die als harmlos galten, aber oft war das Risiko nur schwer einzuschätzen, und ihre Vorgesetzten waren sehr auf ihre Sicherheit bedacht.

Innendienst also, von Tag eins an, weil Eira bereits schwanger gewesen war, als man ihr den Job angeboten hatte.

Damals war alles noch ganz neu und aufregend für sie gewesen, in der Zeit zwischen Spätherbst und Winter. Man konnte noch nichts sehen, aber sie hatte es natürlich unverzüglich angeben müssen.

In Momenten des Zweifels kam es ihr vor, als hätte sie die Kollegen betrogen, als hätte sie das hier nur dem Antidiskriminierungsgesetz zu verdanken, obwohl alle beteuerten, sie wollten sie unbedingt haben und dass eine Schwangerschaft ja etwas Vorübergehendes sei. Die Gewerkschaftsbeauftragte hatte selbst drei Kinder und konnte das bestätigen.

«Hallo», rief jemand auf der Vortreppe.

Allan Westin trat ein, wie immer ohne zu klopfen, sie waren schließlich Nachbarn. Patrask purzelte hinterher, verteilte Schmutz und Feuchtigkeit auf dem Boden.

Ihm folgten drei Personen in Freizeitkleidung, die ihr die Hand schüttelten, zwei Männer und eine Frau. Jesper, Lars und Ylva, die Nachnamen konnte sie sich später noch notieren.

Eira bat sie, sich zu setzen. Allan blieb am Herd stehen. Ein Duft nach getoastetem Brot und Kaffee breitete sich in der Küche aus, während die Frau erzählte, wie sie beim Tauchen plötzlich dem Wunsch, unter der Sandö-Brücke hindurchzuschwimmen, nicht widerstehen konnte, und wie sie dabei die Orientierung verloren hatte. Sie war um die fünfzig, graues Haar mit blonden Strähnen.

«Es war wie in einem Nebel», sie rührte das Brot nicht an, ließ den Kaffee in der Tasse kalt werden, «oder eher wie in einem Traum. Ich habe den Schädel angestarrt und alles andere vergessen. Da unten verliert man das Zeitgefühl, ich kann gar nicht sagen, wie lange ich dort war.»

«Neun Minuten», sagte Jesper, der jüngere der beiden Männer, im värmländischen Dialekt. «Ich war gerade dabei, die Überreste der Brücke zu filmen, und hatte Ylva aus den Augen verloren. Das ist nicht ungewöhnlich. Es ist dunkel, die Sicht beträgt nur wenige Meter. Wenn wir uns verlieren, suchen wir zwei Minuten nacheinander, dann steigen wir auf. Als ich sie oben auch nirgendwo gesehen habe, sind Lars und ich noch mal runter, um sie zu suchen.»

«Es war meine Schuld», sagte Ylva, «ich war total fasziniert von dem, was ich da unten gesehen habe, alles andere habe ich völlig vergessen. Ich dachte, ich bin vielleicht diejenige, die ...» Ihr Blick flackerte, sie wusste nicht weiter.

«Erzählen Sie, was Sie gesehen haben», bat Eira.

Es dauerte ein wenig, die Frau vermischte Fakten und Gefühle, meinte, dass sie da unten den Tod selbst gesehen habe.

«Es kommt eher selten vor, dass wir menschliche Überreste in der Nähe von gesunkenen Schiffen finden», mischte Lars sich ein, «seltener, als man vielleicht denkt. Meistens gelingt es den Menschen, von Bord zu kommen. Ihre Leichen werden von der Strömung weggetrieben. Wenn wir jemanden finden, dann oft tief im Inneren des Wracks, wenn die Person im Schlaf überrascht worden ist.»

Bilder aus dem Film Titanic tauchten in Eiras Kopf auf, die Passagiere in der dritten Klasse, die man eingesperrt hatte, Leonardo DiCaprio, unter Deck angekettet. Die Ballade über die Brigg Blue Bird av Hull, der Schiffsjunge an die Ruder gezurrt und an Bord vergessen, solche Bilder. Ertrinken, ohne jede Möglichkeit, sich zu retten.

Nachdem sie die Kollegin gefunden und sich vergewissert hatten, dass es ihr gut ging, war einer von ihnen noch mal hinuntergetaucht, um alles zu dokumentieren. Eira beugte sich über die Kamera. Verschwommene Umrisse von etwas Hellerem im Sand, oder woraus auch immer das Sediment bestand. Blaulehm vielleicht, das wusste sie noch von früheren Funden, der hatte in Kombination mit dem leicht salzigen Wasser des Binnenmeers eine konservierende Wirkung.

«Wissen Sie schon, um was für ein Schiff es sich handelt?»

«Nein, bisher sind wir da noch nie getaucht», sagte Jesper. «Aber es ist groß, größer als die meisten anderen, die dort liegen.»

Vielleicht eine Dampfbarkasse, eine Fähre, ein größerer Schlepper – die meisten Funde im Ångermanälven seien noch unerforscht. Erst vor wenigen Jahren habe man damit begonnen, die Überreste per Sonartechnik zu kartieren; von der Oberfläche aus könnten die Schallwellen Bilder von Gegenständen bis in einer Tiefe von dreißig Metern erstellen. Jesper zog einen Laptop heraus, um es ihr zu zeigen.

Die Fotos ähnelten eher Kunstwerken als etwas Realem. Brauntöne, fast sepiafarben, die Schatten und Umrisse verstreut daliegender Schiffe.

Es sei eine Art Weltrekord, dass innerhalb so kurzer Zeit

dreihundert Wracks gefunden worden seien. In Ufernähe sehe es da unten aus, als hätte jemand ein Kartenspiel ins Wasser geworfen, Vierkantprahme, die benutzt worden seien, um das Holz zu den Schiffen zu transportieren. Als die Dampfschiffkais gebaut wurden, seien sie plötzlich überflüssig geworden, am einfachsten sei es gewesen, sie zu versenken. Ein Teil der Funde sei als «wrackähnliche Objekte» kategorisiert worden, die müsse man noch näher untersuchen. Ein paar könnten der Größe und Form nach sogar aus dem siebzehnten Jahrhundert stammen, am Fluss entlang habe es Schiffswerften gegeben, die während des Dreißigjährigen Krieges Schiffe gebaut hätten.

Eira zeigte auf ein gelb eingefärbtes Band, das sich von Lunde nach Sandö erstreckte, es sah aus wie ein Streichholz, das jemand in der Mitte durchgebrochen hatte.

«Ist das die Brücke?»

«Das ist die Brücke.»

Eira hatte nie darüber nachgedacht, dass sie ja tatsächlich da unten liegen musste. Der schreckliche Brückeneinsturz war eine der vielen Wunden dieser Gegend, die nie richtig verheilt waren. Mit dem Finger zog sie eine Linie zu der Stelle, an der sie die Leiche gefunden hatten.

«Die Strömung kann hier ziemlich stark sein ...» Eira war mit solchen Warnungen aufgewachsen: Bleibt nah am Ufer, wenn ihr badet, geht niemals alleine rein.

«Ja, die Leiche kann tatsächlich ziemlich weit abgetrieben worden sein, wenn es das ist, woran Sie denken.»

Sie wechselte einen Blick mit Allan, der an den Holzofen gelehnt dastand, die Kaffeetasse in der Hand, wahrscheinlich beschäftigten ihn ähnliche Gedanken. Die Verschollenen.

Deren Namen in keinen Grabstein eingraviert worden waren, die verunglückt oder in den Fluss gegangen oder hineingeworfen worden waren, Namen, die sich in ihren Köpfen sofort zu Listen gruppierten.

Eira schob Patrask beiseite, der sich an sie drängte und gestreichelt werden wollte, sein Fell stank nach allem Möglichen, was nach der Schneeschmelze wieder zutage gekommen war. Sie schrieb sich die genauen Koordinaten des Funds auf. Sechzehn Meter Tiefe, das war gar nicht so viel, es gab Stellen, an denen der Fluss hundert Meter tief war.

«Entschuldigen Sie die Frage, aber können wir dann wieder rausfahren?», fragte Jesper. «Ich weiß, dass es unsensibel erscheint, aber wir wollen möglichst wenig Zeit verlieren.»

Marinearchäologie war ein unterfinanziertes Geschäft, deshalb fuhren sie auch so frühmorgens schon raus: um den Tag so gut wie möglich zu nutzen.

Das nahende Sommerlicht, die Nächte, die sich bald kaum mehr vom Tag unterscheiden würden.

«Kein Problem, solange Sie Abstand halten.» Eira zeichnete mit dem Finger einen Kreis auf der Seekarte, die sie ihr vorgelegt hatten, ein gutes Stück um das Wrack und beinahe die gesamte Fahrrinne zwischen Sandö und Lunde herum. «Das hier müssen Sie als Tatort betrachten.»

Sie begegnete dem entsetzten Blick der Frau.

«Das ist bloß Routine», fügte sie schnell hinzu, «zur Sicherheit, bis wir mehr wissen.»

Während die Männer sich auf den neuerlichen Einsatz vorbereiteten, fragte Ylva, ob sie die Toilette benutzen dürfe.

«Wann glauben Sie, wissen Sie mehr?», fragte sie.

Die Arbeitsbelastung im Nationalen Forensischen Zentrum war wahnsinnig hoch, es kam vor, dass Mordermittler fünf Wochen auf die Auswertung einer DNA-Probe warteten, selbst wenn es um kürzlich abgefeuerte Schusswaffen ging.

«Keine Ahnung», antwortete Eira wahrheitsgemäß. «Kommt

ganz darauf an, was wir noch rausholen. Wenn wir beispielsweise keine Kleidung mehr finden oder irgendwelche Gegenstände, kann es dauern, selbst bis wir sagen können, um welches Jahrhundert es sich handelt.»

«Ich werde bestimmt nie mehr aufhören können, darüber nachzudenken, wer er war.» Ylvas Blick wanderte über den Fluss. «Vielleicht gibt es noch jemanden, der ihn vermisst.»

Oder sie, dachte Eira.

ES dauerte drei Tage, bis die Polizeitaucher eintrafen. Die Aktivitäten am Flussufer zogen sofort Leute an; in Lunde passierte inzwischen selten etwas so Aufsehenerregendes.

Ein Idyll, konnte man meinen, wenn man nicht wusste, was die Menschen alles verschwiegen.

Die Stimmen umgaben Eira, als sie zur Fahrrinne hinüberspähte, die Menschen fielen einander ins Wort.

Was haben sie denn gefunden?

Ja, sie haben einen gefunden. Auf dem Grund. Könnte das …?

Es ist wohl noch zu früh, das zu sagen. Sie haben ihn ja noch gar nicht rausgeholt.

Aber wenn.

Ja, Jesses. Wenn es so wäre.

Dazwischen Pausen des Schweigens und Gemurmel, Unausgesprochenes, das jeder wusste, aber nicht beim Namen zu nennen wagte. Eira meinte auch, ein Gebet zu hören, von einer der Frauen, die noch immer der Freikirche angehörten: *Schenke Frieden den Ungläubigen, erlöse uns von unseren Ängsten*; Betschwestern hatte ihr Großvater sie genannt.

Für jede Person, die dazukam, wurde wiederholt, was bereits erklärt worden war: weswegen fremde Autos auf dem Hafengelände standen und wer die Leute in den Overalls waren, die an der Kaikante Tische aufgeklappt und ein weißes Zelt errichtet hatten.

Niemand hatte Einspruch erhoben, als Eira sich angeboten hatte, die Bergung der Leiche zu organisieren. Das hier war Norrland, knappe Ressourcen und endlose Entfernungen, man half sich aus und hielt nicht so sehr an Reviergrenzen fest. In Kramfors waren sie für jede Unterstützung dankbar, sie hatten auch so genug zu tun, und die Teamleiterin in Sundsvall stellte sie gerne für einen halben Tag frei, wenn sie schon vor Ort war.

Vielleicht ein bisschen zu gerne.

Ein harmloserer Auftrag lässt sich kaum finden, dachte Eira. Aber immerhin verschaffte er ihr die Möglichkeit, rauszukommen und sich ein bisschen zu bewegen. Sie hörte Motorgeräusche, die sich näherten, das Boot hielt auf das Ufer zu. Die Küstenwache hatte es zur Verfügung gestellt, im Gegenzug durfte deren Personal auf der Schießbahn der Polizei trainieren.

Wie gesagt, man war in Norrland.

«Würden Sie bitte zurücktreten», rief Eira den Schaulustigen zu, «und keine Handys bitte, zeigen Sie Respekt.»

Eira nahm die verschämten Bewegungen wahr, mit denen zumindest ein paar der Handys in den Taschen verstaut wurden. Die meisten, die sich hier eingefunden hatten, waren Rentner, hatten montagvormittags frei, bestimmt waren sie auf Facebook aktiv, auf den Seiten der Kommune, unterhielten Gruppenchats mit den Enkeln.

Der Fluss war ruhig, kein Wind rührte sich, als die Taucher ihre Fracht behutsam an Land hievten. Aus den Löchern der Leichensäcke für Unterwasserbergungen rann Wasser. Die Zuschauer verstummten und reckten die Hälse. Ein älterer Mann nahm seine Kappe ab und drückte sie an die Brust. Eira hätte sich nicht gewundert, wenn eine der Betschwestern ein Lied angestimmt hätte, *Herrlich ist die Erde* oder etwas in der Art, doch das passierte nicht.

Die Kriminaltechnikerin nahm die Bergungssäcke entgegen und trug sie zu dem Zelt ein paar Meter weiter. Eira hatte explizit Shirin Ben Hassen angefragt, die dabei gewesen war, als sie vor ein paar Jahren in Lockne eine skelettierte Leiche geborgen hatten. Shirin hatte Archäologie studiert, bevor sie gemerkt hatte, dass sie eigentlich Kriminaltechnikerin werden wollte, hatte daraufhin an der Polizeischule weitergemacht und in den USA studiert. Darüber hinaus war sie Osteologin, Knochenexpertin. Und trotz dieser langjährigen Ausbildung sah sie unbegreiflicherweise aus wie siebenundzwanzig.

Vorsichtig öffnete sie den ersten Leichensack. Blickte in den leeren Totenschädel, in dem keine Augen mehr saßen.

«Was ist bloß mit dir passiert, mein Lieber?»

Genau das war es, was Eira an Shirin mochte: dass sie sich immer sofort auf die Seite der Toten stellte. Es sei ihre Aufgabe, denjenigen eine Stimme zu geben, die zum Schweigen gebracht worden waren, hatte sie einmal gesagt.

Der Welt erzählen: Das ist mir passiert.

«Ist es euch gelungen, alles hochzuholen, was ihr vor Ort gefunden habt?»

«Wir sind uns nicht ganz sicher», sagte eine der Polizeitaucherinnen, Mira, die aus Umeå heruntergekommen war. «Die einzelnen Teile lagen verstreut, kann gut sein, dass noch etwas im Schlamm steckt oder weiter abgetrieben wurde.»

Der andere Taucher hieß Valentin, er kam aus dem Kommunaldistrikt Sundsvall, beide waren ganz gewöhnliche Polizisten, die eine Tauchlizenz hatten und bei Bedarf gerufen wurden.

Sie hatten sich bereits mit Kaffee und Käsebrötchen versorgt.

«Wir haben einen Großteil des Rumpfs», sagte Valentin und

deutete auf die Bergungssäcke, die noch nicht geöffnet worden waren, «vermutlich auch einen Arm und das Becken.»

«Irgendwelche Kleidungsstücke?»

«Leider nein.»

Eira dachte an den Doc-Martens-Stiefel, den sie in Lockne im Wasser gefunden hatten. Wie der geschnürt gewesen und wo er vermutlich gekauft worden war – so etwas konnte den Prozess um Wochen verkürzen. Mit etwas Glück würden sie einen Treffer bei den Zähnen landen, die sahen noch ziemlich intakt aus.

Shirin strich beinahe zärtlich über den Schädelknochen.

«Was hattet ihr da unten für einen Eindruck», fragte sie, «könnte er mit dem Schiff untergegangen sein?»

«Er?»

Shirin nickte und zeigte auf die gerade Kante zwischen Stirn und Augenhöhlen, drehte den Schädel vorsichtig um, die abfallende Linie.

Zweifellos ein Mann.

«Wenn er beim Untergang über Bord gegangen wäre», meinte Mira, «dann hätte der Körper da landen können, wo er lag, oder wenn er dorthin getrieben wurde, von weiter stromaufwärts, und das Wrack ihn gestoppt hätte.»

Shirin nahm vorsichtig die anderen Skelettteile aus den Leichensäcken und betrachtete jedes Knochenstück. Die Sonne wärmte, frühlingsstark und hell, unter der Plane wurde die Luft stickig. Alles dauerte unglaublich lange.

«Das ist jetzt nur eine erste Einschätzung», meinte Shirin mit Blick auf die Reste des Oberkörpers, Schulterblätter, Oberarmknochen, die Unterarmknochen hatte sie bereits herausgenommen. «Ich würde sagen, er war erwachsen, aber noch ziemlich jung.»

Sie zeigte und erklärte, das schwertähnliche Brustbein, «ein aufschlussreicher Knochen, was man gerne vergisst», sowie die Unterarmknochen, wo sich die Wachstumsfugen bereits schlossen, was in einem Alter um die zwanzig passierte, während das Schlüsselbein noch nicht fertig entwickelt war, also noch keine dreißig.

Eira warf einen Blick auf den gewaltigen Bogen der Sandö-Brücke, fünfzig Meter hoch. In ihrer Kindheit war es ihr vorgekommen, als reiche sie bis in den Himmel. Es war die größte Bogenbrücke Europas, ein modernes Meisterwerk, das nach seiner Errichtung die Fähren ersetzen und Schweden zusammenfügen sollte. Sie wusste, dass es zu früh war, das zu fragen, konnte es aber dennoch nicht lassen.

«Wenn jemand von der Brücke gestürzt ist», fragte sie, «meinetwegen unter Gewalteinwirkung – könnte er dann dort gelandet sein, wo ihr ihn gefunden habt?»

«Ich nehme mal an, du denkst an etwas Bestimmtes?»

«Den Einsturz der Brücke.»

«Welchen Einsturz?», fragte Valentin, der zu jung war, um es zu wissen, nicht jünger als sie, aber er kam nicht von hier, hatte nicht – wie Eira – von Kindesbeinen an die Erzählungen der Alten gehört. Wahrscheinlich stand es nicht einmal in den Geschichtsbüchern, ein Denkmal für die Toten war ja auch nie errichtet worden.

«Am letzten Tag im August 1939, nachmittags, sie hatten die Holzkonstruktion bereits errichtet und wollten gerade mit dem Betongießen beginnen, da ist die Brücke eingestürzt. Bis heute weiß niemand, wieso.»

An das Donnern erinnerten sich die Alten, und an die Schreie; wie die Leute gerannt und mit dem Fahrrad davongefahren waren und gerufen hatten: Sie ist eingestürzt, die Brücke ist eingestürzt!, und das Chaos, als Brückenteile und Menschen durch die Luft gewirbelt wurden, der brodelnde

Fluss, in den alles hineinfiel, und die gigantische Welle, die über Sandö hereinbrach. Wie jeder, der ein Boot besaß, sich hinausbegeben und in der Strömung zwischen den herumwirbelnden Teilen sein eigenes Leben riskiert hatte, um diejenigen zu retten, die in den Wellen kämpften und untergingen.

Am darauffolgenden Tag, dem ersten September, fiel Deutschland in Polen ein, und der schlimmste Arbeitsunfall in der schwedischen Geschichte verschwand von den Titelblättern der Zeitungen.

Achtzehn Menschen waren an jenem Tag gestorben. Zwei von ihnen wurden nie gefunden.

«Einer war sehr jung», fuhr Eira fort, «ich glaube, um die zwanzig.» Sie wartete, bis die anderen ihren Gedanken folgen konnten. «Der Vater war auch unter den Arbeitern, war aber an dem Nachmittag früher von der Schicht nach Hause gefahren. Als mit dem Bau der neuen Brücke begonnen wurde, war er wieder dabei, um fertigzustellen, was seinen Sohn das Leben gekostet hatte.»

«Wie furchtbar», sagte Valentin, der sich mit einer Cola Zero auf einem Campingstuhl niedergelassen hatte, «man kann sich gar nicht vorstellen, wie sich das anfühlt.»

«Vielleicht war es wichtig für ihn.» Eira konnte noch die Stimme ihres Vaters hören; die Bedeutsamkeit der Arbeit, nie aufgeben, abschließen, was man begonnen hat.

«Es ist natürlich noch zu früh, um das genau sagen zu können», erklärte Shirin, und das wusste sie ja auch, dass man nicht erkennen konnte, ob Teile eines Skeletts achtzig Jahre alt waren oder nur zwanzig, oder sogar viel, viel älter. Shirin zog den letzten Leichensack zu, während oben schon das schwarze Auto auftauchte, das den Toten abholen sollte. «Schickt uns am besten so bald wie möglich alle Aufnahmen zu, die ihr da unten gemacht habt.»

IRGENDJEMAND hatte doch sein Handy rausgeholt, ein Foto, das sich über die sozialen Medien verbreitet hatte oder direkt an die Lokalzeitung verkauft worden war, auf deren Titelseite es zwei Tage später erschien. Eira schnappte sich die *Sundsvall Tidning* im Wartezimmer der Hebammenpraxis. Aß einen Keks und trank etwas Wasser, während sie das Foto betrachtete.

Es war weder besonders reißerisch noch aufschlussreich. Keine Leichenteile. Dafür konnte man sie selbst deutlich erkennen. Das Foto war in dem Moment geknipst worden, als sie sich umgedreht hatte, vielleicht, um die Schaulustigen zu bitten, ihre Handys wegzustecken.

«Polizeimeisterin Eira Sjödin überwacht die Bergung der Leiche», stand in der Bildunterschrift. Es war ihr immer unangenehm, so in der Öffentlichkeit sichtbar zu werden, aber der Grund, weshalb sie sich fast an ihrem Keks verschluckte, war die Schlagzeile darüber: LEICHENFUND IN LUNDE – IST ES DIE VERMISSTE LINA?

Eira hustete, bis die Blicke der übrigen Frauen im Wartezimmer von Irritation in Verärgerung übergingen und sie ihnen erklären musste, dass sie kein Covid hatte und noch nicht einmal erkältet war, sondern sich einfach nur verschluckt hatte.

Lina Stavred lächelte auf einem Schulfoto ihr unschuldiges

Sechzehnjährigen-Lächeln, es war das letzte Bild von ihr, ehe sie Anfang Juli 1996 spurlos verschwand.

Ermordet, so die Schlussfolgerung der Polizei nach endlosen Vernehmungen eines Vierzehnjährigen, der schließlich auch schuldig gesprochen wurde.

Natürlich hatten sich die Medien darauf gestürzt.

Eira überflog den Artikel, in dem das Altbekannte zusammengefasst wurde; die Theorie, dass ein Junge namens Olof die Leiche von Lina Stavred in den Fluss geworfen hätte, sowie das Geständnis, das sie ihm am Ende abgerungen hatten. Wie er aus der Gegend vertrieben worden, vor drei Jahren zurückgekehrt war und alles wieder ans Tageslicht gezerrt wurde.

Ihre Leiche, die nie gefunden wurde.

Eira war sich nicht sicher, ob es eine Kontraktion im Unterleib war, die sie zwang, sich vorzubeugen und tief durchzuatmen, wie man es ihr empfohlen hatte, oder ob es die Angst war, die sich für sie mit der Geschichte um Lina Stavred verband, all das Verdrehte und Verschwiegene, das nie aufgeklärt wurde.

Sie wünschte sich, sie hätte dort am Kai in Lunde etwas lauter gesprochen.

Die Leute nicht gebeten, respektvoll Abstand zu halten, sondern sie mithören lassen, was Shirin nur leise zu ihr gesagt hatte. Der Pressesprecher der Polizei wiederholte in dem Artikel, völlig zu Recht, dass sie die gerichtsmedizinischen Untersuchungen abwarten müssten, bevor sie irgendwelche Antworten geben konnten. Eine korrekte Vorgehensweise war wichtig, es ging um Rechtssicherheit und Integrität.

Und deshalb war die Erkenntnis, dass es sich bei dem Toten um einen Mann handelte, noch nicht an die Öffentlichkeit gedrungen.

Es genügte, dass ein Reporter eine Idee gehabt oder einen

unbegründeten Tipp bekommen hatte – schon setzte die Maschinerie sich wieder in Gang. Ein wenig Recherche zu den Schlagwörtern «Lina, vermisst, Vergewaltigung, Mord, Marieberg, 1996» genügte, und der Artikel schrieb sich quasi von selbst. Jeder Mensch in Ådalen und Umgebung würde natürlich die Überschrift anklicken, und in den Redaktionen konnten sie ein Klickfest mit Torte feiern.

«Eira Sjödin?»

Sie stopfte die Zeitung in ihre Tasche und ging hinein.

Es klang wie ein Wäschetrockner in ihrem Bauch. Lautes Klopfen und Brausen, Disharmonie. Ein Autobahntunnel war eine weitere Assoziation, die ihr kam, während die Schwester über die gespannte Haut ihres Bauchs fuhr und plötzlich innehielt.

Da war es.

Ein Klopfen, schnell und ausdauernd, wie ein eifriger Specht. Ganz ohne Zweifel ein Leben.

Die Übelkeit und die körperlichen Veränderungen, selbst die Bilder des Ultraschalls, auf denen die Umrisse des Fötus zu erkennen gewesen waren, wirkten irgendwie abstrakt.

Ein Herz, das in seinem eigenen Rhythmus schlug, war etwas anderes. Alles Komplizierte, was daraus folgte, musste sie irgendwie in Angriff nehmen und lösen, es war nicht so wichtig. Das Klopfen war wichtiger, der hitzige Galopp des Kindes zur Freiheit.

Es lebte.

«Das klingt doch fein, da drinnen.» Das Kinderherz verstummte, als die Schwester den Schallkopf wegnahm und ein Maßband holte, um Eiras Bauch zu messen.

Eira wollte sie bitten, es noch einmal hören zu dürfen, sie musste ihren Gefühlen irgendwie hinterherkommen, doch stattdessen wurden ihr ein paar Papiertücher in die Hand gedrückt, damit sie sich das Gel vom Bauch wischen konnte.

Dreiundzwanzigste Woche, also bald im siebten Monat.

«Ich sehe hier keine Angaben zum Kindsvater», sagte die Schwester, die jetzt die Patientenakte geöffnet hatte, während Eira vom Untersuchungsstuhl stieg und sich wieder anzog. Wieder einmal wollte das jemand wissen, es war nicht das erste Mal, dass ihr diese Frage gestellt wurde. Der Personalmangel in der Schwangerenversorgung und Geburtsmedizin hatte mit dem beginnenden Sommer nahezu katastrophale Ausmaße angenommen, überall im Land war das zu spüren, aber in Västernorrland war es immer am schlimmsten. «Vielleicht ist auch gar kein Papa mit im Spiel gewesen?» Die Frau lächelte angestrengt. Als hätte jeder immer gleich auch einen Vater für sein Kind parat, als gäbe es nicht unzählige andere Dinge zu organisieren.

«Doch, doch», sagte Eira, «ich weiß nur nicht, wer von ihnen es ist.»

Die Polizeidienststelle lag nur zehn Minuten entfernt, deshalb hatte sie diese Praxis damals ausgesucht.

Eira schloss die Tür hinter sich.

Griff nach dem Handy – sie musste August wirklich mal wieder anrufen. Ihm erzählen, dass sie zum ersten Mal das Herz des Kindes hatte schlagen hören, wie stark und gesund es sich angehört hatte, aber wahrscheinlich war er gerade zu einem Einsatz unterwegs, sie wartete besser noch. Eira ahnte, dass er beleidigt sein würde, weil sie ihn nicht mitgenommen hatte, aber dann hätte sie gerechterweise auch den anderen mitnehmen müssen.

Also legte sie das Handy wieder weg und öffnete stattdessen die Datei zu dem Mann aus dem Fluss. Bisher hatte der

Zahnstand keinen Treffer erzielt, es gab noch keinen Bericht aus der Gerichtsmedizin. Eira überlegte, ob sie mit ihrer Chefin über die falschen Spekulationen um Lina Stavred sprechen sollte. Da klopfte es an ihrer Tür, ein kleiner Trommelwirbel.

«Hast du Zeit?»

GG stand dort in einem mitternachtsblauen, bis oben zugeknöpften Hemd. Seit er seinen Posten als Teamleiter abgegeben hatte, trug er nur noch selten Jackett.

«Auf jeden Fall», sagte Eira und rollte ihren Stuhl zur Seite, damit er eintreten konnte.

Die Lüftungsanlage im Haus war irgendwann im vorigen Jahrhundert kaputtgegangen, jetzt zirkulierte hier seit Jahrzehnten immer dieselbe Luft. In GGs Gegenwart war der Bauch ihr unangenehm.

«Und, alles in Ordnung?», fragte er.

«Ja, ja.»

Eira war sich nicht sicher, ob er ihre Schwangerschaft oder die Ermittlungen im Drogenmilieu meinte, und zog die Liste heraus, die sie erstellt hatte.

«Es sind kleinere Transaktionen, Bezahlungen per Swish. Ich habe die Personen mit unserem Register abgeglichen, und die hier drauf sind bisher nicht straffällig geworden.»

GG ging die Liste der Namen durch, die Eira anhand der Kontoauszüge zusammengestellt hatte, Personen, die sich wahrscheinlich über das Netzwerk des Hauptverdächtigen Drogen besorgt hatten. In den Randbereichen des Drogenhandels gab es viele Familienväter mit gutem Einkommen, die die Geschäfte am Laufen hielten. Das erinnerte Eira an eine Razzia in einem Wohnungsbordell in ihrer Stockholmer Zeit und an den SMS-Verlauf auf dem Handy einer der osteuropäischen Frauen. *«Hej! Geiler, sauberer und garantiert schwedischer*

Ökonom würde sich freuen, wenn du ihm heute um 17:30 einen bläst. Bussi.»

Manche der Personen auf ihrer Liste wohnten in großen Häusern und hatten Chefposten inne, einer war ein erfolgreicher Einzelunternehmer, ein Student der Technischen Physik. Alles Leute, die etwas zu verlieren hatten und vielleicht zum Reden gebracht werden konnten.

«Perfekt», sagte GG. «Kommst du mit?»

«Darf ich denn?»

«Wenn du nichts anderes vorhast?»

«Ich soll ja hauptsächlich Innendienst schieben.»

«Stimmt ja.» Er warf einen Blick auf ihren Bauch und lächelte, sodass ihr ganz warm wurde.

Eira bückte sich und kramte in ihrer Tasche, wonach auch immer. Vielleicht nach einem Labello. Diese trockenen Lippen immer, nach dem Winter. GG schaute noch einmal auf die Liste.

«Ich glaube, in einer Bank ist die Gefahr eines tätlichen Angriffs relativ gering.»

Es machte ihr nichts aus, dass vom Meer her starker Wind wehte. Eira wickelte sich den Schal ein weiteres Mal um den Hals. Papierfetzen und Sand stoben auf, als sie den Platz überquerten. Bereits an den Frühling zu glauben, erwies sich oft als Fehler, es kam vor, dass es im Mai noch einmal schneite.

«Wie geht es dir denn sonst so?», fragte GG.

«Sehr gut.»

«Gut.»

«Und selbst?»

«Gut.»

Es war seltsam, neben ihm zu gehen. Eira las aus allem, was er sagte oder nicht sagte, immer viel zu viel heraus. Vielleicht ließ sie sich deshalb ein wenig zurückfallen – oder waren einfach nur seine Schritte länger als ihre?

Ihm so nah gewesen zu sein wie im Herbst, als sie ihn an der Grenze zwischen Leben und Tod gefunden hatte, eingesperrt in einen Erdkeller draußen an der Küste. Eira hatte ihn mit ihrem Körper gewärmt, hatte versucht, ihm etwas von ihrem Leben abzugeben, bis endlich Rettung eintraf, sie hatte Worte geflüstert, die sie noch nie zuvor zu jemandem gesagt hatte. So etwas tat man in ihrer Familie nicht. Nie hatte sie ihre Eltern «ich hab dich lieb» sagen hören, weder zueinander noch zu ihren Kindern. Das Gegenüber musste erst bewusstlos, dem Tode nahe sein, damit sie so etwas über die Lippen brachte. Als GG wieder zu sich gekommen war, hatte er sich bei ihr bedankt, konnte sich aber an nichts erinnern. Es stand immer zwischen ihnen, und dennoch war es nicht da.

«Hast du gesehen, was heute in der Zeitung stand?», fragte sie und zog im Gehen den Artikel über Lina Stavred aus ihrer Tasche. GG blieb stehen. Er hielt ihre Hand ein paar Sekunden, während er las.

«Sieh mal einer an», sagte er dann, «da hat sich wohl jemand inspiriert gefühlt.»

«Es stimmt, dass die gerichtsmedizinischen Untersuchungen noch nicht abgeschlossen sind», sagte Eira, «aber wir wissen, dass der Tote männlich ist. Sollten wir das der Öffentlichkeit kommunizieren?»

GG las den nichtssagenden Kommentar des Pressesprechers, der mit Sicherheit nicht vollständig über die Hintergründe informiert war.

Es gab Informationen, die nicht alle bei der Polizei kannten, Ermittlungen, die zu keiner Anklage geführt hatten und deshalb nicht an die Öffentlichkeit gelangt waren, Wahrheiten, die bewusst im kleinen Kreis gehalten wurden.

Wie etwa, dass Lina Stavred noch am Leben war. Sie war in jener Nacht vor sechsundzwanzig Jahren nicht gestorben, sie war geflohen und lebte seitdem unter dem Radar, wechselte häufig ihre Identität und ließ sich von verschiedenen Männern aushalten.

GG war einer der wenigen, die Bescheid wussten. Auch das war etwas, das sie miteinander teilten.

«Leben ihre Eltern noch?», fragte GG.

«Keine Ahnung. Soweit ich weiß, sind sie zu Verwandten nach Finnland gezogen, wollten wohl nicht hierbleiben. Ein Jahr nach Linas Verschwinden haben sie sie für tot erklären lassen. Den polizeilichen Ermittlungen zufolge herrschte ja auch kein Zweifel daran, dass sie tot war.»

GG faltete die Zeitung zusammen und gab sie ihr zurück.

«Lass sie schreiben», meinte er. «Wenn wir bekanntgeben, dass es ein Mann ist, kramen sie nur irgendjemand anderen aus dem Archiv hervor, und das Ganze geht von vorne los.»

Sie waren bei einem der großen Bankgebäude angekommen, einer Prachtfassade mit steinernen Säulen und Löwenköpfen.

«Echt nobel geworden, die Quartiere der Drogenabhängigen», sagte GG.

Kramfors war früher als Pulver-City bekannt gewesen, aber das beschrieb kaum noch, wie verbreitet der Drogenkonsum inzwischen war. Es zog sich durch alle Generationen und Gesellschaftsschichten und hatte nichts mehr mit dunklen Hinterhöfen zu tun. Im Laufe der letzten Jahre war Postnord, der führende Kommunikations- und Logistikanbieter Nordeuropas, zum größten Drogenlieferanten aufgestiegen, man bestellte im Netz oder per Handy und bekam die Lieferung in einem gefütterten Briefumschlag an seine Wohnadresse.

Eira und GG wurden in einen der Räume geführt, in denen Kredite bewilligt oder abgelehnt wurden. Der Mann im glänzenden Anzug hieß Rasmus.

«Das müssen die Schlittschuhe gewesen sein, die ich den Kindern gekauft habe», sagte er, als sie ihn mit dem Zahlbetrag konfrontierten. «Über eine Anzeige – ich weiß nicht mehr, wie der Verkäufer hieß.»

«Ganz schön teure Schlittschuhe», meinte GG.

«Ja, es war eher eine ganze Hockeyausrüstung.»

«Für einen Vierjährigen?», fragte Eira.

«Man muss frühzeitig anfangen. Sie glauben ja gar nicht, was für ein Druck da herrscht, schon in dem zarten Alter.» Der Bankangestellte hatte seinen Schlips ein wenig gelockert. «Ich unterstütze das nicht, aber man möchte ja schon, dass das eigene Kind eine Chance hat.»

«Wo haben Sie die Anzeige gefunden?»

«Das weiß ich nicht mehr, Blocket oder Marketplace, keine Ahnung. Die Kinder werden größer, man kauft und verkauft ständig irgendwelche Sachen.»

«Nehmen Sie auch während der Arbeitszeit Kokain?»

Eira merkte, wie sich die Stimmung im Raum veränderte, als GG sich vorbeugte, etwas unterschwellig Aggressives. Er war größer und kräftiger als der andere Mann. «Oder nur an Freitagabenden», fuhr er in immer kühlerem Tonfall fort, «wenn Sie sich ablenken und ein bisschen entspannen wollen? Wie geht es Ihnen damit, dass Sie kriminelle Netzwerke unterstützen? Was sagt Ihre Bank dazu?»

Die Reaktion des Mannes war schwer zu deuten, seine Gesichtszüge starr wie bei einem Filmstar, der sich gerade Botox hatte spritzen lassen, sein Blick ausweichend.

«Vielleicht haben Sie es ja im Fernsehen gesehen, da erschießen Kinder andere Kinder.» GG machte weiter. «Finden Sie nicht, dass die Leute, die sie rekrutieren und ihnen Waffen besorgen, dafür in den Knast wandern sollten?»

«Doch, klar.»

«Dann sind Sie also bereit, als Zeuge auszusagen? Uns zu erzählen, was Sie gekauft haben und von wem? Und da rede ich jetzt nicht von Schlittschuhen.»

Der Bankangestellte warf einen Blick auf die Uhr. Ein teures Teil, wie die Polizei sie inzwischen bei den Bandenbossen beschlagnahmte.

«Haben Sie irgendetwas gegen mich in der Hand? Ich glaube, ich würde gerne meinen Anwalt anrufen.»

Ein paar Stunden später hatten sie auch den Studenten der Technischen Physik abgeklappert, der plötzlich in Tränen ausgebrochen war; ob sie denn nicht wüssten, unter welchem Druck er stehe? Wie er die Prüfungen schaffen solle, wenn er sich nachts nicht wach halten könne? Und auch den CEO eines Start-up-Unternehmens in der IT-Branche hatten sie aufgesucht, der tief in einem breiten Sofa versunken war.

«Mann, es ist ja jetzt nicht so, dass ich drogenabhängig bin», hatte er gesagt, «und es ist weniger gefährlich als Alkohol, das ist doch reine Heuchelei.»

«Würden Sie das als Zeuge in einer Gerichtsverhandlung aussagen?»

«Das mit der Heuchelei, oder was?»

«Dass das Geld, dass Sie mit Ihrem Unternehmen verdienen, direkt in die organisierte Kriminalität fließt.»

Als sie wieder draußen waren, zündete GG sich im Schutz des Hauseingangs und direkt neben dem Schild, das darauf hinwies, dass Rauchen hier verboten war, eine Zigarette an.

«Was ist bloß mit den Leuten los?», sagte er und blies den Rauch von Eira weg. In der Luft wechselte er die Richtung und hüllte sie in sein Ausatmen ein. «Wann hat der Einzelne aufgehört, sich als Teil eines größeren Zusammenhangs zu sehen? Die erschießen Kinder, verdammte Scheiße.»

SHIRIN rief an, als Eira auf dem Heimweg war, sie hatte gerade an der Älands-Brücke gehalten, weil sie plötzlich wahnsinnig Lust auf einen Wurstteller mit Kartoffelbrei und eingelegten Gurken vom Sibylla-Grill gehabt hatte.

«Ich habe ein paar Neuigkeiten zu unserem Freund aus der Tiefe.»

«Was denn?»

«Ich bin in Umeå, die Gerichtsmedizinerin wollte ein paar Details mit mir besprechen.»

«Und da bist du dreihundertfünfzig Kilometer gefahren, nur wegen eines möglicherweise Ertrunkenen?»

«Ich hatte ohnehin noch etwas zu erledigen», sagte Shirin. «Sitzt du gerade am Rechner?»

«In zwanzig Minuten.»

Auf den letzten Kilometern vor Lunde gab Eira noch mal richtig Gas. Sie rief Shirin an, sobald sie sich eine Packung Kekse aus der Vorratskammer geschnappt und an den Küchentisch gesetzt hatte, während die Fotos hochgeladen wurden.

Rippen, ein Teil der Wirbelsäule.

«Er ist anscheinend nicht ertrunken», sagte Shirin, «und auch nicht von der Brücke gesprungen.»

«Was soll hier zu sehen sein?»

Eira klickte zwischen den Fotos hin und her, während Shirin über einen zertrümmerten Halswirbel sprach, der die Aufmerksamkeit der Gerichtsmedizinerin erregt hatte. Dass es da eine winzig kleine Kerbe gebe, die unter dem Mikroskop eindeutig zu erkennen sei. Eira krümelte auf die Tastatur, als sie heranzoomte und das Bild vergrößerte, eine Vertiefung, ein kleiner Einschnitt?

«Wir sind uns einig, dass es eine Patrone gewesen sein könnte», sagte Shirin. «Sie scheint beim Austreten auch das Brustbein verletzt zu haben. Der Winkel stimmt.»

Das schnelle Herzklopfen des Babys in Eiras Bauch – oder war es ihr eigenes, das im selben Tempo schlug?

«Ein Genickschuss?»

VOR dem Folkets Hus an der Straße, die am Denkmal für die Schüsse in Ådalen vorbeiführte – einem wiehernden Pferd, das sich aufbäumte, kurz bevor das Militär zu schießen begann –, hatten sich ein paar Menschen versammelt. Allan kannte einige von ihnen und musste stehen bleiben.

Da war Bettan Ljung, die Alte, die im Lotto gewonnen und nie verraten hatte, was sie eigentlich mit all dem Geld machte, für teure Klamotten gab sie es jedenfalls nicht aus, sie trug denselben Mantel, der schon immer durch die Straßen von Lunde geflattert war, und Kalle Molin, mit dem Allan sich in jungen Jahren oft über die Betrügereien und das Machtstreben der Politiker gestritten hatte, und dann noch ein paar Sommergäste, die dieses Jahr früh dran waren.

Sie würden von hier aus arbeiten, hatte Allan sie erzählen hören, könnten schließlich genauso gut hier sitzen wie in Stockholm, einer von ihnen lehnte an der Wand des Café 31 und starrte auf sein Handy.

«Man fragt sich ja, ob es dieses Mädel ist, das sie gefunden haben, diese Lina, man kann ja an gar nichts anderes mehr denken», sagte Bettan.

«Hat deine Nachbarin nichts dazu gesagt, Veine Sjödins Mädchen?», fragte Kalle Molin und wandte sich Allan zu. «Die Polizei muss uns doch Bescheid sagen, wenn sie was wissen, oder?»

Allan räusperte sich, um kurz zu überlegen, ob es dumm war, überhaupt etwas zu sagen. Eira war mit der Zeit immer mehr zu einer Art Ersatztochter geworden. Wenn er eines Tages in seinem Bett starb, wäre sie die Erste, die es merken würde, dachte er oft. Wenn er den Hund nicht zurückbrachte. Die Zeitung nicht hereinholte. Deren Auflage sollte jetzt auf drei Ausgaben pro Woche reduziert werden, hatte er neulich gehört, da konnte man schon eine Weile tot herumliegen.

«Es stimmt jedenfalls nicht, was sie schreiben», sagte er, damit sie nicht dachten, er wüsste nicht Bescheid. «Sie sind sich sicher, dass es nicht Lina Stavred ist.»

Eira hatte das erwähnt, als er heute den Hund abgeholt und ein bisschen nachgehorcht hatte, sie war wütend auf die Zeitungsleute gewesen, die einfach etwas schrieben, obwohl sie keine Ahnung hatten.

«Wenn sie es gewesen wäre, hätten die Eltern endlich Frieden gehabt», meinte Kalle. «Falls sie noch am Leben sind.»

«Wer könnte es dann sein?», fragte einer von den Neuen.

«Das werden wir schon rechtzeitig erfahren.»

«Es sei denn, das alles hat schon zu lange da unten gelegen, dann kann man das, glaube ich, nicht mehr rausfinden, oder?»

«Doch, doch, denk mal an die Steinzeitfrau, die sie in Härnösand ausgestellt haben, die haben sie genauso hergerichtet, wie sie damals aussah.»

«So ein Quatsch, kann doch niemand wissen, wie die aussah.»

«Ich bin bei Flashback auf einen Thread gestoßen», mischte sich der Feriengast wieder ein, «da schreibt jemand, es sei ein Mann. Er sei ermordet worden.»

«Und woher wollen die das wissen?»

«Es gibt immer jemanden, der so etwas weiß.»

Patrask schnupperte begeistert an Kalles kleiner Dackeldame und wollte auf keinen Fall weiter, obwohl Allan diskret an der Leine zog. Das Geschwätz nervte ihn, er war hier geboren und aufgewachsen und wusste genau, wie das lief. Den einen Tag schrien die Leute herum und krakeelten, am nächsten drehten sie sich weg und schwiegen. Er selbst versuchte sich abzulenken, er hatte die Garage aufgeräumt und noch so dies und jenes andere, um den Tod, so wie er ihn am Montag gesehen hatte, als sie die Überreste eines Menschen aus dem Fluss gefischt hatten, nicht immer vor Augen haben zu müssen. Knochenteile. Das Zerfallene, aber dennoch gut Erkennbare. Die Löcher, in denen die Augen gesessen hatten.

«Und wie geht es Maarit so?»

Das war wieder Kalle, der mischte sich immer in Dinge ein, die ihn nichts angingen.

«So weit ganz gut.»

«Kommt sie im Sommer mal hoch?»

Allan murmelte etwas vor sich hin, weder ja noch nein. Es gelang ihm, Patrask zum Weitergehen zu bewegen, und er sagte: Tschüs, bis dann, und ging Richtung Fluss. Dort standen ebenfalls ein paar Bekannte herum, die sich am Zollhaus versammelt hatten, er sah sie schon von Weitem und bog in die andere Richtung ab, nahm den steilen Anstieg bei der saisonbedingt noch geschlossenen Konditorei Wästerlund.

Patrask zog und zerrte an der Leine, wollte denselben Weg gehen wie immer.

Er hatte seine Gebüsche, seine Stellen.

«Hierher, Fuß!», schnauzte Allan, auch wenn dieser Streuner so etwas nie gelernt hatte.

Nachdem sie die Hauptstraße ein Stück hinter sich gelassen hatten, machte er ihn los und ließ ihn laufen.

Die Bethanien-Kapelle oben auf dem Hügel war ebenfalls

verrammelt. Verkauft, wie er gehört hatte, sicher an jemanden, der daraus ein Wohnhaus machen wollte, so schön, wie sie da oben lag. Das Gotteshaus war damals von Freiwilligen errichtet worden, als Lunde noch ein Sammelbecken für Sünder und Säufer gewesen war und man annahm, die Baptisten könnten ihnen Erlösung bringen. Den Berichten zufolge hatten selbst die schlimmsten Trunkenbolde Bauholz hinaufgetragen, als Ausgleich für all das Elend, das sie permanent verursachten – und falls der Jüngste Tag doch einmal käme.

Vor der Kapelle stand eine Bank, wo man seine müden Beine ausruhen und den Blick über das gewundene Band des Flusses schweifen lassen konnte.

Die blaue Märzabendstunde in Ådalen, wie der Dichter von Svanö geschrieben hatte. *Was juckt mich Paris?*

Es waren schon fünf Jahre, seit Maarit Lunde verlassen hatte, und genauso lange hatte Allan jedem, der fragte, gesagt, doch, er würde irgendwann zu ihr ziehen. Es sei einfach nur noch so viel mit dem Haus zu klären, und dann all die anderen Dinge, die erledigt werden müssten.

Die Einsamkeit hatte sich wie ein Schmerz in ihm niedergelassen, irgendwo hinter den Rippen, wenn er genau hinspürte. Sie hatte sich eines Tages einfach entschieden, und da gab es dann auch nichts mehr zu diskutieren: Sie hatte ihre Sachen gepackt und war, wie sonst die jungen Mädchen, runter nach Stockholm gezogen, wenn auch natürlich nicht, um zu arbeiten oder zu studieren. Wenn man fünfundsiebzig war, ging es eher um die Enkelkinder. Davon hatten sie vier, alle gesund, was ja auch schon ein Wunder war, darüber hinaus zwei Urenkel, sie alle wohnten in verschiedenen Stadtteilen Stockholms. Bei seinen Besuchen dort hatte Allan nie richtig verstanden, wie Hökarängen zu Helenelund lag und so weiter.

Er hatte gesagt, dass er nachkommen würde.

Den Ring trug er auch nach vierundfünfzig Ehejahren noch am Finger, aber tief in seinem Inneren wusste er, dass Maarit sich von ihm losgesagt hatte.

Dagegen konnte er nichts tun.

Patrask verschwand im Gebüsch, Richtung Transis, dem ehemaligen Transformatorenhäuschen, wo Allan und sein inzwischen verstorbener Bruder immer Fußball gespielt und sich als Jugendliche mit Mädchen getroffen hatten.

Die Wahrheit war, dass Maarit hier immer nur wie zu Gast gewesen war. Wenn es nach ihr gegangen wäre, hätten sie nicht in Lunde, ja, überhaupt nicht in Ångermanland gewohnt, sie wären niemals auf den ehemaligen Hof seiner Großeltern mütterlicherseits gezogen, und die Kinder hätten nicht auf den verwilderten Wiesen seiner Kindheit gespielt. Maarit hatte ihre Familie, ihre Geschwister sowie ihre Ahnen oben in Luleå, und sie wäre dort auch am liebsten nie weggezogen. Natürlich hätte er sich damals vorstellen können, zu ihr zu ziehen, aber da war die Arbeit gewesen. Er musste ja nun mal arbeiten, und dort hatte er nur Absagen bekommen.

Und so hatte eben sie aufbrechen müssen.

«Diese Berge», hatte sie manchmal gesagt, wenn ihr schwermütig zumute war, oft, wenn der Frühling sich ankündigte, so wie jetzt, und der Kummer sie wieder einmal überfiel, «ich kann nicht sehen, was dahinterliegt. Sie sind wie Wände, die sich überall um mich herum erheben, ich kann hier nicht atmen.»

Allan hatte es ihr nie direkt gesagt, aber wahrscheinlich wusste sie es sowieso. Er hörte es ihr an, in den Telefonaten, wenn die Schweigepausen immer länger wurden.

Der Abstand zwischen ihnen.

Er saß noch, wo er sich hingesetzt hatte, und sah zu, wie sich das Dunkelblau des Himmels mit dem der Berge vermischte, bis diese kaum noch zu sehen waren. Die Wahrheit war, dass er diesen Ort nie würde verlassen können.

Er war auf eine Weise mit ihm verbunden, die er nicht erklären konnte.

EIRA entschied sich für Monica Z., ruhige Jazzmusik, und stellte den Ton leise. Diese Besuche hatten für sie inzwischen etwas Friedliches, von der Zeit Losgelöstes, das Gedächtnis stand ihnen nicht im Weg. Aushalten hieß auch, sich anzupassen.

Zu akzeptieren, was war, und nicht darüber nachzudenken, wie es sein könnte, jetzt, da sie wirklich eine Mutter brauchte. Um sich gemeinsam zu freuen, einander zu helfen; Großmutter zu sein.

Eira schenkte Kerstin einen Sherry ein, sich selbst dagegen nur Kaffee.

«Hoppsan, hejsan», sagte Kerstin und prostete ihr zu, leerte das Glas in einem Zug. Solange sie noch zu Hause wohnte, hatte Eira es nicht gewagt, Alkohol im Schrank zu haben, nicht, weil ihre Mutter ein Alkoholproblem gehabt hätte, sondern eher, weil Kerstin oft vergaß, welche Tageszeit es gerade war, bereits am Morgen trank oder ein paar Gläser zu viel. Hier war es sicherer, auch wenn sie vielleicht ein bisschen zu schnell trank; die Maßlosigkeit, die mit der Demenz gekommen war.

«Willst du nicht auch ein Glas? Du brauchst doch heute nicht mehr zu fahren, du kannst doch hier übernachten.» Kerstin blickte sich um, als müsste es irgendwo noch ein Gästebett geben, etwas anderes als diese achtzehn Quadratmeter.

«Aber Mama, ich bin doch schwanger. Das weißt du doch,

ich habe es dir erzählt.» Eira schob ihren Stuhl näher, nahm die Hand ihrer Mutter und legte sie sich auf den Bauch, fühl mal, Mama, das verstehst du doch, so etwas vergisst man doch nicht. «Jetzt im Mai bin ich schon im siebten Monat!»

Kerstin zog ihre Hand zurück.

«Das hätte ich wirklich nicht von dir gedacht. Ein Kind! Und jetzt ist es wahrscheinlich schon zu spät.»

«Mama, ich werde bald fünfunddreißig, das ist wirklich nicht zu früh, ich weiß, was ich tue.»

«Kann man vielleicht noch einen Sherry bekommen?»

Eira stand auf, um die Flasche zu holen, blieb kurz mit dem Rücken zu ihrer Mutter stehen. Sie hatte sofort gewusst, dass sie dieses Kind haben wollte, einfach so, für sich. Andererseits. Die Möglichkeit, ihre Mutter glücklich zu machen. Ihr näherzukommen, im letzten Moment.

Sie füllte das Glas und holte die Alben mit den Fotos aus den Sechziger- und Siebzigerjahren heraus, mit der Vergangenheit ließ sich leichter umgehen. Da waren die Aufnahmen von der Hochzeitsreise ihrer Eltern nach Florenz, auf denen die junge Kerstin wie eine Venus auf der Ponte Vecchio posierte, wie die Göttin der Liebe auf dem berühmten Gemälde, eine Hand vor der Scham und eine, die nur halbherzig ihre Brüste bedeckte. Wind, der ihr durch die Haare fuhr.

«Wie schön du warst, Mama.»

Auf den nächsten Fotos sah man sie vor der Skulptur eines nackten Mannes, auf einer Außenterrasse, vor einer gewaltigen Kirchentür. Es gab keine Kommentare, nur diese Fotos, Farbabzüge, die inzwischen verblichen waren. Wäre es eine polizeiliche Ermittlung, hätte Eira googeln können, um die Orte zu identifizieren, den Spuren ihrer Eltern zu folgen, doch das war es ja nicht.

Nächste Seite: am Meer, Kerstin stieg aus den Wellen. Es

war immer ihr Vater, der die Kamera hielt. Bald gingen die Reisebilder in erste Fotos vom neugeborenen Magnus über, die Mutter mit dem Kind im Arm.

«Was für ein kleines Dickerchen er war», sagte Eira.

«Viertausendzweihundert Kilo», sagte Kerstin.

«Gramm, meinst du, oder?»

«Ach herrje, ja!» Kerstin lachte, Eira war sich jedoch nicht sicher, ob sie ihren Irrtum verstanden hatte. «Sieben Stunden hat die Geburt gedauert, ganz aufgerissen war ich da unten.»

Manchmal hatte sie solche präzisen Erinnerungen, eine plötzliche Klarheit, oder waren das nur Dinge, die sie so oft erzählt hatte, dass sie sich wie Kinderreime im Gehirn festgesetzt hatten? Sie blätterten weiter, Magnus, wie er krabbeln und dann laufen lernte, wie er eine Katze bekam, «Ach, guck mal, da ist ja Tusse, oder ist das Nicke, die, die vom Auto überfahren wurde. Weißt du noch?»

Eira wies sie nicht darauf hin, dass die Katze längst gestorben war, bevor sie selbst auf der Welt war. Sie öffnete ein anderes Album, um nicht weiter über Magnus reden zu müssen. Kerstin erinnerte sich nur selten daran, dass er wegen Totschlags in Umeå im Gefängnis saß, und Eira hatte mehr oder weniger aufgehört, es ihr zu erzählen. Es war einfacher, auf Lügen auszuweichen, er hat viel zu tun, ist verreist, kommt wahrscheinlich nächste Woche.

Im nächsten Moment war es ohnehin vergessen.

Ein weiterer Zeitsprung, zurück in Kerstins Kindheit in den Fünfzigerjahren, die Bilder wirkten, als stammten sie aus einem alten Film. Ihre Jugend, ein Campingurlaub. Kerstin mit Freunden, das musste im Gymnasium gewesen sein, es sah aus, als säßen sie auf einer Wiese, Jeans mit Schlag und wuschelige Haare. Eira gefiel es, ihre Mutter so zu sehen, jung und rebellisch; dass sie jemand gewesen war, der irgendwo in ihr immer noch verborgen war.

«Guck mal, hier rauchst du ja! Ich wusste gar nicht, dass du geraucht hast. Wie alt warst du da, Mama, siebzehn, achtzehn? Das ist doch Ende der Sechziger? Sieht aus, als säßet ihr oben am Babelsberg, habt ihr da immer abgehangen?»

«Guck dir den an», Kerstin deutete mit einem vom Kuchen klebrigen Finger auf einen jungen Mann mit langen dunklen Haaren, der direkt in die Kamera blickte, «der sieht aber gut aus, oder?»

«Und was für ein Outfit du hattest, Mama, und die Sonnenbrille – auf dem hier siehst du aus wie Yoko Ono.»

Lachen bedeutete kurze schimmernde Momente der Gnade.

Eira blätterte weiter, da war eine Reise nach Stockholm, Fotos vor dem Schloss aufgenommen und mit Freunden auf den Brücken, und dann die Schulabschlussfeier. Die Großeltern, ganz elegant in diesem stolzesten Moment ihres Lebens. Kerstin war die Erste in der Familie gewesen, die die weiterführende Schule abgeschlossen hatte, sie war die Zukunft, ihr Weg zum Licht.

Kerstin fiel plötzlich das Kinn auf die Brust, sie nickte im Sessel ein.

Als das Personal hereinkam, um sie zum Abendessen zu holen, blieb Eira noch ein wenig. Sie wusch die Tassen ab und sah die Kleidung durch, war alles sauber, brauchte sie etwas Neues? Oftmals war etwas von einem Tag auf den anderen verschwunden, sie hatte aufgehört, danach zu fragen.

Eira packte ihren Laptop aus, um das Gutachten der Gerichtsmedizin zu lesen. Es hatte vier Tage gedauert, bis es endlich bei ihr gelandet war. Das geschätzte Alter des Mannes hatte eingegrenzt werden können. Er musste bei seinem Tod älter als zwanzig, aber nicht älter als fünfundzwanzig gewesen sein. Ein paar Jahre zuvor hatte er sich anscheinend das Handgelenk gebrochen. Die Verletzung war gut verheilt, er kam also aus einer Zeit und von einem Ort, an dem es medizinische Versorgung gab. Dass seine Zähne gepflegt waren, deutete darauf hin, dass er ein geregeltes Leben geführt hatte, all das waren Dinge, die eine Identifizierung erleichtern konnten.

In Schweden wurden Zahnarztakten siebzig Jahre aufbewahrt, oft auch länger, wenn man sich in die praxiseigenen Archive begab, doch das setzte voraus, dass man wusste, wen man suchte.

Es war gelungen, geringe Mengen DNA aus dem Inneren der Zähne zu gewinnen, ebenso aus dem Oberschenkelknochen, doch es würde dauern, bis die Ergebnisse da waren.

Die Suche im Vermisstenregister hatte sie nicht weitergeführt. Auch international nicht.

Durch den Hinweis auf eine Schussverletzung war das Ganze jetzt eine Mordermittlung.

Eira scrollte herunter, um nachzusehen, wer sie leiten würde, und war überrascht, ihren eigenen Namen zu finden. Davon hatte die neue Teamleiterin ihr nichts gesagt.

«Ach, du bist schon da?»

Kerstin war wieder zurück, es waren höchstens zehn Minuten vergangen. Ihre Hose hing an ihr herab – aß sie eigentlich überhaupt etwas?

Unruhig blickte sie sich um.

«Und was ist mit Magnus, kommt er schon wieder zu spät?»

DER Winter kehrte noch einmal zurück, just an dem Morgen, als die Polizeitaucher zu einem weiteren Einsatz eintrafen, den Eira nach vielem Hin und Her genehmigt bekommen hatte.

Diesmal fuhr sie mit ihnen raus. Sie stand an Deck und spürte, wie ihre Wangen kalt wurden und ihre Finger erstarrten, während die Taucher ihre Ausrüstung anzogen. Handschuhe, Flossen, zuletzt waren nur noch schmale Streifen Haut zu sehen. Die Wassertemperatur, so hatte man Eira gesagt, betrug sieben Grad.

Am Ufer von Sandö konnte man zwischen den reifbedeckten Birkenstämmen hübsche Mietshäuser erkennen, dort lag auch der Übungsplatz des Rettungsdienst-Gymnasiums, dort konnten junge Menschen lernen, Personen aus brennenden Wohnungen zu befreien oder bei großer Hitze zu arbeiten, um Brände zu löschen.

Die Taucher gaben sich gegenseitig ein Zeichen und ließen sich dann über die Reling ins Wasser gleiten, kurz darauf wirkte die Oberfläche wieder wie unberührt.

Der Fluss war eisig grau.

Eira schlüpfte in die Kapitänshütte und wartete vor dem Bildschirm, bis die Taucher weit genug unten waren. Die ersten Meter im Fluss seien trüb, hatten sie gesagt, aber weiter unten werde das Wasser klarer. Für diesen zweiten Einsatz stand ihnen eine etwas bessere Ausrüstung zur Verfügung.

Der Schiffskommandant der Küstenwache reichte Eira einen Becher Kaffee.

Dann leuchtete der Bildschirm auf, sie hatten Kontakt. Kein Ton, aber ein verwackeltes Bild. Der Taucher, der die Kamera führte, glitt langsam an der Längsseite des Wracks entlang, folgte den Konturen des Schiffs, wo dieses den Boden berührte. Es ging hier nicht um archäologische Arbeiten, sondern lediglich um eine gründlichere Untersuchung, jetzt, da sie wussten, dass es sich um eine Straftat handelte.

Die Kamera verharrte an einer der Längsseiten des Schiffs, eine Plakette war zu sehen, der Taucher wischte Sand und Lehm vorsichtig mit dem Handschuh beiseite, und das Bild wurde klarer. Etwas, das wie ein Vogel aussah, wie ein Staatswappen – ein Adler?

Ein Schaudern ging durch die Hütte. Der Kommandant hatte sich über Eira gebeugt und verfolgte alles genau, er war es, der es als Erster erkannte.

«Der Doppeladler», sagte er, «ich fresse einen Besen, wenn das nicht russisch ist.»

Der zweite Taucher erschien im Bild, machte irgendwelche Zeichen, langsam schwammen sie weiter. Eine schwankende Kamerafahrt über einen unregelmäßigen Grund, unterbrochen von einem Baumstamm, dann von einem weiteren – da unten lag jede Menge Holz, das im Laufe der Zeit hinabgesunken war, dann sah man wieder das Wrack. Sie befanden sich jetzt am Bug. Die Kamera schwenkte nach unten, bewegte sich näher heran. Da war wirklich etwas, unmittelbar neben dem Schiff, wo der Boden steil in die Tiefe abfiel.

Sachte Bewegungen, um den Fund freizulegen, jetzt konnte Eira die Umrisse eines Fußskeletts ausmachen. Dann noch etwas. Eine Stange, einen Haken?

«Was ist das?»

«Ich bin mir nicht sicher», sagte der Kommandant, «aber wenn Sie den Winkel da betrachten ...» Er zeigte in die untere Ecke des Bildschirms.

Gleichmäßig gebogene Linien, kein Holz, eher Metall. «Ein Anker?»

Der Aufstieg erfolgte langsam. Eira nahm die Bergungssäcke entgegen, während die Taucher ihre Masken abnahmen.

Eine kurze Trinkpause, bevor sie wieder runtergingen. Sie meinten, dass sie den Anker ohne Hilfe heraufbekämen, schätzten sein Gewicht auf etwa neunzig Kilo.

«Das scheint mir recht wenig», meinte der Kommandant. «In Anbetracht der Größe des Schiffs müsste er eigentlich an die hundertfünfzig wiegen.»

Sie hatten auch ein paar Standbilder gemacht. Der Taucher, der Valentin hieß, verband die Kamera mit dem Computer, um die Bilder etwas größer zeigen zu können. Sie waren schärfer als die Filmaufnahmen, die Kamera war näher dran.

Valentin rückte ein wenig, damit Eira neben ihm Platz fand.

Da war der Fuß, zur Hälfte im Schlamm verborgen, da war der Anker, der ihn festzuhalten schien.

«Wir mussten den Anker anheben, um die Skelettteile freizubekommen», sagte Valentin.

«Keine Kette?», fragte der Kommandant.

«Nein.»

«Ein Seil, eine Leine?»

Sie schüttelten die Köpfe. Beredtes Schweigen, Dinge, die Eira nicht deuten konnte. Dass sie am Fluss und nahe der Küste aufgewachsen war, hieß nicht, dass sie mit der Schiffswelt vertraut war. Man schaffte sich irgendwann einen Epa-Traktor an, so ein Leichtfahrzeug, und sehnte sich nach einem richtigen Auto, um schneller nach Kramfors oder Härnösand zu kommen. Aber wo hätte sie mit einem Boot hinfahren sollen, nach Lugnvik oder Klockestrand am anderen Ufer, zu genauso verschlafenen Orten wie der, aus dem sie stammte?

«Was sagt euch das?»

«Wenn der hier als Anker für das Schiff benutzt worden wäre, müsste er an einer fünfzig, vielleicht sogar hundert Meter langen Kette befestigt sein», sagte Mira, die Taucherin, und sah Eira von der Seite an, «die sorgt nämlich dafür, dass der Anker sich so zurechtlegt, dass er sich am Grund festsetzen kann ...»

Sie klickte ein paar Bilder zurück.

«Wie du hier siehst, befindet sich der Anker teilweise unter dem Bein. Das kann natürlich Zufall sein, aber ...»

«Du meinst, er wurde benutzt, um die Leiche zu versenken?» Eira beugte sich vor, versuchte sich ein Seil vorzustellen, das daran festgebunden war, Kleidung, die sich mit der Zeit aufgelöst hatte. Ein Genickschuss, eine Leiche, die um jeden Preis verschwinden musste.

Sie rief Shirin an, während die Taucher sich wieder hinunterbegaben. Die Kriminaltechnikerin meinte, sie könne in etwa einer Stunde in Sundsvall aufbrechen.

Nachdem die Taucher auch den Anker an Deck gehievt hatten, startete der Kommandant den Motor und nahm Kurs auf das Ufer.

Schon von Weitem sah Eira, dass die Traube Neugieriger am Hafen dichter geworden war. Sie hob das Fernglas an die Augen. Mehrere Autos parkten unmittelbar hinter dem Zaun um das Gelände, auf dem sich früher die Ausnüchterungszellen für die Arbeiter befunden hatten und das von vielen immer noch «Finkstranden» genannt wurde. Die Namen blieben, auch wenn die Gebäude längst verschwunden waren, Wörter waren stärker als das, was sie beschrieben.

Eira erkannte das Logo der Lokalzeitung auf einem der Autos, das von TV4 auf einem anderen, wahrscheinlich hatten sie noch etwas anderes in der Gegend zu tun gehabt, sonst wären sie wohl kaum hierherauf gekommen.

«Fahren wir lieber noch ein Stück flussaufwärts», rief sie, «ich möchte den Kameras gerne aus dem Weg gehen, bis wir mehr wissen.»

Die Spekulationen um Lina Stavred hatten natürlich sofort aufgehört, als die Mordermittlungen aufgenommen und bekannt geworden war, dass es sich um eine männliche Leiche handelte. Doch mehrere Norrland-Zeitungen hatten die Geschichte bereits aufgegriffen, was dazu führte, dass sie jetzt weiter dranblieben.

Brutaler Mord. Wer ist der Mann im Fluss? und so weiter.

«Und wohin?», rief der Kommandant der Küstenwache, als sie unter der Sandö-Brücke hindurchfuhren.

Ein Blick zum Himmel, schwere graue Wolken über den Betonbögen. Mit vor Kälte steifen Fingern suchte Eira die Nummer heraus. Sie war es nicht gewohnt, die großen Entscheidungen zu treffen, der Presse gegenüberzutreten, Arbeitsschritte anzuleiten und zu delegieren, vielleicht war das der Grund, weshalb ihr der ehemalige Kollege eingefallen war.

Ein Häuschen am Wasser, mit eigenem Steg und Veranda, wo sie in Ruhe arbeiten konnten, ohne den Blicken der Öffentlichkeit und der Medien ausgesetzt zu sein, jemand, der begriff, worum es ging.

«Geben Sie mir eine Minute.»

Ein unterschwelliges Zögern auch dann noch, als das Freizeichen bereits ertönte, doch ihr fiel nichts Besseres ein.

«Kommen Sie unter der Brücke zwischen Sandö und Svanö durch?», fragte sie, nachdem sie das Gespräch beendet hatte.

«Kein Problem.»

«Es gibt einen Privatsteg in Klockestrand, den wir nutzen können.»

EILERT Granlund hatte sich in väterlicher Weise um Eira gekümmert, als sie damals bei der Polizei in Kramfors anfing, hatte keine Gelegenheit ausgelassen, sie an seinem Erfahrungsschatz aus zahlreichen Dienstjahren teilhaben zu lassen, hatte sie stets ermutigt und an sie geglaubt.

Einen kurzen Moment lang, bevor er dranging, überfiel Eira plötzlich der Gedanke, er könnte tot sein, doch dann stand Eilert quicklebendig auf dem Steg seines Sommerhäuschens und gab ihnen mit großen Gesten Anweisungen, wo sie anlegen konnten.

«Man sollte niemals glauben, man wäre raus, bloß weil man in Pension geht», sagte er und lachte laut, während der Kommandant das Boot an einem wackligen Pfosten vertäute. «Wenn die Kriminellen einen nicht finden, dann eben ihr.»

Sie traten ein, im Kamin brannte ein Feuer. Auf der Kommode stand ein Foto von Eilerts Frau, daneben Kerzen.

«Ich wusste nicht …»

«Kurz vor Weihnachten, sie hatte Schmerzen, es war eine Erlösung.»

«Es tut mir sehr leid.»

Shirin bog in die Einfahrt ein, sie durfte die Veranda in Beschlag nehmen, der Kommandant der Küstenwache fuhr in seinen Heimathafen in Härnösand zurück.

Eilert begann mit dem Kaffee zu hantieren.

«Als in den Zeitungen stand, Linas Leiche wäre gefunden worden, habe ich mich fast verschluckt», sagte er. «Ich hatte gehofft, diesmal würden die Medien recht behalten.»

«Wir wussten gleich, dass sie es nicht war», sagte Eira.

Durchs Fenster sah sie, dass der früher so gepflegte Garten verwilderter war, das Unkraut wucherte wie auf ihren eigenen Beeten.

Früher hatte sie offen mit ihm sprechen können. Jetzt war es ein Tasten auf Zehenspitzen, sumpfiges Gelände. Es war Eilert gewesen, der im Vermisstenfall Lina Stavred in den Neunzigerjahren die Ermittlungen geleitet und den verdächtigen Jugendlichen vernommen hatte. Eira war das Videomaterial durchgegangen, Vernehmungen, die sich über Tage und Stunden hinzogen, in denen der Vierzehnjährige unter Druck gesetzt worden war, bis er schließlich gestand.

Du erinnerst dich, Olof, wir wissen, dass du dich erinnerst.

«Hast du Milch?», fragte sie und half ihm, den Kaffee in eine Thermoskanne zu füllen, Tunnbröd, Butter und Käse auf den Tisch zu stellen, während sie das wenige erzählte, was sie über die Leichenteile des Mannes wussten, die in diesem Moment auf Eilerts Veranda ausgepackt wurden.

«Haben wir schon eine Theorie, wie er gestorben sein könnte?»

«Sieht nach einem Genickschuss aus», sagte Eira.

«Oh, verdammt. Und der Zeitpunkt? Irgendeine Idee, wann es passiert sein könnte?»

«Noch nicht, und wenn man bedenkt, wie überlastet sie in Linköping sind, wird es wohl auch noch eine Weile dauern.»

Auf der anderen Seite der Glastür hatte Shirin eine Plastikplane über den frisch geölten Holzboden gebreitet. Eira und Eilert beobachteten, wie sie Teile eines Fußes, einen Knochen, hochhob und betrachtete.

«Gut möglich, dass die Leiche versenkt wurde», sagte Eira nach einer Weile, «aber damit gehen wir erst mal noch nicht an die Öffentlichkeit.»

«Auweia», sagte Eilert, «das klingt nicht gerade nach einem normalen Streit unter Betrunkenen, vor allem nicht in Kombination mit einem Genickschuss. Sprechen wir von einer Hinrichtung?» Ein Seitenblick, als sie nicht gleich antwortete. «Du glaubst doch nicht, du müsstest mir etwas über Verschwiegenheitspflicht erzählen?»

«Natürlich nicht.»

Eira hörte seinen schweren Atem hinter sich, als sie die Balkontür öffnete, ein schwacher Whiskygeruch, der ihr nach draußen folgte.

Shirin war dabei, den Anker freizulegen. Gusseisen und Rost, das klassischste Modell eines Stockankers. Behutsam entfernte sie Lehmreste von der Öse, an der eine Kette hätte befestigt sein müssen.

«Wenn die Leiche tatsächlich am Anker festgebunden war, könnte das entsprechende Seil oder die Leine sich mit der Zeit gelöst haben», sagte sie, streckte den Rücken durch und nahm die Kaffeetasse entgegen.

Er war bereits tot, als er im Wasser gelandet ist, dachte Eira, ein Genickschuss, er hat nicht gemerkt, wie er nach unten gezogen wurde.

«Ich bin wirklich keine Expertin für nautische Aktivitäten», fuhr Shirin fort, «aber ich nehme an, dass der Anker von der vorigen Jahrhundertwende stammt, mindestens. Das bedeutet natürlich nicht viel, man könnte ihn auch heute noch benutzen.»

Eira überließ es Eilert, die Fragen nach Zahnstand, Fundort und Bodensedimenten zu stellen. Es spielte keine Rolle, dass sie inzwischen routiniert und aufgestiegen war, an seiner

Seite wurde sie erneut zur Juniorpartnerin. Gleichzeitig gefiel es ihr zu sehen, wie er wieder ganz in seinem Element war.

«Also hat den Kerl entweder niemand vermisst, oder er ist nicht zum Zahnarzt gegangen.»

Sein lautes Lachen, ein Witz, den sie schon kannte.

Eilert ging dazu über, mit Shirin die neuesten Entwicklungen der DNA-Technik zu diskutieren, die er inzwischen nur noch aus der Ferne, aber nach wie vor mit großem Interesse verfolgte. Wie bemerkenswert es war, dass Ahnenforscher einen Doppelmord aufgeklärt hatten, indem sie den Mörder anhand von Verwandten bis ins achtzehnte Jahrhundert zurückverfolgten, ganz zu schweigen davon, dass man heutzutage ausgehend von der DNA einer Person ein Bild von deren Gesicht rekonstruieren konnte, eine Technik, die in den USA entwickelt worden war.

«Ich habe gelesen, die Polizei in Südschweden hat versucht, auf diesem Weg ein Mordopfer zu identifizieren. Wie sicher kann man sich dabei eigentlich sein?»

«Es wird wohl noch eine Weile dauern, bis es als Beweismaterial anerkannt wird», meinte Shirin, «und noch müssen wir uns von den Amerikanern helfen lassen, wenn es mal aktuell wird. Nur weil eine bestimmte Technik existiert, denken die Leute, wir würden uns gleich darauf stürzen, aber so etwas ist eben nicht nur teuer, sondern muss ja auch rechtssicher sein.»

Sie schloss gerade den letzten Leichensack, als es zu regnen begann. Es prasselte auf das Blechdach, sie stellten sich unter.

«Verdammt, wie ich das alles manchmal vermisse», sagte Eilert.

DER Frühling war noch nicht bis Strinne vorgedrungen, auf dem Grundstück waren noch Schneereste zu sehen. Beim Aussteigen stellte Eira fest, dass es gar kein Schnee war, sondern eher Schaum.

Wusch er wirklich die Autowracks?

Tatsächlich glänzte der Lack eines Cadillacs, eines gepflegten Eldorados, im letzten Abendlicht. Im Unterschied zu den übrigen Schrottwagen wirkte er sogar fahrtauglich.

Eira fand Ricke auf der Rückseite des Hauses, wo er in eine Decke gehüllt dasaß, im Grill brannte ein kleines Feuer zum Wärmen.

«Ich kann was auf den Rost legen, wenn du Hunger hast.»

«Nicht nötig.»

«Setz dich doch.»

Eira trug immer noch ihren Winteranorak, nicht so sehr wegen des Wetters, sondern eher, weil er ihren wachsenden Bauch verbarg. Einen Moment lang loderte der Fluss in der untergehenden Sonne wie Feuer, die Wolken hatten sich verzogen.

Dieses ständige Hin und Her des Frühlings.

«Und? Wen hast du heute eingelocht?», fragte Ricke und lächelte sein unwiderstehliches Lächeln.

«Niemanden», sagte Eira, «aber das kann ja noch werden.»

«Irgendjemand, den ich verpfeifen soll?» Er bot ihr ein Bier an, sie lehnte ab, sie würde nicht über Nacht bleiben, diesmal nicht. Eira setzte sich auf einen klapprigen Campingstuhl, er legte ihr eine Wolldecke über die Beine. Es waren wahrscheinlich nur sechs, sieben Grad, aber er musste draußen sitzen, im Freien.

«Ich bin einfach so vorbeigekommen», sagte sie, «ich habe heute frei.»

«Du bist Polizistin», sagte er, «hast du da überhaupt jemals frei? Ist man Bulle nicht mit Leib und Seele, der Macht, der man dient, treu ergeben?»

«Hör auf, ich habe keine Lust auf so was.» Eira entdeckte das Buch neben ihm im lehmigen, heruntergetrampelten Vorjahrsgras. *Der Fürst* von Machiavelli, eine zerfledderte Taschenbuchausgabe. Sie hatten noch nie dieselben Bücher gelesen, auch damals nicht, als sie jung und wahnsinnig in ihn verliebt gewesen war.

«Glaub nicht, dass du dagegen gefeit bist, nur weil du gut bist», fuhr Ricke fort, «auch der Gute muss zum Werkzeug der Macht werden, der er dient, sonst wird er zum Verräter, was du ja sicher nicht willst, deine Privilegien und dein Wohlstand hängen schließlich von deiner Loyalität gegenüber der Macht ab.»

«Ich muss was mit dir besprechen», sagte Eira.

«Nimm's mir nicht übel, ich meine das nur ganz allgemein. Die Macht dringt in unser Leben ein, wenn wir ihr nicht aktiv Grenzen setzen. Seit der König damals den Vogt von Ångermanland eingesetzt hat, haben sie uns hier oben unter Kontrolle, später waren es die Nachrichtendienste, wie die SÄPO oder der IB, sie wechseln einfach nur ihre Gestalt. Inzwischen genügen schon diese Dinger.» Ricke zeigte auf das Handy, das sie in ihrer Hand kreisen ließ, er musste doch sehen, dass sie nervös war. «Sie brauchen gar keine Spione mehr loszuschicken, um uns zu überwachen, darum kümmern wir uns schon selbst.»

Eira ließ ihn reden, während sie nach den richtigen Worten suchte. Sie hatte hin und her überlegt, verschiedene Möglichkeiten ausprobiert, es ihm zu sagen.

Es gab nicht viel, wovor sie Angst hatte, außer davor.

Nicht die richtigen Worte zu finden.

Und davor, was er antworten würde.

Genau wie damals, vor fast zwanzig Jahren, als Ricke gerade mit ihr Schluss gemacht hatte und ihre Periode wochenlang ausgeblieben war.

Was hatte er immer gesagt, als sie jünger waren?

Dass es falsch sei, Kinder in diese Welt zu setzen. Er wolle ein anderes Leben, Freiheit, keine Ehefesseln, keine Macht über einen anderen Menschen.

Damals hatte Eira es heimlich wegmachen lassen, nur ihre engste Freundin wusste Bescheid und ihre Mutter, die es inzwischen wahrscheinlich vergessen hatte. Kerstin hatte keine Fragen gestellt oder sie verurteilt, im Gegenteil. Sie hatte darauf vertraut, dass Eiras Entscheidung richtig war, das Leben hatte mehr zu bieten. *Wir hatten diese Möglichkeit nicht, als ich so alt war wie du, weißt du?*

Eira sah Ricke nicht an, als sie es aussprach.

«Ich bin schwanger.»

Sie spürte, wie er erstarrte wie ein Reh, sobald es Gefahr wittert. Gespitzte Ohren, ein Zittern der Haut und dann der Sprung ins Gebüsch, fort, um Schutz zu suchen, diese Reaktion.

«Du brauchst dich nicht darum zu kümmern», fuhr sie fort, bevor Ricke auch nur nach Luft schnappen konnte, «ich bin mir nicht einmal sicher, ob es von dir ist.»

«Ein Kind?» Er griff nach ihrer Hand, zwang sie, ihn anzusehen, dieses Lächeln, dieses Strahlen, sie hatte eine so schreckliche Schwäche für sein Lachen. «Ich werde Vater?» Er sprang von der ausgebauten Autositzbank auf, vollführte lächerliche Luftsprünge auf der Wiese. «Ernsthaft? Bist du sicher? Darf ich mal sehen?»

Eira wehrte sich, als er sie vom Campingstuhl hochziehen wollte, musste zulassen, dass er ihren Anorak öffnete, eine Hand auf ihren Bauch legte.

«Krass, man sieht es. Ich spüre es. Tritt sie?»

«Wieso glaubst du, dass es ein Mädchen ist?»

«Weil sie dir ähneln soll.»

Was konnte sie tun, als zu lachen?

«Und wer ist der andere?», fragte Ricke weiter, nachdem er sich wieder hingesetzt hatte. «Kenne ich ihn?» Er klang überhaupt nicht wütend, wieso auch, sie führten keine Beziehung, so war es nicht zwischen ihnen, da gab es nichts, was man Beziehung nennen konnte. Nur sporadische Treffen, wenn Eira Lust hatte vorbeizukommen. Er selber rief nie an.

«Ein Kollege», sagte sie, «du brauchst es nicht zu wissen. Wie gesagt, ich werde mich alleine darum kümmern.»

Jetzt hielt er sie mit beiden Händen fest, wurde ernst, versuchte ihren Blick einzufangen.

«Ich scheiß auf Gene und all solches Zeug», sagte er. «Wir machen das trotzdem gemeinsam, hörst du? Du weißt, wie es ist. Ich bin kein Meister im Zusammenleben. Ich hätte nie gedacht, dass ich mal ein Kind haben würde.»

Da ließ ihre Stimme sie im Stich, als wäre sie immer noch siebzehn.

«Ich dachte, du wolltest keine Kinder», brachte sie heraus.

«Du hast mich nie gefragt», sagte Ricke.

Eira stand auf.

«Ich muss los.»

Er begleitete sie zum Auto und umarmte sie lange, fuhr ihr durchs Haar, nie fühlte sie sich so klein und gleichzeitig so geborgen, obwohl sie wusste, dass dies kein Ort für Geborgenheit war.

Als Eira losfuhr, vollkommen durchgefroren, nachdem sie so lange still gesessen hatte, fühlte sie sich plötzlich gefangen. Sie fuhr langsam durch die engen Kurven bei Gålån, die seit einem schrecklichen Unfall auch Todeskurven genannt wurden; am Tag, nachdem in Schweden der Rechtsverkehr eingeführt worden war, hatte der Fahrer eines entgegenkommenden Autos nicht daran gedacht, mehrere Jugendliche waren ums Leben gekommen. Hier ragten die steilen Felswände jäh auf. Eiras Kindheit war von Fernweh geprägt gewesen und von der Angst, hier hängen zu bleiben, Alternativen aus dem Blick zu verlieren. Die Stimme ihrer Mutter, vor vielen Jahren: Vergiss nicht, dass du tun kannst, was du willst, pass auf, dass du nicht bei jemandem bleibst, nur weil er dich will.

Dennoch hatte es Momente gegeben, in denen sie sich dieses Kind gewünscht hatte. Nicht, um schon mit siebzehn Mutter zu sein, sondern aus dem wirren Wunsch heraus, ihn damit vielleicht doch noch halten zu können.

PATRASK hatte sich zu ihren Füßen zusammengerollt, er roch nach feuchtem Fell und schlechtem Atem. Allan hatte sich angewöhnt, ihn abends wieder zu ihr zu bringen. Zwar sprach er es nie aus, aber Eira nahm an, dass es mit ihrer Schwangerschaft zusammenhing, dass er fand, eine Frau sollte in diesem Zustand nicht allein sein, zumindest nicht nachts.

Eine stillschweigende Fürsorglichkeit, die keinen Dank und keine Gesten verlangte, aber auch nicht fragte, was sie eigentlich wollte. Zum Beispiel keinen Hund im Bett, der jederzeit aufspringen und sie mit der Nase in den Kniekehlen kitzeln konnte.

Eira hatte versucht einzuschlafen, sie hatte sich wirklich bemüht, doch sobald sie die Augen schloss, begann der Fall Lina Stavred in ihrem Kopf zu rotieren.

Und so saß sie stattdessen mit dem Laptop auf den Knien in ihrem Bett. Sie hatte kein Licht gemacht, nur das rosa Nachtlicht und der Schein des Bildschirms erhellten den Raum.

Lange hatte sie sich zurückgehalten.

Es war kein Verbrechen, auf die Ermittlungsakten anderer Polizeidistrikte zuzugreifen, aber jeder Login wurde registriert, wenn jemand auf die Idee kam nachzusehen, würde es bemerkt werden. Dennoch konnte Eira es nicht sein lassen.

Oberflächlich betrachtet sah es aus wie ein aus dem Ruder geratener Streit unter Alkoholeinfluss.

November vergangenen Jahres.

Ein Mann, zweiundfünfzig, Angestellter auf der mittleren Führungsebene eines Telekom-Unternehmens, war erstochen in seinem Haus in Täby, etwas außerhalb von Stockholm, aufgefunden worden. Flaschen und Chaos um ihn herum, Alkohol in seinem Blut. Keine Zeugen, doch nach Aussagen der Nachbarn hatte eine Frau vorübergehend dort gewohnt. Niemand kannte sie oder wusste, wie sie hieß, das Nationale Forensische Zentrum hatte jedoch einen Fingerabdruck identifiziert.

Von einer Person, die für tot erklärt und deren Leiche nie gefunden worden war. Lina Stavred.

Die Ermittlungsakten zu ihrem Verschwinden nannten eine Reihe von Beweisstücken mit DNA, die ihre Identität bestätigten.

Eira betrachtete eingehend das Foto der inzwischen zweiundvierzigjährigen Frau, das die Stockholmer Polizei anscheinend irgendwo in den digitalen Räumen des Toten aufgetrieben hatte.

Die Augen waren so blau und gleichzeitig blass wie der Fluss an einem Morgen, wenn das Eis sich gerade zurückgezogen hatte, Eira meinte, auch dieselbe Kälte darin wahrzunehmen, etwas Gefährliches. Vielleicht überinterpretierte sie das aber auch nur, weil sie zu viel wusste. Als Erwachsene war die Frau runder, das blonde Haar hatte sie sich dunkel gefärbt, sie trug es halblang, und es wirkte unfrisiert.

Auf der Straße hätte niemand Lina Stavred erkannt.

Es hatte lediglich einen internen Fahndungsaufruf gegeben, was nur nachvollziehbar war. Niemand konnte schließlich wissen, ob die Frau Täterin oder ein zweites Opfer war, das hatte fliehen können; vielleicht lag auch sie irgendwo tot herum. In den Ermittlungsakten waren die aktuellen Fotos enthalten, ihre wahre Identität aber hatte man bewusst nicht bekanntgegeben. Ein möglicher Medienrummel wäre den Ermittlungen nicht zuträglich gewesen, so hatte man wohl gedacht. Anschließend bat man um Amtshilfe in Finnland, um die Eltern ausfindig zu machen. Der Vater lebte anscheinend noch, war aber infolge eines Schlaganfalls nicht ansprechbar.

Fünf Monate waren vergangen, seit Eira von dem Fall in Täby und Linas möglicher Beteiligung daran erfahren hatte, kurz nachdem GG nach dem Albtraum draußen am Leuchtturm von Högbonden wieder zu Bewusstsein gekommen war. Seitdem ließ es ihr keine Ruhe. Vielleicht war das sogar noch zu milde ausgedrückt: Es suchte sie förmlich heim. Terrorisierte sie nachts zuweilen so, dass sie aufstehen und sich in diese verdammten Ermittlungen einloggen musste, in denen rein gar nichts zu passieren schien. Damals im Dezember hatte GG ihr von dem DNA-Treffer erzählt. Eira hatte mit den Kollegen in Stockholm telefoniert und ihnen gesagt, dass sie über weitere Informationen verfüge, etwa dass Lina Stavred eine Tätowierung am linken Arm trage.

Dass sie wahrscheinlich schon einmal getötet habe.

Das Gesprächsprotokoll war in den Akten enthalten. Es war seltsam, die eigenen Worte zu lesen.

LG: Seit wann wissen Sie, dass Lina Stavred lebt?

ES: Ich habe es vor drei Jahren im Zuge einer Ermittlung herausgefunden.

LG: Und wie?

ES: Es gab unter anderem einen Post auf Facebook, der meinen Verdacht erregte. Ich bin der Spur bis runter nach Stockholm gefolgt. Kann sein, dass ich sie dort in einem Café gesehen habe, aber das habe ich damals nicht kapiert.

Sie nannte sich Simone, gut möglich, dass sie unter verschiedenen Namen gelebt hat.

LG: Und das haben Sie nie zur Anzeige gebracht?

ES: Wir hatten keine Beweise, dass sie es wirklich war, und selbst wenn, es ist ja kein Verbrechen, noch am Leben zu sein. Es lag nicht genug vor, um die Ermittlungen wiederaufnehmen zu können.

LG: Und Sie meinen also, dass sie, bevor sie in den Neunzigern verschwunden ist, eine Person getötet haben könnte, einen ...

ES: Kenneth Isaksson.

Eira sah den jungen Polizeimeister Linus Gustafsson vor sich, sie konnte auch seine sanfte Stimme hören, er war nach Kramfors geschickt worden, um ihre Zeugenaussage aufzunehmen. Wie er auf seinem iPad herumgescrollt und überhaupt keine Ahnung gehabt hatte.

LG: Eine Tat, die Ihr Bruder gestanden hat und für die er verurteilt worden ist?

ES: Magnus hat die Schuld auf sich genommen, um Lina zu schützen. Er fühlte sich schuldig, das bedeutet aber nicht, dass er es war, der ...

LG: Laut Magnus Sjödins Geständnis war Lina Stavred nicht einmal vor Ort.

ES: Sie war dort. Das weiß ich.

LG: Wir haben mit Ihrem Bruder in Umeå gesprochen. Er hält an seiner Version fest.

(*Pause*)

Wenn man es so gedruckt vor sich sah, wurde klar, wie schwach ihre Geschichte war. Es gab keine Beweise, nur das, was Magnus eines späten Abends erzählt hatte, als sie beide alleine waren, und danach nie wieder. Da hatte er sich jedoch bereits schuldig bekannt, die Tat begangen zu haben, und sie hatte nichts dagegen tun können.

Oder doch?

Wenn sie sich nicht in seine schräge Welt hätte hineinziehen lassen, sondern das Ganze mit professionellem Abstand angegangen wäre, wenn sie sich nicht von seiner Drohung, Schlimmeres zu gestehen, hätte abhalten lassen – wäre dann drei Jahre später dieser Mann in Täby nicht erstochen worden?

Wie auch immer, ihre Aussagen hatten wohl keinen Einfluss auf die Ermittlungen gehabt. Eira loggte sich aus. Wahrscheinlich würde niemand bemerken, dass sie das alles las, selbst wenn sie sich jeden Tag einloggte, sie hatten da unten mehr als genug zu tun, mit den Schießereien und all dem anderen Mist.

Wenn sie sie fassen, dachte Eira, dann bricht alles zusammen, dann gibt es keine Loyalitäten mehr. Dann übernimmt ein Staatsanwalt in Stockholm, und dann geht es nur noch um Fakten, kein Verdrehen der Wahrheit mehr, keine alten Lügen.

Eira rollte sich zusammen, eine Hand auf dem schlafenden Hund, die Wärme eines anderen Lebewesens.

Er roch wirklich nicht gut.

«UND wie läuft es mit dem Mordopfer aus dem Ångermanälven?»

Die dringlicheren Fragen der morgendlichen Teambesprechung waren bereits abgehakt, als Silje Andersson sich Eira zuwandte. «Haben wir schon eine zeitliche Einordnung, irgendeine Idee, wer der Mann sein könnte?»

Silje hatte die Teamleitung übernommen, nachdem GG zurückgetreten war. Eira hatte die etwas ältere Kollegin stets bewundert, sie war kühl und analytisch, hatte Psychologiekurse besucht und verfügte über alle möglichen akademischen Grundlagen. Bei ihrem letzten gemeinsamen Außeneinsatz hatten sie etwas zusammen getrunken und allerlei Privates ausgetauscht. Das schien inzwischen vergessen. Eira war sich nicht sicher, ob es Silje war, die auf Distanz gegangen war, oder sie selbst, es war einfach passiert.

«Die Datierung anhand der Radiokarbonmethode dauert anscheinend noch eine Weile», meinte Eira, «ebenso wie eine Altersbestimmung des Ankers, falls die überhaupt möglich ist. Ich habe noch ein paar zusätzliche Fragen bei der Gerichtsgenetik in Linköping eingereicht, bisher aber keine Antwort bekommen.»

Fast ein Monat war seit dem ersten Fund vergangen. Die Ermittlungen hatten keinerlei Priorität, lediglich zwischendurch fragte mal jemand danach.

«Also weiterhin keine Neuigkeiten», meinte Silje. Als Chefin war sie wirklich effektiv, gab sich keine Mühe, sich beliebt zu machen.

«Außer vielleicht das hier», sagte Eira und drehte den Bildschirm so, dass die anderen die Aufnahmen vom Fundort sehen konnten. «Das Schiff, neben dem wir die Leiche entdeckt haben, scheint ein ehemaliger russischer Zerstörer zu sein, der unter dem Namen Berkut fuhr.»

«Wow», klang es aus einer Ecke des Raums, ein Pfeifen aus einer anderen, einer der jüngeren Polizeimeister, Ville, beugte sich über den Tisch. «Was ist damit passiert? Es sieht noch so gut erhalten aus.»

«Das Wrack hat wahrscheinlich nichts mit der Leiche zu tun, außer dass es sie daran gehindert hat abzutreiben.» Eira hatte sich bei den Marinearchäologen und deren Kontakten erkundigt. Sie hatten in den Archiven weitere Informationen gefunden. Sie vergrößerte das Bild, sodass das Wappen für alle gut zu erkennen war; der Doppeladler, Symbol für die russische Herrschaft, einer der Köpfe des Adlers blickte nach Europa, der andere nach Asien. Die Zarenfamilie hatte das Symbol von den byzantinischen Kaisern übernommen, wie Eira in den letzten Wochen erfahren hatte. Die Kollegen am Tisch hörten interessiert zu, fragten ab und zu etwas, Geheimnisse auf dem Meeresgrund weckten Erinnerungen an Kinderbuchabenteuer und Piratenträume, eine willkommene Ablenkung zur organisierten Kriminalität da draußen.

Schiffe wurden fast ebenso sorgfältig registriert wie Menschen, jeder Besitzerwechsel, jede Route ließ sich irgendwo finden.

Die Berkut war im Dienst der Zaren auf der Ostsee eingesetzt, und im Finnischen Winterkrieg im Januar 1918 versuchten die «Roten», eine der Bürgerkriegsparteien, es zu sprengen, was aber missglückte. Später wurde sie von einem Schrotthändler in Umeå geborgen und übernommen. Sie wurde repariert und kam zunächst nach Åbo, bevor sie an den Direktor der Firma Kramforsbolaget verkauft wurde, die auf Ersatzteile hoffte. Der Rumpf wurde ohne Motor stillgelegt, verblieb am Kai und diente in den Arbeiteraufständen in den 1920er-Jahren als Unterkunft für die Streikbrecher.

«War wahrscheinlich gar nicht so einfach, in Ådalen jemanden zu finden, der bereit war, ihnen Zimmer zu vermieten», meinte Eira.

«Und was passierte dann, warum ist das Schiff gesunken, war es Sabotage oder was?»

«Es wurde im Oktober 1930 als Unfall gemeldet», erklärte Eira, «kann aber auch sein, dass der Eigentümer es versenkt hat. Wahrscheinlich wurde es nicht mehr gebraucht, als an Land Wohnungen für die Streikbrecher gebaut wurden, ihr wisst schon, im Mai 1931 wurden noch mal welche hierherbeordert, anschließend war dann ja kein Bedarf mehr.»

Die Befriedung des Arbeitsmarkts, geregelte Bedingungen. Die Schüsse in Ådalen hatten den Einsatz von Streikbrechern in die Hinterzimmer der Geschichte verbannt, es begann die Zeit des Einvernehmens und des schwedischen Wohlfahrtsstaats.

«Wenn also das Wrack die Leiche am Abtreiben gehindert hat», meinte Silje, «dann wissen wir zumindest, dass sie nicht vor Oktober 1930 dort hingekommen sein kann.»

«Genau.»

«Dann könnte es also sein, dass der Mord noch nicht verjährt ist. Und solange wir es nicht sicher wissen, gehen wir erst mal davon aus.»

Als Eira vom Mittagessen zurückkam, hatte sie eine Nachricht von der Gerichtsmedizin im Posteingang.

Dunkle Haare, blaue Augen.

Herkunft: Südeuropa.

Nachdem sie eine Weile in der Warteschleife verbracht hatte, erreichte sie die richtige Person in der Abteilung für Gerichtsgenetik, RMV. Eira hatte gezielt nach dieser Information fragen müssen, sie gehörte nicht zum Standard. Die RMV war eine eigenständige Behörde und Genetik ein heikles Gebiet, es ging um Persönlichkeitsrechte, da gab es unzählige Gesetze und Vorschriften. Darüber hinaus waren die Antworten nicht sicher belastbar. Die DNA-Technik war ein großartiges Instrument, wenn sich die Person bereits in den Polizeiregistern befand, wenn es Spuren am Tatort gab oder Angehörige, die man testen konnte. Ansonsten war das Genom einer Person eine freischwebende Information, ein Flüstern, das man deuten oder missdeuten konnte.

«Südeuropa», sagte Eira, als sie endlich jemanden erreicht hatte, «wie sicher seid ihr euch da?»

«Sicherer jedenfalls als bei den dunklen Haaren», sagte die Frau, die sich als Åsa Kovaczs vorgestellt hatte. «Ich habe während eines Kurses selbst mal meine Haarfarbe testen lassen. Da kam raus, dass ich blond wäre, dabei habe ich rote Haare.»

«Und wovon reden wir genau? Italien, Spanien?»

«Vergiss Griechenland nicht», sagte Åsa Kovaczs.

Mehr ließ sich hier nicht holen, auch wenn es sich natürlich um etwas ganz anderes als die DNA-Tests handelte, die die Leute im Internet kauften und die einem mitteilten, dass man zu siebzig Prozent Skandinavier, zu zwei Prozent russisch war und so weiter. Wobei man wohl hauptsächlich lernte, wie viele entfernte Verwandte man unter denen hatte, die ebenfalls fünfzig Dollar bezahlten, um solche Auskünfte zu erhalten.

Viel seltener tauchte dagegen etwa ein Cousin dritten

Grades aus Kongo-Kinshasa auf, was auf Dauer möglicherweise dazu führen würde, dass der afrikanische Ursprung der Menschheit aus dem kollektiven Bewusstsein getilgt wurde.

Die etwas seriösere Genetik ging bis an genau diesen Punkt zurück. Weil die Europäer von ein paar wenigen Individuen abstammten, die Richtung Norden gewandert waren, konnte man anhand von kleinen Veränderungen in der DNA herausfinden, ob die Person mit denjenigen verwandt war, die als Erste in Südeuropa geblieben oder von anderen, die weitergezogen waren.

Eira dachte an Lunde und seinen früheren Ruf. Es galt einmal als der Sündenpfuhl Mittel-Norrlands, wo die Seeleute eine einzige Nacht verbrachten, um für Generationen ihre Spuren zu hinterlassen. Porzellanfiguren vom anderen Ende der Welt tauchten in Häusern auf, deren Bewohner sich kaum das tägliche Brot leisten konnten. Nachrichten aus England und Amerika kamen hier schneller an als in Stockholm, die Bluse einer armen Witwe konnte aus chinesischer Seide gefertigt sein.

Es war ein Ort, an den die Menschen seit ewigen Zeiten ausgewandert waren. Wo sie im Wald und in den Sägewerken Arbeit gefunden hatten, als Landstreicher oder Touristen herumgezogen waren, aus irgendeinem Grund in einem der Milliarden verschwindenden Augenblicke durch Ådalen gezogen waren, vielleicht ohne überhaupt wahrgenommen worden zu sein.

Dunkles Haar, blaue Augen.

Sie notierte sich die Information zusammen mit den anderen. Es war nicht viel, aber immerhin kristallisierten sich die Konturen eines menschlichen Wesens heraus.

EIN unbekanntes Auto blockierte die Hälfte der Auffahrt, ein Saab, der seine besten Jahre hinter sich hatte. Oder? Moment, ganz fremd war ihr der Wagen nicht. Als Eira am Straßenrand hielt, entdeckte sie Eilert Granlund, der sich in einer Fischerjacke über die Johannisbeersträucher hinweg mit ihrem Nachbarn unterhielt.

«Hallo», sagte Eira. «Schön, dass du vorbeikommst.» Sie konnte sich nicht erinnern, dass er je wieder hier gewesen war, seit er sie damals ab und zu zum Dienst abgeholt hatte.

«Ich muss doch gratulieren», sagte Eilert mit einem breiten Lächeln, wobei er den Blick auf ihren Bauch richtete. «Davon hast du gar nichts erzählt, als du neulich da warst.»

Eira warf Allan einen Blick zu, hatte er also geplaudert. Eigentlich war ihr vor allem warm ums Herz, sie schienen sich beide so zu freuen.

Patrask sprang ihr um die Beine, sie wand ihm den Stock aus dem Maul und warf ihn, der Hund rannte in glücklichen Sprüngen davon.

«Und wer ist der stolze Vater?»

«Bist du deswegen hier, um das rauszufinden?»

«Ich bin nur zufällig vorbeigekommen.»

«Okay.»

Sie bat Eilert ins Haus, schob ein paar Kartons beiseite, die auf der Vortreppe standen.

Kinderkleidung. Ein Kuschelhase schaute ebenfalls heraus, Eira wusste nicht, woher die Sachen kamen. Es hatte damit begonnen, dass sie im Willys-Supermarkt in Kramfors mit ihrer Jugendfreundin Stina zusammengestoßen war und ihr erzählt hatte, dass sie schwanger war. Anschließend hatten sie ein paarmal telefoniert, und dann hatten sich die Türen zu einer Parallelwelt geöffnet, in der aus allen möglichen Richtungen Tüten und Kartons zu ihr fanden; Kinderkleidung in den allerkleinsten Größen, Babywippen und Stillpullover und was nicht alles, ohne dass jemand einen Dank oder gar Geld dafür verlangte, da war lediglich die stillschweigende Erwartung, dass sie anschließend alles weitergab.

Eilert lehnte den Kaffee mit einem Hinweis auf die Uhrzeit ab, dazu sei es zu spät.

«Also, weshalb bist du wirklich hier?»

Eilert ließ sich auf einem Küchenstuhl nieder, so wie er es auch immer getan hatte, wenn sie irgendwo hereingeschneit waren, um jemanden zu befragen, er nahm den Raum mit seiner selbstverständlichen Gemütlichkeit ein.

«Darf man fragen, was du über diesen Anker herausgefunden hast?»

«Im Grunde nicht viel», antwortete Eira. «Es ist ein ganz gewöhnlicher Anker, wie er seit Ende des neunzehnten Jahrhunderts benutzt wurde.» Eira war stehen geblieben, sie trank ein Glas Wasser. Sie brauchte sich nicht zu rechtfertigen, es war lange her, seit er ihr Mentor und Vorgesetzter gewesen war. «Und dann ist es natürlich schwierig zu sagen, wann er da unten gelandet ist, weil er ja auch vorher schon ständig im Wasser gelegen hat, das ist schließlich die Hauptaufgabe eines Ankers.»

«Ich habe darüber nachgedacht, wo man so etwas damals wohl herbekommen hat», sagte Eilert und sah dabei sehr zufrieden aus, Eira kannte diesen Gesichtsausdruck, als würde er gleich etwas zum Besten geben, worauf die ganze Welt gewartet hatte. «Hätte der Täter den Anker seines eigenen Boots benutzt, wenn er eins gehabt hätte? Und könnte eine Person allein so ein schweres Ding von der Stelle bewegen und obendrein auch noch eine Leiche? Ein altes Polizistengehirn lässt sich eben unmöglich abschalten.»

Eira hobelte Käse für ein Knäckebrot, fragte mit einer Geste, ob er auch eins wolle, aber Eilert lehnte auch das ab. Offenbar war er nicht gekommen, um sich bewirten zu lassen.

«Und so habe ich mich mal ein bisschen umgehört, unter den älteren Männern aus meinem Bekanntenkreis, die immer noch Holzsplitter in den Fingern haben und sich an alles Mögliche aus der Sägewerkszeit erinnern, an Dinge, die niemals aufgeschrieben worden sind und die heute niemanden mehr interessieren. Die freuen sich, wenn man vorbeikommt.»

«Ich weiß», sagte Eira, «du hast es mir beigebracht.»

Eilerts Gesichtsausdruck war immer noch sehr selbstzufrieden, und er lächelte.

«Ja, und da haben wir also ein bisschen über Anker geplaudert und welche Schiffe so einen gehabt haben könnten, kleine Schlepper zum Beispiel, und einer der Männer konnte sich tatsächlich an einen Diebstahl erinnern.»

«Eines Ankers? Wann? Bist du sicher, dass es so einer wie unserer war?»

«Ich habe ihnen das Foto gezeigt.»

«Du hast ein Foto gemacht? Von unserem Beweismaterial?»

«Alte Hunde, du weißt schon ...»

Eira schlug nach einer Fliege, verfehlte sie aber. In den letzten Tagen hatten sie sich wahnsinnig vermehrt, sie vermutete, dass sie an den Lüftungsgittern schlüpften. Was hatte Eilert damals immer über Privatermittler gesagt? Sie seien wie besessen davon, besser zu sein als die Polizei, missachteten alle Grenzen, wenn man sie zu nahe heranließ. Gleichzeitig verstand Eira ihn nur zu gut, auf schmerzhafte Weise. Die Ankunft der Zugvögel im Frühjahr und die Gartenarbeit in allen Ehren, es waren aber eben immer dieselben Vögel, die wiederkehrten, Jahr für Jahr. Dieselben Blumen, dasselbe Gezwitscher.

«Und, wo wohnt der mit dem guten Gedächtnis?»

Der Mann lebte in den ehemaligen Arbeiterkasernen draußen auf Svanö, inzwischen natürlich saniert, hell und sonnig gelegen auf einer kleinen Anhöhe am Flussufer. Die Menschen waren draußen und gruben ihre Beete um, es roch nach Erde und verbranntem Reisig.

«Sechsundneunzig ist er», sagte Eilert, als sie aus dem Auto stiegen, «weigert sich aber, ins Heim zu gehen, obwohl er kaum noch rauskommt. Wenn man an den Fluss gewöhnt ist, ist man es eben.» Dieser bildete hier nur einen schmalen Sund zwischen Festland und Insel. «Es ist die Bewegung; der Fluss scheißt hochachtungsvoll auf uns, die wir ihn betrachten, er fließt einfach weiter. So furchtbar wichtig sind wir gar nicht.»

Bert-Rune Forslunds Wohnung lag im Erdgeschoss, er bat sie herein. Ein Rollator stand neben dem Küchentisch.

«Wie heißen Sie noch mal?»

Es war die gleiche Reaktion wie immer, wenn Eira ihren Namen nannte, kein Wunder, wenn man bedachte, wo sie sich befanden. Brune, wie er genannt werden wollte, erinnerte sich sogar noch persönlich an den schrecklichen Tag vor mehr als neunzig Jahren, als Eira Söderberg über den Steg dort unten an Land getragen wurde, von Soldaten erschossen, das Mädchen war im Nachbarhaus aufgewachsen. Er selbst sei damals erst fünf gewesen, aber an so etwas erinnere man sich, an die Wut der Erwachsenen und die Angst, eine Trauer, die in den Wänden haften blieb. Es hatte Zeiten gegeben, in denen Eira ihren Namen gerne geändert hätte. Um nicht ständig mit dem Mädchen in Verbindung gebracht zu werden, das nur zwanzig Jahre alt geworden war, um nicht immer wieder zu erleben, wie die Stimmung kippte, wenn die Älteren ihren Namen hörten. Die Verletzungen unter der Oberfläche, die sie wahrnahm, ehe sie überhaupt alt genug war, um zu begreifen, wieso, die Härte, die Nachbarn und Familien trennte.

Ein Gefühl, irgendwo tief drinnen, sie wäre die Ursache und müsse deshalb etwas dagegen tun; lieb sein, damit alle sich freuten, dafür sorgen, dass alle zusammenhielten.

«Es war ganz sicher Ende der Sechzigerjahre», sagte der Mann, nachdem es Eira gelungen war, ihn aus seiner Kindheit zurückzuholen und dazu zu bringen, über den Anker zu sprechen, «als es noch Schlepper auf dem Fluss gab, spätestens aber 1970, denn das Sägewerk in Marieberg war noch in Betrieb. Dorthin sollte die Åbord mit Baumstämmen fahren, musste an dem Tag aber umkehren und lag mit einem Motorschaden drinnen auf der Werft, wenn ich mich richtig erinnere.»

«An Ihrem Gedächtnis scheint nichts auszusetzen zu sein.»

Brunes Hand zitterte, dennoch bestand er darauf, den Kaffee selbst einzuschenken.

«Es war einer der letzten alten Schlepper, die noch in Betrieb waren.» Er deutete auf den Fluss, ständig glitt sein Blick dorthin, und jedes Mal schob er seine Brille hoch. Ein paar Schwäne trieben still dahin.

Eira wischte mit dem Ärmel über den Tisch, als sie nach ihrer Tasse griff, beseitigte unauffällig den verschütteten Kaffee, um den Alten nicht zu beschämen.

Der Diebstahl wurde erst entdeckt, als die Åbord den Hafen bereits verlassen hatte. Niemand konnte sich erklären, wie der Anker hatte verschwinden können, der Kapitän wurde natürlich furchtbar wütend. Er tobte und fragte immer wieder danach, nachdem sie zurückgekehrt waren.

«Als ob jemand von uns auf die Idee gekommen wäre, mit so einem Ding abzuhauen», brummte Brune und schüttelte den Kopf. «So etwas passierte doch nicht, dass jemand einen Anker klaute. Wir dachten da eher an einen Dummejungenstreich.»

«Und was glauben Sie, wie sie in die Werft hineingekommen sind?»

«Wahrscheinlich sind sie einfach reingegangen, nachts war da ja niemand.»

«Gab es keine Wachen, war da nicht abgeschlossen?»

«Nein, das waren andere Zeiten.»

Eira hielt ihm das Foto des Ankers hin.

«Könnte es dieser gewesen sein?»

Brune musterte es eingehend, doch, das könne er gewesen sein, ein Anker sei ein Anker, und im Nachhinein könne man die schon mal verwechseln, aber von der Größe her – neunzig Kilo seien das doch – könne der gut und gern von einem kleineren Schlepper wie der Åbord stammen.

«Genau, was ich immer gesagt habe», meinte Eilert, als sie wieder einstiegen, um nach Lunde zurückzufahren, «die frisch ausgebildeten Bullen kapieren es nicht, sie denken immer, die Antwort gäbe es hier», er wedelte mit dem Handy und grummelte weiter, den ganzen Weg durch Svanö.

«... aber Technik kann niemals ein Gespräch ersetzen, die Fragen, die wir stellen, in einer Vernehmung oder wenn wir uns umhören. Die Leute wissen immer Dinge, von denen wir denken, dass sie sie nicht wissen, man muss nur hingehen und die richtigen Fragen stellen. Nicht am Computer sitzen und sich dann Polizist nennen.»

Eira bremste ab, kurz bevor die Straße über den Fluss zur nächsten Insel führte.

«Lina Stavred lebt», sagte sie.

Eilert starrte sie eine Weile ausdruckslos an.

«Willst du mich verarschen?»

«Ich habe mir die Vernehmungen auf Video angeschaut ...» Eira hatte Mühe, es auszusprechen, es tat ihr weh, ihm das antun zu müssen. «Olof Hagström hat gesagt, was ihr hören wolltet. Ihr habt einen Vierzehnjährigen dazu gebracht, eine Tat zu gestehen, die er gar nicht begangen hat.»

«Was redest du denn da?»

«Du weißt, wovon ich rede. Verdrängte Erinnerungen, was in den Neunzigern so in war, Kinder, die schreckliche Dinge tun und es dann wieder vergessen, ihr wart wirklich nicht die Einzigen, die dachten ...»

«Was ist das für ein Schwachsinn, wir haben Linas Kleidung gefunden, niemand hatte sie mehr gesehen, der Junge hat gestanden.»

«Nach Hunderten Stunden Vernehmung, ja, einfach, damit es aufhörte. Du hast bestimmt an das geglaubt, was du getan hast, aber sie wurde nicht vergewaltigt. Lina Stavred ist an dem Abend, an dem sie damals verschwand, nicht gestorben.»

Eira hatte den Motor ausgeschaltet, ein paar Möwen kreischten über ihnen. Sie spürte, wie Eilert sie anstarrte, obwohl sie woanders hinsah. Auf die Sonne, die tief durch die

Zweige schien, das Unterholz, das hier wuchern durfte, wie es wollte. War es möglich, dass er es nicht begriffen, nicht einmal geahnt hatte, in all den Jahren?

«Und das weißt du seit ... wann?»

Seine Stimme klang angestrengt und heiser.

«Seit fast drei Jahren, seit ich den Mord an Olof Hagströms Vater untersucht habe. Da musste ich noch mal die alten Ermittlungen durchgehen.»

«Und dann hast du mit allen darüber gesprochen, ohne damit zu mir zu kommen? Ja, ja. Hätte ich gewusst, dass du mich so siehst, hätte ich doch nie ...» Er machte eine ausladende Geste in die Richtung, aus der sie kamen, die Hilfe, die er ihr eben geleistet hatte.

«Willst du nicht wissen, wohin Lina verschwunden ist?»

Eira startete den Motor, fuhr über die Brücke. Dann sprach sie weiter.

«Sie hat die Gelegenheit genutzt, in jener Nacht von hier abzuhauen. Du erinnerst dich vielleicht, dass die Eltern ziemlich streng waren, strikte Abstinenzler der alten Schule. Lina Stavred war sozusagen schon auf dem Weg, als das Ganze passiert ist. Seitdem ist sie untergetaucht. Wahrscheinlich hat sie im November letzten Jahres in der Nähe von Stockholm einen Mann erstochen.»

«Und daran bin ich schuld, findest du?»

«Bis jetzt ist es nicht rausgekommen, aber früher oder später werden sie sie finden. Ich wollte, dass du Bescheid weißt.»

Den Rest der Fahrt verbrachten sie schweigend, und erst, als sie in ihre Straße einbog, vermochte Eira ihn wieder anzusehen. Ihr ehemaliger Mentor schien um Jahre gealtert, sein Gesicht war eingesunken, grauer als zuvor.

Er sah müde aus.

«Ich frage mich ja, ob es eine Anzeige gegeben hat», sagte Eira.

«Weswegen?»

«Wegen des Ankers.»

Eilert stieg schwerfällig aus.

«Tja», sagte er, «dazu kann ich leider nichts sagen, ich bin ja kein Polizist mehr.»

VERTRAUTE Räumlichkeiten, ein Gefühl von Heimkehr. Die Kollegin von der Kommunalpolizei Kramfors erhob sich mit einem erfreuten Hallo und umarmte Eira.

«Wie geht es dir?», fragte Anja Larionova.

«Ich bin schwanger», sagte Eira und setzte sich.

«Sag nicht, von dem gutaussehenden Typen aus deiner Abteilung!»

«GG? Bist du verrückt?» Eira hoffte, dass ihr Erröten nicht zu sehr auffiel. Sie hatten nie etwas miteinander gehabt, es waren nur Fantasien, nichts, was je Realität werden würde. «Natürlich nicht, wieso glaubst du das?»

«Nur so ein Gefühl.» Anja sah sie an, als wäre sie ein Dieb, den sie mit dem Silberbesteck unterm Arm erwischt hatte. «Also, wer dann? Komm schon, ich bin Polizistin, ich kann ein Geheimnis bewahren.»

«Können wir nicht über was Einfacheres reden?»

«Doch, klar», sagte Anja und lachte. «Zum Beispiel?»

«Einen Diebstahl vor fünfzig Jahren.»

«Shoot.»

Eira sah, wie der Blick ihrer Kollegin auf der anderen Schreibtischseite sich schärfte, während sie ihr den Fall schilderte. Anja Larionova legte all ihren Ehrgeiz in die Aufklärung kleinerer Diebstähle. Das, was man dabei verlor, war meist so viel mehr als der Geldwert. Vertrauen, vor allem.

«Ich weiß nicht, ob es damals gemeldet wurde», sagte Eira, «und ob es überhaupt stimmt, den Zeitpunkt kennen wir nicht ganz genau, gegen Ende der Sechziger-, Anfang der Siebzigerjahre.»

«Trink doch in der Zwischenzeit einen Kaffee», sagte Anja Larionova.

Es fühlte sich seltsam an, wieder in der Cafeteria in Kramfors zu sein, als wäre wahnsinnig viel Zeit vergangen, dabei hatte sie erst vor ein paar Monaten die Stelle gewechselt. Es erinnerte sie an damals, als sie von Stockholm nach Ådalen zurückgekehrt war, eine Verschiebung. Dazuzugehören, und doch auch wieder nicht, ein Unterton, der mitschwang und von Verrat sprach, sodass die Stimmen angestrengt klangen. Zahlreiche «Hejs» und «Wie geht's, gefällt's dir in Sundsvall» schallten ihr entgegen, sie setzte sich zu ein paar Kollegen von der Streife und plauderte ein wenig, es ging um Leute, die gekommen und wieder gegangen waren, was aktuell gerade los war. Die Bande, die vor dem Willys ihr Unwesen trieb und die Leute schikanierte, sowie die Einbruchssaison in Bjärtrå, jetzt, wo die Drogenabhängigen der Gegend pünktlich zum Frühjahrsbeginn aus den Entzugseinrichtungen zurückkehrten, und bevor die Sommergäste die Häuser wieder in Besitz nahmen.

Besonders die Drogen, die an fast allem schuld waren.

«Hej, du hier?»

In August Engelhardts «Hej» lag so viel mehr als in dem der anderen, Überraschung und Ansprüche und noch eine Menge mehr, von dem Eira hoffte, dass es nicht allzu negativ war.

«Ich musste nur etwas überprüfen.»

Er setzte sich auf den freien Stuhl neben ihr. Die anderen standen auf. Mussten sie zu einem Einsatz, war die Mittagspause vorbei oder wussten sie Bescheid?

«Weichst du mir aus?», fragte August, als die Kollegen außer Hörweite waren.

«Natürlich nicht.»

«Du hast nicht zurückgerufen.»

«Entschuldige, es war einfach so viel in letzter Zeit, noch dazu mit dieser Ermittlung, für die ich alleine zuständig bin.» Gern hätte sie nach seiner Hand gegriffen oder wäre von ihm in die Arme genommen worden. «Du hast sicher von der Leiche gehört, die wir aus dem Fluss gezogen haben. Ein eiskalter Fall, und ich habe ihn zugeschoben bekommen, weil sie mich von den Straßen fernhalten wollen. Ich werde wie ein wandelndes Risiko behandelt.»

«Ist doch gut, dass sie ein bisschen auf dich aufpassen», sagte August und legte unter dem Tisch eine Hand auf ihre.

«Das stimmt.» Eira hielt seine Hand fest, sie wollte ihm etwas Schönes sagen, dass sie ihn vermisste oder so, aber dann sah sie Anja Larionova hereinkommen und ließ ihn wieder los.

Ihre Kollegin hatte eine hellbraune Mappe unter dem Arm. Niemand war so geschickt darin wie sie, alles Mögliche aus den Tiefen der Archive auszugraben.

«Ich habe hier was für dich.»

Lange betrachtete Eira das Datum.

September 1968.

Es war wie Musik, etwas, das alles veränderte. Zwei kümmerliche Blätter Papier, die Schrift etwas verblasst vom Alter.

Schreibmaschinengeschrieben, natürlich.

Der Diebstahl war am siebten September angezeigt worden, am Tag, nachdem er festgestellt worden war, nachdem die Åbord nach vierzehntägiger Reparatur gerade die Werft verlassen hatte.

Ein so exaktes Datum, dass es Eira fast schwindelte.

Eira kannte den Namen des Polizisten nicht, der die Anzeige aufgenommen hatte, selbst Eilert Granlund war zu jung, um damals schon gearbeitet zu haben. Lange her, und doch auch wieder nicht, dachte sie. Die Menschen lebten und erinnerten sich vielleicht noch, so wie Brune Forslund, es konnte noch Zeugen geben.

Der Eigentümer des Schiffs sowie die Werftangestellten waren damals vernommen worden, Letztere behaupteten, nichts gesehen zu haben, der Vorarbeiter und die Arbeiter konnten lediglich beschreiben, wo die Åbord gelegen hatte, alles andere blieb im Dunkeln. Eira stolperte über den Namen Allan Westin, klar, der hatte ja auch dort gearbeitet.

Ein Verdächtiger war nicht gefunden worden.

Zwischen den Zeilen meinte Eira herauszulesen, dass die Polizei sich nicht übertrieben bemüht hatte, wegen eines Ankers schickte man keine Kriminaltechniker raus.

Sie ging noch einmal über den Flur, nachdem sie die Mappe zurückgegeben hatte. Im letzten Büro vor der Treppe saß August am Computer, er hörte sie nicht kommen.

«Du hast recht», sagte Eira zu seinem Nacken. Das blonde Haar war ein wenig herausgewachsen, kringelte sich leicht, auf eine niedliche Weise. «Ich bin dir aus dem Weg gegangen.»

Auf der anderen Seite der Fußgängerzone gähnten die leeren Schaufenster der Galerie, mehrere Läden hatten während der Pandemie Konkurs gemacht. Das Restaurant NC dagegen war gut besucht, es wurde Latte macchiato und kurdischer Tee serviert sowie Lachssalat zu Falafel, was ausgezeichnet zu funktionieren schien.

«Ich habe nur das Gefühl, dass wir es mal angehen müssen», sagte August, nachdem sie sich hingesetzt hatten, «wir sehen uns ja überhaupt nicht mehr, ich weiß gar nicht, was du dir wünschst.»

«Was müssen wir angehen?»

«Unsere Beziehung, vielleicht.»

«Wäre es nicht einfacher, das im August zu machen, wenn wir wissen, ob es deins ist?»

August rührte in seinem Cappuccino, die Blume im Milchschaum löste sich auf.

«Es betrifft ja nicht nur dich und mich», sagte er behutsam wie zu einem Kind, «sondern auch Johanna. Sie muss wissen, wie es dann mit unserem Leben weitergeht.»

Eira lehnte sich zurück, sie hatte nur einen Saft bestellt, durfte nicht so viel Kaffee trinken. An so etwas dachte sie, wenn sie sich mit August traf, sie wusste, dass er sich schlau gemacht hatte, mit Lebensmittelzusätzen aufpasste, nicht zu viel Zucker, am liebsten zu wenig von allem.

«Was meinst du damit, wie es mit eurem Leben weitergeht», fragte sie, «ihr wollt doch heiraten?»

Johanna war Augusts Freundin und inzwischen Verlobte in Stockholm. Daraus hatte er nie ein Geheimnis gemacht. Sie führten eine offene Beziehung und schliefen, mit wem sie wollten, August hatte Eira versichert, dass sich daran nichts ändern würde, wenn sie heirateten, aber etwas von dem unverbindlich Schönen verschwand, als Eira den Ring entdeckte. Jemand war ihr vorgezogen worden, darauf lief es letztlich doch hinaus.

«Soll ich weiter in Kramfors arbeiten oder mir eine Stelle in Stockholm suchen», fuhr August fort, «und willst du hier wohnen bleiben, oder kannst du dir vorstellen, runterzuziehen? Wir müssen das besprechen, damit wir nicht plötzlich dumm dastehen, wenn das Kind kommt. Man soll sich nicht über den Kopf eines Kindes hinweg streiten. Ich habe erlebt, wie das ist. Das wollen wir nicht.»

«Natürlich werden wir uns nicht streiten», sagte Eira. Sie mochte seine Lebenseinstellung: nicht zu tun, was von einem erwartet wurde, stets eigene Entscheidungen zu treffen; auch deswegen hatte sie sich in ihn verliebt, immer wieder neu. Nicht ernsthaft, sondern ganz leicht. Sie hatte plötzlich solche Sehnsucht nach seiner Leichtigkeit.

«Johanna kommt am ersten Juniwochenende her», sagte er, «wäre es nicht toll, wenn wir uns dann zu dritt treffen könnten?»

DIE Weidenkätzchen schlugen bereits aus, Huflattich leuchtete im Vorjahresgras. Die Tage wurden immer länger, streckten sich nach dem unendlichen Licht des Sommers.

Eira warf einen Stock ins Wasser, sah, wie der Hund die Oberfläche durchbrach, diese aufwühlte und kurz darauf wieder vollkommen glatt hinterließ.

Flussabwärts erstreckte sich das ehemalige Werftgelände, eine riesige Asphaltwüste war alles, was noch davon übrig war. Eira versuchte sich jene Nacht vorzustellen, in der eine oder mehrere Personen einen Anker gestohlen hatten. Und dann? Ihn an Bord eines anderen Bootes schleppten, eine Leiche daran befestigten?

Feuchte Pfoten kratzten an ihren Beinen, Patrask bellte. Eira warf den Stock diesmal weiter raus, ließ den Hund schwimmen, ein wenig gegen die Strömung ankämpfen.

1968. Sie dachte an alles, was sie über dieses Jahr gehört und in der Schule gelernt hatte, das meiste hatte woanders stattgefunden, die Jugendrevolten in verschiedenen Städten der Welt, der Einmarsch der Russen in Prag, das war alles lange, bevor sie geboren wurde, und vor allem war es vor 1986 gewesen. Dem Jahr, in dem in Schweden die Verjährung für Mord aufgehoben wurde, damit Olof Palmes Mörder nicht davonkam, falls ihn einmal jemand fassen sollte. Für Morde, die davor begangen worden waren, galt dies allerdings nicht.

Die Freude darüber, einen möglichen Zeitpunkt herausgefunden zu haben, hatte nach ihrer Ankunft in Sundsvall höchstens noch eine Viertelstunde angedauert.

«Dann ist es also verjährt», sagte Silje. «Jemand hat einen Zwanzigjährigen erschossen, ihn im Ångermanälven versenkt und ist damit davongekommen.»

Sie seufzte.

«Aber zumindest ist es nicht archäologisch», wandte Eira ein, «es könnte noch Zeugen geben, Angehörige, die noch leben.»

«Selbst wenn wir ein paar Hundert Arbeitsstunden darauf verwenden, wird es nicht vor Gericht gelangen, wir können es nicht zu Ende bringen. Wir könnten es für die gute Sache tun, wenn wir unendliche Ressourcen hätten, aber so ist es nicht, ich brauche dich an anderer Stelle.»

Der Drogenfall, der gerade vor Gericht verhandelt wurde und der alle Grenzen sprengte, der Mann in Ånge, der seine Frau prügelte, die beschlagnahmten Waffen im Zusammenhang mit einer Schießerei in Bosvedjan. Eira hatte den Blick über den Schreibtisch ihrer Teamleiterin wandern lassen, während diese über Priorisierung sowie einen Antrag aus Stockholm auf Amtshilfe nach der letzten Welle von Gewalt sprach, über den hohen Krankenstand. Da lag kein loses Blatt herum, und es gab keine Familienfotos. Sie erinnerte sich daran, dass Silje sich gegen ein Leben in Beziehungen entschieden hatte. Wie hatte sie es noch mal ausgedrückt, als sie in der Kneipe in Härnösand ein paar Martinis zusammen getrunken hatten? Sie wolle die Kontrolle über ihr Leben behalten, nicht diesen ganzen Zirkus, der alles immer so schwierig mache.

«Trotzdem gute Arbeit, Eira, du hast es so weit vorangetrieben, wie du konntest.»

DER Typ sah nicht aus, als hätte er die Schule schon abgeschlossen, vielleicht hatte er sie auch abgebrochen. Selbst gestochene Tattoos an den Armen, er wirkte nicht unbedingt vertrauenerweckend.

Dennoch folgte Lina ihm in den Keller. Sie hätte es längst machen sollen, nun ließ es sich nicht weiter aufschieben.

«Ist das hier dein Laden?»

Der Typ zuckte mit den Achseln und öffnete das Vorhängeschloss, es war eine dünne Blechtür, ein ganz normaler Kellerverschlag. Er zog ein Kabel raus und zapfte in einer Ecke des Gangs Strom an. Das war der Preis, wenn man zu jemand ging, der nicht zertifiziert war, zu einem Amateur, der eine Anzeige in den sozialen Medien geschaltet hatte.

«Ich nehme nur Swish oder Cash», sagte er.

«Ich habe Cash.»

«Okay. Willst du was Bestimmtes oder mein Design?»

Lina zog ihren Ärmel hoch. Entblößte die peinliche Tätowierung, die sie sich mit sechzehn hatte stechen lassen: ein Herz, ein paar Vögel, die zur Ellenbeuge aufflogen, wie kitschig, und so wahnsinnig nichtssagend. Mit der Zeit war sie verblasst, ebenso wie die Erinnerung daran, was das junge Ding sich damals eigentlich dabei gedacht hatte.

«Egal», sagte sie. «Hauptsache, man kann das hier hinterher nicht mehr erkennen.»

«Verstehe.»

Das dumpfe Brummen der Maschine, die Nadel, die eher kitzelte als wehtat, das Schwarz, das sich in groben Mustern über das Alte legte. Bald würde nichts mehr davon zu sehen sein, das war das Entscheidende. Lina war das Motiv egal, sie schlief währenddessen beinahe ein. Auch wenn es ein schmuddeliger Keller in einem Vorort voller Betonburgen war, hatte sie es hier doch wärmer als in dem Zelt, in dem sie die letzten Nächte verbracht hatte.

«Bitte sehr, ich hoffe, es gefällt dir.»

Er klebte ein Stück Folie über die Wunde und murmelte, er wolle fünfzehnhundert.

«Kein Problem», sagte Lina und wühlte in ihren Taschen. Als er sich umdrehte, um seine Geräte wegzuräumen, versetzte sie ihm einen Stoß, sodass er vornüberfiel. Sie riss das Kabel raus und knallte die Tür zu, dann drückte sie den Bügel des Vorhängeschlosses zu.

«Scheiße, was machst du denn, bist du bescheuert, ich zeig dich an!»

Sein Brüllen hallte ihr nach, ein Schimpfwort schlimmer als das andere, während sie, immer zwei Stufen auf einmal nehmend, die Kellertreppe hinaufrannte. Ein Typ, der in einem Kellerverschlag schwarz tätowierte, würde sie niemals anzeigen, und selbst wenn, wusste er nicht mehr über sie, als dass sie Anna hieß.

Oder Lena oder Eva, sie erinnerte sich nicht mehr, was sie ihm gesagt hatte.

Früher waren es Namen gewesen, die ihr wirklich etwas bedeuteten, Simone und Edith und Virginia, Namen, die sie in die intellektuellen Kreise in Paris oder London versetzten und sie zu etwas Besonderem machten, jetzt aber war das Einfache besser. Namen, die vorbeiflogen, vergessen wurden.

Ihr Haar war mausbraun, sie hatte sich sogar eine langweilige Lesebrille zugelegt. Die Menschen, bei denen sie wohnte, stellten keine Fragen.

Lina setzte ihre Kapuze auf und überquerte den leeren Spielplatz, ging dann weiter durch den Viadukt unter der Autobahn hindurch und bog in den Kiesweg ein, der in den Wald führte.

Ein paar Wohnwagen und fahruntüchtige Autos zwischen den Bäumen, es nieselte leicht.

«Hast du was zu futtern?», fragte der Typ, dem das Zelt gehörte, in dem sie seit ein paar Nächten schlafen durfte und das sie bald wieder verlassen würde.

Lina angelte ein paar Suppenkonserven und Polar-Brot aus ihrem Rucksack, das hatte sie geklaut, bevor sie zu dem Tätowierer gegangen war.

Sie setzte sich auf den Campingstuhl, der unter dem Dach vor der Wohnwagentür stand, während der Mann mit dem Gaskocher hantierte.

Dann hob sie die Folie auf ihrem Unterarm an und betrachtete die seltsame Figur – sie sah aus wie eine Mischung aus Teufel und Mumin-Troll, wenn auch vollkommen abstrakt, aber sie überdeckte das Herz und die Vögel und das Mädchen, das sie einmal, vor langer Zeit, gewesen war. Sie hatte plötzlich Lust, die Farbe anzufassen und die Wunde, doch dann würde sie sich entzünden.

Lina Stavred, dachte sie, du dämliche Kuh.

Du hattest wirklich keine Ahnung von der Liebe.

DEM Gesicht fehlte all das, was einen Menschen ausmacht.

Fehler und Unzulänglichkeiten. Unregelmäßigkeiten. Da waren weder die Narben einer jugendlichen Akne noch Fältchen um die Mundwinkel, kein Muttermal störte die Perfektion.

«Sag unserem Freund aus der Tiefe Hallo», sagte Shirin Ben Hassen.

«Du meinst, das ist er?»

Das Haar des Mannes war tatsächlich dunkel, beinahe schwarz. Sein Blick nicht greifbar. Die Augen waren von einer dunkleren Farbe als die der meisten Blauäugigen, wie der Himmel an einem Spätsommerabend. Sie drückten nichts aus. Keine Gedanken, keine Gefühle, kein Leben.

«Vielleicht nicht ganz so, wie seine Mutter ihn in Erinnerung hatte, aber wahrscheinlich schon sehr ähnlich.»

«Und wo, um alles in der Welt, kommt das her?»

«Aus seiner DNA», sagte Shirin.

«Das ist mir schon klar, aber macht man so etwas bisher nicht ausschließlich in den USA?»

Eira wurde kurz schwindlig. Am Morgen hatte sie leichte Unterleibskrämpfe gehabt. Das sei nicht weiter schlimm, hatte man ihr gesagt, sie solle es lediglich ruhig angehen lassen und sich melden, wenn die Kontraktionen häufiger und stärker würden, wenn sie Schmerzen hatte.

Sie war jetzt Anfang des siebten Monats.

«Die Ermittlungen wurden mehr oder weniger auf Eis gelegt», erklärte Eira, «ich habe die Anweisung, mich nicht mehr vordringlich darum zu kümmern.»

Shirin erhob sich, schloss die Tür ihres Büros und blieb stehen. Ein seltsamer Gesichtsausdruck, als kämpfte sie gegen ein Lächeln an.

«Ich bin mir, ehrlich gesagt, nicht ganz sicher, gegen wie viele Vorschriften ich verstoßen habe», sagte sie.

«War es deine Idee?»

Sie nickte.

«Ich hatte das nicht geplant», sagte sie dann, «sonst hätte ich es natürlich mit dir abgesprochen, logisch.»

Nachdem ihnen kurz nach der Bergung seiner sterblichen Überreste aus dem Fluss klar wurde, dass er an einen Anker gefesselt im Fluss versenkt worden war, seien nur noch frustrierende Nachrichten eingetrudelt. Kein Treffer, weder in den schwedischen Registern noch im Ausland, sie habe das Gefühl gehabt, niemals zu erfahren, wer dieser Mann eigentlich war.

So etwas nage an ihr, wenn sie abends nach Hause komme, ihre Gedanken kämen dann nicht zur Ruhe.

Und dann sei in einem ganz anderen Zusammenhang eine Mail eingetroffen. Eine Einladung zu einer Konferenz mit einem Forscherteam in den USA, ein persönlicher Gruß von ihrer ehemaligen Professorin, die hoffte, sie würde kommen.

«Da habe ich ein bisschen nachgehakt, worum es bei dem Projekt eigentlich geht, und weil es sich um ein Thema handelte, mit dem ich mich gerade intensiv beschäftigt hatte, nämlich, wie wir eine Person identifizieren können, wenn die üblichen Methoden nicht ausreichen ...»

Eira atmete tief durch, so wie es ihr geraten worden war.

Vorschriften und Gesetze wirbelten durch ihren Kopf, das DNA-Profil einer Person weiterzugeben, war natürlich nicht in Ordnung, ganz und gar nicht, gleichzeitig aber konnte sie den Blick nicht von dem Gesicht abwenden – was war die Alternative?

Vergessen?

«Es ist alles andere als belastbar», sagte Shirin, «aber ich dachte, ihr könnt es vielleicht für die Suche verwenden. Ich weiß nicht, wie ich mir das vorgestellt habe, ich ...»

«Entschuldige», sagte Eira, «aber ich bin mir nicht sicher, ob ich das richtig verstehe. Ich weiß, dass du drüben studiert hast, aber willst du mir wirklich sagen, du hast dieses Bild ganz umsonst von ihnen bekommen?»

«Als Teil eines Forschungsprojekts.» Endlich brach das Lächeln auf ihrem Gesicht hervor. «Kompliziertes Material, wie das in unserem Fall, ist kostbar. Wie viel DNA benötigt man, und wie muss sie geartet sein? Meine Professorin möchte, dass wir ihr Bescheid geben, wenn es uns weiterbringt, denn darum geht es ihr schließlich, dass sich die wahre Identität feststellen lässt.»

«Hast du es irgendjemand anderem gezeigt?»

«Es ist doch deine Ermittlung. Du warst dabei, als wir ihn hochgeholt haben.»

«Ich habe keine Ahnung, wie meine Chefin reagieren würde», sagte Eira, «sie ist sehr vorsichtig, was die Vorschriften angeht. Das ist gut.»

«Auf jeden Fall», sagte Shirin. «Das werden wir auch sein.»

Eira betrachtete das Gesicht des Mannes, die geglätteten Züge. Sie versuchte sich eine andere Frisur vorzustellen, überlegte, wie er wohl aussah, wenn er lächelte.

«Ich könnte es auch einfach löschen», sagte Shirin.

DAS Folkets Hus in Lunde wurde renoviert. Von Ehrenamtlichen, wie immer, gerade machten sie eine Pause auf der Vortreppe. Arbeitskleidung mit Farbflecken, wärmende Frühlingssonne. Eine der Frauen verteilte Pappteller, es roch nach Matjes und geräucherten Felchen. Ein paar der jüngeren Männer, die auf den Leitern standen, waren erst vor relativ kurzer Zeit hierhergezogen. Eira kannte sie nicht persönlich, wusste aber, wer sie waren, ein Teil der letzten grünen Welle, die mit der Pandemie Fahrt aufgenommen hatte. Manchmal wunderte sie sich über die Neuankömmlinge aus der Stadt, die in die Natur hinausgingen und ein anderes Leben führen wollten, wie leicht ihnen alles zu fallen schien. Schwierig war es nur, einen Klempner zu finden, der im Juli arbeitete, oder einen funktionierenden Glasfaseranschluss zu bekommen, aber innerlich hatten sie eine Leichtigkeit.

Die auf der Treppe waren dagegen eindeutig im Rentenalter, Lunde-Einwohner seit ewigen Zeiten, genau das, was Eira suchte.

«Schön wird das», sagte sie, «und toll, dass so viele mitmachen.»

«Ja, Ideen gibt es genug», murmelte jemand. «Einer hat vorgeschlagen, man könnte hier doch eine Mikrobrauerei mit eigenem Pub einrichten. Das wäre mal was.»

«Mit der Geschichte wollen die jungen Leute sich nicht

beschäftigen. Richtung Zukunft wollen sie, wohin auch immer die führt.»

«Ins Verderben», sagte jemand und brachte damit die ångermanländische Haltung auf den Punkt, immer das Schlimmste vom Leben zu erwarten. Behielt man recht, konnte man damit prahlen, es immer schon gewusst zu haben, und hatte man sich getäuscht, blieb einem die angenehme Überraschung. In beiden Fällen ging es ziemlich gut für einen aus.

Eira parierte die üblichen Fragen, wie es ihrer Mutter gehe, wann denn der Geburtstermin sei, gefolgt von wütenden Kommentaren zur Schließung von immer mehr Krankenhäusern, möge es ihr erspart bleiben, im Rettungswagen zu gebären, und so weiter.

Eira band Patrask an einen Pfosten, damit er nicht in Versuchung kam, über das Essen herzufallen, dann nahm sie einen Pappteller entgegen. Setzte sich auf die Treppe und war voll des Lobes darüber, wie wunderbar die geräucherten Felchen mit dem Matjes und der Mayonnaise schmeckten. Ein heiterer Ton, wie nebenbei: «Habt ihr eigentlich schon in den Sechzigerjahren hier gewohnt?»

Einer von ihnen war damals zur See gefahren, ein anderer lebte erst seit zwanzig Jahren hier, doch die anderen nickten.

«Und wieso fragt das die Polizei? Geht es um den Mann, den ihr vor Sandö gefunden habt, wisst ihr, wer er ist?»

«Das noch nicht», sagte Eira. «Aber dass er 1968 hier war, wissen wir.»

Das war bisher noch nicht an die Öffentlichkeit gedrungen, die Medien hatten inzwischen wieder etwas anderes im Blick. Russlands Angriffskrieg auf die Ukraine sowie Schwedens Kehrtwende von der Neutralität des Landes zum Antrag auf Mitgliedschaft in der Nato, die Krise im Gesundheitswesen kurz vor dem Sommer.

Seit zwei Tagen hatte Eira das digital erstellte Bild nun schon auf ihrem Handy. Noch hatte sie niemandem davon erzählt. Sie rang mit sich, weil sie Shirin nicht reinreiten wollte, die ziemlichen Ärger dafür bekommen konnte, auf eigene Faust gehandelt zu haben. Beweise mussten auf legalem Weg beschafft werden, das hatte Eira tief verinnerlicht, auch wenn dieser Fall niemals vor Gericht landen würde. Natürlich konnte sie das Bild nicht öffentlich verwenden, aber wie offiziell war schon ein Mittagsimbiss auf der Treppe des Folkets Hus in Lunde?

«Ach Gott, damals war ich vielleicht zwölf, hatte gerade angefangen, im Sommer als Aushilfe im Sägewerk von Lugnvik zu arbeiten, ja und dann blieb man eben da, bis sie alles dichtgemacht haben, da hat man viele kommen und gehen sehen ...»

«Man selbst hatte ja schon Frau und Kinder, da ging dieser ganze Achtundsechziger-Rabatz ein bisschen an einem vorbei.» Der Mann kratzte sich am Kinn, einzelne graue Barthaare, die wohl dem Rasierapparat entgangen waren. Kalle, das war doch sein Name, oder? Wohnte am Hang, kurz vor dem ehemaligen Laden der Näslunds, ein Bekannter ihres Vaters, Kalle Molin, ja, so hieß er!

«... wenn man damals jung war und von außerhalb kam und einen kleinen Extra-Job brauchte, ging man am besten zur Stauerei, da lief immer allerlei loses Volk rum, Saisonarbeiter, Finnen, Landstreicher und solche Leute.»

«Wir glauben, dass er aus Südeuropa kam», sagte Eira und fügte hinzu, dass die Polizei damit noch nicht an die Öffentlichkeit gehen wolle, weil es noch nicht wasserdicht sei; dass sie es deshalb für sich behalten sollten.

«Achtundsechzig, sagst du, da haben sie doch diesen Film gedreht! Da waren jede Menge Leute hier.»

Richtig, *Ådalen 31*, der war ein Jahr später ein Welterfolg gewesen und sogar für den Oscar nominiert worden, jeder hier in der Gegend hatte als Statist mitgewirkt, ihre Mutter hatte Kleider genäht, ihr Vater war unter den Tausenden gewesen, die den Demonstrationszug bildeten.

«Und dieser Irre, Bo Widerberg, hat sich ein Auto geliehen, obwohl er gar keinen Führerschein hatte, und ist geradeaus über den Kreisverkehr nach Härnösand reingefahren. Wollte ein Mädchen beeindrucken, klar, vielleicht diese Blonde, die das Mädchen vom Gutshof gespielt hat. Als hätten wir hier Gutshof-Mädchen gehabt! Oh nein, nicht in Ådalen, die Holzbarone und das feine Volk haben immer in Härnösand und Sundsvall gewohnt, deshalb hatten wir hier nicht diese Untertanen-Mentalität, wir mussten nicht auf unseren eigenen Straßen vor den Herrschaften buckeln und knicksen ...»

Am Ende zeigte Eira ihnen doch das Bild, ließ ihr Handy herumgehen, beobachtete die Reaktionen. Kopfschütteln, entschuldigende Mienen, «Nein, tut mir leid, schon so lange her ...»

«An den würde ich mich erinnern», sagte Vivi Koskela, es war bekannt, dass sie eine echte Schönheit gewesen war, man sah es noch an ihren Augen. «Um die zwanzig, hast du gesagt? Wenn er regelmäßig im Folkets Hus in Frånö oder im Park in Kramfors war, müsste ich ihn gesehen haben, man bekam ja mit, wenn jemand Neues kam, vor allem, wenn hier ein Italiener aufgetaucht wäre ...»

Sie versuchte sich weiter zu erinnern, während das Gespräch sich den politischen Auseinandersetzungen jener Jahre zuwandte, neuen kommunistischen Parteien, die bald von selbst wieder in sich zusammengefallen waren, der Krieg in Vietnam, und dann kamen sie doch wieder aufs Tanzen und die anderen Vergnügungen zurück, wie etwa damals, als Vivi für die Miss-Sandö-Brücke kandidiert hatte, so ein Schönheitswettbewerb, wie es ihn im Nalen, dem Club in Stockholm, gab, wo die Mädchen im Bikini auftraten, «den Lunde-Jungs sind ja fast die Augen aus dem Kopf gefallen, ganz zu schweigen von den Bauerntrampeln aus Nordingrå».

«Das Park in Kramfors war am besten, da konnte man über die altmodischen Tanzveranstaltungen reinkommen und den Älteren einen Drink abschwatzen, und später gab's dann Moderneres, manche gingen aber natürlich auch ins Babels, also die Mods und so. Shake-Abend mit den Chepp Steppers.»

Eira hatte zunehmend Mühe sich zu konzentrieren, es waren zu viele Erinnerungen, die nicht zusammenhingen, und Patrask rannte dort, wo sie ihn angebunden hatte, immer im Kreis, versuchte verzweifelt, Kalles Dackeldame näherzukommen. Außerdem war ihr ein wenig übel, sie hatte zu viel von allem gegessen, zum Nachtisch auch noch Gudruns Zimtschnecken sowie Susuls köstliche Schokoteilchen.

«Hast du noch nie was von den Chepp Steppers gehört?», fragte Vivi Koskela lachend. «Ja, dazu bist du natürlich viel zu jung, aber ich bin mir sicher, deine Mutter könnte dir da einiges erzählen ...» Sie verstummte, wahrscheinlich war ihr eingefallen, wo Kerstin Sjödin sich inzwischen befand. Vivi tätschelte Eiras Hand, in stummer Anteilnahme. «Ich kann dir sagen, die Chepp Steppers waren fast so gut wie die Shanes und die Hep Stars, obwohl sie aus Kramfors kamen, eigener Fanclub und alles, sie waren so kurz davor, in Hylands Hörna auftreten zu können.» Sie zeigte es mit Daumen und Zeigefinger, etwa ein Zentimeter Abstand dazwischen. «Ich werde nie vergessen, wie sie auf dem Dach vom Tempo-Markt gespielt haben, wir waren zu Tausenden auf dem Platz. Die Leute, die sich über die hässlichen Flachdächer im Zentrum beschweren, haben keine Ahnung, wozu die gut sein können.»

Es waren die Fotos ihrer Mutter, die Eira nicht aus dem Kopf gingen, als sie wieder zu Hause war. Sie legte sich aufs Sofa, um auszuruhen. Für einen Moment war Kerstin so lebendig gewesen, so viele hatten ihre Erinnerungen an sie mit ihr geteilt, um sie aufzumuntern. Zum Beispiel, wie sie am Vallins Backen mit dem Moped gestürzt war, und dann das Tanzen, die Besäufnisse, wie schön sie gewesen sei, es habe wahrscheinlich keinen Mann hier im Ort gegeben, der sich nicht nach ihrer Mutter umgedreht hätte. Eira versuchte diese Zeit vor sich zu sehen, die Band, die die Mädchen zum Kreischen brachte, und die Mods, die vor dem Babels rauchten, sie wollte ihre Mutter mittendrin sehen. Es war einfacher, als sie gedacht hatte. Langes, offenes Haar, ein Gefühl von Freiheit. Eine Sonnenbrille, die ihr eine gewisse Ähnlichkeit mit Yoko Ono verschaffte, lachend zusammen mit ein paar unbekannten Typen, dahinter die Silhouette eines Holzhauses, vielleicht war es das Babelsberg.

War sie auf diesem Foto siebzehn, achtzehn?

Kerstin war 1950 geboren.

Es war nicht so, dass Eira vom Sofa aufsprang, aber sie erhob sich definitiv zu schnell. Eine halbe Minute drehte sich alles, sie musste sich vorbeugen und tief durchatmen. Zu niedriger Blutdruck sei auf jeden Fall besser als zu hoher, hatte man ihr gesagt.

Sie schnappte sich eine Packung Saft, versorgte sich mit schneller Energie, während sie mit dem Auto nach Kramfors fuhr. Es erinnerte sie an alte Zeiten, wie sie das Gaspedal durchtrat, Strecken, auf denen sie immer zu schnell gefahren war, bevor sie Polizistin wurde und die Jugend hinter sich gelassen hatte.

Als sie zum Pflegeheim abbog, war kurz die ehemalige Guttemplerloge zu sehen, auf dem Hügel, der sich über der Eisenbahnlinie erhob, ein Holzschloss der schönen alten Art, das früher ein angesagter Veranstaltungsort gewesen war.

Das Babelsberg.

Es war erst neun Uhr abends, doch entlang der Fußleisten leuchteten schon die Nachtlämpchen in der Stille der Korridore.

«Ich fürchte, Ihre Mutter schläft schon.»

«Geht sie so früh ins Bett?»

Kerstin, die früher immer so lange aufgeblieben, immer ein Nachtmensch gewesen war, die sich manchmal sogar zu einem Liebhaber rausgeschlichen hatte, wenn Eira schlief.

Jetzt lag sie still auf dem Rücken und schnarchte bei jedem Atemzug.

Eira bewegte sich leise, um sie nicht zu wecken. Zog eine der Jalousien hoch und ließ das Frühsommerlicht ein.

Dann nahm sie das Album aus dem Regal.

Blätterte an Schulfotos und Familienbildern vorbei, bis sie es fand.

Da waren die Wiese, die Bierflaschen, die jungen Menschen, die zum Himmel lachten und in die Kamera. Und im Hintergrund: der Ausschnitt einer gelben Holzfassade mit Querlatten; das charakteristische Muster des Zauns.

Das Babelsberg.

Auf den Albumseiten standen keine Namen. Eira kannte keinen der beiden Typen, die neben Kerstin saßen. Es sah aus, als wären sie ein wenig älter als sie, um die zwanzig, lange Haare und aufgeknöpfte Hemden. Einer von ihnen hatte den Arm um die junge Kerstin gelegt und drückte sie an sich, doch nicht er war der Grund, weshalb Eira plötzlich nach Luft rang.

Es war der Dunkle daneben. Die Locken reichten ihm bis auf die Schultern, er schaute auf einen Punkt jenseits der Kamera.

Es stand keine Jahreszahl dabei, aber Kerstin war Bibliothekarin gewesen, alphabetisches Sortieren und Kategorisieren war ihr in Fleisch und Blut übergegangen, sie war kein Mensch, der Fotos bunt durcheinander einklebte. Eira blätterte ein paar Seiten weiter, es folgten Fotos mit Freunden in Stockholm. Richtig, ihre Mutter hatte sich ein Jahr Auszeit genommen zwischen den beiden letzten Schuljahren, dann war sie nach Ådalen zurückgekehrt, ein Weihnachtsfest im Kreis der Familie, ihr Schulabschluss 1970, ohne Studentenmützen, weil diese Tradition damals im Namen der Gleichstellung abgeschafft worden war.

Eira blätterte zu dem Foto zurück, das vor dem Babelsberg aufgenommen war. Rein logisch gesehen konnte es also durchaus von 1968 sein.

Der Dunkle hielt sich eine Bierflasche unters Kinn, saß leicht vornübergebeugt. Die Augen.

Eira knipste die Leuchtstoffröhre in der Küchenecke an und trat ins Licht. Bildete sie es sich ein, oder waren sie tatsächlich blau?

Sie setzte sich auf die Bettkante und streichelte ihrer Mutter sanft die Wange. Das Schnarchen hörte kurz auf, beim nächsten Atemzug setzte es wieder ein.

Ihre Wange so warm.

«Mama, kannst du bitte kurz aufwachen?»

SHIRIN Ben Hassen war mit ihrem kranken Kind zu Hause geblieben, ein Reihenhaus am Rande von Sundsvall.

«Du hast doch schon Windpocken gehabt?», fragte sie, als sie ihr die Tür öffnete.

Das hatte Eira, irgendwann Ende der neunten Klasse, während alle anderen auf Klassenfahrt in Berlin gewesen waren.

Das Kind mit den Pusteln im Gesicht war ein siebenjähriger Junge, der mehr als einverstanden damit war, in seinem Zimmer zu sitzen und sich YouTube-Clips über verrückte Katzen anschauen zu dürfen.

«Meistens bleibt mein Mann zu Hause, wenn der Kleine krank ist», sagte Shirin, «mich macht es immer schon nach zwei Tagen wahnsinnig, ich kann nicht spielen, ich verstehe einfach nicht, was daran toll sein soll. Brettspiele zum Beispiel. Das führt doch zu nichts. Und dann streitet man sich über die Regeln, und als Erwachsene muss ich erklären, wieso man dahin, aber nicht dorthin gehen darf, obwohl es vollkommen unlogisch ist. Geh ins Gefängnis, ohne über Los zu gehen, wo ist da der Sinn?»

Eira reichte ihr das Handy.

«Könnte das unser Mann sein?»

Das Gesicht, die ganze Haltung der Kriminaltechnikerin veränderte sich sofort, als sie sich die eingefrorene Szene aus den Sechzigerjahren anschaute. Sie nahm Eira das iPhone aus der Hand und vergrößerte das Bild.

«Wo hast du das her?»

«Aus dem Fotoalbum meiner Mutter.»

«Ernsthaft? Und wer ist das?»

«Ich weiß es nicht», sagte Eira.

Es war ihr am Abend zuvor gelungen, Kerstin zu wecken, sie dazu zu bringen, sich aufzusetzen und ein Glas Wasser zu trinken, und ihr weiszumachen, es wäre Morgen. «Wieso soll ich mir das angucken?», hatte sie gefragt. «Was ist das für eine Sendung?»

Manchmal kamen die falschen Wörter heraus. Vielleicht wusste sie sehr wohl, dass es Fotos aus ihrem eigenen Leben waren, vielleicht auch nicht.

«Das bist doch du, Mama», sagte Eira und zeigte darauf, «aber wer sind die anderen?»

Ein Moment des Nachdenkens, vielleicht aber auch nur der Verwirrung, dann knibbelte Kerstin an den Kanten des Fotos herum, als wollte sie es entfernen. Eira griff nach ihrer Hand.

«Erinnerst du dich, Mama, das war im Sommer nach deinem vorletzten Schuljahr, kurz vor deinem achtzehnten Geburtstag im Herbst. Warst du in einen von denen verliebt?»

«Kannst du bitte so lieb sein und mir den Regenschirm geben», sagte Kerstin und zeigte auf ihre Handtasche, «ich glaube, ich muss mal wo hin.»

Und Eira hatte sie zur Toilette begleitet und anschließend wieder zu Bett gebracht. Hatte die Jalousie heruntergezogen, es Nacht werden lassen.

War mit einem Gedankenwirrwarr im Kopf wieder nach Hause gefahren und hatte die ganze Nacht überlegt, ob ihre Mutter nicht vielleicht doch mal etwas gesagt, eine Geschichte erzählt hatte, eine Anekdote aus ihrer Jugend, die hätte passen können – aber da war nichts.

«Ist es okay, wenn ich mir das runterlade?»

«Absolut.»

Shirin setzte sich in den Teil des Flurs, der ihr als Homeoffice diente, zwischen der Besenkammer und einem vollgestopften Schuhregal.

Sie schnitt das Bild zu, sodass man nur noch das Gesicht des Dunkelhaarigen sah, und legte es neben das andere.

Verlängerte das Haar des digitalen Mannes und verpasste ihm ein ähnliches Hemd, bis auf die Brust geöffnet.

Dann zog sie Linien, maß den Abstand zwischen den Augen, vom Kinn bis zur Schädeldecke, die Länge der Nase.

«Und, was sagst du?»

«Was denkst du?», fragte Shirin.

Eira lehnte sich haltsuchend an die Wand.

«Dass sie sich ähneln.»

«Mehr als das. Wenn das hier stimmt, ich meine, wenn die Technik uns hier kein Schnippchen schlägt und seine Gesichtszüge irgendwie verzerrt, dann würde ich sagen, wir schauen hier auf ein und dieselbe Person.»

Eira holte einen Stuhl aus der Küche, sie musste sich setzen. Alles drehte sich. Er war die ganze Zeit da gewesen, im schwindenden Gedächtnis ihrer Mutter.

Shirin hatte den Hintergrund links herangezoomt, das blasse Grün, das auf Sommer hindeutete, irgendetwas blühte.

«Sind das Rosen?»

«Kann sein.» Eira meinte einen Strauch voller weißer Blüten zu erkennen. Einen ähnlichen gab es in ihrem eigenen Garten, es war der Lieblingsstrauch ihrer Mutter und ihr ganzer Stolz, die Bibernell-Rose mit ihrem sagenhaften Duft. Recht verbreitet in Norrland, weil ihr Kälte und Entbehrungen nichts anhaben konnten, «genau wie uns», hatte ihre Mutter immer gesagt, wenn in Eiras Kindheit die Knospen aufgegangen waren.

«Wenn es die Bibernell-Rose ist, blüht sie nur etwa eine Woche im Jahr, Ende Juni, Anfang Juli. In Finnland wird sie Mittsommerrose genannt.»

Ganz allmählich drang die Erkenntnis zu ihnen durch, dass sie etwas gefunden hatten, Eira spürte den Rausch, als der Jagdinstinkt einsetzte.

«Ich frage mich, was das hier ist», sagte Shirin und zoomte die Brust des Mannes heran. Er trug eine Kette um den Hals und eine Jacke über dem Hemd. Die Bildqualität war erbärmlich, aber dank des Programms ließen sich die Kontraste verstärken und die Schärfe einstellen.

Da war etwas auf der Jacke, ein Abzeichen.

«Ein Stern?»

Die Finger der Kriminaltechnikerin tanzten über die Tastatur, Bilder verschwanden und wechselten einander ab, eine blitzschnelle Recherche, und da war er.

Ein gelber Stern vor einem dunkleren, zweigeteilten Hintergrund. Auf der Jacke konnte man die Farben nicht erkennen, aber hier war er blau und rot.

«Die FNL», sagte Shirin. «Die Nationale Front zur Befreiung Südvietnams. Unser Mann wollte wahrscheinlich den Vietnamkrieg beenden.»

«Wollten das nicht alle?»

Ein Rufen, immer lauter, «Mama, komm mal», Shirin verschwand kurz nach oben. Eira ging zur Toilette. Inzwischen musste sie wirklich ständig pinkeln.

Sie blieb länger sitzen als nötig, versuchte sich zu erinnern. Kerstin hatte zu Hause nicht viel über Politik gesprochen, das hatte eher ihr Vater getan. Beide gingen immer beim Umzug zum ersten Mai mit, klar, das war ja ein Feiertag. Ein Essen bei ihnen zu Hause fiel ihr ein, sie hatten Besuch gehabt, und es war zu heftigen politischen Diskussionen gekommen, Veine hatte irgendwas über kommunistische Ideen gebrüllt, es hatte sehr hart geklungen, Kerstin war verstummt, und Eira hatte die unangenehme Stimmung wahrgenommen, wahrscheinlich konnte sie sich deshalb daran erinnern. Ein Gefühl von Gefahr, von einem Riss, der sich zwischen ihnen auftat.

«Ich habe mich auf einen Chefposten beworben», sagte Shirin, als sie beide wieder im Flur waren. «In Umeå. Sie haben mich zum Vorstellungsgespräch eingeladen.»

«Toll», sagte Eira, «ich drücke die Daumen.»

Shirins Blick glitt zu dem konstruierten Gesicht hinüber, das sie aus leeren Augen anstarrte.

«Ich weiß, dass ich manchmal zu weit gehe», sagte sie. «Es ist, als würde etwas mit mir durchgehen, als wäre der Wille der toten Person stärker als meiner, ich weiß, das klingt irre.»

«Im Vorstellungsgespräch solltest du es lieber nicht so ausdrücken.» Eira lachte, aber Shirin stimmte nicht mit ein.

Da begriff sie.

Ihr eigenmächtiges Handeln, die Verwendung einer menschlichen DNA außerhalb des gesetzlichen Rahmens.

«Ich muss es meiner Chefin sagen», erklärte Eira.

«Ja, das musst du.»

«Aber ich brauche ihr ja nicht alles zu sagen.» Es war wohl nicht das erste Mal, dass sie sich so hin- und hergerissen fühlte, zwischen dem, was die Wahrheit, und dem, was richtig war. «Wir wussten, dass er ein südeuropäisches Aussehen hat und um welches Jahr es sich handelt. Und dann habe ich zufällig das Foto eines dunkelhaarigen Mannes mit blauen Augen im Fotoalbum meiner Mutter entdeckt, und mir ist klar geworden, dass es im selben Jahr aufgenommen worden sein muss. Wir sehen uns ständig alte Fotos an. Was soll man sonst tun, wenn man kein vernünftiges Gespräch mehr miteinander führen kann?»

LÄNGST vergangene Zeiten, ein Frühjahr und ein Sommer, nahmen allmählich Konturen an. Das Eis war im April aufgebrochen, die Wärme im Mai gekommen. In Paris hatten Straßenkrawalle begonnen und die Studenten besetzten einen ganzen Stadtteil, Arbeiter traten in den Generalstreik, und die Proteste gegen den Vietnamkrieg nahmen zu.

Das meiste, was Eiras Interesse weckte, hatte sich irgendwo anders abgespielt, fand sich in den kurzen Berichten der schwedischen Nachrichtenagentur TT auf den Seiten für Inlands- und Auslandsnachrichten. In den USA folgte eine Demonstration auf die nächste, gegen den Krieg in Vietnam und nach dem Mord an Martin Luther King. Amerikanische Soldaten liefen vor dem Krieg davon, viele von ihnen fanden Asyl in Schweden. Präsident Lyndon Johnson schäumte vor Wut, nachdem Olof Palme Seite an Seite mit dem Botschafter Nordvietnams demonstriert hatte.

Susanne, die Bibliothekarin, die immer nach ihrer Mutter fragte, aber fünfzehn Jahre jünger war als Kerstin und nichts über diese Zeit wusste, hatte die schweren Zeitungsordner nach oben gebracht. Eira überflog die Artikel auf der Suche nach Schlagwörtern wie Vietnam und FNL.

Selbst in Kramfors hatte es Demonstrationen gegeben, zu denen sich ein paar Hundert Menschen versammelt hatten, sie suchte Gesichter auf den Fotos, notierte sich ein paar Namen.

Ende Mai hatte jemand ES LEBE DIE FNL und NIEDER MIT DEM US-IMPERIALISMUS auf ein Schuldach geschrieben, für wen auch immer diese Botschaft gedacht sein mochte. Für amerikanische Spionageflugzeuge vielleicht, die tief über Kramfors flogen? Die Täter waren rasch ermittelt, die Polizei ging zum einzigen Farbhandel in der Stadt und fragte, wer diese Art Farbe gekauft habe. Der Verkäufer wusste natürlich gleich, um wen es sich handelte, und zwei Jungs, sechzehn und siebzehn, wurden verurteilt, vierhundertfünfzig Kronen für die Sanierung zu bezahlen.

Eira war bereits bis Juli 1968 vorgedrungen, als die Bibernell-Rose wahrscheinlich schon verblüht war und vor allem über Auktionen und die Betriebsferien berichtet wurde. Fast hätte sie den unscheinbaren Artikel ganz unten auf der Seite übersehen.

VIETNAM-DESERTEURE VERLASSEN TORSÅKER.

Auf dem Bild waren ein paar junge Männer vor einem Kuhstall zu sehen, es war anscheinend im Winter aufgenommen, einer von ihnen stützte sich auf eine Schneeschaufel.

Torsåker war ein altes Dorf nördlich von Kramfors, das vor allem für seine Hexenprozesse im 17. Jahrhundert bekannt war. Siebzig Frauen waren damals auf einen Berg geführt worden, um geköpft und anschließend verbrannt zu werden, aber Deserteure aus dem Vietnamkrieg? Eira konnte sich nicht erinnern, je davon gehört zu haben.

Dem Artikel zufolge hatte ein frommer Textilproduzent mit Wurzeln in dieser Gegend sein ehemaliges Familienanwesen zur Verfügung gestellt, um den jungen Kriegsverweigerern ein gesundes Leben weit weg von den Drogen und dem schlechten Einfluss der Großstadt zu ermöglichen.

Was schiefgelaufen war, wurde nicht ganz klar, doch nach fünf Monaten war das Landleben anscheinend vorbei.

Es standen keine Namen in der Bildunterschrift, keiner der Betroffenen hatte sich selbst dazu geäußert. Eira googelte den Namen des Textilproduzenten und fand eine Todesanzeige.

Sie bat die Bibliothekarin, den Ordner vom Februar des Jahres zu holen, dem Monat, in dem die Deserteure in der Kommune angekommen waren.

Während sie wartete, blätterte sie zurück und fand einen Artikel der Nachrichtenagentur, den sie vorhin nur überflogen hatte, weil es darin nicht um Kramfors ging. Eine Gruppe von Deserteuren war auf dem Flughafen in Arlanda gelandet, wo sich einige Menschen zu ihrer Begrüßung versammelt hatten, ein regelrechtes kleines Komitee, sie feierten sie als Helden, denen die Rückkehr in die Heimat verwehrt wurde. Die USA bezeichneten den Krieg in Vietnam zwar nicht als Krieg, sodass sie nicht die Todesstrafe erwartete, dennoch mussten sie mit mehreren Jahren Gefängnis rechnen.

Schweden war das einzige Land außerhalb des Ostblocks, das ihnen Asyl gewährte.

Ein paar Männer neben einer Gangway. Einer lachte, ein anderer schaute zu Boden. Eira fiel auf, wie jung sie alle wirkten, alle um die zwanzig, oder sogar jünger. Einige der Namen in der Bildunterschrift klangen nicht besonders amerikanisch, Picciano, Gallo, sie musste an italienische Mafiafamilien denken, an Robert De Niro und Al Pacino. Sie stand auf und musste sich gleich wieder setzen, verfluchter Blutdruck.

Konnte es so gewesen sein?

Die erste oder zweite Einwanderergeneration in den USA verfügte natürlich über dieselbe DNA wie ihre Verwandten, die in Italien oder Griechenland geblieben waren.

«Alles in Ordnung?», fragte Susanne, die mit dem schweren Ordner zurück war. «Du siehst ein bisschen blass aus, möchtest du was trinken?»

«Ja, gerne etwas Wasser.»

Die Bibliothekarin holte ihr einen Becher und konnte es nicht lassen, Eiras Bauch zu berühren.

«Dass Kerstin endlich Oma wird! Hoffentlich kann sie sich darüber noch freuen.»

Bei schönem Wetter nahm Eira ihre Mutter manchmal zu einem Spaziergang entlang des Flusses mit oder zu der neuen Buchhandlung, wo sie in einer Umgebung, die Kerstin guttat, Kaffee trinken konnten.

Der Weg zum Babelsberg hinauf war vielleicht ein wenig steil, aber Kerstin hielt durch. Sie war nie jemand gewesen, der sich beklagte. Eher geriet Eira außer Atem und musste zwischendurch Pause machen. Ein anhaltender leichter Schmerz im Beckenboden war nichts, weswegen man sich beschwerte.

Noch immer war es erst Anfang Juni, der Flieder blühte noch nicht. Und erst recht nicht die Sträucher in den Beeten.

Eira brach einen Zweig mit kleinen weißen Knospen ab.

«Sind das hier Rosen?»

«Ja, ziemlich sicher.»

«Könnte es eine Bibernell-Rose sein?»

Kerstin rieb ein Blatt zwischen ihren Fingern und schien die Frage schon wieder vergessen zu haben. Eira half ihr, sich auf die Treppe zu setzen, nahm die Wasserflaschen heraus. Unten sahen sie die Eisenbahnstrecke, Mietshäuser unterschiedlicher Bauart.

«Kannst du dich erinnern, Mama, wie du hier ins Babels gegangen bist, als du jung warst?»

«Ja, klar! Da waren ...»

Wörter, so schwer zu fassen.

«Tanz», sagte Eira. «Shake-Abende mit den Chepp Steppers.» Sie hatte die Band gegoogelt und ein paar Artikel gefunden, die Chepp Steppers hatten vor allem andere Sechzigerjahre-Bands gecovert, die Beatles natürlich sowie ihr schwedisches Pendant, die Hep Stars. Eira suchte auf Spotify einen ihrer größten Hits heraus.

«Bestimmt haben sie auch das hier gespielt?»

Kerstin lachte und shakte ein bisschen im Sitzen, sie sang mit, und die Wörter kamen genau an den richtigen Stellen, das war das Besondere an Musik. *She's a sunny girl, a real girl ...*

Dann hielt sie inne und begann mit der Hand ein wenig Laub beiseitezuschieben.

Eira fragte nach der FNL.

«Was war denn damit?», fragte Kerstin. Eira zeigte ihr das Foto von den drei jungen Leuten vor dem Babels und versuchte mit ihr über den Krieg zu sprechen.

«Puh, da will ich gar nicht dran denken, da kommt nichts Gutes bei raus.» Kerstin klopfte sich auf den Bauch, als wäre sie vollkommen satt, obwohl sie gar nichts gegessen hatten, auch ihre Gesten wurden immer irrationaler.

Eira hatte einen Zeitungsartikel aus dem Februar jenes Jahres gefunden, mit den Namen von zwei der amerikanischen Deserteure, die damals auf dem Hof gewesen waren. Keiner von ihnen ähnelte den Männern auf dem Foto, und keiner der Namen klang italienisch, dennoch nannte Eira sie.

«Kanntest du sie?»

«Man kannte ja viele, doch, das tat man. Aber wo habe ich denn nur wieder die Schlüssel gelassen?» Sie suchte nach ihrer Handtasche, wieder diese Nervosität.

Sag endlich mal was Vernünftiges, verdammt noch mal!, hätte Eira gerne gebrüllt, tat es aber nicht. Stattdessen nur ein: «Aber an irgendetwas wirst du dich doch noch erinnern?» Sie ertrug es nicht, dass ihre Mutter nur noch an der Oberfläche zu existieren schien. Es war die Tiefe, die verschwand, die

Fähigkeit, einen Gedanken mit dem nächsten zu verknüpfen. Manchmal etwas Klügeres zu sagen, als sie gerade selbst geäußert hatte.

Die Leere, die es bedeutete, dass das niemand mehr tat. Kerstin zappelte nervös.

«Ich glaube, wir müssen jetzt los.»

UNNI war in Eiras Kindheit immer präsent gewesen, aber das letzte Telefonat mit ihr im Herbst, bevor Kerstin ins Pflegeheim gezogen war und Eira ihr Kerstins Adresse geben wollte, war nicht so gut gelaufen.

Sie erinnerte sich an die merkwürdige Stille am anderen Ende.

«Klar sollte ich sie besuchen», hatte Unni schließlich gesagt. «Aber ich weiß nicht, ob ich es ertrage, sie so zu sehen. Ich möchte mich so an sie erinnern, wie sie war.»

Als würden Kerstins Gefühle gar nicht zählen, als wäre der Tod bereits eine Tatsache.

Aber dann rief Eira sie trotzdem an.

Nach dem siebten Klingeln ging Unni dran.

«Ist was mit deiner Mutter?», rief sie sofort. Der Rest wurde vom Wind fortgeweht, und dann brach die Verbindung ab.

«Ich bin irgendwo südlich von Långsele», sagte Unni, als sie fünf Minuten später von einem Feldweg aus anrief. Sie war auf der ersten Spritztour mit ihrem neuen Jaguar, den sie sich selbst geschenkt hatte. Ein Cabriolet, was den Wind erklärte. Endlich war es warm genug für eine Spritztour.

«Sag nicht, sie ist gestorben.»

«Sie lebt», sagte Eira.

«Und du, wie geht es dir?», fragte Unni.

«Ich bin schwanger.»

Sie trafen sich ein paar Stunden später, nachdem Unni das Tempolimit in Bollstabruk gesprengt und ihr teures Spielzeug schräg vor dem Café Genomfarten geparkt hatte.

Sie wollte auf kleineren Straßen bis nach Finnmark hinauf und dann durch ihre Kindheitslandschaft bei Forsed cruisen.

Allem, was gewesen war, den Finger zeigen.

Riesige Portionen Biskuitrolle landeten auf ihrem Tisch.

«Bist du glücklich», fragte Unni, «oder eher nicht?»

«Irgendwas dazwischen, würde ich sagen.»

Noch ehe der Kaffee so weit abgekühlt war, dass er sich trinken ließ, hatte Unni ihr das meiste aus der Nase gezogen, das Chaos, in das sie sich selbst gestürzt hatte.

«Oh Gott – Ricke? An den erinnere ich mich noch gut, hing der nicht ständig bei euch rum? Wahnsinnig charmanter Typ, oder?»

«Mhm.»

«Wer von beiden wäre dir denn lieber?»

«Darum geht es hier ja wohl nicht», meinte Eira.

Unni lachte. Sie hatte aufgehört sich das Haar zu färben, trug es jetzt grau und raspelkurz, die Sonnenbrille hatte sie hochgeschoben.

Überall Lachfältchen.

«Weißt du, dass du mich gerade an Kerstin erinnerst?»

«Wie meinst du das?»

Unni machte eine Pause, dachte nach oder zögerte, vielleicht merkte sogar sie, dass es nicht so einfach war.

«Ich habe nie verstanden, wieso sie sich auf Veine eingelassen hat. Ja, ich weiß, er war dein Vater, aber sie war nie in ihn verliebt. Das einzig Wichtige ist doch, wie du selbst leben möchtest!»

«Nein», sagte Eira.

«Doch.»

«Wenn dieses Kind einen Vater haben soll, hängt das auch davon ab, wo August wohnen will, oder von Ricke, der sich noch nie irgendjemandem angepasst hat, und gleichzeitig muss ich für Mama da sein, die auch nicht gerade eine tolle Oma abgeben wird, und dann noch Magnus, der ...»

«... sitzt, wo er sitzt, ja.»

Tränen brannten ihr unter den Lidern, Eira schluckte angestrengt.

«Was, wenn ich eine totale Scheißmutter werde?»

«Quatsch, du schaffst das.» Unni ballte die Hand zur Faust und reckte sie in die Luft, wie sie es immer getan hatte. «Wie schwierig kann das übrigens schon sein? Ich bin mit Eltern aufgewachsen, die beide Alkoholiker waren, oft kein Bissen Brot im Haus und mit schmutzigen Klamotten in die Schule, und schau, was aus mir geworden ist.»

Eine Geste zum Jaguar hin, der gerade von kleinen Jungs umringt war, die ihn bewunderten. Er erstrahlte auf einem todlangweiligen Platz. In Bollstabruk war der Niedergang noch deutlicher zu sehen als anderswo, verrammelte Schaufenster und geschlossene Läden. Das Café wurde von einer kommunalen Organisation zur Unterstützung sozial Benachteiligter betrieben, weswegen der Kaffee hier nur zehn Kronen kostete.

«Entschuldige, dass ich sie nicht besucht habe», sagte Unni.

«Das musst du nicht mir sagen.»

Sie seien seit der Zeit befreundet, als sie noch in die Windeln machten, hatte Kerstin immer gesagt. Ihre Väter hatten in der Zellstofffabrik in Väja gearbeitet. Bis mein Vater rausgeschmissen wurde, fügte Unni dann meist hinzu. Unni, die bei ihnen zu Hause auf dem Sofa Rotz und Wasser geheult hatte, die sich ständig verliebt hatte und wieder verlassen wurde. Wie sie und Kerstin immer bis spät in die Nacht zusammen Wein getrunken hatten und Eira sie belauschte, bis sie einschlief – solche Erinnerungen zogen vorbei.

Eira suchte das Foto auf ihrem Handy heraus.

«Sagt dir das irgendetwas?»

Unni betrachtete es eine Weile. Eira versuchte in ihrem Gesicht zu lesen. Ein Lächeln wollte hervorbrechen, kehrte aber um und verschwand.

«Ach du meine Güte – wie jung sie damals war.»

«Ich glaube, es wurde im Sommer 1968 aufgenommen. Erkennst du auch die anderen?»

«Wieso fragst du das jetzt?» Unni blickte Eira nicht an, sie schaute durch sie hindurch, kannte sie viel zu gut. «Die meisten warten, bis ihre Eltern unter der Erde sind, bevor sie anfangen, in ihren Geheimnissen herumzuwühlen.»

Eira wägte das Risiko ab, eventuell zu viel zu sagen, welcher Schaden entstehen konnte, wenn etwas nach außen drang und die Spekulationen wieder hochkochten.

«Es wäre gut, wenn du niemandem davon erzählst», sagte sie schließlich, «wir wollen nicht, dass es sich rumspricht, bevor wir selber mehr wissen.»

«Du kennst mich doch.»

Unni fuhr sich mit der Hand über den Mund, als schließe sie einen Reißverschluss.

«Du hast vielleicht mitbekommen, dass wir Ende April eine Leiche im Fluss gefunden haben, direkt vor Lunde?»

Unni erstarrte mit der Kaffeetasse in der Hand und sah Eira mit weit aufgerissenen Augen an.

«Wie bitte? War er es? Ist es Steve, den ihr da draußen gefunden habt?»

«Steve?»

«Wenn Kerstin das gewusst hätte.» Unni lehnte sich zurück, schaute zur Decke, die Hand vor der Stirn.

«Kannst du mir sagen, wovon du sprichst?» Das Geklapper in der Küche verstummte, auch den Sportbericht aus dem Fernseher hörte Eira nicht mehr. «Wer ist Steve?»

«Hast du Kerstin etwas gesagt? Sag ihr nichts. Oder ist es besser, wenn sie die Wahrheit erfährt? Oh Gott, was weiß denn ich!»

«Unni.»

«Warte kurz, ich muss mich nur sammeln. Gib mir eine Minute.» Sie bat eine Eritreerin, die herumging, um die Tische abzuwischen, mit einer Geste um ein Glas Wasser, stürzte es hinunter und wischte sich den Mund ab, dann atmete sie tief durch.

Deutete auf das Foto.

«Der da hieß Terry», sagte sie und legte den Finger auf den Dunkelhaarigen, «und der da ... Warte, es fällt mir gleich ein, John!»

«Steve, hast du vorhin gesagt.»

«Nein, nein. John. Sie waren zu dritt, aber Steve ist nicht mit auf dem Bild.»

«Wie, zu dritt?» Es war anstrengend, mit einem Menschen zu sprechen, der im Kopf genauso herumflatterte wie mit den Händen, Eira hatte immer das Gefühl gehabt, dass nur die Hälfte von dem, was Unni sagte, auch der Wahrheit entsprach. Es ging dabei nicht um handfeste Lügen, sondern lediglich um leichte Verschiebungen, Übertreibungen, um das Leben ein bisschen amüsanter zu machen.

«Amerikaner», sagte Unni. «Sie waren vor dem Krieg in Vietnam geflohen. Wann mag das gewesen sein?»

«1968.»

«Ja, klar.»

«Und wieso dachtest du, es wäre Steve, den wir gefunden haben?»

«Hat deine Mutter seinen Namen nie erwähnt?»

«Nein.»

«Ich weiß nicht, ob es ihr recht ist, wenn ich mit dir darüber spreche. Wenn sie tot wäre, wäre es etwas anderes, Vertrauen und so, du weißt schon.»

«Das ist eine polizeiliche Ermittlung», sagte Eira.

«Entschuldige, Liebes, ich vergesse immer, dass du Polizistin bist.»

Ein kurzes Lachen, Unni faltete die Serviette zusammen und legte sie über ihre Biskuitrolle, die sie nur zur Hälfte gegessen hatte.

Eines Samstagmorgens im Frühling waren sie ihr über den Marktplatz entgegengeschlendert gekommen, eine Kiste Bier vom Tempo-Markt zwischen sich.

Unni selbst war nicht dabei gewesen. Sie hatte die Schule nach der Volksschule beendet und arbeitete in der Kantine der Kaserne in Sandslån, teilte sich ein Zimmer mit drei anderen Frauen. «Aber da gab es auch ganz gut aussehende Kerle, während der Flößsaison sogar Hunderte, ich erinnere mich vor allem an einen Taugenichts aus Para...» Auf dem Marktplatz konnte sie also jedenfalls an den Samstagen nicht herumstehen, aber Kerstin hatte es ihr erzählt, immer und immer wieder, in den darauffolgenden Wochen.

Wie die Welt plötzlich stehen geblieben war und sich gleichzeitig schneller gedreht hatte, ein Wind, der mit dem Großen und dem Fremden hereingeweht kam. Kerstin hatte sich, wie so viele andere in jenem Winter, den FNL-Gruppen angeschlossen, sie las Marx und Mao und begann, die großen Zusammenhänge zu erkennen, wie die Welt funktionierte und wie wenig sie bisher gewusst hatte. Sie verkauften das Vietnam-Bulletin, verteilten Flugblätter an die Leute, die gerade einkauften, und sie hatte gerade ihre erste Ansprache gehalten, mit zitternden Knien den Einwohnern von Kramfors zugerufen, der Imperialismus werde vernichtet und das Volk befreit, und sie hatten gesungen: *Vietnam ist nah, direkt vor deinem Fenster*, und *Bauer im Dschungel bei Saigon, spürst du die Unterstützung* ...

Und da standen sie plötzlich vor ihr. Kerstin war ohnehin schon zittrig von ihrer Rede, der Asphalt schwankte.

«*Feels kind of awkward to see that flag here, in the middle of nowhere* ...»

Wenn es eine Liebe wie in den Groschenheften gebe, dann fühle sie sich wahrscheinlich genau so an, es sei denn, Kerstin hätte übertrieben, wie sie es manchmal tat.

Eine Liebe wie ein Blitzeinschlag oder ein Überfall.

«Ich habe sie nie wieder so verliebt gesehen», sagte Unni, «entschuldige, Liebes, aber dein Vater löste nicht annähernd dieselben Gefühle in ihr aus.»

Und dann erfuhren sie, dass die drei Amerikaner aus der US-Armee desertiert waren. Das sei doch bemerkenswert – ausgerechnet nach Kramfors! Wer hätte sich da nicht verliebt.

«Sie wohnten in irgendeiner Kommune etwas weiter im Norden.»

«Torsåker?»

«Kann sein. Sie sollten das Land bewirtschaften und so was, hatten aber anscheinend keine Lust, in den Wäldern zu versauern.»

Für jemanden, der aus Forsed stammte und nichts anderes als wegwollte, war es ziemlich unbegreiflich, aber so war es damals gewesen. Die Leute wollten aufs Land und in Einklang mit der Natur leben, Linseneintöpfe kochen und sich nach einem Hamburger sehnen. Weg von den verlogenen Versuchungen der Großstädte. Marx und Trotzki lesen, sich von ihrem Ego befreien.

Als ob einem jemand im Gehirn herumwühle, hatte Steve zu Kerstin gesagt, als sie zusammen unter Schlafsäcken und Decken in einem verlassenen Kuhstall in Lunde lagen.

Er kam aus einer Arbeiterstadt in Amerika, der Henker wisse, aus welcher, Terrys Vater arbeitete in einem Stahlwerk, und John kam aus Kalifornien, was wussten sie schon von Hühnern und Rüben, von der Erde, die bei ihrer Ankunft noch gefroren war?

Der Wald sei *creepy*, meinte Steve, überall Bäume, keine Chance, jemanden, der sich anschlich, zu bemerken – fast wie in *Nam* ...

Sie hatten ein paar Monate in der Kommune gewohnt und dann beschlossen, dort wegzugehen. Hatten niemandem Bescheid gesagt, denn dann hätten sie eine Art Verhör über sich ergehen lassen müssen. Sie waren per Anhalter mit einem Lastwagen nach Kramfors gekommen, wo sie am Bahnhof übernachtet und ihr letztes Geld für Brot und Bier ausgegeben hatten. Am Morgen hatten sie dann die Musik vom Marktplatz gehört, die Lieder über Vietnam, und sie hatten gewusst, dass es auch hier Menschen gab, die ihnen helfen würden.

Jemand hatte ein Sofa übrig, ein anderer kannte einen leer stehenden Kuhstall kurz vor Lunde, wo die Leute dann Möbel und Bettzeug hinbrachten. Arbeit fand man eigentlich überall, als Brennholzstapler oder Sortierer in irgendeiner Holzhandlung, beim Be- und Entladen von Bauholz.

«Ich überlege gerade, ob Steve nicht einen Job in der Stauerei hatte. Doch, so war es wohl, er schlief ja in diesem alten Kuhstall bei Lunde», sagte Unni, «allerdings weiß ich es nicht genau, ich habe da ja nie so richtig mitgemacht.»

Das Personal fing bereits an, die Tische abzuwischen, nahm

das Kuchenangebot aus der Theke, anscheinend wollten sie für heute schließen.

«Kerstin hatte damals andere Freunde, mit denen sie sich umgab, sie sprachen davon, zur *Universität* zu gehen und nach *Paris* zu fahren.»

Einmal hatte Unni mit diesem Typen namens Terry rumgemacht, das war aber wohl auch alles gewesen, in einem engen Ladenlokal hinter dem Zentrum, wo sie die Pfeife kreisen ließen. Als sie es ein paar Wochen später mal wieder von Sandslån nach Kramfors schaffte, lag er mit einem Mädchen aus der Abschlussklasse, sie kam aus Nordingrå, auf einer Matratze in der Ecke. Unni erinnerte sich vor allem an das, was Kerstin ihr bruchstückweise erzählt hatte, hinterher, als es vorbei war und sie wieder eine treue Freundin brauchte.

«Was passierte denn?»

«Was halt passiert», sagte Unni. «Dieser Steve ließ sie sitzen. Noch dazu auf die feigste aller Arten, kein Brief, kein Wort.»

Ein heftiger Schauer brach draußen über Eira und Unni herein, und sie suchten unter dem Vordach eines verlassenen Ladens Schutz.

«In der Nacht liegen sie noch in diesem Kuhstall und bumsen, und am nächsten Tag ... Zack! Einfach weg. Du musst dir vorstellen, er war Kerstins erste große Liebe, sie wusste nicht, dass so etwas passieren kann.»

Eine Frau mit Kopftuch kämpfte sich mit ihren Einkaufstüten Richtung Kejsarstan hinunter, ihr Schirm bog sich unter dem Regen.

«Sie konnte es einfach nicht begreifen», sagte Unni, «jeden Abend lief sie die Ufer und die Kais ab, sie dachte, ihm wäre was passiert.»

Eira fröstelte, sie dachte an die Leiche, die sie aus dem Fluss geborgen hatten. Lag da möglicherweise noch eine? Ein

Teil ihres Gehirns beschäftigte sich sofort mit den rationalen Dingen – würde man ihr die Taucher noch einmal zur Verfügung stellen –, und gleichzeitig war ihr bewusst, wie irrational das war. Die sterblichen Überreste waren ein Zufallsfund gewesen. Eine Suche war sinnlos, Eira musste nur daran denken, wie tief es dort hinunterging, und an die Strömungen, die fünfhundert Kubikmeter Ångermanälv, die jede Sekunde ins Meer flossen.

«Kerstin hatte wahnsinnige Angst, er könnte sich etwas angetan haben. Steve war aber auch ein sensibler Typ. Ich erinnere mich, dass sie mal erzählte, er hätte eine richtige Kraterlandschaft auf dem Rücken, von einem Granatenangriff. Damals wusste man nicht viel über solche Dinge, Angst, Posttraumatische Belastungsstörung würde man heute wahrscheinlich dazu sagen. Er hatte Albträume, schrie und zitterte, das ganze Programm, er dachte wirklich, sie wären hinter ihm her. Man vergisst immer, wie jung diese Typen waren, neunzehn, zwanzig. Wenn sich von denen jemand das Leben genommen hat, also mich würde das nicht wundern.»

Eira hatte nichts von Mord gesagt. Es hatte in den Zeitungen gestanden und überall im Internet, doch das bedeutete natürlich nicht, dass Unni es mitbekommen hatte.

«Erinnerst du dich genauer, wann Steve verschwunden ist?»

«Im Herbst», sagte Unni, runzelte die Stirn und kratzte sich am Kopf. «Ich erinnere mich an dunkle Abende, wenn ich mal Zeit hatte, mich um Kerstin zu kümmern. Es war schweinekalt vor dem Stall, wo sie saß und heulte.»

«Und John, was weißt du über den?»

«Ist er es, den ihr gefunden habt?»

«Gut möglich.»

«Ich kann mich nicht erinnern, mich je mit ihm unterhalten

zu haben. Er war süß, aber eher der schwierige Typ, du weißt schon, wenn man nicht richtig einordnen kann, ob einer tiefsinnig oder einfach nur eingebildet ist. Einfach nicht mein Fall. Und frag mich nicht, wo er abgeblieben ist. Ich hatte genug damit zu tun, meine Kartoffeln fertig zu schälen, bevor Kerstin wieder anrief und heulte.»

John, dachte Eira, das war wahrscheinlich einer der häufigsten Namen im englischsprachigen Raum, möglicherweise neben Steve.

«Erinnerst du dich an einen Nachnamen?»

Unni lachte laut auf.

«Du überschätzt mich, ich erinnere mich ja kaum an die Namen meiner alten Flammen.»

Sie streckte eine Hand aus und drehte sie zum Himmel, es hatte aufgehört zu regnen.

«Jetzt kann ich das Verdeck wohl wieder öffnen?»

ALLAN Westin fand in dieser Nacht keine Ruhe. Es war ein elendes Hin-und-her-Gewandere, aufstehen und pinkeln, und dann war er wieder hellwach.

Der alte Zorn war wieder in ihm erwacht und das Bedauern darüber, nicht der Mann zu sein, den seine Frau brauchte.

Hätte er Schnaps im Haus gehabt, er hätte ihn getrunken. Das Brennen im Hals und die Schwere danach – so hätte er schlafen können.

Er ärgerte sich, Patrask nicht über Nacht bei sich behalten zu haben. Etwas Lebendiges, das neben einem herumschnüffelte, sich im Schlaf bewegte und manchmal leise bellte, war beruhigend. Nicht dass Allan sich einbildete, etwas vom Seelenleben der Hunde zu verstehen, doch er stellte sich vor, dass es Träume waren, die sich in Patrasks Kopf abspielten, vielleicht von der Hündin drüben in Hyssbacken, die neulich läufig gewesen war.

Er hätte den Köter heute einfach mal nicht zu Eira bringen und sie in Ruhe lassen sollen mit dem, womit sie da im Obergeschoss herumfuhrwerkte, hätte kein unnötiges Zeug erzählen sollen.

Wie es ihr gehe, alles in Ordnung?

Ja, doch.

«Und das Baby?»

«Alles gut, keine Probleme, haben sie gesagt.»

Wenn er diesmal einfach auf Höflichkeiten und Smalltalk verzichtet hätte, dann wäre sie nicht die Treppe heruntergekommen mit ihrem Notizblock und Stapeln von alten Briefen in der Hand.

«So spät räumst du noch auf?»

«Ich hatte gehofft, ich finde da oben was», hatte sie gesagt und alles auf den Küchentisch geworfen. Und dann gefragt: «Ach übrigens, hast du nicht früher im Hafen gearbeitet?»

«Doch, erst als Stauer, und dann war ich auf der Werft, wieso?»

«Erinnerst du dich an ein paar Amerikaner, die Ende der Sechzigerjahre dort gearbeitet haben? Ich glaube, auch als Stauer, da hat man wohl am einfachsten einen Job gefunden? Sie waren vor dem Vietnamkrieg geflohen und in einem alten Stall kurz vor Lunde untergekommen ... Warte mal.»

Eira hielt ihm ihr Handy hin. Allan blinzelte und musste an das seltsame Gesicht des Toten denken, das sie ihm zuvor gezeigt hatte. Das hier war ein richtiges Foto, nicht so ein Bild, das mit dem Computer gemacht war. Echte Menschen. Er starrte so lange hin, bis er nichts mehr sah. Ein Nebel aus damals und heute, Glaskörpertrübung und Star beeinträchtigten sein Sehvermögen.

«Was ist denn mit denen?»

«Kann sein, dass wir einen von ihnen im Fluss gefunden haben», sagte Eira. Das Polizeimädchen. Das hätte er sich doch denken können, dass sie alles herausfand. Die Beharrlichkeit hatte sie bestimmt von ihrem Vater.

«Hattest du nicht gesagt, der war Grieche oder so?»

«Ein Mensch kann mehreres auf einmal sein», antwortete Eira. «Vielleicht war er Amerikaner mit italienischer Abstammung. Mist, das habe ich Unni gar nicht gefragt.»

Sofort begann sie etwas auf ihrem Handy zu tippen, und

Allan sagte, dass man auf der Arbeit nicht unbedingt etwas miteinander zu tun gehabt habe, man sei in verschiedene Arbeitsmannschaften eingeteilt worden.

«Vielleicht habe ich sie mal gesehen, aber wenn, dann eher flüchtig.»

«Kennst du jemanden, der auch als Stauer gearbeitet hat und vielleicht mehr weiß?»

«Von damals? Der noch am Leben ist? Da muss ich erst mal überlegen.»

Sie war auf einen Stuhl gesunken, merkte, dass sie inzwischen etliche Kilo mehr zu tragen hatte. Es sei nicht gut, sagte er zu ihr, dass sie in ihrem Zustand noch so spät arbeite.

«Ich weiß gar nicht, ob man das Arbeit nennen kann», sagte Eira. «Eigentlich ruhen die Ermittlungen, aber ich kann einfach nicht aufhören, ich muss weitermachen. Hast du übrigens erkannt, dass das meine Mutter ist auf dem Foto?»

«Was, das ist Kerstin?»

«Kanntest du sie damals?»

«Kennen und kennen – sie war ja viel jünger als ich ...»

Sie wünschten einander gute Nacht, «dann nehme ich morgen früh wieder den Hund», wie sie es immer taten. Als Allan die Vortreppe hinunterging, hielt er sich am Geländer fest. Möwen kreisten über den Dächern, verjagten die Krähen, um ihre Nester zu bauen.

Seine Hausschuhe wurden feucht vom Gras.

Es gab Augenblicke, da schämte er sich, ein alter Mann zu sein. Wie Eira ihn mit Zuneigung, aber auch irgendwie uninteressiert ansah, so als erwarte sie nichts weiter von ihm, außer dass er morgens aufstand und heil und sauber blieb.

«Vielleicht fällt es mir noch ein», hatte er gesagt, bevor er die Tür hinter sich schloss, «wenn ich ein bisschen darüber geschlafen habe.»

SILJE war den ganzen Tag mit der Zeugenbefragung in einem Mordfall beschäftigt, GG dagegen saß in seinem Büro, als Eira daran vorbeikam. Sie klopfte an die geöffnete Tür. Er telefonierte gerade, winkte sie jedoch herein und beendete kurz darauf das Gespräch.

«Wow», sagte er und betrachtete ihren Bauch, «jetzt ist es wohl wirklich bald so weit.»

«Noch zwei Monate.»

«Und dann ändert sich alles.»

Eira fiel es schwer, auf solche Kommentare die richtige Antwort zu finden. Sie lächelte.

«Sag mal, dieser Unbekannte, den wir im Fluss gefunden haben ...»

«Wusste ich es doch!», sagte GG.

«Was?»

«Es sähe dir gar nicht ähnlich, einen Fall beiseitezulegen, bei dem noch Fragen offen sind.»

Eira wurde ganz warm ums Herz. Sie erinnerte sich, wie GG genau das schon einmal zu ihr gesagt hatte, dass selbst ein Polizist manchmal loslassen müsse. Es gelang ihm immer wieder, etwas zu sagen, wodurch sie sich ... gesehen fühlte.

Er lachte.

«Früher oder später findest du einen Nachbarn, dessen

Cousine vor hundert Jahren mal mit diesem Mann geschlafen hat.»

«Nicht ganz.» Eira lächelte. «Vor fünfundfünfzig Jahren, und mit seinem Kumpel.»

GG lachte erneut, und sie stimmte mit ein, bis es in ihrem Bauch zu unruhig wurde, der reinste Boxkampf. Eira ließ sich aufs Sofa sinken, es war GG gelungen, das größere Büro mit der Konferenzecke zu behalten.

«Und es war auch nicht die Cousine des Nachbarn», fügte sie, wieder ernst, hinzu.

Sie brauchte das heikle Computerbild des Gesichts nicht zu erwähnen. Es war keine Lüge, eher eine Abkürzung, und sie stand wahrscheinlich besser da, wenn sie ihm nur das ausgedruckte Foto von 1968 zeigte und ihm sagte, wer die Frau darauf war.

«Ich habe das Foto in ihrem Album entdeckt, und da ist mir klar geworden, von wann es stammt. Und dass es mit dem zusammenpasst, was wir bereits wissen: ein dunkelhaariger Mann um die zwanzig mit südeuropäischem Aussehen. Leider kann meine Mutter nichts mehr dazu sagen, sie ist nicht gut beieinander, aber ich habe mit einer Freundin von ihr gesprochen. Meine Mutter war mit dem Mann zusammen, der hier auf dem Foto nicht zu sehen ist, es waren drei Amerikaner, die damals vom Vietnamkrieg desertiert und in Kramfors gelandet waren.»

«Nicht wahr, oder?», fragte GG und betrachtete das Foto. «Sag bloß, du hast auch noch einen Namen.»

«John, mehr weiß ich leider nicht. Vielleicht kam er aus Kalifornien.»

Eira erzählte von der Kommune in Torsåker und dass die drei Männer den ganzen Sommer in der Gegend von Kramfors verbracht und vielleicht in Lunde in der Stauerei gearbeitet hatten.

«Manche trauten sich nicht, ihren Eltern zu sagen, dass sie desertiert waren, vielleicht wusste seine Familie also gar nicht, wo sich dieser John befand, vielleicht hatte sie ihn aber auch verstoßen. Das würde zumindest erklären, weshalb wir ihn in keinem Vermisstenregister gefunden haben.»

Ihre Augen brannten vor Müdigkeit, sie hatte die halbe Nacht damit verbracht, zum Krieg und zu den Deserteuren zu googeln. 1964 hatten die USA Nordvietnam angegriffen und im darauffolgenden Jahr Truppen auch nach Südvietnam geschickt, um die FNL-Guerilla auszulöschen und die Verbreitung des Kommunismus zu stoppen. Viele junge Männer tauchten unter, sobald sie den Einberufungsbescheid bekamen, oder sie verbrannten diesen öffentlich. Andere wurden von den Militärbasen der USA im damaligen Westdeutschland als *AWOL* verzeichnet, als *absent without official leave*. Aus Vietnam selbst zu desertieren, war so gut wie unmöglich, doch manchmal wurden Soldaten im Urlaub nach Japan ausgeflogen. Dort konnten sie Kontakt mit Beheiren aufnehmen, einer großen und sehr aktiven Untergrundbewegung, die sie auf Fischerbooten übers Meer in die Sowjetunion schmuggelten. «Weg der aufgehenden Sonne» nannte man das damals. In Moskau angekommen, wurden Pressekonferenzen für sie organisiert, auf denen sie sich öffentlich vom ungerechtfertigten Krieg der USA distanzieren mussten, bevor die meisten weiterreisten. In Schweden fanden an die tausend Deserteure Zuflucht.

Eira hatte unter ihnen mehrere Steves gefunden, aber keiner von ihnen kam aus Philadelphia. Beim Namen Steve Kinnaman hatte sie gestutzt, der war ihr bekannt vorgekommen, doch das lag, wie sich herausstellte, nur daran, dass dessen Sohn Hollywoodstar geworden war, lange nachdem sein Vater über die Dschungel Thailands nach Schweden gekommen war.

Dort hatten die Menschen den Deserteuren Schlafplätze in ihren Häusern und Wohnungen angeboten, Anwälte kümmerten sich kostenlos um ihre Fälle, und auf dem Sozialamt am Mariatorget konnten sie sich fünfundachtzig Kronen am Tag abholen, was viele von ihnen aufstockten, indem sie im Strömmen angelten, bis es ihnen gelang, einen Job als Zeitungsbote oder in der Brauerei in Vårby zu finden.

Oder sie wurden in eine landwirtschaftliche Kommune in Norrland geschickt.

«Es scheint ziemlich chaotisch gewesen zu sein, verschiedene politische Gruppen wollten sie für sich vereinnahmen», fuhr Eira fort, «das waren die von der FNL, die für die bewaffnete Revolution standen, sowie eine eher sozialdemokratische Vietnam-Organisation, die Frieden wollte, manche waren Maoisten und andere Trotzkisten. Irgendwann gründeten sie dann das *American Deserters Committee*, um ihre Sache selbst in die Hand zu nehmen.»

«*Well done*», sagte GG. «Wenn das alles stimmt, dürfte es für die amerikanische Polizei jetzt kein Problem mehr sein, seine Identität festzustellen.»

«Abgesehen davon gibt es natürlich auch Unterlagen in den schwedischen Amtsarchiven, ihnen wurde schließlich Asyl gewährt und Sozialhilfe.»

GG lehnte sich zurück, er blickte zum Fenster hinaus. Sundsvall war grau, der Himmel, die öffentlichen Gebäude – wahrscheinlich war dies das graueste Viertel der Stadt.

«Wenn ich mich richtig erinnere», sagte er, «wurden im Januar jenes Jahres die lange Schlacht um Huế und die Tết-Offensive eingeleitet, ganz zu schweigen vom Massaker von Mỹ Lai im Frühling. Stell dir vor, alldem zu entkommen und dann im Ångermanälven zu enden. Was für eine Ironie des Schicksals.»

Es klang, als hätte er sich sehr viel intensiver mit dem Krieg beschäftigt als sie selbst. Eira hatte sich keine einzige Schlacht gemerkt, nur die Fluchtwege, die von dort weggeführt hatten.

«Hast du mit Silje darüber gesprochen, wie es hier mit den Ermittlungen weitergeht?»

«Noch nicht», sagte Eira, «sie ist heute nicht im Haus.» Es klang wie ein vorgeschobener Grund, was es ja auch war. «Was würdest du denn dazu sagen, wenn du mein Chef wärst?»

«Dass schwedische Polizisten in jedem Mord ermitteln, selbst wenn er bereits verjährt ist», sagte GG. «Wir wollen es wissen, die Allgemeinheit will es wissen, ganz zu schweigen von seinen Angehörigen, die möglicherweise noch leben.»

«Da ist noch etwas», sagte Eira und zögerte kurz, vielleicht, weil es ihre Mutter zu sehr betraf und dadurch auch sie selbst. «Einer der Deserteure, Steve, scheint ohne jegliche Erklärung von einem Tag auf den anderen verschwunden oder abgehauen zu sein, irgendwann Anfang Herbst. Und der Mord wurde Anfang September begangen.»

«Klingt nach einem möglichen Täter.»

«Oder nach einem zweiten Opfer», sagte Eira.

«Interessant», meinte GG. «Sag Bescheid, wenn du Unterstützung bei deinen Ermittlungen brauchst.»

Eira lachte.

«Würdest du mich unterstützen wollen? In einem verjährten Mordfall?» Es war ein ebenso anrührender wie absurder Gedanke; er mit seinen dreißig Jahren Berufserfahrung und diversen Chefposten auf dem Buckel.

«Wenn ich das hier dafür abgeben kann?» GG deutete auf das Durcheinander auf seinem Schreibtisch, Ordner und Papiere lagen darauf verstreut. «Für jeden Drogenbaron, den wir einlochen, treten zehn jüngere mit AK4-Gewehren an und schießen um sich, um seinen Platz einzunehmen. Sechzigerjahre, hast du gesagt?»

AUF dem Heimweg fuhr Eira bei Unni vorbei, sie wohnte in einem der Ziegelhochhäuser, die sich in Sundsvall an den Bergen entlangzogen.

Das Beantworten von SMS schien ihr einfach nicht zu liegen, und auch nicht, sich an irgendetwas zu erinnern.

Nein, ihr sei keine weitere Erleuchtung gekommen, sagte Unni, nachdem Eira den Wein abgelehnt, jedoch ihre Schuhe ausgezogen und sich für einen Moment zu ihr gesetzt hatte. Die Wände waren über und über mit Gemälden bedeckt, von einem Plattenspieler erklang Musik.

Eira durfte offiziell wieder ermitteln.

«Nimm dir ein paar Tage dafür», hatte Silje gesagt, nachdem Eira ihr die neuen Erkenntnisse präsentiert hatte. «Versuch noch etwas mehr herauszufinden, bevor wir uns an die Amerikaner wenden.»

In den USA gab es keine Verjährungsfrist für Mord.

Unni stellte den Plattenspieler leise, eine heisere Stimme sang Blues.

«Je mehr ich mich anstrenge», sagte sie, «desto unsicherer werde ich, was tatsächlich Erinnerungen sind und woran ich mich nur zu erinnern versuche, um dir eine Freude zu machen. Das Gedächtnis mag es nicht, wenn man sich ihm mit der Lupe nähert und alles genau betrachtet. Ich bin mir nicht einmal hundertprozentig sicher, ob er wirklich John hieß.»

Ein Nachname sei ihr nicht eingefallen, doch es könne gut sein, dass er italienische Wurzeln gehabt habe.

Ein gut aussehender Kerl, wie gesagt.

«Wenn junge Menschen nicht mehr leben wollen, das ist wirklich eine Sünde und eine Schande.»

«Er hat sich nicht das Leben genommen», sagte Eira. Unni riss die Augen auf, als sie ihr alles berichtete.

«Ach, herrje, was Menschen einander antun ... Da brauche ich jetzt aber wirklich noch einen Wein.»

Unni ging raus, um ihr Glas neu zu füllen. Wie schnell sie trank und dass sie sie trotz ihrer offensichtlichen Schwangerschaft gefragt hatte, ob sie auch etwas wolle. Eira musste daran denken, was Unni ihr über ihre Kindheit erzählt hatte, wie der Alkohol alles zerstört hatte. Kerstin dagegen war in einem nüchternen Elternhaus aufgewachsen, nicht wegen irgendeines freikirchlichen Hintergrundes, sondern weil Eiras Großmutter die Hand auf dem Geld gehabt hatte. Keine Öre für Alkohol, bevor nicht alles andere bezahlt war. Und überschüssige Öre gab es selten.

War das der große Unterschied zwischen ihnen gewesen?

Oder doch etwas anderes? Das Studium, für das Kerstins Eltern sich krummgelegt hatten, um ihrer Tochter eine höhere Ausbildung zu ermöglichen? Ihr Glaube an eine bessere Zukunft?

Unni brachte die Flasche gleich mit, stellte sie neben ihrem Sessel auf den Boden.

«Es tut mir leid, dass mein Gedächtnis so schlecht ist», sagte sie, «aber das alles bedeutete mir damals nichts. Ich habe mich in dieser Clique nie wohlgefühlt, trug immer die falschen Klamotten und so weiter. Machte mich zurecht, wenn ich in die Stadt gehen wollte, ja, Kramfors war das damals, und die anderen saßen in ihren ausgefransten Jeans da ... Ich fühlte mich wie etwas, das die Katze angeschleppt hat. Und die Katze war Kerstin.»

«Aber du hast doch neulich etwas von einer Abiturientin aus Nordingrå erzählt.»

«Stimmt!» Unni schlug sich mit der flachen Hand an die Stirn. «Diese Schnepfe, die mir den Typen ausgespannt hat, sobald ich ihr den Rücken zukehrte. Hübsch und niedlich, wenn ich mich richtig erinnere, eine, in deren Gegenwart man sich tollpatschig vorkommt. Die waren ein bisschen was anderes, die Bauern draußen von der Küste. Egal, wie schlecht die Zeiten waren, hatten sie immer was zu essen und einen Hof zu erben, sie waren ihr eigener Boss.»

«Weißt du vielleicht noch, wie sie hieß?»

Die Platte war hängen geblieben. Unni ging hin und hob den Tonarm an, setzte ihn behutsam auf die nächste Spur. Blieb am Fenster stehen, dieser weite Blick über die Stadt und das Meer, die Papierfabrik auf der anderen Seite der Bucht.

«Titti vielleicht?», meinte sie und probierte den Namen im Mund. «Oder Kicki.» Sie dachte laut nach.

Eira schwieg, sie wollte ihre Erinnerung nicht stören.

«Du weißt ja», sagte Unni, «niemand hatte mir beigebracht, mich einzuschmeicheln, dieses Spiel, das Mädchen immer spielen. Ich nahm mir, was ich wollte, und versetzte die Kerle mit meiner Lust in Todesangst. Die wollten damals lieber jemanden zum Beschützen, ich dagegen hatte Angst davor, mich abhängig zu machen, hatte zu Hause ja gesehen, wo das hinführt.»

«Kicki?»

«Ja, so hieß sie.»

Unni hob das Glas und prostete sich zufrieden zu.

«Und wenn sie Kicki genannt wurde», fuhr Eira fort, «dann hieß sie wahrscheinlich Kristina, oder?»

«Ja, ja, so hießen die meisten mit diesem Spitznamen.»

«Und du bist dir sicher, dass sie gerade Abi machte, also im Frühjahr damals kurz vorm Schulabschluss stand?»

«Hm», meinte Unni, «ich frage mich gerade, ob ich mir da wirklich so sicher bin.»

ZU Hause machte Eira sich erneut über die Kommodenschubladen her.

Die meisten Unterlagen ihrer Mutter hatte sie bereits am vorigen Abend durchforstet. Sie hatte Ausschneidepüppchen aus den Fünfzigerjahren und Bilder von hübschen Kleidern gefunden, die Kerstin als Kind aus Modemagazinen ausgeschnitten hatte. Schulhefte mit Aufsätzen, für die sie zweimal hintereinander eine Auszeichnung bekommen hatte, sowie in Bündeln sortierte Briefe, die mit Schleifen zusammengebunden waren. Sie stammten von ihren Eltern und Freunden, ein ganzer Packen war jedoch auch in Veines Handschrift verfasst, und Eiras eigene Briefe aus Stockholmer Zeiten waren ebenfalls dabei. Von einem Steve dagegen keine Spur.

In der untersten Schublade lagen ein paar Klassenfotos in Passepartouts.

In der Abschlussklasse von 1968 hatte es drei Mädchen namens Kristina gegeben, eine Information, die Eira nichts brachte, wenn Unni recht hatte und «Kicki» in jenem Frühjahr in der Dreizehn gewesen war. Sie nahm die Schulbücher heraus, Mathe, Geografie, Geschichte – wieso hob ihre Mutter so etwas auf, glaubte sie ernsthaft, es würde noch mal jemand hineinschauen? Eira hoffte, ein Jahrbuch aus ihrer Gymnasialzeit zu finden, vergeblich. Natürlich gab es irgendwo noch archivierte Klassenlisten, in der schwedischen Bürokratie ging nichts verloren, aber es war Freitagabend, eine Ewigkeit, bis die Ämter wieder öffneten.

Kristina, Kristina – das war ein so gewöhnlicher Name, nicht zuletzt in dieser Generation, getauft nach Königinnen und Prinzessinnen. Allein in Kramfors und Umgebung gab es sage und schreibe siebenhundertneun Kristinas, so hatte sie es auf hitta.se recherchiert.

Was konnte sie also tun, außer warten? Im Kopf ging sie alle Bekannten im Alter ihrer Mutter durch, sowie die einschlägigen Facebookgruppen. Eira war selbst eingeladen worden, der Gruppe «Wir von der Ådalskolan 2003–2006» beizutreten.

Plötzlich fiel ihr die FNL-Gruppe wieder ein, die Demonstrationen, Leute, die sich in Lokalblättern wie *Tidningen Ångermanland* oder *Nya Norrland* gegen den US-Imperialismus ausgesprochen und Parolen auf Dächer gesprüht hatten. Sie zog die Notizen heraus, die sie sich zu den Artikeln gemacht hatte.

Eine ganze Reihe männlicher Namen, aber nur eine Frau.

Kristina Norberg.

Eira gab den Namen ein und war verblüfft über die vielen Treffer. Eine Reihe kleiner Fotos zeigte ein wohlbekanntes Gesicht – vielleicht eines der bekanntesten in Kramfors Kommun. Konnte das sein?

Die Frau war als Kristina Frånlund bekannt geworden, offensichtlich der Name ihres Ehemanns. Ein paarmal tauchte sie auch unter ihrem Mädchennamen auf: Norberg.

Geboren in Nordingrå 1949.

Es war einige Jahre her, seit sie als Gemeinderätin zurückgetreten war, aber sie lebte nach wie vor in Kramfors, in einem Einfamilienhaus in Skarpåkern.

ES war ein beschissenes Jahr. Das Schlimmste von allen, dabei hatte Allan schon eine ganze Reihe davon auf dem Buckel, zweiundachtzig, um genau zu sein.

Wie alles wieder hochkam und ihn überrollte.

Wenn er in den Nächten auf und ab wanderte und der Schlaf sich auf eine Stunde hier und da reduzierte, dachte er oft an seine Nachbarin Kerstin und dass ihr Gedächtnisverlust, das Vergessen, das sein großes Maul aufriss und alles verschlang, was einen Menschen je ausgemacht hatte, im Grunde eine Gnade war.

Er selbst erinnerte sich an viel zu viel, vor allem an jenen Sommer. 1968.

Die Plackerei im Hafen war nicht das Schlimmste. Die Hände, die in den ersten Jahren vom Holz und von den scharfen Stahlkanten aufgerissen wurden, am Ende aber hart und schwielig waren. Wie Leder, hatte sie gesagt. Bei den ersten Malen mit ihr hatte er befürchtet, sie wären zu grob für ihren weichen Körper. Doch Maarit hatte es nicht gestört. Es fühlt sich gut an, hatte sie gesagt, dass du so vorsichtig bist.

Jemand hatte dem Mädchen wehgetan. Nicht nur auf die Weise, wie es Jungs häufig tun, indem sie unzuverlässig sind und nach Amerika abhauen, ohne je wieder zu schreiben, wie sein eigener Großvater es getan hatte. Sondern wirklich. Jemand hatte sie an den Haaren gepackt und sie gestoßen, sich an sie gepresst, sodass sie sich anschließend mehrere Jahre davor gefürchtet hatte, mit einem Mann alleine zu sein. Für ihn war es ein Glück, dass sie noch da war und frei, obwohl sie beide schon über fünfundzwanzig waren, als sie sich auf der Großen Messe, dem Jahrmarkt in Lunde, kennenlernten.

Hätte Allan diesen Mann mit seinen bloßen Fäusten erschlagen können, er hätte es getan, aber Maarit hatte ihm nie den Namen des Scheißkerls verraten.

Habe ich vergessen, hatte sie gesagt, doch er wusste, dass das gelogen war.

Vergiss, dass ich es erzählt habe. Jetzt sind wir beide zusammen, du und ich.

Er suchte nach den Briefen, die sie einander im Winter geschrieben hatten, nachdem Maarit nach Luleå zurückgegangen war. Ihr Job als Büfettkraft war nur etwas für die Sommersaison gewesen. Die Liebe, die es damals zwischen ihnen gegeben hatte. Er hatte keine Ahnung, wo sie diese Briefe hingeräumt hatte, ob es sie überhaupt noch gab.

Ich komme hoch, hatte er geschrieben. Ich komme zu dir.

Wo du bist, will auch ich sein.

Wie er sich mit dem Stift abgemüht hatte, um es ihr zu versichern. Mit Gott hatte er nichts zu schaffen, aber damals hätte er bei Stalins Grab geschworen, ihr niemals wehzutun.

Im Frühjahr wollte er die fünfhundert Kilometer mit dem Nachtzug nach Luleå fahren und sich dort eine Arbeit suchen, wenn sie ihn dann immer noch wollte.

Häfen gab es schließlich auch in Norrbotten.

Die Liebesworte, die sie ihm geschrieben hatte. In den Schränken fand er sie nicht wieder, und auch nicht in den Schreibtischschubladen.

Über die Sehnsucht in jenem Winter.

Den Bahnhof in Luleå würde er nie vergessen. Ihr Mantel

war blau gewesen, das Haar kürzer, als er es in Erinnerung hatte. Es war immer noch kalt, obwohl das Eis sich bereits bewegte und die Häfen wieder volle Arbeitsstellen vergaben. Wie verlegen sie gewesen waren, als sie in ihrem gebrauchten Volvo Amazon zu ihr nach Hause gefahren waren. Eine Zweizimmerwohnung mit Küche in Lövskatan, im Schatten des riesigen Stahlwerks.

Hier können wir doch die erste Zeit wohnen.

Das Bett war zu schmal für zwei Personen, doch darum würde Allan sich kümmern. Am besten gleich nach der ersten Lohnzahlung; wenn es nicht anders ging, auf Raten.

Am nächsten Tag war er ins Büro am Stahlhafen gegangen. Er erinnerte sich an das Donnern des Stahlwerks und wie das Erz hoch oben durch die Bahnen strömte, aber nicht an die Worte, die gefallen waren.

Wie der Personalleiter in seine Unterlagen schaute. Nie hatte er erfahren, was dort stand. Eine Begründung bekam er nie zu hören.

Westin also.

Nein, für ihn hätten sie nichts.

Er hatte sich geräuspert und von seinen Erfahrungen in der Stauerei und auf der Werft berichtet, hatte Empfehlungen aus Lunde beigebracht, aber nein.

Im Lasthafen und im Stahlwerk war es dasselbe, obwohl Maarit von ihrem eigenen Vater wusste, dass sie sehr wohl Arbeiter suchten. Es hatte ja sogar Anzeigen bei der Arbeitsvermittlung gegeben.

Nicht ganz die Qualifikationen, die wir hier brauchen.

An einem Abend im Pub, mit Maarits Brüdern und noch ein paar anderen Männern, als sie schon einiges intus hatten und zu diskutieren anfingen, hatte einer gefragt: Bist du Kommunist?

Na klar bin ich Kommunist, hatte Allan da geantwortet. Nie wäre er auf die Idee gekommen, damit hinterm Berg zu halten.

Gesenkte Stimmen, ein Mann, der sich vorbeugte.

Es habe schon andere gegeben, die deshalb keinen Job bekamen.

Die Kälte aus den Dreißigern zog herein, als viele ihrer Väter betroffen gewesen waren, als die Kommunisten mit Zügen in Lager nach Nord-Norrland gebracht wurden, während in Europa der Krieg tobte und Schweden Güterwaggons mit deutschen Soldaten durchs Land rollen ließ.

Aber in den Sechzigerjahren? Im Schweden der Sozialisten? Waren sie kein demokratisches Land, in dem alle und jeder das Recht auf Meinungsfreiheit hatten?

Allan erinnerte sich nicht mehr genau, wie der Abend endete. Vielleicht wurde er zu Maarits Wohnung in Lövskatan eskortiert.

Der Abschied am Bahnsteig, bei dem alle Versprechen wie Steine zu Boden fielen.

Die Heimreise, allein.

Schließlich fand er die Briefe, in einer Kiste auf dem Dachboden. Da wurden Dinge aufbewahrt, die man aussortiert hatte. Wintermäntel, die Maarit seit Ewigkeiten nicht getragen hatte, eine kaputte Küchenmaschine. Unter der Dachschräge hing ein vertrocknetes Wespennest, im Fenster Spinnennetze voll toter Insekten, in denen sich die Morgensonne fing.

Allan setzte sich auf den blau gestrichenen Stuhl, den die Kinder so gemocht hatten, weil es in der Sitzfläche ein Geheimfach gab. Er blätterte in der Vergangenheit.

Ihre Briefe aus der darauffolgenden Zeit.

Die großen Worte, die Liebesworte, ergriffen ihn wie ein Schmerz.

Und dann, dass sie schwanger sei.

Was Maarit alles unternommen hatte, um eine Lösung zu finden. Sicherlich gebe es noch andere Jobs, die Allan annehmen könne, lange Listen mit Stellen, bei denen sich eine Bewerbung lohnen würde.

Wie er sich geweigert hatte. Nichts von dem, was sie schrieb, konnte ihn dazu bewegen, noch einmal den Zug nach Luleå zu nehmen.

Hier wusste er wenigstens, wer er war und wohin er gehörte.

Wir schaffen das zusammen, schrieb sie.

Wie er in diesem Sommer vor lauter Einsamkeit ständig in Schlägereien geriet und sich betrank, wie er die Welt damals gehasst hatte.

Sollte er von seiner politischen Überzeugung Abstand nehmen? Dass die Menschen aufstehen und die Macht gewaltsam an sich reißen mussten, denn freiwillig würde sie niemals den Armen und Ausgebeuteten überlassen. Sollte er so tun, als ob er das nicht wüsste? Sich erniedrigen und betteln?

Auf gar keinen Fall, schwor er den Kameraden in jenem Sommer fluchend, soll mich doch der Teufel holen.

Aber das Kind? Und die Frau?

Darauf hatte er keine Antwort.

DIE Wohngegend Skarpåkern lag auf einem lang gezogenen Hügel etwas außerhalb von Kramfors, ehemals landwirtschaftlich genutztem Gebiet.

Eira parkte am Straßenrand, sie hatte sich nicht angemeldet. Wollte nicht riskieren, dass die frühere Gemeinderätin auf ihr Recht auf einen ungestörten Samstag verwies.

Kicki Frånlund stand über ein Hochbeet gebeugt.

«Bohnen», sagte sie und richtete sich auf, als Eira zu ihr trat, «und das hier ist Mangold und Spinat.» Sie wischte sich mit dem Unterarm den Schweiß von der Stirn, ihr Haar war naturgrau.

«Was gibt es?»

«Einen Mord», sagte Eira und hielt ihr den Dienstausweis hin.

«Wie bitte?»

«Ich habe Grund zu der Annahme, dass Sie einen Mann kannten, den wir vor einiger Zeit tot aufgefunden haben.»

So formell drückte Eira sich selten aus. Oft bekam man eher Antworten, wenn man normal mit den Leuten redete, doch bei Höhergestellten, das hatte sie gemerkt, funktionierte es oft anders besser. Die versuchten schon mal, einen einfach wegzuwedeln wie eine Mücke, oder verlangten nach einem Anwalt, der schlimmstenfalls ein ehemaliger Klassenkamerad war.

«Wen?», fragte Kicki Frånlund, und ihre Stimme wurde schroff, als gebe sie einen Befehl. «Wer ist tot?»

«Ich glaube, es ist am besten, wenn wir uns erst mal setzen.»

Die Frau bat Eira, auf der Glasveranda zu warten, zehn Minuten später war sie mit gewaschenen Händen und einer Thermoskanne zurück. Tassen und Gläser standen schon bereit, als erwarte sie permanent Besuch.

«Und jetzt erzählen Sie mal, worum es geht», sagte sie.

Auch wenn es einige Jahre her war, seit Kicki Frånlund ihren Posten als höchste Beamtin der Kommune aufgegeben hatte, war ihre Autorität noch zu spüren. Ihr Blick war so eindringlich wie zu ihren besten Zeiten. Unter anderem hatte sie den Ausbau der Eisenbahnstrecke resolut vorangetrieben und sich vehement dafür eingesetzt, Eisenbahn- und Flugverkehr anzubinden. Böse Zungen behaupteten, sie habe mehr für die Wirtschaft und für den Tourismus getan als für die Menschen vor Ort.

«Ihr Name ist in den Ermittlungen zu einem Mord aufgetaucht, der 1968 begangen wurde ...»

«Ach, vor so langer Zeit?»

Kicki Frånlund schien sich etwas zu entspannen.

«Sie waren damals in der FNL-Gruppe hier in Kramfors ...»

«Dafür schäme ich mich auch nicht, im Gegenteil, man könnte sagen, es war mein politisches Erwachen. Das war ein schrecklicher Krieg damals, ein Übergriff auf eine kleine Nation. Ich wünschte, wir könnten heute dasselbe Engagement für die Ukraine wecken, aber es waren andere Zeiten. Jetzt sitzen die Leute zu Hause, und jeder hat seine eigene Meinung und schreibt gehässige Kommentare, ich weiß nicht, wann das angefangen hat. Wieso ist es so wahnsinnig schwer, sich für Veränderungen zusammenzutun?»

Die Ex-Politikerin klang, als säße sie auf einer Fernsehcouch und nicht in einem Gespräch mit der Polizei.

«Wir glauben, dass der Tote sich ebenfalls in diesen Kreisen bewegte», erklärte Eira, «dass er einer von den Deserteuren war, ein Amerikaner.»

Kicki Frånlund holte tief Luft, sie war merklich erschüttert.

«Das ist nicht Ihr Ernst. Ist es Terry Anderson? Ich habe ihn seit mehr als fünfzig Jahren nicht gesehen. Ich habe keine Ahnung, was ich dazu beitragen könnte. War es politisch motiviert? Das würde mich nicht wundern. Aber warten Sie mal, sagten Sie, er ist 1968 gestorben? Dann kann es nicht Terry sein.»

«Ihn meinte ich auch gar nicht», sagte Eira und notierte sich den Namen Anderson. «Wir glauben, er hieß John, erinnern Sie sich auch noch an seinen Nachnamen?»

Buchstaben auf Papier, die einen Namen bildeten.

Da war er endlich.

Die Frau erinnerte sich, als wäre keine Zeit vergangen. Sie habe seinen Namen so oft geschrieben, meinte sie, als sie ihnen damals geholfen habe, diverse Briefe an die schwedischen Behörden zu schreiben, er habe sich ihr für immer eingeprägt.

John Aiello. Steve Carrano.

Ruhe breitete sich in Eira aus, ein Triumphgefühl. Nicht berauschend, eher weich, konstatierend. Die Hand auf dem Bauch, wie um zu sagen: Wir haben es geschafft.

«Das klingt, als wären es italienische Namen», sagte sie.

«Ja, in den USA sind wahrscheinlich die meisten Einwohner Kinder von Immigranten. *Glauben* – Sie sagen, Sie glauben, es ist John. Das bedeutet, Sie könnten sich auch täuschen?»

«Das ist der Grund, weshalb ich hier bin», sagte Eira. «Um mir Gewissheit zu verschaffen.»

Kicki Frånlund schwieg und wandte sich ab.

EINE Zeit ihres Lebens, die sich von allen anderen unterschied, ein Zimmer, das sie von einer älteren Dame gemietet hatte. Bereits im ersten Semester verlor Kicki hier ihre Unschuld, weit weg von den Eltern in Nordingrå.

Was für ein Bauernland Höga Kusten damals gewesen war, kaum nachzuvollziehen, wenn man die Touristenkarawanen sah, die sich heute zum Skuleberget und nach Rotsidan hinaufschlängelten, sie war stolz, dazu beigetragen zu haben. Kramfors dagegen war damals eine Metropole gewesen. Eine Stadt mit dreißigtausend Einwohnern, fast doppelt so vielen wie aktuell.

Die große weiterführende Schule, in der kaum jemand wusste, wer sie war, die Tanzveranstaltungen im Park, die Partys. Manchmal war sie so betrunken gewesen, dass sie sich auf der Toilette des Babels übergeben musste. Einmal fand sie eine Handtasche, die jemand vergessen hatte, und behielt alles, was sich darin befand. Während des Frühlingssemesters hatte sie sich zu einer ausgezeichneten Ladendiebin entwickelt. Der Trick war, eine Bluse zusammenzurollen und sie sich, wenn man einen Rock trug, zwischen die Beine zu klemmen. Kein Mensch kam darauf, dort nachzusehen.

Und so hatte sie Klamotten wie keine Zweite.

Was sie dieser jungen Polizistin, Eira Sjödin, natürlich nicht sagte.

«Hach», sagte Kicki, «das weckt jetzt wirklich Erinnerungen.»

Es gab Bereiche, in die sie niemanden eingelassen, Dinge, die sie in keinem Interview preisgegeben hatte, wenn sie nach ihrer Kindheit und Jugend und anderen persönlichen Dingen gefragt worden war.

Es war mein politisches Erwachen, hatte sie gesagt.

Die Zeit am Gymnasium hat mir den Blick für die Welt geöffnet.

«Hatten Sie eine Beziehung mit Terry Anderson?», fragte Eira Sjödin unvermittelt. Sie hatte ihr Handy auf den Tisch gelegt und die Aufnahmefunktion eingeschaltet. «Kannten Sie ihn gut?»

Kicki lächelte und suchte nach Worten, auch davon hatte sie niemandem erzählt, vielleicht aus Angst, jemand könnte herausfinden, wer er war. Es war so lange her, eine beneidenswerte Zeit ohne soziale Medien, nichts konnte aus irgendwelchen Archiven ausgegraben werden.

Die Matratzen überall auf dem Boden, in jenen Jahren.

«Es war keine himmelstürmende Verliebtheit», sagte sie jetzt, «aber aufregend für ein Bauernmädchen wie mich, Sie wissen schon, Amerikaner, hier im kleinen Kramfors, und es war natürlich auch schmeichelhaft, dass er mich auserwählte. Vielleicht spielte auch mein Bedürfnis, mich um andere zu kümmern, eine Rolle, ich glaube, es waren auch solche Gefühle dabei.»

Hatte er sie auserwählt? Oder hatte sie sich ihm in die Arme geworfen, an einem dieser Abende, an denen der Rauch dicht über ihren Köpfen hing und in den schmuddeligen Lokalen hinterm Stadtzentrum amerikanischer Soul gespielt wurde, in einem der alten Holzhäuser, die vor vielen Jahren abgerissen worden waren?

In jenem Frühjahr hatte Kicki andere Kleider gestohlen, als

sie sie bisher getragen hatte, war dann zu diesen Mädchen in der Schule gegangen und hatte gesagt, dass sie sich auch für Vietnam einsetzen wolle.

Sie machten einen so selbstbewussten Eindruck, ließen sich von niemandem was sagen.

«Und John Aiello, kannten Sie den auch?»

«Nicht näher, das würde ich nicht behaupten. Er war natürlich dabei, anfangs hingen sie fast immer zu dritt herum.»

John mit dem dichten dunklen Haar und den Augen, denen sie kaum zu begegnen wagte. Wie sie seine Anwesenheit in der engen Küche gespürt hatte, in der sich die Tassen stapelten und die Flaschen und in der die Wände nach Schimmel rochen, oder war es altes Essen?, als er sie von sich schob. Auf ihn hatte sie sofort einen Blick geworfen, doch er hatte sie abgewiesen. Seine Hände, sie hatte sie nur wenige Sekunden gehalten, waren weicher als die aller anderen, die sie kannte.

«John konnte sehr wütend werden», sagte sie. «Manchmal flippte er einfach aus, einmal hat er eine Tasse an die Wand geschmissen. Steve Carrano hatte das auch in sich. Damals wusste man noch nicht viel über Psychologie, heute verstehe ich das natürlich besser. Sie waren Arbeiterkinder, die zur Armee gegangen waren, Steve hatte sich sogar freiwillig gemeldet, das warf er sich immer wieder vor. Sie wussten nicht, was sie am anderen Ende der Welt sollten, Vietnam hatte die USA nie bedroht, und die Vietnamesen sahen sie nicht als Befreier. Damals war mir gar nicht klar, wie jung sie waren, ich war selbst ja noch jünger und empfand sie deshalb als älter ... und interessant, Sie wissen schon, aber heute ... John war gerade zwanzig geworden, glaube ich, Steve war wahrscheinlich erst neunzehn. Kein Wunder, dass man es da eher in sich hineinfrisst. Terry war anders, er war eher ein Freigeist, war schon zu Hause auf Demos gegangen und hatte gegen seinen Vater rebelliert, einen Veteranen aus dem Zweiten Weltkrieg, der bei der Landung der Alliierten in der Normandie dabei gewesen war ...»

«Können Sie mir etwas mehr über John erzählen?»

Dass es Stimmen gab, die man auch nach fünfzig Jahren beinahe noch hören konnte. Das gebrochene Schwedisch, durchmischt mit Englisch, wenn John Aiello nicht die richtigen Worte fand. Kicki fand immer, er klang wie ein Dichter, und auch wenn Terrys Arm auf ihrer Schulter lag, war es doch Johns Stimme, die sie hören wollte.

Die Freiheit ist nur ein Traum, ein Atemzug im Wind.

Es war mitten am Tag, brennende Sonne unten am Öds Kai.

Wie hast du es geschafft zu fliehen?, hatte Kicki gefragt.

Das war leicht, es war das Leichteste überhaupt.

John Aiello war als Krankenpfleger auf der Militärbasis in der Nähe von Kaiserslautern stationiert, Ramstein Air Base. Das sei gar nicht so schlecht gewesen, weit entfernt vom Schlimmsten, doch er musste sich um die Verwundeten kümmern, die aus Vietnam zurückkehrten. Keiner von ihnen konnte verstehen, wieso sie dort gewesen waren. Sie waren nicht willkommen gewesen, hatten sich mit Marihuana zugedröhnt und auf alles geschossen. Auch die Ärzte auf der Militärbasis waren gegen den Krieg, die Einzigen, die ihn nach wie vor verteidigten, waren die Unteroffiziere, die alles, was die USA taten, für richtig hielten.

John studierte an zwei Abenden pro Woche Kunstgeschichte und Literatur, Kurse, die von einer amerikanischen Universität organisiert wurden, er trieb sich in der Bibliothek herum und lernte Deutsche kennen, bekam Kontakt zur Antikriegsbewegung. Demonstrierte in der Stadt, in Westdeutschland war das nicht verboten. Einmal liefen sie sogar mit einem STOP-THE-WAR-Plakat über die Militärbasis. Natürlich wurden sie gestoppt, aber die Aktion zog keine Strafen nach sich. Nicht sofort jedenfalls. John wurde in ein kleineres Krankenhaus versetzt, doch das sei okay gewesen. Dann erfuhr er von anderen Mitdemonstranten, dass einer von ihnen mitten in der Nacht abgeholt und nach Vietnam geschickt worden war.

Er bekam Albträume, schlief schlecht. Das Einzige, was er nachts hörte, waren startende Flugzeuge, die in seinem Kopf dröhnten.

Mich holen sie auch. Morgen? Übermorgen? Kommen sie vielleicht schon heute Nacht?

Eines Tages sagte Ray, ein Kumpel, der ebenfalls bei der Demo dabei gewesen war: Wir hauen ab. Er hatte Bürodienst und deshalb die Möglichkeit, Urlaubsscheine für sie zu fälschen.

Mit den Papieren, die zwei Wochen gültig waren, konnten sie sich überall in Europa frei bewegen. Sie stahlen zwei Kisten *rations* aus dem Vorratsraum, Konserven, sowie ein Zelt.

Zu unklaren Bedingungen hatte Ray sich von einem Freund aus der Antikriegsbewegung ein Auto geliehen, vielleicht hatte er es auch gestohlen, John fragte nicht weiter nach.

In jener Nacht ging ein Gewitter nieder, der Regen strömte herab. Irgendwo hielten sie an, um zu pinkeln, und er schrie seinen Triumph in den Donner hinaus, das Feuerwerk des Himmels galt der Freiheit. Seit dieser Nacht war er immer voller Erwartungen, wenn Wolken aufzogen.

Sie hatten ihr Lager neben einem Ameisenhaufen aufgeschlagen, was sie erst am darauffolgenden Morgen bemerkten. Ray hüpfte herum und schrie und klopfte sich die Ameisen ab, während John die Tiere beobachtete. Wie sie in Reih und Glied marschierten. Er hob eine heraus und setzte sie woandershin und sah, wie sie umherirrte, zurück ins Glied krabbelte, so schnell sie konnte. Hatte eine Ameise jemals das Gefühl, frei zu sein?

Sie fuhren nach Norden. Unterwegs verbrannte er am Ufer eines Sees alles, was auf seine Herkunft hinwies; das Foto seiner Eltern sowie des Mädchens, das versprochen hatte, auf ihn zu warten.

Bereits auf der Militärbasis hatten Informationen die Runde gemacht, und dann gab es die Zeitschrift *Second Front Review*, herausgegeben von Deserteuren und zu ihnen hineingeschmuggelt, dort gab es Tipps, wo man Schutz suchen konnte. Erst im Zelt an diesem See diskutierten sie darüber, wohin sie wollten. Frankreich war die zweitbeste Alternative, dort bekam man eine Aufenthaltsgenehmigung für einen Monat, in Schweden dagegen konnte man dauerhaft bleiben, dort gab es auch keine Slums, und die Mädchen waren schön.

Ihr Auto gab in Dänemark den Geist auf, sie ließen es stehen – es war Nato-Land – und fuhren per Schiff nach Malmö weiter. Sie hatten eine Telefonnummer, notiert auf einer Streichholzschachtel. Erbettelten sich ein Zehn-Öre-Stück und riefen von einer Telefonzelle aus an.

Eine Stunde später wurden sie von Mitgliedern eines schwedischen Komitees abgeholt, das den bewaffneten Widerstand in Vietnam unterstützte. Es gab noch andere Deserteure in Malmö, doch nach ein paar Monaten nervte es John, dass sie sich hauptsächlich für Cannabis und Amphetamine interessierten, und er fuhr weiter nach Stockholm. Wohnte mal hier, mal da, auf dem Sofa einer älteren Dame, in einem FNL-Lokal, in einer Baracke in Tantolunden.

Irgendwann war ihm der ländliche Raum als verlockende Alternative erschienen. Die frische Luft, die Freiheit.

«KÖNNTE es sein, dass ihm jemand etwas antun wollte?», fragte Eira.

Die Sonne war über das Dach gestiegen, schien nicht mehr direkt zu ihnen hinein.

«Jeder», sagte Kicki Frånlund, «zumindest, wenn man Terry oder Steve fragte. Sie waren überzeugt, es gäbe Leute, die ihnen bestimmte Gedanken ins Gehirn pflanzen wollten, und dunkle Autos, die nachts auf der Straße anhielten, ohne dass jemand ausstieg, ein Klicken in der Leitung, wenn sie telefonierten. Sie waren sich sicher, dass die CIA sie überwachte. In Stockholm war der Typ verschwunden, mit dem John abgehauen war. Er hatte nur seine Mutter anrufen wollen.»

«Ray?»

Das muss ich recherchieren, dachte Eira. Oder doch nicht? Es fiel ihr schwer zu beurteilen, was wichtig war und was nicht, es war verwirrend, denn irgendwie ging es auch immer um ihre Mutter.

«Wissen Sie, was mit den anderen passiert ist, Steve Carrano und Terry Anderson?»

«Zu Steve kann ich Ihnen gar nichts sagen.»

«Er soll Kramfors im Herbst 1968 verlassen haben. Haben Sie ihn noch mal gesehen, wissen Sie, weshalb er weggegangen ist?»

«Ich war zu dem Zeitpunkt nicht hier», sagte Kicki Frånlund. «Ende des Sommers musste ich zurück nach Nordingrå, meine Mutter war krank, ich wurde auf dem Hof gebraucht.»

«Und Terry?»

«Der war schon vorher in den Süden runtergefahren, wahrscheinlich hat er das Stadtleben vermisst.»

«War Ihre Beziehung zu Ende?»

«Es war ja nie was Ernstes.»

Die Frau erhob sich. Schüttelte die Thermoskanne, schenkte aber nicht nach. Eira wartete. Die Fenster der Glasveranda waren mundgeblasen und wölbten sich, ein Schmetterling hatte hereingefunden. Sie wurde das Gefühl nicht los, dass alles, was Kicki sagte, nur an der Oberfläche blieb, als hätte jemand anderes die Worte aufgeschrieben.

«Hatten Sie später noch mal Kontakt?»

«Nein. Und wenn Sie bitte entschuldigen wollen – ich weiß gar nicht, was das mit dem Ganzen zu tun haben soll. Ich glaube, Sie können das Ding jetzt ausschalten.» Sie warf einen Blick auf das Handy, als wäre es ein Insekt, das über eine fein gedeckte Tafel kroch.

Eira nahm es und schaltete das Mikrofon aus. Fünf entgangene Nachrichten. Sie bedankte sich rasch und eilte zum Auto, hatte gesehen, dass ihr Handy blinkte, das Gespräch aber nicht unterbrechen wollen.

«Wo bist du denn?»

Verdammt.

Auf die kurze Nachricht von August folgte gleich eine zweite.

«Wir warten schon seit einer Viertelstunde.»

Eira trat das Gaspedal durch. Sie hatte die Verabredung völlig vergessen. Möglicherweise auch verdrängt.

DER Bauch kam ihr gigantisch vor, als sie das Café im NC betrat und die hübsche Johanna aufsprang, um sie zu umarmen.

«Wie gut du aussiehst! Gibt's was Schöneres als eine schwangere Frau? Mutter werden zu dürfen, ist doch wirklich fantastisch.»

August zog ihr den Stuhl heraus, das hatte er noch nie getan. Ein kleines Detail, das haften blieb, während seine Freundin weiterzwitscherte, was Eira am besten essen solle, um genügend Eisen und Proteine zu sich zu nehmen, ohne dabei die Umwelt zu belasten.

Verwandelte sich ein werdender Vater automatisch in einen Beschützer, oder war es nur Show, eine Rolle, die er sich überzustülpen versuchte?

Schaut her, ich übernehme Verantwortung.

Es war schön, dass er das wollte.

August holte ihr auch ein Glas Wasser und fragte, was sie essen wolle. Flatterte umher wie eine Möwe, die ihre Küken beschützt.

«Ich finde es wichtig, dass auch ihr beide eine Beziehung zueinander aufbaut», sagte er, nachdem er sich wieder gesetzt hatte.

«Darf ich deinen Bauch mal anfassen?», fragte Johanna. «Wäre das okay für dich?»

Eira fiel kein Grund ein, es ihr zu verweigern. Möglicherweise würde es ihr gemeinsames Kind, zumindest in gewisser Weise. Sie hatte Augusts Freundin schon einmal getroffen, da aber vor allem in ihrer Rolle als Polizistin, denn Johanna hatte in einer laufenden Mordermittlung unpassende Kommentare auf Facebook gepostet. Etwas erstaunt hatte sie damals festgestellt, dass sie sie mochte. Das Fröhliche und Naive, ihre scheinbar unbändige Lebenslust.

Johanna stieß einen kleinen Freudenschrei aus, als sie einen Tritt gegen die Bauchwand wahrnahm. Sie lehnte sich an Augusts Schulter, küsste seinen Hals.

«Du wirst bestimmt ein toller Papa.»

«Das glaube ich auch», Eira lächelte. «Wenn es denn seins ist.»

«Du sollst wissen, dass das kein Problem für mich ist», sagte Johanna, «ich verurteile dich deswegen nicht.»

«Wieso sollte ich das denken?»

«Du vielleicht nicht», Johanna wand sich, als wollte sie raus aus ihrem Körper, gestikulierte zur Fußgängerzone hinüber. «Aber wir sind hier ja sozusagen auf dem Land, das ist Norrland. Ich meine, du bist es wahrscheinlich gewohnt, dass die Leute so denken.»

«Nein, nicht wirklich.»

Eira hätte ihr von den vielen unehelichen Kindern in ihrer Familie sowie im Bekanntenkreis erzählen können, von Lunde, wo die Seemänner Landgang hatten, und von alleinstehenden Müttern, die sich zusammentaten und einen Kurzwarenhandel eröffneten, ihren Töchtern beibrachten, auf eigenen Füßen zu stehen, so wie sie es selbst taten, und dass sie selten gehört hatte, dass jemand einen anderen verurteilte. Das Leben war, wie es war. Die Menschen hatten Lust aufeinander, was geschah, das geschah. Ja, das hier war Norrland, so tiefreligiös wie aufrührerisch und gotteslästerlich, vor allem aber eine Gegend, in der nur wenige Besitz hatten, der hätte vererbt werden müssen. Außereheliche Kinder stellten nicht dieselbe Bedrohung dar wie in reicheren Gegenden.

August streichelte Eira sacht über den Oberarm.

«Wir müssen über die praktischen Dinge reden», sagte er. «Ich bin noch nicht dazu gekommen, dir zu erzählen, dass ich zu einem Vorstellungsgespräch in Stockholm eingeladen worden bin.»

«Wie schön, Glückwunsch!»

«Ich habe die Stelle ja noch nicht.»

«Und wir haben gerade die Chance, durch einen Tausch an eine größere Wohnung zu kommen», fiel Johanna ein, «das wäre ja auch total gut, wenn wir dann Teilzeiteltern sind.» Sie verstummte, als würde sie erst in dem Moment begreifen, was sie da gesagt hatte. «Ja, also, für dich wäre es natürlich Vollzeit, Schatz», sie wandte sich August zu und dann wieder Eira, «oder wie hattet ihr euch das vorgestellt?»

«Was genau?», fragte Eira, die sich nicht sicher war, ob es um den Wohnort oder die Zukunft ihrer eventuellen Liebesbeziehung ging.

«Wir haben da noch gar nicht richtig drüber gesprochen», sagte August.

«Nein, oh Gott, und ich mache hier einfach ... Stockholm, also manchmal bin ich die Stadt auch so leid. Es kommt einem vor, als müsste man immer drei Schritte voraus sein, sonst hat man gar keine Chance.»

Eiras Salat wurde gebracht, es kam ihr am einfachsten vor, etwas zu bestellen, das alle gesund finden konnten, sowohl für das Baby als auch fürs Klima. Außerdem musste man da viel kauen, was sie für den Moment davor bewahrte, zu allem eine Meinung haben zu müssen.

Es wurde über verschiedene Gegenden in Hägersten sowie über die Nähe zum Svandammspark geredet, über Kindergärten und Spielplätze und wie lange man mit der U-Bahn bis in die Innenstadt brauchte, es war wichtig, ob es zwölf oder siebzehn Minuten waren, geradezu entscheidend, das meiste kannte Eira aus den Jahren, in denen sie zur Untermiete in einer Wohnung in Västertorp gelebt hatte. Nette Gegend. Skulpturen zwischen den Häusern, aus einer Zeit, als die Stadtplaner so etwas noch wichtig fanden, Bäume und Wiesen und Schwimmbäder.

«Ich weiß nicht, ob ich dir erzählt habe, dass meine Eltern sich getrennt haben, als ich zwölf war», sagte August. «Mein Vater zog nach Dänemark, und wir Kinder mussten jeden zweiten Monat für ein Wochenende nach Kopenhagen fliegen, ich meine, das war nicht gerade ein Traum.»

«Keine Sorge, Schatz», sagte Johanna und streichelte seinen Arm, «so ein Vater wirst du nie werden.»

«Entschuldigt, aber es war ziemlich viel in letzter Zeit», sagte Eira, «ich bin gar nicht dazu gekommen, so weit vorauszudenken.»

Plötzlich wurde ihr bewusst, dass sie tatsächlich immer seltener an die Zukunft dachte oder auch nur an die Gegenwart. Auf dem Weg hierher hatte sie kurz gemeint, die FNL-Fahne über einer Großveranstaltung auf dem Platz wehen zu sehen, und sich gefragt, welches der vielen modernen Häuser wohl an die Stelle der Abbruchhäuser getreten war, in denen Unni mit Terry Anderson herumgeknutscht hatte. Erstaunlich eigentlich, dass ihr das Leben, das sich in ihr drehte und wand, weniger wirklich vorkam als diese Dinge.

«Es wäre jedenfalls gut, einen Plan zu haben», sagte August, «und wenn es tatsächlich nach Stockholm ginge, hätten wir auch schon eine Idee. Da wir in Johannas Wohnung leben und sie ein Dauerwohnrecht hat, könnte ich die Wartezeit nutzen, die ich bei der Wohnungsvermittlung in Stockholm angesammelt habe – da kommen ein paar Jahre zusammen, und bestimmt kann man da auch ein bisschen tricksen, wenn es tatsächlich mein Kind ist ...»

In Stockholm wohnen, dachte Eira, nachdem sie sich verabschiedet hatten, als allerbeste Freunde auseinandergegangen waren und sie Johanna hoch und heilig versprochen hatte, dass sie sich melden würde, wenn irgendetwas war; und wie schön, dass wir uns mal getroffen und über alles geredet haben.

Wäre das wirklich undenkbar?

Sie müsste nicht einmal Augusts Wartezeit nutzen. Wie so viele andere hatte auch Eira sich in die ewig lange Warteschlange der Stockholmer Wohnungsvermittlung eingereiht, als sie nach dem Gymnasium überlegt hatte, was sie aus ihrem Leben machen wollte. Sie hatte lange nicht mehr nachgeschaut, aber als sie im Auto saß, tat sie es.

Vierzehn Jahre war sie schon auf der Liste, das konnte schon für eine Zweizimmerwohnung in einem einigermaßen nahe gelegenen Vorort reichen, vielleicht sogar in Västertorp.

Ein Ort ohne Erinnerungen, wo niemand wusste, wer sie war, kein Wirrwarr aus Wurzelfäden, das sich um alles legte, was sie tat. Welche Freiheit, wenn das alles nicht mehr wäre.

Saubere Wände, an denen noch nie etwas gehangen hatte, Zimmer, die bisher zu nichts anderem genutzt worden waren.

... ein Traum, ein Atemzug im Wind.

ES gab so vieles, in dem sich die Spuren eines Menschen wiederfanden, das einen an ihn erinnerte. Eine Werbeanzeige für Kulturreisen nach Vietnam, der Geruch eines bestimmten Pfeifentabaks. Eine Pressemitteilung der Baubehörde über die Erschließung des Öds Kai.

Was von alledem hatte sie im vergangenen Winter dazu gebracht, wieder an Terry zu denken, nach all den Jahren?

Kicki Frånlund war in ihren Lesesessel gesunken, hatte sich einen Whisky eingeschenkt. In schwedischer Eiche gereift, aus ihren eigenen Fässern in der Destillerie ein Stück flussaufwärts. Sie genoss jeden Schluck, nicht nur wegen des Geschmacks und des Alkohols, sondern auch, weil sie stolz auf das eigene Etikett war. Ja, auch hier konnten sie so etwas, hier, in ihrer Gemeinde.

Nur weil sie pensioniert war, bedeutete das nicht, dass sie die Partei vergessen hatte oder ihr Engagement, sie war immer noch ein Teil des Ganzen. Nicht so eine, die alleine dasaß und auf Facebook nach alten Flammen suchte. Sie war seit vielen Jahren mit ihrem zweiten Mann verheiratet, also Gott bewahre, aber das hier war etwas anderes als die Sehnsucht nach der wilden Jugend.

Es war eine ganze Ära.

So viel größer als ihre persönliche Geschichte und dennoch mit ihr verwoben. Vielleicht der Keim zu einem Buch, falls sie irgendwann alles aufschreiben würde. *Ein Bauernmädchen besteigt den Thron. Erinnerungen aus meinem politischen Leben.*

Na ja, sie würde natürlich nicht alles erzählen, und vor allem nicht die Geschichte mit Terry. Das wusste sie ganz sicher, seit sie letzten Winter wieder Kontakt mit ihm gehabt hatte.

Auf Facebook gab es etliche Männer namens Terry Anderson, doch mithilfe von Alter und Geburtsort hatte Kicki schnell herausgefunden, wer er war.

Aus seinem Profil ging hervor, dass er in St. Petersburg, Florida, lebte, ansonsten war kaum etwas öffentlich. Sie hatte auch an jenem Abend bereits einen Whisky getrunken, vielleicht zwei, und so schickte sie ihm eine Freundschaftsanfrage. Dazu eine Nachricht, wer sie war, denn damals war ihr Nachname ja ein anderer gewesen, ganz zu schweigen von ihrem Aussehen.

«Ich weiß nicht, ob du dich an mich erinnerst», schrieb sie und hängte ein Foto von sich an, das sie als junge Frau zeigte. Ein Kribbeln, etwas, das brannte. Eine Sekunde, in der sie wieder das Mädchen von damals war, die Erinnerung an etwas Bahnbrechendes und sehr Körperliches. Sie war damals sexuell nicht unerfahren gewesen, doch im Rückblick gab es keinen Zweifel, dass das mit Terry etwas Besonderes gewesen war. Er nahm sich, was er wollte, als stünde sein Leben auf dem Spiel, ohne jeden Liebesbeweis. Aus irgendeinem Grund hatte sie das als befreiend empfunden.

Terry akzeptierte ihre Freundschaftsanfrage, und das Tor zu seiner jetzigen Welt öffnete sich – und war der reinste Albtraum, Mordor, wie ihr Sohn gesagt hätte. Plötzlich empfand sie Ekel bei dem Gedanken, dass seine Hände sie berührt hatten.

Dennoch las Kicki weiter.

Die CIA habe eine Basis auf dem Mond. Impfungen seien tödlicher als das Virus. Ein weltweites Netzwerk sei dabei, die Menschheit mittels Gehirnwäsche in Zombie-Armeen zu verwandeln, beziehungsweise sie alle drogenabhängig zu machen. Queen Elizabeth sei eine der führenden Figuren der Verschwörung und kontrolliere den Drogenhandel der Welt.

Kickis erster Impuls war gewesen, Terry als Freund sofort wieder zu entfernen, ehe jemand entdeckte, dass sie sich kannten. Aber sie hatte es nicht getan. Es spielte keine Rolle, dass es über fünfzig Jahre her war, dass sie damals eine andere gewesen war. Man war für immer mit seiner Vergangenheit verbunden, unauflöslich. Diejenige, die sie damals gewesen war, wohnte noch immer in ihr.

Und so hatte sie sich in seine dunkle Welt hineinbegeben, hatte ein wenig gegoogelt, um zu verstehen, was er da schrieb. Sie gab die Kombination Terry Anderson + Florida + ein paar seiner Schlagworte ein und erhielt Hunderte von Treffern.

Kicki musste sich erst mal einen weiteren Whisky einschenken, vergaß den Tropfen Wasser, um ihn milder zu machen.

Das alles ging auf Lyndon LaRouche zurück, einen politischen Spinner, der in den 1970er-Jahren eine Bewegung gegründet hatte. Der schwedische Ableger nannte sich EAP.

Europäische Arbeiterpartei.

Sie konnte sich noch sehr gut daran erinnern. Eine Kombination aus umgekehrtem Klassenkampf und Rechtsextremismus, die furchtbare Karikaturen von Olof Palme in Umlauf gebracht hatte. Bei den Reichstagswahlen waren, wenn es hochkam, ein paar Hundert Stimmen zusammengekommen, doch die EAP war im Zusammenhang mit den Ermittlungen zum Mord an Olof Palme aufgetaucht. Bei einem der frühen Tatverdächtigen, dem sogenannten Dreiunddreißigjährigen, wurde Material der Partei gefunden. Er wurde ziemlich bald wieder freigelassen, doch dass ein unversöhnlicher Hass auf Palme in dieser Gruppierung eine große Rolle spielte, war unübersehbar.

Kickis Gehirn arbeitete auf Hochtouren. Wie passte das mit der linken Bewegung in den Sechzigerjahren zusammen, mit dem Zwanzigjährigen, den sie zu kennen geglaubt hatte?

Kicki hatte in jener Nacht Interviews mit Lyndon LaRouche auf YouTube angeschaut, sie erinnerten an Horrorfilme: Alle Menschen waren von ihren Müttern gefoltert worden, die Anhänger der Bewegung sollten Kampfsport trainieren, denn es sollte ein neuer Mensch erschaffen werden. Sie fand auch Artikel über den Gründer der EAP in Schweden. Und an dieser Stelle kam der Name Terry Anderson wieder ins Spiel, zusammen mit anderen Deserteuren. Anscheinend war er nach seinem Aufenthalt in Kramfors nach Stockholm zurückgekehrt, wo er sich für das American Deserters Committee engagiert hatte, das sich später spaltete. Die Deserteure gerieten in Verruf. Zu viele von ihnen waren in Drogengeschäfte verwickelt und wurden festgenommen, während andere, wie Terry, sich stärker politisch einbringen wollten und nach Deutschland gingen, um die amerikanischen Militärbasen zu unterwandern. In einem politischen Café in Frankfurt hatten sie LaRouche kennengelernt und plötzlich ein neues Ziel vor Augen.

Wie konnte das sein? Lange noch saß Kicki in jener Nacht da, schloss die Augen und spielte Musik aus jenen Jahren, um sich sein Bild zu vergegenwärtigen. War Terry so verwirrt, dass er bereit war, jedem zu folgen, alles zu glauben, nur um überhaupt etwas glauben zu können?

Hatte er das damals schon in sich getragen – etwas, das sie nicht gesehen und nicht verstanden hatte?

Zwei Menschen waren sich in einem Sommer begegnet,

der eine landetet dort, wo Terry gelandet war, und die andere wurde Gemeinderätin von Kramfors. Kicki selbst war nicht lange bei der extremen Linken geblieben, zu komplizierte Theorien, zu viele Briefe vom Stockholmer Führungsgremium: «Ihr seid totale Schlappschwänze, vereinigt euch und überwindet eure Schwäche.» Die Sozialdemokraten waren zudem die Einzigen, die in der jüngeren Geschichte in Kramfors politischen Erfolg gehabt hatten, und sie wollte ihre Zeit nicht vergeuden.

Es war lange her, seit sie auf der politischen Bühne gestanden hatte. Inzwischen beschäftigte sie sich am liebsten mit ihren Pflanzen, dem Duft der Erde, der Kindheitserinnerungen in sich trug. Ihr Garten entwickelte sich langsam zum schönsten hier in der Gegend, mit Natursteinmauern und Englischen Rosen, die in diesen nördlichen Breiten gar nicht so leicht zu pflegen waren.

Sie hatte nur kurz auf Terrys Nachricht geantwortet, als er ihr geschrieben hatte: *How great to hear from you, of course I remember* ... Seitdem herrschte Funkstille zwischen ihnen. Kicki hatte sein Profil auf Facebook verborgen und das Ganze fast vergessen, bis die Polizistin gekommen war.

Sie schloss die Augen und spürte, wie sich alles drehte, ob es der Whisky war oder die Welt, die Zeit, die alles aus den Angeln hob.

EIN frenetisches Hämmern von irgendwo über ihr. Wahrscheinlich ein Schwarzspecht, der unterm Giebel die Fassade bearbeitete. Eira konnte nicht wieder einschlafen. Sie griff nach dem Handy, um nach Tipps zu suchen, wie man Spechte loswird, und fühlte sich plötzlich unendlich müde.

Für ein Haus verantwortlich zu sein.

Was da alles kaputtgehen konnte.

Spätestens im kommenden Jahr musste die Fassade gestrichen werden, ein paar Fenster ebenfalls, zumindest auf der Südseite, wo die Sonne draufschien. Ein Brett auf der Veranda war morsch. Der Schornstein, fiel ihr plötzlich ein, wann war eigentlich das letzte Mal der Schornsteinfeger da gewesen? All diese Gedanken schossen ihr durch den Kopf, während sie nach dem Handy griff. Dann sah sie, dass sie zwei Nachrichten bekommen hatte, und vergaß alles wieder.

Es gab andere, die ebenfalls nicht schliefen.

Kicki Frånlund.

Silje Andersson.

Sie öffnete als Erstes Siljes Nachricht.

«Sie haben ihn gefunden.»

Das Kind drehte sich, sodass eine Faust – oder war es ein Knie – eine Beule in ihren Bauch drückte. Eira schob sie beim Lesen behutsam zurück.

Die amerikanische Polizei hatte schnell reagiert, nachdem

sie den Namen des Toten erhalten hatte. Anscheinend machte auch Silje nicht Feierabend, wenn sie die Dienststelle verließ, die Antwort aus Amerika war kurz vor Mitternacht eingetroffen.

John Lorenzo Aiello, geboren 1948 in Long Beach, Kalifornien. Es gab auch ein Foto von ihm, von der Armee. Als er eingezogen worden war, im Mai 1966, hatte er sein Haar anscheinend kurz getragen. Jedenfalls sah er auf diesem Bild dem künstlich erstellten ähnlicher als dem echten, wilderen aus Kerstins Fotoalbum.

Der ausdruckslose Blick.

Ein Jahr später, im September 1967, war er als Deserteur registriert worden: von der Militärbasis der USA in Kaiserslautern, Westdeutschland, geflohen.

Die Eltern waren tot. Er hatte drei Brüder und zwei Schwestern. Vor deren Türen würden, wenn es in Kalifornien Tag wurde, zwei Beamte der Kommunalpolizei stehen, um die Todesnachricht zu überbringen.

Eira öffnete die zweite SMS.

«Noch eine Sache, die ich gestern nicht erwähnt habe», schrieb Kicki Frånlund. «Terry Anderson lebt und wohnt in Florida. Ich möchte nichts mehr mit ihm zu tun haben, ich glaube, das werden Sie verstehen. Ich wäre Ihnen dankbar, wenn niemand von diesen Dingen erführe.»

Sie hatte ein paar Screenshots von der Facebookseite des Mannes mitgeschickt. Kein Wunder, dass die ehemalige Gemeinderätin sich von ihm distanzieren wollte. Soweit Eira es überblickte, hätte Terry Anderson durchaus unter denjenigen sein können, die nach Trumps Wahlniederlage das Kapitol gestürmt hatten.

Das britische Königshaus, hieß es da, sei der Kopf einer Verschwörung, um mithilfe von Drogen und Gehirnwäsche die Weltherrschaft zu übernehmen. Eira überflog die Einträge und las die letzten im Thread genauer.

Kicki Frånlund hatte ihrem früheren Freund geschrieben, spät am vorigen Abend. Sie erwähnte die schwedische Polizei mit keinem Wort, was sicherlich klug war; wenn man bedachte, in welchen Kreisen Terry Anderson sich bewegte, hätte er sonst wahrscheinlich nicht geantwortet.

«Weißt du eigentlich, was aus Steve Carrano geworden ist?», hatte Kicki Frånlund geschrieben, nachdem sie sich nach seinem Befinden erkundigt hatte.

«No, sorry, haven't been in touch with him since the early seventies ...»

Eira las die Zeilen gleich noch mal. Dann war Steve Anfang der Siebzigerjahre also noch am Leben gewesen.

«Und der andere Typ? John oder so?»

«Sorry, no idea.»

Die Uhrzeit konnte sie dem Beitrag im Chat entnehmen.

«Ich dachte, er wäre bei euch da oben geblieben», schrieb der Amerikaner dann, «oder von der CIA überlistet worden, nach Hause zu kommen, das ist ein paar von uns passiert. Soweit ich weiß, sind sie in Marokko im Gefängnis gelandet oder im Arrest auf ihrem ehemaligen Stützpunkt. Ziemlich dämlich, nicht zu kapieren, dass so was immer eine Falle ist.»

Die Nachrichten wurden länger und ausführlicher. Sie hätten eigentlich nichts gemeinsam gehabt, außer dass sie gegen den Krieg gewesen seien. John sei ein Eigenbrötler gewesen und Steve eine Art Psycho, und alles sei so *uptight* gewesen, damals, *lots of drugs* auch, *sex and leftist crap, you remember?*

«I do.» Kicki Frånlund hatte sich ein paar lachende Smileys abgerungen, sie war nicht dumm. «Und Steve, weißt du, ob der in die USA zurückgegangen ist?»

«Habe seinen Namen seit den Siebzigerjahren nicht mehr

gehört, meine aber, er ist zurück nach Norrland, in ein Kollektiv, *very popular in those days*. Wie hieß das noch mal, irgendwas mit Wald? *Wow, there was a lot of* skog *up there …*»

Das Wort Wald schrieb er auf Schwedisch.

«Könnte es Skogsnäs gewesen sein?», hatte Kicki Frånlund geschrieben.

«Yeah, think so.»

Und da endete die Konversation, zumindest der Teil, den Eira zu Gesicht bekam.

DIE Norrlandluft. Kalt und wild und voller Sauerstoff, gesättigt von Gerüchen nach Nadelwald und feuchter Erde und dem modrigen Halbmeer, in dem die Algen sich zu einer grünen Brühe vereinten.

Lina klatschte sich Wasser ins Gesicht, unter die Arme, zwischen die Beine. Es war eiskalt, natürlich, ihre Fingerspitzen wurden weiß. Ich bin als Frostbeule geboren, hatte sie mal zu einem Mann gesagt, der sie wärmen wollte.

Sie hockte sich hin, um zu pinkeln. Das Risiko, dabei beobachtet zu werden, war gering, das Verhältnis von Menschen und Bäumen in Norrland betrug ungefähr eins zu hunderttausend. Mit dem Fuß grub sie eine Grube für den Tampon und das Toilettenpapier sowie für die benutzte Unterhose, dann schob sie Sand und Zweige darüber. Die neue Unterhose war schwarz mit Spitzen über den ganzen Po, sie hatte sie eingesteckt, als die Verkäuferin weggegangen war, um nach einer anderen Größe zu suchen. Der Pullover roch nach Schweiß, wie sie feststellte, als sie ihn wieder anzog. Sie brauchte einen Ort, an dem sie eine Weile bleiben konnte. Warmes Wasser.

Eine Waschmöglichkeit und Zeit, die Wäsche zu trocknen. Bargeld.

Es war kein Problem gewesen, solange sie von Männern mit Visakarte hatte leben können, doch nach dem, was in Täby passiert war, war sie planlos umhergezogen. Hatte bei trostlosen Individuen eingecheckt, die irgendwo am Rande lebten, in Zelten und Wohnwagen mit kaputten Rädern, Campinghütten oder halb versunkenen Booten, die im Eis festgefroren waren. Es war vorbei, sobald ein Jogger oder Hundebesitzer einen sah und verpfiff, weil er das Elend im Wald und unter den Brücken nicht mitansehen wollte.

Beim letzten Mal hatte sie es nur knapp geschafft, rechtzeitig abzuhauen.

Hatte dagestanden und zugesehen, wie der Streifenwagen zwischen den Bäumen durchgefahren war. Wie sie die Leute aufgescheucht, alles abgerissen und sie festgenommen hatten, wie sie die Ausweise kontrollierten und so weiter. Lina Stavred hatte keinen Personalausweis mehr besessen, seit sie ihren vor fünfundzwanzig Jahren auf einem Rastplatz verbrannt hatte.

Sie mied die kleineren Orte, so gut es ging. Wenn sie Essen oder Tampons stehlen musste, war das Risiko in den mittelgroßen Städten am geringsten, da achteten die Leute nicht so darauf, es kannte nicht jeder jeden.

Und trotzdem gab es dort Bibliotheken mit Computern, die allen zur Verfügung standen.

Kostenlose Toiletten und Internet.

Beim letzten Mal war sie zwei Stunden geblieben, ihre Regel lautete: auf keinen Fall länger. Es gab ältere Damen, die sonst neugierig wurden und Fragen stellten, sich daran erinnerten, wie sie aussah. Lina kannte das aus ihrer Kindheit, die Bibliothek in Kramfors, klar, verdammt, Magnus' Mutter hatte da gearbeitet, wie hieß die noch mal? Lächelnd und flüsternd hatte sie ihr damals Bücher zugesteckt, als trage Lina eine Hoffnung für die Menschheit in sich, die nur eine Bibliothekarin zum Erblühen bringen konnte. Virginia Woolf und

Cora Sandel und Simone de Beauvoir. Sie alle schrieben über Frauen, die ausbrechen wollten und für Größeres bestimmt waren. Lina war wahrscheinlich in ihrem ersten Jahr auf dem Gymnasium gewesen, als sie das Muster erkannte. Die Bibliothekarin wollte sie zu einer machen, die sie selbst als junge Frau gerne gewesen wäre.

Kerstin, so hatte sie geheißen.

Es roch noch genauso wie damals. Altes Papier und Müdigkeit. Die Buchstaben hätten ebenso gut in mesopotamische Steintafeln gemeißelt sein können. So starr und unveränderlich wie Kramfors selbst, ganz zu schweigen von ihrem Zuhause in Geresta, wo Lina hatte wohnen müssen, auch nachdem sie bereits am Gymnasium in der Stadt angefangen hatte, denn die Stavreds passten auf ihre Tochter auf! Die Abstinenz. Die Jungen und der Sex. Der Mund, der schweigen und vor allem nicht all die Dinge tun sollte, für die er ebenfalls gemacht war.

Gott bewahre!

Niemand konnte so leise aus dem Fenster klettern wie Lina, sich heimlich zur Kreuzung schleichen, wo die Jungs erst auf Mopeds und später auf Motorrädern warteten, und dann machte sie mit ihnen alles, wovon ihre Eltern sie hatten fernhalten wollen.

Ich bin heute ein bisschen müde, sagte sie, wenn ihre Mutter sie morgens weckte und sie gerade erst wieder ins Zimmer geklettert war, ich glaube, ich habe ein bisschen Kopfweh.

Sie gab ihren Namen in die Suchmaschine ein.

Ein paar Wochen, vielleicht ein Monat war vergangen, seit sie das letzte Mal einen Computer benutzt hatte. Nur Dummköpfe trugen ein Handy bei sich, wenn nach ihnen gefahndet wurde.

Die Treffer folgten dicht auf dicht, Schlagzeilen brüllten

ihren Namen. Das alte Foto als Schulmädchen lächelte ihr erneut entgegen.

Lina lehnte sich auf dem Stuhl zurück, sah sich um, niemand schien sie zu beobachten, sie verkleinerte das Fenster und beugte sich zum Bildschirm vor, wenn jemand plötzlich hinter ihr auftauchen sollte, konnte er nicht sehen, was sie gerade sah.

LEICHENFUND IN LUNDE – IST ES DIE VERMISSTE LINA?

Dass sie niemals müde wurden.

Sie hatten einen armen Teufel am Grund des Flusses gefunden und dachten sofort, sie könnte es sein. Fingen wieder die gleiche Leier an.

Von Lina Stavred, die in einer Julinacht 1996 verschwunden war, wahrscheinlich ermordet. Der Junge, den man für schuldig hielt, die Leiche, die nie gefunden wurde. Eine Wunde, die niemals heilte, eine Dunkelheit, die blieb. Personen, die sie nicht kannte, sagten, sie würden es niemals vergessen, doch da stand nichts darüber, was in Täby passiert war, nicht, dass Lina Stavred noch lebte.

Ihr Gehirn lief auf Hochtouren. Sie durfte sich nicht täuschen lassen.

Natürlich hatte sie in dem Haus in Täby Fehler gemacht, Spuren hinterlassen. Nachbarn hatten sie gesehen und gegrüßt, obwohl sie selten zurückgegrüßt hatte. Fast drei Monate hatte sie bei diesem Blödmann gewohnt, damals nannte sie sich Alberte, bis er zu weit gegangen war. Sich einbildete, er könnte darüber entscheiden, wann sie kam und ging und was sie machte, nur weil er es war, der bezahlte. Er dachte wohl, sie würde sich alles gefallen lassen. Natürlich hatte die Polizei ihre Fingerabdrücke und ihre DNA. Vielleicht hatte sie sogar Hinweise, dass sie mit dem Messer zugestochen hatte, obwohl sie es sofort im Vallentuna-See versenkt hatte. Schlimmstenfalls hatten sie einen Treffer erzielt, mit ihren Fingerabdrücken als Sechzehnjährige.

Vielleicht hatten sie die ganze Sache sogar geplant, um sie reinzulegen. Hatten sie in dem Glauben gelassen, sie wäre sicher, nur um sie bei der erstbesten Verkehrskontrolle zu schnappen. Ihr Blick blieb an einem Namen in der Bildunterschrift hängen, Eira Sjödin von der Abteilung Gewaltverbrechen.

Plötzlich machte es Klick. Eira Sjödin – verdammt, war das nicht Magnus' kleine Schwester? Dass diese Rotzgöre Polizistin geworden war, das war wirklich unglaublich. Lina musste lachen, wenn sie daran dachte, dass sie mit dem Bruder dieser Polizistin gebumst hatte. Sie erinnerte sich auch noch daran, dass eine Frau namens Sjödin vor ein paar Jahren in Stockholm herumgeschnüffelt hatte. Sie hatte ihr sogar ihre Telefonnummer dagelassen, aber Lina hatte nur einen kurzen Blick auf den Namen geworfen, meinte dort Eva Sjödin gelesen zu haben. Den Zettel hatte sie zerknüllt und weggeworfen, es gab schließlich Millionen Leute mit diesem Namen, Tausende auf jeden Fall, aber jetzt erkannte sie die Eira aus ihrer Jugend auf dem Foto wieder, die inzwischen eine erwachsene Frau war, und hörte auf zu lachen. Was wusste, was wollte sie?

Lina löschte den Suchverlauf und ging zur Toilette.

Es kam nicht häufig vor, dass sie sich selbst im Spiegel sah. Ihr Haar war gewachsen. In all den Jahren seit ihrem Verschwinden hatte sie es gefärbt, um der vermissten Sechzehnjährigen nicht zu ähneln, jetzt aber ließ sie das Blond wieder herauswachsen.

Es war riskanter, wie die Frau in Täby auszusehen.

Vielleicht übertrieb sie aber auch. Die Polizei hatte anderes zu tun. Die Politiker verlangten lautstark, man müsse die

Kriminalität endlich eindämmen, doch damit war nicht sie gemeint, sie wurde nicht am dringendsten gesucht.

Ein Gedanke folgte ihr von der Toilette zu den Computerarbeitsplätzen zurück. Sie setzte sich an einen anderen Rechner und gab die Namen ihrer Eltern ein.

Ein paar Zeitungsausschnitte von 1996 tauchten auf, in denen sie die Öffentlichkeit baten, ihre verschwundene Tochter zu finden. Ein weiterer über die Gedenkfeier.

Die Trauer und die Blumen. Das bescheuerte Foto. Kein Sarg. Klassenkameraden, die sie jahrelang gehasst hatte, weinten. Ein Dorf nahm Abschied.

Ein Jahr später wurde Lina Stavred für tot erklärt.

Sie haben mich viel zu früh aufgegeben, dachte Lina. Hätten sie nicht spüren müssen, dass ich noch lebe? Vielleicht war es aber auch ganz angenehm für sie.

Sie selbst empfand nichts. Ohne Fotos verschwinden die Gesichter. Menschen sind nur Atome.

Im Internet waren sie nicht zu finden, es gab keine Adresse. Lina gab «Geresta» ein, den Namen des Dorfes, in dem sie aufgewachsen war, welche Hausnummer hatten sie noch mal gehabt am Briefkasten? Sie klickte auf die Karte, um ein Satellitenbild zu bekommen, erinnerte sich an die wogenden Felder und den Wald, der sie eingesperrt hatte, an die Fjäll-Rinder, die dort weideten. Zoomte so gut es ging das Viereck in all dem Grün heran, das Haus, in dem sie mit ihrer Familie gelebt hatte. Sie erinnerte sich an das Zimmer unterm Dach, die Spitzengardinen ihrer Großmutter, die sie einmal fast in Brand gesetzt hatte, als sie heimlich aus dem Fenster rauchte. Das Dach sah kaputt aus. Die Fassade war nicht mehr rot, sondern grau, kein Auto stand davor. Ihr schien es, als wären die Gardinen in den Fenstern noch dieselben wie damals.

Was sollte sie tun, lachen? Ihre Eltern hatten sich in Rauch aufgelöst, mochten gestorben oder ausgewandert sein, doch das Haus stand noch. Und das wurde nicht aus dem Register entfernt, nicht für tot erklärt.

Der Scheißhof stand noch, wo er immer gestanden hatte.

NÖRDLICH von Sollefteå bog Eira ab und folgte dem Faxälven landeinwärts. Es war eine Gegend mit Steilufern, wo der erodierte Sandboden zum Wasser jäh abfiel und den Fluss noch unzugänglicher machte. Die Gebirgsausläufer kamen näher, und das Hinterland schloss sich um sie, die Dörfer wurden immer kleiner und spärlicher. Die Straße war ein einziger Flickenteppich, die Frostlöcher mehr recht als schlecht ausgebessert. Vor ihr bremste ein Bus und hielt an, eine ältere Dame stieg aus, winkte dem Fahrer und folgte der Schotterstraße zu einem einsamen Haus.

Der Bus setzte seinen Weg leer fort.

Eira hielt kurz in Ramsele, um zur Toilette zu gehen, der Busbahnhof war geöffnet und verfügte sogar über ein Café. Die letzten Kilometer führten mitten durch den Wald. Es war bekannt, dass die Einwohner von Skogsnäs ihre Straße selbst anlegen mussten, als sie sich Anfang der Siebzigerjahre dort ansiedelten, gab es noch keine.

Der Fjällsjöälven blinkte hier und da zwischen den Bäumen auf.

Eira kannte Geschichten darüber, wie die langhaarigen Vertreter der Grünen Welle in den Siebzigerjahren erstmals in Ramsele aufgetaucht waren. Manche dort hatten Angst vor ihnen gehabt, es war die Zeit, in der die Baader-Meinhof-Gruppe aktiv war, ganz zu schweigen von den Drogen. Und diese Leute sahen tatsächlich ein wenig so aus. Mit den Jahren hatte sich alles beruhigt, doch wenn von den Leuten aus Skogsnäs die Rede war, dann häufig von einem Lachen oder von Kopfschütteln begleitet. Eira war noch nie dort gewesen, es hatte nie einen Grund dafür gegeben, wie ihr auffiel, als sie sich dem Dorf näherte und die Landschaft sich wieder öffnete, Weiden und Wiesen mit grasenden Kühen und Ziegen.

Kurz vor dem Ende der Straße zweigte der Weg ab, wie Eira von der Routenbeschreibung wusste, also bog sie ab. Sie hatte nicht erwartet, dass die Häuser hier so weit voneinander entfernt standen, hatte gedacht, in einem Kollektiv lebten die Menschen dicht beieinander.

Die Frau, die ihr öffnete, lachte über ihre Reaktion.

«Zusammenwohnen war das Letzte, was wir wollten», sagte sie mit einem leichten englischen Akzent, «das hatten wir jahrelang gemacht, wir hatten keine Lust mehr darauf. Genau das war der Grund, weshalb wir uns diese dreihundert Hektar Wald gekauft haben, um die Häuser weit entfernt voneinander bauen zu können.»

Sie hieß Sarah und war an die siebzig, Tochter eines Buchhändlers auf der Charing Cross Road in London und eine der Gründerinnen des Kollektivs.

«Also, was kann ich für Sie tun?»

Vielleicht war da ein Misstrauen, aber nicht mehr als üblich, wenn Eira ihren Dienstausweis zeigte. Sie hatte ihren Besuch nicht angekündigt, war sich unsicher, wie man auf sie reagieren würde. Die Vorurteile kamen noch aus ihrer Kindheit. Sie hatte sich Menschen in Blumenkleidern vorgestellt, Tanz auf der Wiese, solche Dinge, nicht, dass das Haus einer alten Berghütte ähneln würde, gezimmert und offensichtlich nach alter Tradition errichtet, dann plötzlich ein Panoramafenster, ein Turm, unerwartete Formen. Der Flur im Rücken der Frau war in kräftigen Farben gestrichen, Scherben aus zerbrochenem Porzellan zierten die Fugen des gefliesten Bodens.

«Es geht um einen amerikanischen Deserteur», sagte Eira, «Steve Carrano, ich habe einen Hinweis bekommen, dass er sich irgendwann in den Siebzigern hier aufgehalten hat.»

«*Oh dear*, ja, wir hatten tatsächlich ein paar *deserters* hier», sagte die Frau und bat sie herein, «aber wo sie jetzt sind, weiß ich natürlich nicht. Es sind doch nicht die amerikanischen Behörden, die danach fragen, die verfolgen das doch nicht mehr, oder?»

In der Küche stand ein Lammeintopf auf dem Holzofen, zahlreiche Porzellanteller schmückten die Wände und zeugten von Reisen in alle Welt.

Eira erzählte von dem Toten und von den anderen Deserteuren, auch die Rolle ihrer Mutter ließ sie nicht aus. Es gab keinen Grund, sich strikt an das Protokoll zu halten, vor allem nicht, nachdem eine Schüssel Eintopf vor ihr auf dem Klapptisch gelandet war. Draußen vor dem Fenster wuchsen Moos und Gräser auf den Dächern, die Strenge der Zivilisation wirkte plötzlich weit weg.

«Da gab es einen Steve», erinnerte sich Sarah und stellte ein Wasserglas sowie eine Karaffe auf den Tisch. «Er kam zusammen mit einer Schwedin hierher, das war noch ganz zu Anfang, wir haben das Grundstück 1973 gekauft, und sie kamen etwa ein Jahr später. Nachdem bekannt wurde, was wir planten, kamen alle möglichen Leute hier vorbei. Wie war noch gleich sein Nachname?»

«Carrano.»

«Nein, es war ein gewöhnlicherer Name ...»

Sie wusste es nicht mehr, dachte Eira, die Frau war über siebzig, und auch wenn ihr Blick klar war, lebte sie doch seit fast fünfzig Jahren in den endlosen Wäldern. Skogsnäs war eines der wenigen großen Kollektive aus den Siebzigerjahren, das so lange überlebt hatte. Wie viele Menschen mochten hier vorbeigekommen sein?

«Sie durften im Bauwagen schlafen», fuhr die Frau fort. «Es gab damals nur einen Hof, aber es war uns gelungen, ein paar alte Wagen von einer Baustelle zu kaufen, wir hatten gerade unser erstes Kind bekommen und wollten nicht so eng mit den anderen zusammenwohnen, und dann kamen ja auch ständig Gäste. Ich erinnere mich daran, wie er nachts schrie, immer noch die Hubschrauber hörte ... Larsson! So hieß er, Steve Larsson. Und seine Frau hieß Eva Larsson.»

«Dann waren sie also verheiratet?»

«Ganz frisch, meine ich, wahrscheinlich durften sie deshalb in dem Wagen schlafen. Ich frag mich sogar, ob es nicht ihre Hochzeitsreise war, in einem klapprigen alten Auto durchs Hinterland von Norrland, ja, so waren die Zeiten damals, wissen Sie, ich glaube, sie hatten auch überlegt zu bleiben, aber dann wollte er doch nicht. Manche waren auch enttäuscht, wenn sie hier ankamen, sie mussten ja mit uns raus und im Wald arbeiten, ein Stück mussten wir auch zum Abholzen verkaufen, um ein bisschen Geld zu bekommen, obwohl das wirklich das Letzte war, was wir wollten. Man lernt die Realität kennen, wenn man so wohnt wie hier, kein fließendes Wasser, ein einziger Fernseher für die Nachrichten und nichts zu rauchen, ganz anders als die Leute dachten, aber dafür reichte das Geld gar nicht, außerdem gab es in Ramsele nichts zu kaufen ...»

Das Lamm schmolz förmlich im Mund, indische Aromen.

«Könnte es ihr Name gewesen sein», fragte Eira, «hat er ihn nach der Hochzeit angenommen?»

«Ja, klar, so muss es gewesen sein!»

Steve Larsson – war es wirklich so einfach? Eira musste an

Verstecke denken, wenn nicht im Wald, dann in einem neuen Namen, dem schwedischsten aller schwedischen.

«Wissen Sie noch, woher er kam?»

«Definitiv *working-class*, er scheute sich nicht zuzupacken, und wir ja auch nicht, ich bin nach dem Krieg aufgewachsen, während der Rationierungen in England, und mein Mann stammt aus einer Bauernfamilie, ich glaube, viele andere Gemeinschaften sind daran gescheitert, dass sie aus Oberklasse-Hippies bestanden, die nicht wussten, was für ein *hard work* das ist. Es gab einen Waldbauern hier, der uns alles beigebracht hat, Traditionen, die im Verschwinden begriffen waren und für die seine Kinder sich nicht interessierten. Wir zogen die Stämme mit Pferden zum Fjällsjöälven runter, damals wurde noch geflößt. Philadelphia, ich glaube, da kam er her. Ich erinnere mich, dass wir uns über Billie Holiday unterhalten haben, und die stammt doch daher, oder?»

Eine rasche Google-Suche, Eira überflog den Wikipedia-Eintrag, nein, die legendäre Jazzsängerin war in Baltimore aufgewachsen – oder doch!, ihre Mutter war noch eine Teenagerin, als sie schwanger wurde, und die Familie schickte sie zur Entbindung woandershin. Nach Philadelphia.

«Warten Sie mal, vielleicht habe ich noch ein Foto, ich bin gerade dabei zu sortieren, weil ich doch alles dokumentieren möchte ...»

Eira folgte ihr durch die Bibliothek, deren Wände mit geerbten Büchern aus der Charing Cross Road bedeckt waren, in ein Nähatelier mit riesigen Fenstern, die Grenze zwischen drinnen und draußen verlor sich hier.

«Wir hatten Glück, haben die Fenster billig aus einem Abrisshaus bekommen ...»

Während Sarah ihre Schubladen und Ordner durchsuchte, nahm Eira ihren Laptop heraus. Ein Treffer auf hitta.se, es gab einen Steve Larsson in Göteborg, sein Geburtsdatum war ebenfalls angegeben, er wurde im September fünfundsiebzig. Das Kind in Eiras Bauch drehte und wand sich. Sie ging auch in die gesicherten Register, auf die nicht jeder Zugriff hatte. Steve Larsson war 1947 in Philadelphia geboren, schwedischer Staatsbürger seit 1974, keine Kinder, nicht mehr verheiratet, aber Inhaber eines Ladens, Vinyl Records, Adresse: Andra Långgatan in Göteborg.

«*I knew it!*»

Sarah hatte Fotos über den ganzen Boden verteilt, zahlreiche junge Menschen mit langen Haaren und nackten Oberkörpern, sie wedelte mit ihrem Fund.

Auf der Rückseite stand: Steve und Eva, Juli 1974.

Er sah genauso aus wie die anderen, das in der Mitte gescheitelte Haar fiel ihm über die Schultern, schlank, in weiten Baumwollhosen und ohne T-Shirt blinzelte er in die Kamera und die Sonne. Das Mädchen neben ihm trug ihr dunkles Haar offen, und sie waren mit irgendetwas beschäftigt, hatten die Hände in einem Eimer – Kartoffeln?

«Darf ich das abfotografieren?»

«Ja, klar, kein Problem.»

Eira berichtete, dass sie eine Adresse gefunden habe, dass das Paar anscheinend nicht mehr zusammenlebe und Steve Larsson jetzt in Göteborg wohne.

«Stimmt! In den Achtzigerjahren sind mal welche hierhergezogen, Punks, die einen Teil des alten Haga-Viertels in Göteborg besetzt und vor dem Abriss gerettet haben. Als die Häuser dann renoviert wurden, konnten sie es sich nicht mehr leisten, dort zu bleiben. Dann kommt doch her, haben wir gesagt.»

Eira kam an der Siedlung der ehemaligen Hausbesetzer vorbei, als sie zurückfuhr. Sie hielt nicht an, *sie haben ihre Häuser sehr dicht beieinander gebaut, wie Sie sehen werden; ein kleines Stadtviertel wie in Haga, das ist es wahrscheinlich, was uns gerettet hat, dass wir einander zugestehen, verschieden zu sein. Ich erinnere mich jetzt wieder, dass sie uns von dem Deserteur gegrüßt haben, der auch mal hier war.*

Eira drehte das Radio auf, laute Musik, als sie auf die Landstraße fuhr.

Es gab ihn. Er lebte.

Er verkaufte Schallplatten in Göteborg.

SILJE bat sie, die Tür hinter sich zu schließen, und deutete auf die niedrigen Sofas in der Ecke, Eira musste sich beim Hinsetzen abstützen.

Inzwischen fiel es ihr sogar schwer, sich die Schuhe zuzubinden. Zum Schlafen musste sie Kissen zwischen ihre Beine und unter den Bauch legen, was dazu führte, dass sie müder war als sonst. Bestimmt fehlte auch irgendein Vitamin, Eisen oder Proteine, eins der vielen Dinge, an die sie eigentlich denken sollte. Aus irgendeinem Grund blieb so etwas nicht in ihrem Kopf, im Gegensatz zu allem, was mit Deserteuren aus dem Vietnamkrieg zusammenhing, sie las darüber, wenn sie ohnehin nicht wieder einschlafen konnte.

1974 hatte Präsident Gerald Ford eine Teilamnestie für Deserteure erlassen, nicht um ihnen Vergebung zuteilwerden zu lassen, sondern «weil Versöhnung einen Akt der Gnade verlangt, um die Wunden der Nation zu heilen». Wer das Angebot annahm, musste zwei Jahre Staatsdienst leisten und verließ die Armee mit einem entsprechenden Vermerk in seinen Entlassungspapieren. Ein paar Jahre später legte Carter mit Straffreiheit für diejenigen nach, die sich der Wehrpflicht entzogen hatten, für Deserteure galt dies jedoch nicht.

«Terry meint, alle hätten gedacht, John wäre in die USA zurückgegangen», sagte Eira. «Terry selbst nahm dieses Angebot an, sobald er konnte, während andere sich weigerten, weil sie überzeugt waren, richtig gehandelt zu haben, und eine vollständige Amnestie verlangten, ohne irgendwelche Bedingungen. Viele von ihnen blieben in Schweden, Steve Carrano zum Beispiel.»

«Hast du ihn gefunden?»

«Er hat Kramfors ungefähr zeitgleich mit John Aiellos Verschwinden verlassen, heiratete später eine Schwedin und heißt inzwischen Larsson. Er betreibt einen Plattenladen auf der Andra Långgatan in Göteborg.»

Eira hatte dort angerufen, es sich aber in den Pausen zwischen den Freizeichen anders überlegt. Ein Mann, der schon einmal seinen Pass weggeworfen hatte, um über das Japanische Meer zu fliehen, konnte etwas Ähnliches durchaus wieder tun.

«Hallo, ich wollte fragen, ob Sie eine bestimmte Platte dahaben», hatte sie gesagt, als er dranging. Alte Schallplatten, dachte sie, alte Helden. Vinyl war ungefähr zur Zeit ihrer Geburt außer Mode gekommen, erlebte derzeit aber eine Renaissance, «die mit den Beatles, wie hieß die noch, wo sie über einen Zebrastreifen gehen?»

«*Abbey Road*, aber sorry, keine Chance», sein Akzent war deutlich zu hören, kein Zweifel, von welchem Kontinent er stammte. «Wenn ich die reinbekomme, ist sie sofort weg, zumindest wenn Sie das Original von 1969 meinen.»

Silje war aufgestanden und hatte den Computer aus dem Standby-Modus geweckt.

«Gestern Abend kam eine Mail von der Polizei in Long Beach, Aiellos Heimatstadt, sie haben Kontakt mit einem seiner Brüder aufgenommen. Ich leite sie dir weiter.»

«Und Göteborg?»

«Ja?»

«Ich glaube, es wäre am besten hinzufahren», sagte Eira,

«ihn persönlich aufzusuchen. Wir wissen schließlich nicht, ob er etwas damit zu tun hat und möglicherweise erneut flieht.»

«Du hast recht», sagte Silje, «ich kann ja mal anrufen und die Kollegen vor Ort bitten, jemanden hinzuschicken. Es wäre gut, wenn du alles zusammenfassen und ihnen zukommen lassen könntest, dazu vielleicht auch ein paar Fragen.»

«Wäre es nicht einfacher, wenn ich selber hinfahre? Ich kenne den Fall. Ich kann auf der Zugfahrt arbeiten, wenn ich noch für was anderes gebraucht werde.»

Siljes Blick wanderte zu ihrem Bauch, der inzwischen nicht mehr zu übersehen war. Auch im Gesicht hatte Eira zugenommen, und ihre Brüste waren so groß geworden, dass es sie selbst befremdete.

«Aber bei dir ist es doch wahrscheinlich bald so weit?»

«Es geht mir gut», sagte Eira mit erzwungener Ruhe, «es ist eine vollkommen normale und komplikationslose Schwangerschaft. Meine Oma ist noch bis zuletzt mit dem Pferdeschlitten rausgefahren und hat Holz gehackt.»

Silje lächelte.

«Okay», sagte sie und wurde dann wieder ernst. Vielleicht war es ein Blinzeln, ein kurzes Flackern im Blick, das Eira verriet, dass noch mehr dahintersteckte.

«Kann ich also die Fahrkarte buchen?», fragte sie vorsichtig.

Silje antwortete nicht, wischte etwas Unsichtbares von der Tischplatte.

«Als ich diesen Job angenommen habe», sagte sie schließlich, «habe ich diverse Belehrungen zum gesetzlichen Gleichstellungsauftrag, zur Einhaltung des Budgets und zur Fürsorgepflicht als Arbeitgeber bekommen, aber niemand hat mir gesagt, was in einem drin passiert. Im Herbst, als GG dieses ... na, du weißt schon.»

Es war, als scheue sie sich davor, direkt darüber zu sprechen. Eira wurde plötzlich bewusst, dass damals nicht nur GG betroffen gewesen war, dass es sie alle ziemlich mitgenommen hatte. Silje hatte als Erste bemerkt, dass etwas nicht stimmte, weil er nicht mehr ans Telefon gegangen war.

«Und da war ich ja nicht einmal diejenige, die ihn losgeschickt hatte», fuhr sie jetzt fort. «Ich war nicht seine Vorgesetzte, habe nicht zu ihm gesagt: Fahr hin, mach das.»

«Ich habe nicht vor, mich in Gefahr zu bringen», sagte Eira.

Silje verzog das Gesicht, möglicherweise verbarg sie eine Gefühlsregung, dann wandte sie sich wieder dem Computer zu.

«Halt die Kosten niedrig», sagte sie, «such dir ein günstiges Hotel.»

ALLAN schuftete in jenem Sommer, bis jeder Muskel in seinem Körper brannte. Übernahm Extraschichten in der Stauerei, sobald die Fahne wehte – er wurde doch jetzt bald Vater!

Abends, wenn der Arbeitstag vorbei war und Ruhe sich über Lunde legte, das Klappern verstummte und andere Geräusche seinen Platz einnahmen, griff er zur Flasche. Es lag nicht nur an der zehrenden Einsamkeit und seiner Sehnsucht nach Maarit, jetzt, nachdem er ihr Wärmstes gespürt, tief in sie hatte eindringen dürfen, weiter als jeder andere, und dann so einschlafen – diese Sehnsucht war ein brüllender Schmerz.

Und der Verrat.

Der scheele Blick des Denunzianten, er spürte ihn im Rücken, wo er auch ging, es war wie die Stiche der Kriebelmücken. Wenn er sich umdrehte, war da niemand, oder besser gesagt, nur Leute, die er kannte, Arbeitskollegen, Nachbarn, die Üblichen.

Je mehr er darüber nachdachte und gemeinsam mit seinen Kameraden krakeelte und fluchte – an den hellen Abenden unter der Brücke, wo sie mit der Branntweinflasche auf den Stahlträgern saßen, die von den darüber hinwegfahrenden Autos vibrierten, wo Schlepper mit ihrer Fracht aus Holzstämmen an ihnen vorbeizogen –, desto sicherer war er sich, dass derjenige, der im halben Land verbreitet hatte, welchem politischen Lager er angehörte, sich ganz in seiner Nähe befand.

Allan hatte keine Funktion in der Partei innegehabt, er war ausgetreten, nachdem sie begonnen hatten, den Sozen und dem Kapital um den Bart zu gehen, und der Kommunismus zu einem Furz im Parteinamen heruntergehungert worden war – auf welcher Liste also hatten sie seinen Namen gefunden?

Und wer, außer denen, die ihn kannten, hatte gewusst, dass er sich in Luleå bewerben wollte?

Auch mit dem Boxen hatte er in jenem Sommer wieder begonnen. Beinahe wie in seiner Jugend, als er für die eine oder andere Saison als Leichtgewicht in den Ring gestiegen war. Ein echtes Talent, hatte der Trainer damals gesagt, der übrigens aus Bollstabruk stammte und im Film über die Morde in Ådalen 1931, der im Frühsommer des Jahres gedreht wurde, eine echte Sprechrolle bekommen hatte.

Alle Leute hier waren am Film beteiligt gewesen, auf die eine oder andere Weise. Allan selbst hatte einen Extra-Job bekommen, er sollte Kies fahren. Sie zahlten gut. Tonnenweise Kies musste geholt und nach Gålån auf die andere Seite des Flusses gebracht werden, dort auf den Asphalt geschüttet und so verteilt werden, dass es wie die alte Straße zwischen Frånö und Lunde aussah, auf der der Demonstrationszug damals stattgefunden hatte. In Lunde selbst war seit den Dreißigerjahren zu viel abgerissen und verändert worden, als dass es sich für die Filmeinspielung geeignet hätte.

Und dann musste der Kies wieder weg, es war also ein doppelter Verdienst.

Außerdem war Allan Statist gewesen, sowohl bei der Demonstration als auch in den Szenen vom Tag davor, als die Arbeiter die Zäune zum Kai durchbrochen hatten, wo die Streikbrecher unter den Schiffsdecks kauerten.

Nachdem das Filmteam abgereist war, blieb etwas von der Stimmung erhalten. Die Wut, die die ganze Zeit unter der

Oberfläche gelauert hatte, nachdem sie zunächst von ungerechten Urteilen erstickt worden war, falschen Worten, die verschleiert hatten, was 1931 passiert war. Krawalle, hatten es die Bürgerlichen genannt, eine Tragödie die Sozen, und die mit den biegsamsten Nacken in seiner Partei waren ebenfalls eingeknickt und hatten aufgehört, die Schüsse in Ådalen als das zu bezeichnen, was sie waren: Mord. Und irgendwie vermischte das alles sich jetzt mit seiner eigenen Situation. Fand da nicht immer noch dieselbe Hetzjagd auf Kommunisten statt, wenn inzwischen auch eher im Geheimen?

Solche Diskussionen waren es, die in jenem Sommer zu allerlei Handgemengen führten. Betrunken nach einem Abend im Folkets Hus, brauste er gegenüber einem Gewerkschaftsvertreter und dessen Sozenfreunden auf und beschuldigte sie; war es vielleicht einer von ihnen gewesen, der in anderen Teilen des Landes Negatives über ihn verbreitet hatte?

Waren sie nicht auf die Kommunisten losgegangen, sobald die Schüsse in Ådalen verhallt waren, und hatten sich mit den Bürgerlichen und den Liberalen zusammengetan, um der eigenen Macht willen betrogen und verraten, oder kooperiert, wie es in der bürgerlichen Presse hieß?

Es kam vor, dass jemand ihn bändigte, ihm sagte, diesmal habe er noch Glück gehabt, beim nächsten Mal aber werde er die Polizei rufen.

Jemand schleppte ihn heim zu seiner Mutter, von der Allan etwas Kaltes fürs Auge und eine Gardinenpredigt erhielt. Begriff er denn nicht, dass er ein erwachsener Mann war, dass er Vater werden würde, wollte er ewig so weitermachen? Wollte er – Gott bewahre! – wie sein Vater werden, der damals durchs Dorf getorkelt war, bis er nachts bei minus zwanzig Grad zusammengebrochen und erst am nächsten Morgen vom Briefträger gefunden worden war?

Ja, verdammt, hätte Allan gerne gebrüllt, ich will so weitermachen, bis ich den Scheißkerl gefunden habe, der seine Verleumdungen verbreitet hat und schuld ist, dass ich hier wie ein Versager sitze, ein Schlappschwanz, der sein eigenes Kind nicht ernähren kann.

Ein erwachsener Mann sollte nicht mehr zu Hause wohnen, die Wut wurde davon nicht besser.

Als der Film im Mai des darauffolgenden Jahres Premiere im Kino Royal in Kramfors hatte, fand er sich selbst in der Menschenmasse auf der Leinwand. Maarit war mit dem Zug gekommen, sie saß neben ihm, als Allan sein eigenes Gesicht in der Nahaufnahme sah, ausgebrannt und vor Hass brüllend.

Das war sehr gut gespielt, meinte Maarit hinterher.

Niemals durfte sie erfahren, welche Angst er in diesem Moment gehabt hatte, so sehr, dass er sich an der Armlehne festgeklammert und hinterher nicht mehr gewusst hatte, was anschließend im Film passiert war. Angst, das Gesicht, das sie für ein paar Sekunden gesehen hatte, könnte sein wahres gewesen sein.

DIE Sonne schien warm, als Eira aus der Straßenbahn stieg und den Järntorget überquerte, wo die Andra Långgatan begann. Während ihrer ersten Berufsjahre war sie ein paarmal nach Göteborg ausgeliehen worden und wusste, dass die Ecke vor dem 7-Eleven ein zentraler Ort für den Drogenhandel war. Mit geschultem Auge registrierte sie Kneipen, in denen billiges Bier angeboten wurde, und Nagelstudios mit vietnamesischen Arbeitskräften, Tätowierer sowie eine schwarze Tür, hinter der sich eindeutig ein Stripclub verbarg. An zwei Plattenläden war sie schon vorbeigegangen, bevor sie den richtigen am Ende der Straße erreichte, wo die älteren Häuser von solchen aus den Sechzigerjahren abgelöst wurden, abgasgrauer Beton und rechte Winkel. Unter den Schwangerschaftsbrüsten war sie inzwischen schweißnass.

Die Schaufenster waren mit Holzfaserplatten bedeckt und diese wiederum mit Plattencovern tapeziert. Eine kaputte Leuchtstoffröhre blinkte ihr beim Eintreten entgegen.

Gitarren waren zu hören, eine melancholische Männerstimme aus den Lautsprechern. Ein Geruch nach Staub und irgendetwas Chemischem, Abgestandenem, nach Vinyl und vergangenen Zeiten. Eira blickte in David Bowies geschminktes Gesicht, Tom Waits saß mit einer Zigarette in einer Bar. Ein neuer Song begann, dann Bewegung im hinteren Teil des Ladens.

Der Mann war eindeutig über siebzig und beinahe zwei Meter groß. Es war, als müsste er sich erst mal auseinanderfalten, nachdem er geduckt durch die niedrige Tür hereingekommen war. Sein langes graues Haar hatte er zu einem Pferdeschwanz gebunden, Koteletten, aber kein Bart. Die halb erloschene Leuchtstoffröhre sonderte ein blasses, düsteres Licht ab.

«Hallo, suchst du was Bestimmtes?» Da war wieder der starke amerikanische Akzent, den sie schon am Telefon wahrgenommen hatte, als würde er die Wortendungen verschlucken.

Es gab viele Möglichkeiten, das Gespräch zu beginnen, Eira hatte sie auf der Zugfahrt ausprobiert. Alles, was sie ihn fragen wollte und was kein Göteborger Polizist verstehen würde. Bestimmt hätten auch sie Steve Larsson zum Reden bewegen können, aber kein Ziehen im Bauch, kein saures Aufstoßen und keine schwangerschaftsbedingte Unbeweglichkeit hätten sie davon abhalten können, den Nachtzug nach Süden zu nehmen.

Niemals hätte sie darauf verzichtet, diesem Mann Auge in Auge gegenüberzustehen, seine Reaktion zu sehen, wenn sie direkt zur Sache kam.

«Ich glaube, Sie kannten meine Mutter», sagte sie.

«Wen?»

Eira nannte ihren Namen und Kerstins, erwähnte die Zeit, um die es ging, und Ådalen, während sie beobachtete, wie es im Gesicht des Mannes arbeitete.

«Kerstin? *Are you kidding me?*»

Weit aufgerissene Augen, ein kurzes Lachen und dann etwas wie ein Schock, als sich in seinem Kopf die Rechenmaschine in Gang setzte. All das spiegelte sich in seinem Gesicht, die Haut zerfurcht und dennoch irgendwie durchsichtig.

«Wie alt sind Sie?», fragte Steve Larsson, «Sie sind doch nicht etwa ...»

«Nein, nein», Eira musste über seine absurde Reaktion lachen, «ich bin fünfunddreißig, Sie brauchen sich also keine Sorgen zu machen.»

Steve Larsson stimmte in ihr Lachen ein, er lehnte sich zurück, es war sehr eng, viel Platz war nicht, um sich zwischen den Regalen und den Plattenstapeln zu bewegen, den Kisten, die auf dem Boden standen.

«Entschuldigen Sie, für so alt habe ich Sie wirklich nicht gehalten, Sie müssten ja sonst über fünfzig sein, oder? Mein Gott, wie geht es Ihrer Mutter?»

«Gut», sagte Eira und zog ihren Dienstausweis heraus, «aber das ist nicht der Grund, weshalb ich hier bin, ich ermittle in dem Mord an einem alten Freund von Ihnen, John Aiello.»

«John? John Aiello?»

Die Musik verstummte, nur noch Rauschen drang aus den Lautsprechern.

Sekunden verstrichen.

«*When, how*? Sagten Sie ermordet?»

Die Sprachen gerieten ihm durcheinander, sie ahnte, wie die Zeiten in ihm miteinander kämpften, wie Heute und Damals die Plätze tauschten. Seine Verwirrung. Egal, ob der Mann es bereits gewusst hatte, ihr Auftauchen musste ihn tief erschüttert haben.

Eira zeigte ihm ihr Handy.

«Ich hoffe, es ist okay, wenn ich unser Gespräch aufzeichne. Es geschieht auch in Ihrem Interesse, wegen der Rechtssicherheit.»

«Was ist denn mit John passiert?» Er blickte über ihren Kopf hinweg, die Reihen der Rockmusiker an den Wänden, eingefroren in ihren zeitlosen Augenblicken. «Ich habe ihn nicht gesehen, seit ... *Jesus Christ, how long has it been?* Mehr als fünfzig Jahren. Ich habe nicht mehr an ihn gedacht, seit ...»

Seine Finger fuhren tastend über die Plattenstapel neben ihm.

KERSTIN.

Jetzt erinnerte er sich. An ihre Wärme unter den Wolldecken, wirres Haar und weiche Gerüche, das Gefühl, bleiben zu wollen. Sich anzuklammern.

Ihr Gesicht sah Steve nicht vor sich, aber da war etwas, das schmerzte.

Er scheute alles, was wehtat. War inzwischen Meister darin, Medikamente gegen alles zu bekommen, er beherrschte alle *Stories*, die die Ärzte hören wollten. Schlafstörungen, unspezifische Schmerzen. Manchmal half es auch, einen Joint zu rauchen.

Aber diesmal war es die Polizei.

Das Zittern seiner Hände hatte sich im letzten Jahr verschlimmert. Die Zeit gab es nicht, sie war eine Schimäre, ein Narr, der ihm ins Gesicht lachte.

Hast du wirklich gedacht, du kannst uns entkommen, *Stevie boy? Dumb dumb knucklehead, marching down the avenue ... Du bist ein Schwein, Carrano, wir müssen dich rasieren ...*

Dummkopf, Scheißkerl, Schwein.

Er hatte gedacht, er hätte all das hinter sich gelassen, Vietnam, die Politik, das Gefühl, verfolgt zu werden, aber in diesem Moment hatte er doch das Bedürfnis, die Tür zu verriegeln. Er drehte das Schild um, auf dem «Bin gleich zurück» stand, und bat Eira in die Küchenecke hinterm Laden.

«Entschuldigung, es ist recht eng hier. Ich habe auch leider nur Instantkaffee.»

«Das passt schon.»

«Der Hauseigentümer will mich raushaben, um an eine Kaffeekette zu vermieten und die doppelte Miete zu kassieren, aber so leicht wird er mich nicht los.»

Jetzt sah er alles mit ihren Augen. Die Brandflecke im Wachstuch, den Geruch nach altem Rauch. Der Becher, den er ihr reichte, hatte einen Sprung.

Die Vinylscheiben hatten ein großartiges Comeback gefeiert, junge Leute kauften sich wieder Plattenspieler und liebten die Cover, fanden zurück zur Musik, wie sie einst gedacht war, sie bezahlten gut und gerne Hunderte Kronen für Thin Lizzy oder die Dire Straits, einige Tausend sogar für ein wichtiges Original. Steve liebte es, sich mit ihnen zu unterhalten, einen Song aufzulegen, den sie nie zuvor gehört hatten, sie auf ein unsterbliches Gitarrensolo aufmerksam zu machen. Junge Typen, die das Leben noch vor sich hatten; das Glück, wenn sie etwas fanden, von dem sie gar nicht gewusst hatten, dass sie es suchten.

Es war das Jahr gewesen, in dem die Stones *Sympathy for the devil* rausgebracht hatten, das fiel ihm dazu ein. Das Jahr 1968.

Die Musik brachte die Erinnerungen mit sich, eine nach der anderen. Ein Kuhstall, in dem es noch nach Vieh roch, der aber schon so lange leer stand, dass es aussah, als könnte er jeden Moment zusammenbrechen. Es gab Ecken, wo der Regen eindrang. Das Geräusch der Tropfen auf dem Holz, in einem Blecheimer. Die Leute hatten harte Matratzen vorbeigebracht, gefüllt mit schwarzem Rosshaar, das durch die Bezüge stach, das nächtliche Licht fiel durch die Risse in den Wänden.

«Das hier ist meine Mutter», sagte Eira und reichte ihm ihr Handy, ein Foto. «Es wurde im Juni 1968 aufgenommen. Haben Sie die Kamera gehalten?»

Drei Personen, junge Menschen, die auf einer Decke im Gras saßen, Steve legte es rasch auf den wackligen kleinen Tisch.

Die Polizistin war hochschwanger, vielleicht fiel es ihm deshalb schwer, in ihr die Amtsperson zu sehen, die sie zu sein behauptete.

Noch dazu war sie die Tochter der jungen Frau auf dem Foto. Er wollte ihre Hand nehmen, ihr über den Bauch streicheln, sie trösten, ohne zu wissen, weswegen. Und doch, dieses Foto. Da war Terry, der sich an jede Frau rangemacht hatte, die er traf, da war John, und zwischen ihnen die schöne Kerstin. Wie sie die Sonne anlachte, ihn anlachte, er spürte es, jetzt, in diesem Moment – ja, vielleicht war er es, der das Foto aufgenommen hatte.

«Wir haben ihn vor einem Monat gefunden», fuhr Eira Sjödin fort, «aber es hat eine Weile gedauert, ihn zu identifizieren. Ich bin sehr dankbar für alles, woran Sie sich aus diesem Sommer erinnern.»

John.

Das Unbestimmte in seinem Gesicht, sein Blick, den er vor so langer Zeit durch die Kameralinse gesehen hatte.

Eira Sjödin sprach vom Meer, dort hatten sie John Aiello rausgefischt, oder war es der Fluss gewesen? Er erinnerte sich jetzt wieder, dass es ein und dasselbe gewesen war, spürte die erschreckende Tiefe, von der die Arbeitskollegen im Hafen immer gesprochen hatten, wie stark die Strömungen waren. Steve war in Philadelphia aufgewachsen, in den südlichen Vierteln zwischen zwei Flüssen, dennoch hatte er nie schwimmen gelernt. Sie hatten in einer kleinen Wohnung im Erdgeschoss gewohnt, mehr oder weniger im Slum, und dann in einem Haus in den Vororten, nachdem sein Vater sich zum Vorarbeiter der Fabrik hochgearbeitet hatte. Sein Vater, der nicht länger in seinem Kriegsveteranenclub willkommen war, wegen der Wahnsinnsaktion seines Sohnes oder dessen Feigheit, *same, same*, und die Nachbarn in der netten Gegend hatten seine Mutter nicht mehr eingeladen, die Frauen schauten weg, wenn sie sie sahen. Ein paar Versuche hatte Steve unternommen, wieder Kontakt mit seinen Eltern aufzunehmen, um ihnen zu erklären, dass dieser Krieg nicht so ein Krieg war; wie man sie betrogen hatte. *Er will nicht mit dir reden. Am besten, du rufst nicht mehr an.*

Manchmal, wenn er allein im Laden war, kam es vor, dass er einen krächzenden Song von Bill Haley oder Dizzy Gillespie auflegte, wie sie in den Kisten für zwanzig Kronen lagen, und die Augen schloss, und dann konnte er den Lärm der Fabriken und die lauten Straßen in South Philly wieder hören, ganz zu schweigen von den seltenen Malen, wenn er eine der raren Singles von den Soul Survivors reinbekam. Die waren in dem Jahr, in dem er außer Landes geflogen worden war, ganz oben in den Charts gewesen.

«Was haben Sie gesagt, Steve?»

Hatte er etwas gesagt? Über John?

«Sorry, entschuldigen Sie, es ist nicht leicht zu begreifen, dass Sie ihn gefunden haben, nach all den Jahren.»

Steve setzte sich auf seine Hände, alle Nerven des Körpers führten dorthin.

«Wie gut kannten Sie John Aiello?»

Jetzt klang sie wie eine Polizistin, kein Zweifel. Wenn er etwas über dieses Leben gelernt hatte, dann war es die Doppelzüngigkeit der Menschen.

Nach außen lächeln und innerlich Pläne schmieden, jederzeit bereit, seinen Nächsten zu verraten.

«Ich weiß nicht, ob ich ihn überhaupt kannte», sagte Steve.

Eira Sjödin schaute in ihren Notizblock, blätterte, anscheinend war sie sehr gründlich. Mithilfe der Aufzeichnungen und der Tonaufnahme würde alles, was er jetzt sagte, bewahrt bleiben.

Untersucht und bewertet.

«Soweit ich informiert bin, haben Sie beide sich Ende 1967 in Stockholm kennengelernt. Sie haben sich ein Zimmer in einer Baracke in Tantolunden geteilt und dann ein paar Monate zusammen in Torsåker gewohnt, von wo Sie gemeinsam weggegangen sind und einen ganzen Sommer in Kramfors oder Lunde verbracht haben. Also, wieso sollten Sie ihn nicht gekannt haben?»

Steve lehnte sich zurück, was ein Fehler war, weil die Streben in der Rückenlehne seines Stuhls locker waren und eigentlich geleimt werden mussten. Er schloss die Augen und nahm wieder den Schwindel von damals wahr. Die Feststellung, dass man niemals sicher war, dass es so etwas wie einen sicheren Hafen nicht gab.

«Haben Sie das nie erlebt, dass Sie dachten, Sie würden jemanden kennen?», sagte er schließlich. «Ein Mensch, dem Sie sich anvertraut und den Sie als Freund betrachtet haben, um dann festzustellen, dass er jemand ganz anderes ist?»

Auf den warmen Herbst 1967, in dem er in Stockholm gelandet und am Flughafen wie ein Held empfangen worden war, folgte stürmisches Wetter, das bereits im Oktober Schnee brachte.

Steve war Kälte gewohnt, er erinnerte sich noch gut an seine frühe Kindheit, als seine Mutter die Fenster mit Stoffresten abgedichtet hatte, damit es nicht so zog.

Die Baracken in Tantolunden waren nicht gerade das Paradies, aber sie waren das, was zur Verfügung stand: ein Dach über dem Kopf, ein Stockbett in einem schmalen Zimmer mit Toilette und Dusche, die sie sich mit den Männern aus der Nachbarbaracke teilten. John hatte das obere Bett in Beschlag genommen, er schlief nachts gut, er war nicht in *Nam* gewesen. Fühlte sich sicher, wie er sagte. Vielleicht war das ein erstes Warnsignal, auch wenn es Steve damals nicht klar gewesen war. Er hatte nur gedacht, so wäre es eben für jemanden, der seinen Dienst auf einer Militärbasis in Deutschland verbracht hatte, wo sich der Vietcong nicht zwischen den Bäumen versteckte und unsichtbar machte, im Untergrund verschwand und dann plötzlich wieder auftauchte. Sich durch Tunnel bis in die Basis hineingrub, um eine Granate durch die Toilette zu schleudern, wo man gerade saß, um zu scheißen.

John Aiello hatte während der Ausbildung gelernt, einer Strohpuppe das Bajonett in den Bauch zu rammen, hatte sich aber nie bei Dunkelheit in ein Dorf schleichen müssen, wo der Feind sich überall versteckte, sie waren verdammt gut darin gewesen, Gruben zu graben. Ihm war auch nie eine junge Frau mit einem Baby auf dem Arm hinterhergelaufen, bis irgendwann alles explodierte und niemand überlebte. Die Frau hatte es einfach nicht verstanden, als Steve ihr zuzischte, sie solle abhauen, sie hatte sich an ihn geklammert und gedacht, er würde sie beschützen, doch der Befehl lautete, alle zu töten, *search and destroy*.

Steve hatte Häuser brennen sehen und war geduckt in den Dschungel gerannt, wo man sich nirgends verstecken konnte, nicht vor dem Feind und nicht vor dem Leutnant, der einem ins Ohr brüllte, man solle gefälligst töten. Im Feldurlaub wurde ihm klar, dass er nicht zurückkonnte. Er ging in eine Bar in Tokio und betrank sich, erzählte den Leuten, dass er rauswolle. Jemand kannte jemanden, der wusste, wie man das anstellte. Und dann die Nacht auf dem Meer, als er über der Reling hing und kotzte, und der Sprung ins Leere, in ein sowjetisches Boot, mit gelöschten Laternen. In Moskau war das Leben vollkommen irre gewesen, Massen von Wodka und Frauen, die einfach auftauchten und alles Mögliche mit ihnen veranstalteten, er erinnerte sich, wie er und ein paar andere Deserteure durch ein riesiges Haus gerannt waren und zwischen Leninstatuen Verstecken gespielt hatten. Dann Schweden, wo sie wie Helden empfangen wurden. Aber Steve war kein Held. Er hatte eine Fackel in eins dieser Dörfer geworfen und es brennend hinter sich zurückgelassen, und dann hatte er seine Kameraden in der Hölle alleingelassen, er war eine Schande für seine Familie und sein Land. In einer anderen Zeit und in einem anderen Krieg wäre er mit dem Tode bestraft worden. Nachts in Tantolunden, wo vor allem norrländische Bauarbeiter wohnten, die sich in den Baracken besoffen und herumgrölten, begann das Schlimmste: Draußen waren keine Feinde mehr, da waren nur er selbst in einem Bett, das ihm zu kurz war, und die Stimme in seinem Kopf, die schrie und schrie, er solle töten, und John, der nicht wollte, dass er das Fenster öffnete, damit er Luft bekam, wenn ihm der Schweiß ausbrach.

Go back to sleep, for God's sake. This is Sweden, man, no one's gonna get you.

Die zwei Gesichter, die ein Mensch hatte.

In Stockholm war ihnen zum ersten Mal bewusst geworden, dass die CIA sie im Blick hatte. Das war eigentlich nicht weiter verwunderlich. Von der mächtigsten Organisation der Welt war kaum zu erwarten, dass sie stillschweigend zusah, wenn ihre Soldaten die Uniform wegwarfen und ihnen den Finger zeigten, sich weigerten, in ihren falschen Krieg zu ziehen.

Steve war sich sicher, dass da dieses Klicken im Hörer war, wenn er ihn abnahm. Andere bestätigten seine Beobachtung.

Ein Neuankömmling aus Connecticut, der bei einer Familie in Bromma untergeschlüpft war, hatte zwei Abende in Folge ein geparktes Auto auf der Straße beobachtet, die Männer darin hatten sich weggedreht, als er vorbeiging.

Und dann war Ray verschwunden. Der Typ, der zusammen mit John von der Militärbasis in Deutschland abgehauen war. Kurz darauf hatten sie sich zerstritten, Steve erinnerte sich nicht daran, wieso, vielleicht ging es um etwas Politisches, dass der eine Maoist war und der andere an Trotzkis ewige Revolution glaubte, oder vielleicht interessierte sich einer von ihnen gar nicht für Politik und wollte einfach nur seine Ruhe haben, was rauchen. Wie dem auch sei, Ray war von einem Mann in die amerikanische Botschaft gelockt worden. Dieser hatte so getan, als wären sie sich rein zufällig in der Stadt begegnet, und dann hatte er ihm erzählt, er würde straffrei ausgehen, wenn er sich nur freiwillig meldete und dem abschwor, was er bis dahin gedacht und geglaubt hatte.

God bless America.

Sie hatten versucht, ihn irgendwie zu erreichen, aber Ray war verschwunden, und was noch schlimmer war: Auch seine Familie in Dayton, Ohio, hatte nichts von ihm gehört, obwohl er seinen Kameraden doch gesagt hatte, er wolle nur kurz raus, um sie anzurufen.

Und dann war da diese amerikanische Journalistin, die sie interviewen wollte. Sie behauptete, sie schreibe für den *Rolling Stone*, aber die Fragen, die sie ihnen stellte, wurden immer seltsamer. Was genau haben Sie während Ihres Militärdienstes gemacht, was waren Ihre Aufgaben, welche Kontakte hatten Sie, als Sie in Moskau waren?

Steve begann sich umzusehen, wohin er auch ging. Oft war

da jemand, der ihn beobachtete und dann wegsah. Als einer der Vorsitzenden des *American Deserters Committee* dann mit dem Angebot ankam, sie könnten auf einen Hof in Norrland ziehen, hatte er sofort angebissen. Nur fort von den Nächten in der Baracke, fort von sich selbst.

Sie nannten es *Ego-Strip*.

Man sollte sich von seinem Ego befreien. Einer der Vorsitzenden des ADC war vollkommen besessen davon, und ebenso einige der anderen Aktivisten. Mitunter saß man stundenlang im Verhör und musste sich fragen lassen, wieso man so oder so dachte, um seine bürgerlichen Gedanken loszuwerden.

Du musst raus aufs Land, Steve, weg von dem Menschen, der du gewesen bist, hör auf, immer nur an dich zu denken.

Der Wald, der sich um sie herum erhob. Die hohe, klare Luft, der gefrorene, steinharte Boden. Linseneintöpfe auf dem Herd, von jemandem aus der Kommune gekocht, der es nicht konnte. Die Angst, wenn er aufs Dach hochgeschickt wurde, um die Vogelnester vom Vorjahr zu entfernen.

Angst, dass darin noch ein Ei liegen könnte. Dass die Raben, die über ihm kreisten, sich auf ihn herabstürzen würden. Steve hatte Hitchcocks *Die Vögel* zu Hause in Philly im Kino gesehen und nun Bilder im Kopf, wie ihn ein kreischender Schwarm Vögel verfolgte, während er davonrannte, wie sie durch die Schornsteine hereinkamen und er sich nirgends vor ihnen verstecken konnte.

Die endlosen Stunden abends auf dem Sofa. Es gab keinen Fernseher, weil fernsehen einen degenerierte und abstumpfte. Sie überlegten, was sie im Frühjahr alles machen wollten. Gemüse anbauen und Kohl und Kartoffeln, pflügen und den Stall renovieren, vielleicht sogar ein paar Kühe anschaffen.

Er erinnerte sich an einen Frühling, der nie kam.

Und da war die Feuchtigkeit, von der sich das Dach bog, sodass Risse in der Wandfarbe aufbrachen, das Gefühl, eines Nachts könnte alles über ihm zusammenbrechen. Das Gefühl, die Wände hätten Augen, und tatsächlich gab es da ein Loch in der Schlafzimmerwand, hinter dem er manchmal ein Auge zu erkennen glaubte. Jemand, der ihn permanent beobachtete, der ihn anklagen wollte: Unterstützt du die Revolution, was sagt dein Herz, Steve?

In einer dieser Nächte, in denen der Himmel ein einziges Lichtermeer war, in denen er die gesamte Milchstraße sehen konnte, eher eine Brücke als einzelne Sterne, war er plötzlich überzeugt davon, dieser Hof wäre eine Falle. Eine Maßnahme, um die Feinde Amerikas an einem entlegenen Ort zu isolieren, um sie dann zu beseitigen. Da gab es Tausende Methoden. Er hatte eine Reihe davon in *Nam* kennengelernt.

Am darauffolgenden Tag überredete er John, mit ihm abzuhauen. Terry bekam das mit und war sofort dabei, er langweilte sich und wollte schwedische Frauen kennenlernen.

Oder war es sogar Johns Idee? Die er ihnen dann schmackhaft machte? Es dauerte ein paar Monate, bis Steve anfing, in diesen Bahnen zu denken: dass auch diese Flucht ein Trick gewesen sein könnte, um ihn dranzukriegen.

Er erinnerte sich an die Sonne, die sie in Kramfors empfing; der Frühling war doch noch gekommen. Leute, die auf den Straßen ihren einfachen Beschäftigungen nachgingen und in ihren offenen Mänteln ganz normal aussahen. Die Lebensmittel einkauften und ihre Autos parkten, einen Kinderwagen vor sich herschoben, anhielten und ihr Kind auf einer Schaukel anschubsten, einen Bekannten trafen und ein paar Worte wechselten.

Steve war zur Armee gegangen, um der tristen Zukunft in den Fabriken Philadelphias zu entgehen, und jetzt empfand er Neid und dachte, dass das genau das Richtige für ihn wäre.

Die Stechuhr kontrollierte die Arbeitszeit, signalisierte aber auch, wenn man freihatte, es war ein Leben, in dem ein Samstag ein Samstag war.

Dann hatten sie vom Marktplatz her Musik gehört. Ein Teil von ihm wollte davonlaufen, als er die FNL-Fahne sah und den Text auf dem Banner: «USA raus aus Vietnam», aber Terry war bereits dorthin unterwegs.

Und dann entdeckte er sie.

Ziemlich groß und in einem kurzen Mantel, einem roten? Ihm war so. Das lange, dunkelblonde Haar verdeckte im Wind teilweise ihr Gesicht, und die Stimme aus dem Lautsprecher musste ihre sein, sie streichelte Pflastersteine und Beton, vielleicht war es vor allem die Stimme, klar wie frisch geputzte Fenster oder Wasser, das man in ein Glas eingeschenkt hatte, mit dieser singenden schwedischen Melodie, Steve hatte immer gemeint, Schwedisch klänge wie ein langsamer, stockender Bebop, und er beeilte sich, vor Terry bei ihr zu sein.

«Aber warum haben Sie sie dann verlassen?», fragte Eira Sjödin. «Wieso sind Sie aus Kramfors abgehauen?»

«Ich hatte Angst.»

«Wovor hatten Sie Angst?»

«Ich weiß nicht, wie ich es herausgefunden habe. Wir wussten ja, dass die CIA uns im Blick hatte, aber ich begriff erst spät im Sommer, dass er es war. Sie wählen immer einen aus, der dir nahesteht.»

«Er?»

«John.»

«Sie meinen, John Aiello arbeitete für die CIA? Er hätte Sie ausspioniert?»

Eira Sjödin wirkte skeptisch, das konnte er nachvollziehen. Steve hatte es selbst nicht recht glauben wollen, doch nachdem sich der Vorhang erst mal vor seinen Augen gelüftet hatte, sah er überall Hinweise darauf.

«Wir waren zusammen hergekommen. Wir schliefen in demselben alten Stall. Wir wechselten uns dabei ab, morgens mit dem Rad zum Hafen zu fahren, um zu schauen, ob die Fahne gehisst war, denn dann gab es ein Schiff, das be- oder entladen werden musste. John sorgte dafür, dass wir immer zusammenblieben, das ist genau ihr Stil.»

«Haben Sie jemals Beweise dafür gefunden, dass er für die CIA gearbeitet hat?»

«Nein, nein, er war nicht bei ihnen angestellt. So läuft das nicht. Sie wollen keinen Monatslohn bezahlen und Verantwortung übernehmen, wenn etwas passiert. Zu irgendeinem Zeitpunkt müssen sie ihn kontaktiert haben, oder er sie. Man kann ihnen was anbieten. Man sagt: Ich bin in dieser oder jener Organisation, unter diesen oder jenen subversiven Feinden Amerikas, ich kann euch Informationen liefern. Und dann wirst du nach Leistung bezahlt. Das ist ja das Tückische. Man weiß nie, wer es ist, sie unterscheiden sich nicht von anderen Menschen.»

«Und was ist dann passiert, Ende des Sommers», fragte Eira Sjödin, «bevor Sie abgehauen sind?»

EIRA beobachtete ihn beim Sprechen. Steve Larsson hielt seine Hand mit der anderen fest, sie hatte das Zittern bemerkt, und das störte ihn anscheinend.

Über die Komplikationen, die es mit sich bringen würde, wenn John Aiello tatsächlich im Auftrag der CIA gearbeitet hatte und auf schwedischem Boden ermordet worden war, wollte sie am liebsten gar nicht nachdenken.

Zwei Männer seien eines Abends gekommen und hätten John abgeholt, aus diesem Stall bei Lunde.

«Es war dunkel, es wurde bereits Herbst. Ich erinnere mich, dass ich fror.»

«Können Sie genauer eingrenzen, wann das war?» Eira legte eine Hand auf ihren Bauch, um das Baby zu beruhigen oder vor dem zu beschützen, was kommen würde.

«September vielleicht? *Yeah, I guess*, es hieß, es würde nicht mehr lange Arbeit geben. Und in dem Stall konnten wir auch nicht mehr bleiben, es wurde nachts kalt.»

Steve erzählte, er sei auf dem Heimweg gewesen, wenn man den Kuhstall denn ein Heim nennen konnte. Irgendwer hätte ihnen damals ein Fahrrad geliehen, das habe sich an diesem Tag wohl John genommen, er sei schon mal vorgefahren, denn er selbst sei allein und zu Fuß unterwegs gewesen, habe den Umweg über die Straßen statt die Abkürzung durch den Wald genommen, vielleicht, weil es so dunkel gewesen sei.

Er habe sie aus dem Stall kommen hören und sich hinter einem Baum versteckt, deshalb habe er nichts sehen, sondern nur von Weitem ihre Stimmen hören können.

«Und Sie meinen, sie waren von der CIA?»

«Ich habe doch gesagt, es war dunkel», sagte Steve. «Ich konnte ihre Gesichter nicht erkennen.»

Eira war verwirrt, sie versuchte sich bewusst zu machen, dass es während des Kalten Kriegs gewesen war, in einer Zeit, in der die Sowjetunion U-Boote in schwedisches Territorium in der Ostsee geschickt hatte, vielleicht kam diese Zeit bald zurück, wurde ihr plötzlich klar. Aber die CIA in Lunde? Konnte man dem, was Steve Larsson sagte, wirklich trauen? Ja, er erinnerte sich an ihre Mutter, sogar an ihren Mantel, Eira hatte sich gleich erinnert, dass sie genau diesen roten Mantel auf einem alten Foto gesehen hatte, gleichzeitig hatten Leute, die ihn kannten, ausgesagt, er sei kriegsgeschädigt, labil, vielleicht sogar paranoid gewesen.

«Welche Sprache haben sie miteinander gesprochen?»

«Ich habe sie als Schweden in Erinnerung, aber sie können auch Englisch gesprochen haben, ich weiß es nicht.»

Um nicht entdeckt zu werden, hatte Steve sich weiter fortgeschlichen, durch den Wald, als wäre er wieder zurück im Dschungel bei Dak To, lautlos und geduckt. Er habe sich nicht getraut, genauer hinzusehen, bis die Stimmen und Schritte in eine andere Richtung verschwanden, zurückschlagende Zweige und leises Fluchen, es war der Moment, in dem er meinte, John zwischen den beiden anderen Männern zu erkennen, es sei dunkel gewesen, wie gesagt, er habe nur schemenhafte Gestalten im schwachen Mondschein ausmachen können.

«Was dachten Sie in dem Moment?»

«Nichts. Es war leer in meinem Kopf. Ich wusste, dass etwas

nicht stimmte, man spürt so etwas, wenn man da gewesen ist, wo ich war. Als ich den Schuss hörte, bin ich in den Stall zurückgerannt, habe meine Sachen zusammengerafft und bin abgehauen.»

«Einen Schuss?»

«Aus dem Wald nahe am Fluss, nicht weit von der Brücke. Man lernt auch nach dem Gehör Richtungen und Entfernungen einzuschätzen.»

«Nur einen Schuss?»

«Ja.»

«Und was glauben Sie, wer sie waren?»

«Männer, die kommen, um einen zu holen. Das genügte mir.» Steve hatte Lunde noch in derselben Nacht verlassen und war nach Süden gelaufen, in einen Bus gestiegen, sobald es Morgen wurde. «Überall, wo ich die Gelegenheit hatte, habe ich Zeitung gelesen, aber nirgendwo stand etwas über einen Schusswechsel. Und nichts über John. Ich dachte, er wäre vielleicht davongekommen, es wäre nur ein Warnschuss gewesen, aber ich habe nie mehr mit irgendjemandem über ihn gesprochen, habe bis heute seinen Namen nicht wieder gehört.»

Eira schaltete ihr Handy aus. Sie musste zur Toilette, hatte aber keine Lust, seine zu benutzen, wollte hier raus.

«Warum haben Sie sich nie wieder bei Kerstin gemeldet?», fragte sie, während Steve mit dem Schloss der Ladentür hantierte, seine Hände zitterten, es dauerte.

«Keine Ahnung», sagte er. «Wahrscheinlich hatte ich Angst. Klar hätte ich sie anrufen können, aber ob ich darüber überhaupt nachgedacht habe? Was weiß man schon mit zwanzig Jahren.»

Der Schlüssel drehte sich, und er öffnete die Tür.

«Soll ich ihr was ausrichten?», fragte Eira.

Steve Larsson schaute zum Nagelstudio auf der anderen Straßenseite hinüber, auf die Schilder, die extrabilliges Bier versprachen. Tauben in einer Pfütze, die der Regen hinterlassen hatte.

«Ich weiß nicht, was ich sagen soll.»

EIRA wollte noch etwas erledigen, wo sie schon einmal in Göteborg war. Sie hatte zwei Neffen, die sie nicht mehr gesehen hatte, seit deren Mutter sich von Magnus getrennt hatte und mit ihnen hierhergezogen war.

Ich werde nie der Papa sein, den sie brauchen, sie verdienen etwas Besseres als mich.

Sie stieg in Hagen aus der Straßenbahn Linie neun, es war die vorletzte Haltestelle, und suchte nach der richtigen Adresse. Die Reihenhäuser lagen wie weiße Zuckerwürfel verstreut auf einer idyllischen Anhöhe, Kinder fuhren schwankend Rad. Sie beobachtete ein paar Jungs, die sich mit ihren Fahrrädern drehten und dann nur auf dem Hinterrad weiterfuhren, aber dann wurde ihr klar, dass sie viel zu klein waren, um ihre Neffen sein zu können.

Sie hieß Veronica, war schlank und auffallend schön und öffnete ihr die Tür zu einem Flur voller Schuhe.

Großer Schuhe. Einer der Jungen war bereits ein Teenager.

«Komm rein», sagte sie, «entschuldige, wenn es etwas chaotisch ist, ich bin eben erst von der Arbeit gekommen.»

Sie hatten einander in Kramfors kaum gesehen, Veronica und Magnus waren so viel älter als sie, Eira war damals eben erst erwachsen geworden.

Es war bereits aus gewesen, als das zweite Kind unterwegs war.

«Viktor ist noch nicht zu Hause», sagte Veronica, «und Axel ist auf seinem Zimmer, ich habe ihm nicht gesagt, wer du bist.»

«Okay», sagte Eira.

Der Rest der Wohnung war blitzsauber, hell und luftig, zwischen Küche und Wohnzimmer führte eine Treppe zu den Schlafzimmern im Obergeschoss.

Die Situation war ein bisschen angespannt. Eine Tante, die die Jungen nicht kannten.

«Ich hoffe, es ist okay, dass ich mich gemeldet habe.»

«Ja, auf jeden Fall.»

Veronica fragte, ob sie ihr etwas anbieten könne, aber Eira lehnte alles ab, bis auf Wasser, sie hatte sich in dem berüchtigten 7-Eleven an der Ecke eine Bratwurst gekauft, bevor sie in die Straßenbahn hierher gestiegen war.

«Und du bist also schwanger», sagte Veronica und reichte ihr das Glas, musterte Eiras Bauch mit einem undurchschaubaren Gesichtsausdruck. Dachte möglicherweise, Eira würde bestimmt eine ebenso schlechte Mutter sein wie Magnus ein schlechter Vater war, dass es in der Familie lag. «Wie schön, das fühlt sich bestimmt toll an, du bist ja jetzt auch nicht mehr die Jüngste. Wer ist denn der Vater?»

«Ehrlich gesagt, bin ich mir nicht sicher», erklärte Eira, «es war nicht wirklich geplant.»

Veronica lachte laut auf.

«Ich wusste ja zumindest, wer es war», sagte sie, «aber hätte ich die Wahl gehabt, hätte ich mich für jemand anderen entschieden.»

Eira hielt sich zurück. Du hast dich irgendwann einmal für ihn entschieden, dachte sie.

«Geht es den beiden gut?», fragte sie.

«Ja. Ich habe ihnen nicht erzählt, wo Magnus ist – nur dass

du es weißt.» Klappernd räumte sie die Spülmaschine aus, Teller stießen aneinander. Am Kühlschrank hingen Fotos der Jungs in unterschiedlichen Altern.

Magnus hatte die ersten Jahre seiner Kinder versoffen, hatte selten eine Arbeit länger als ein paar Monate behalten, Eira konnte Veronica verstehen, und gleichzeitig verstand sie sie überhaupt nicht.

Eltern suchte man sich nicht aus, Kinder hatten den Vater, den sie hatten. Magnus hatte kapituliert und das Sorgerecht abgegeben, dennoch waren es seine Kinder.

«Was wissen sie über ihren Vater?» Eira war klar, dass es vermintes Gelände war, aber wann, wenn nicht jetzt? Sie war mit einem Cousin oder einer Cousine schwanger, Magnus' Kinder waren die nächsten Verwandten, die das Kind haben würde. «Sie müssen doch irgendeine Erinnerung haben.»

Veronica hantierte weiter in der Küche herum, mit dem Rücken zu ihr stellte sie Dinge in die Schränke.

«Du glaubst nicht, wie froh ich bin, dass wir tausend Kilometer weit weg wohnen», sagte sie und klapperte weiter. «Er schreibt ihnen manchmal, aber ich lese die Briefe immer zuerst. Er vermisse sie und liebe sie, und wenn er käme, würden sie ins Liseberg gehen und bla, bla, bla. Manchmal gebe ich sie ihnen gar nicht. Ich werfe sie weg. Sie sollen niemals erfahren, dass ihr Vater einen Menschen erschlagen hat, deshalb lüge ich, was seinen Nachnamen angeht. Viktor habe ich gesagt, dass er sich nicht richtig erinnert, wenn er denkt, sein Vater hieße Sjödin.»

«Magnus war es nicht», sagte Eira.

«Hör auf damit, es ist sinnlos, ich habe das Urteil gelesen.»

«Er hat gelogen.»

«Entschuldige, aber das würde mich nicht wundern, Magnus hat immer gelogen. In der ersten Zeit, als wir zusammen waren, war er mir vielleicht treu, keine Ahnung, aber dass er es dann nicht mehr war, weiß ich. Auch was das Trinken angeht, hat er gelogen. Soll ich dir aufzählen, wann er noch gelogen hat?»

Die Kohlensäure brannte ihr im Hals, Eira schluckte zu viel Luft.

Unterdrückte ein Aufstoßen.

«Wenn du dich setzt, kann ich dir erzählen, was wirklich passiert ist», sagte sie.

Veronica hielt inne, Schneebesen und Kochlöffel in der Hand.

«Ich verstehe, dass du ihn in Schutz nehmen willst», sagte sie, «aber vielleicht wird es Zeit, damit aufzuhören. Du bist kein Kind mehr.»

Es gibt unterschiedliche Arten, mit einem Menschen zu sprechen, ruhig und nicht allzu laut, wie sie es normalerweise tat, mit einer Stimme, die selten Raum einnahm oder jemanden übertönen wollte, aber mit zunehmender Berufserfahrung hatte Eira sich noch eine zweite Stimme zugelegt, die dazu da war, Diskussionen und Gegenwehr zu beenden.

«Setz dich.»

Veronica setzte sich.

Und Eira erzählte ihr die ganze Geschichte, über das, was vor fünfundzwanzig Jahren passiert war, ohne sich oder Magnus zu schonen.

Wie er aus Eifersucht mit dem Motorrad zu der alten Sägewerksruine gefahren war, weil er wusste, dass Lina Stavred sich dort mit einem anderen traf. Wie er die Situation missverstanden und sich auf Kenneth Isaksson gestürzt hatte, wobei dieser die Oberhand gewonnen und ihn beinahe erwürgt hätte, wenn Lina ihm nicht eine Eisenstange über den Schädel gezogen hätte. Gemeinsam hatten sie die Leiche unter den Resten eines Dampfschiffanlegers versenkt, und dann hatte Magnus ihr geholfen, aus Ådalen abzuhauen. Lina war auf seinem Motorrad geflüchtet. Sie hatten alle Welt glauben lassen, dass sie in jener Nacht ums Leben gekommen war, wofür ein Unschuldiger verurteilt wurde, der vierzehnjährige Olof Hagström. Dass all das bereits vergessen gewesen war, bis Olof vor drei Jahren nach Ådalen zurückkehrte und die Polizei Kenneth Isakssons sterbliche Überreste in Lockne fand.

«Magnus findet, es war sein Fehler, deshalb hat er sich schuldig bekannt. Sein ganzes Leben lang hat er immer nur versucht, Lina zu schützen.»

«Aber wozu?»

«Wenn er nicht nach Lockne gefahren wäre, wäre das alles nicht passiert. Ich glaube, er ist der Meinung, in dieser Nacht zwei Leben zerstört zu haben, und da hat er sein eigenes oder das von Olof Hagström noch gar nicht mitgezählt.» Eiras Blick blieb an den Fotos hängen, pausbackige kleine Jungs, zahnloses Lächeln und schließlich groß gewachsene Teenager. «Es lässt sich nie ganz berechnen, wie viele Menschen von einem Verbrechen betroffen sind.»

«Moment, jetzt muss ich mal kurz überlegen.» Veronica rückte mit dem Stuhl unter die Dunstabzugshaube, zog eine Schachtel Zigaretten aus dem Schrank. «Habe ich das richtig verstanden? Magnus opfert seine Kinder irgendeiner Tussi, die er nicht mehr gesehen hat, seit er siebzehn war?»

«Ein bisschen komplizierter ist es schon», meinte Eira.

«Und was ist mit dir?» Veronica zündete sich eine Zigarette an, schaltete den Abzug ein. «Dein lieber Bruder kann dir doch erzählen, was er will, du verteidigst ihn, egal welche Scheiße er baut.»

«Das hat doch nichts mit mir zu tun», sagte Eira. Sie wollte protestieren, den Kommentar beiseitewischen, doch sie wusste, dass es stimmte.

«Nein, genau so ist es», sagte Veronica. «Es hat mit Axel und Viktor zu tun und dass sie nicht in so einer Scheiße aufwachsen sollen. Ist mir egal, was stimmt und was nicht. Meine Kinder sollen von Erwachsenen umgeben sein, für die sie das Wichtigste sind, und nicht irgendeine Ex-Freundin von vor hundert Jahren.»

Veronica lächelte sie an, vielleicht zum ersten Mal während ihres Besuchs.

«Wusstest du, dass sie inzwischen Göteborgisch sprechen?»

EIN Schuss zerriss die morgendliche Stille. Dann das leise Eintauchen der Paddel, als der Schütze aufs Ufer zuhielt. Lina hockte hinter einem Baum. Keine dreißig Meter von ihr entfernt stieg der Jäger aus dem Kanu. Watete in seinen hohen Stiefeln ins Wasser, angelte mit einem langen Haken nach dem schlaffen Tierkadaver und zog ihn an Land.

Biber, eindeutig. Lina sah die auffallenden Bissspuren an zahlreichen jungen Bäumen direkt daneben, den ausgeklügelten Bau am Ufer.

Etwas an der Szene zog sie an. Das Ehrfurchtsvolle und zugleich Schmutzige. Blut, das sich mit dem Wasser des Flüsschens vermischte, ein roher Gestank. Der Jäger beugte sich vor und führte einen sauberen Schnitt aus, sicher wollte er an die Galle. Lina erinnerte sich, dass die schweineteuer und begehrt war. Vor langer Zeit hatte sie gehört, wie ein paar Typen sich darüber unterhielten, dass es sich lohne, Biber zu schießen. Konnte man aus deren Galle nicht Schnaps oder Parfüm machen, oder hatte es etwas mit Sex zu tun?

Der Mann war ziemlich übergewichtig, seine Hose war heruntergerutscht, sodass man die Pospalte sah. Er atmete schwer und ahnte nichts von ihrer Anwesenheit. Lina hockte sich hinter die Wurzel eines umgestürzten Baums. Der Biber hätte sie bestimmt sofort gewittert, da er aber tot war, konnte er nichts mehr machen. Musste sich damit abfinden, dass ihm die Haut aufgeschnitten wurde und Hände in seinen Eingeweiden wühlten.

Der Mann legte die Waffe weg.

Ein Gewehr, ein Stutzen, wie er bei der Elchjagd zum Einsatz kam.

Es klopfte in ihren Ohren. Der Biber hätte ihren Herzschlag gehört.

Der platte Schwanz des Tiers sauste durch die Luft, als der Mann es umdrehte. Seine Arme waren bis zu den Ellbogen blutverschmiert. Lina bewegte sich, und dann ging alles sehr schnell. Der Mann reagierte mit Verzögerung auf das Geräusch. Da war es bereits zu spät.

«Oh, verdammt, haben Sie mich erschreckt!»

Ein Fehler, den so viele Männer machten. Sie sahen eine Frau und dachten an nichts Böses. Im selben Moment, in dem der Jäger sich umdrehte, schlug Lina ihm den Stein auf den Schädel. Nicht zu fest, nicht, um zu töten oder so, nur damit er die Fassung verlor und umfiel. Mühsam versuchte er wieder hochzukommen, ein Tritt gegen den Arm hinderte ihn daran. Lina zögerte keinen Moment, sie schnappte sich den Stutzen und rannte los.

«Warten Sie! Scheiße, was machen Sie denn da, kommen Sie zurück!»

Das klägliche Rufen des Mannes verebbte zwischen den Bäumen, bis sie nichts anderes mehr hörte als den Galopp ihrer eigenen Füße auf dem schmalen Pfad. Als sie von einer Straße Motorengeräusche hörte, versteckte sie die Waffe unter ihrer Jacke. Zog eine Bürste heraus und machte sich schnell die Haare. Eine zerzauste Frau, die aus dem Wald gestürzt kam, konnte seltsame Reaktionen hervorrufen, die mit uralten Dingen wie Trollen und Waldweiblein zu tun hatten.

Lina blieb am Straßenrand stehen und hielt den Daumen

hoch. Rieb sich etwas von den Zähnen. Wenn jemand anhielt, würde sie lächeln und sagen:

«Sieht aus, als würde es ein gutes Beerenjahr.»

DU erinnerst dich, Mama, ich weiß, dass du dich erinnerst. Es ist irgendwo da drinnen, hilf mir doch, was muss ich sagen, um dich zu erreichen?

Eira hielt die Hände ihrer Mutter, sie waren so schmal geworden und voller Adern, sie versuchte ihren Blick einzufangen und festzuhalten. Kerstins klare, goldbraune Augen hatten inzwischen die Farbe von Unterwasser, trüb und schwer zu benennen.

«Ich weiß nicht, was ich dazu sagen soll.»

Eira wartete ab, doch es kam nichts mehr. Sie zeigte ihr das Bild, das sie in Skogsnäs abfotografiert hatte, Steve mit demselben langen Haar wie bei ihrem Treffen in Göteborg; braun, bevor er im Alter ergraut war, er war hager und trug ein besticktes Hemd.

«Er hieß Steve Carrano. Ihr wart mehrere Monate zusammen. Hast du ihn geliebt?»

«Das da bin ich nicht.»

«Nein, das stimmt.» Wie dumm. Eira wählte einen anderen Ausschnitt, sodass man die Frau, die neben Steve stand, nicht mehr sah. «Aber du kanntest ihn ein paar Jahre vorher. Du dachtest, er hätte dich verlassen, weil er dich nicht liebte, aber das war nicht der Grund. Er hatte Angst. Hörst du, Mama? Es lag nicht an dir, du hast alles richtig gemacht.»

Kerstin tätschelte ihrer Tochter die Hand.

«Ja, ja, das wird schon wieder», erwiderte sie, doch ihre Augen sagten etwas anderes, Eira meinte eine Reaktion zu erkennen, eine Erinnerung, die versuchte sich festzuhaken, und dann wieder in der Tiefe verschwand. Ein Bedauern, weil sie sich nicht erinnerte, oder aber, weil ihr etwas wieder eingefallen war. «Ich vergesse überhaupt nichts.» Sie klopfte sich an die Stirn. «Das sollen sie bloß nicht glauben.»

«Meinst du Steve? Was solltest du vergessen, Mama, woran erinnerst du dich?»

Kerstin schüttelte den Kopf und griff wieder nach der Kuchengabel, kratzte angestrengt Krümel und Sahnereste von einem fast leeren Teller.

«**AM** *I talking to police investigator Sjoodajn?*»

Der Anruf aus Kalifornien war ihr angekündigt worden, Eira hatte die Tür zu ihrem Büro geschlossen.

«Wissen Sie, für mich kam das wie ein Schock», sagte der Mann am anderen Ende. «Meine Eltern haben mir erzählt, John wäre in Vietnam gestorben, ich war damals zu klein, um es zu hinterfragen.»

Frank Aiello war das jüngste von Johns fünf Geschwistern, drei Brüdern und zwei Schwestern, und erst acht gewesen, als sein großer Bruder zur Armee gegangen war.

Inzwischen war er etwas über sechzig.

Die amerikanische Polizei hatte ihm in Los Angeles die Todesnachricht überbracht. Frank hatte versucht zu begreifen, doch es war ihm nicht gelungen.

«Schweden?, habe ich gefragt, und stand da wie ein Idiot, ich sagte, das kann gar nicht stimmen. Deshalb rufe ich jetzt an, ich hoffe, ich störe Sie nicht.»

«Natürlich nicht», sagte Eira, «ich bin froh, dass Sie sich melden. Es war gar nicht so leicht, etwas über ...», sie war kurz davor, *the man in the river* zu sagen, «... Ihren Bruder herauszufinden.»

Bruder war kein einfaches Wort, es bedeutete Trauer und Verzweiflung und den innigen Wunsch, alles richtigzustellen, es war für sie der Inbegriff der Unzulänglichkeit.

«Ich möchte gerne alles wissen, was Sie mir erzählen können», sagte er, «und damit meine ich wirklich alles. Es klingt vielleicht seltsam, aber meine Eltern haben nie über John gesprochen.»

Eira musste ein wenig nach den richtigen Worten suchen, sie war im Englischen nicht so geübt darin, von der technischen Polizeiarbeit umzuschalten, um ihr Mitgefühl einem Angehörigen gegenüber zum Ausdruck zu bringen.

«Ich war dabei, als die Leiche Ihres Bruders aus dem Fluss geborgen wurde», begann sie, «ein Taucherteam hatte ihn zufällig entdeckt. Die Obduktion hat ergeben, dass er vermutlich Anfang September 1968 von hinten erschossen wurde.»

Sie brauchte ihm nicht unbedingt erzählen, dass tags zuvor in Sundsvall ein Sprengsatz explodiert war, eine weitere Vergeltungsaktion innerhalb der Organisierten Kriminalität, sodass derzeit die gesamte Polizei hier oben anderweitig beschäftigt war und der Mord an seinem Bruder noch weniger Aufmerksamkeit bekam als ohnehin schon.

«Außerdem muss ich Ihnen mitteilen, dass das Ganze leider verjährt ist, sodass niemand mehr zur Rechenschaft gezogen werden kann, selbst wenn wir herausfinden, was passiert ist.»

Frank Aiello räusperte sich. Er klang sehr gerührt und sprach langsam, als trage jedes Wort eine zusätzliche Bedeutung.

«Ich habe ja immer gewusst, dass mein Bruder vor langer Zeit gestorben ist. Aber wer war er, was dachte er, was ist Lüge und was Wahrheit – das sind die Dinge, die mich jetzt beschäftigen.»

Eira öffnete ihre Aufzeichnungen zu den Gesprächen mit denen, die damals dabei gewesen waren.

«Was ich bisher herausgefunden habe, reicht bis zum Juni

1967 zurück», sagte sie, «als John beschlossen hatte, die Militärbasis in Kaiserslautern zu verlassen ...»

Sie berichtete von der Flucht und von dem Gewitter, von der Baracke in Tantolunden und den betrunkenen norrländischen Bauarbeitern, von den Deserteuren, die eine Zeit lang zu Hunderten nach Schweden geströmt waren, und von dem Hof in Torsåker, wo sie Rüben hatten anbauen sollen, und davon, was John über die Freiheit gesagt hatte.

... just a dream, a breath in the wind.

Frank Aiello atmete in den Hörer, ungleichmäßig und angestrengt, als versuchte er etwas zu unterdrücken. Ein Weinen vielleicht.

«Entschuldigen Sie bitte», sagte er, «aber ich habe immer gedacht, ich wäre der einzige Abweichler, Sie wissen schon, einer der nicht reinpasst, *the black sheep of the family.*»

Er habe nur wenige Erinnerungen an seinen großen Bruder. Kleinigkeiten, eine Geburtstagsfeier, zu der er Boxhandschuhe bekommen hatte. *I'm gonna teach you, little tiger, don't ever let them get you.* Einmal habe John ihn zu The Pike in Long Beach mitgenommen, nur ihn, sonst niemanden, es sei seine letzte Erinnerung an seinen Bruder, bevor dieser zur Armee gegangen sei. *The walk of a thousand lights* habe man die Promenade am Meer auch genannt, mit Karussellen und der großartigsten Achterbahn, die man sich nur vorstellen könne. Er habe auch später noch das Gefühl gehabt, John sei freundlicher zu ihm gewesen als seine anderen Geschwister, doch das könne er eigentlich nicht wissen, vielleicht habe er es sich nur im Nachhinein so vorgestellt, nachdem sein Bruder tot war. Er habe ihn nie mit erwachsenen Augen zu sehen bekommen. Was wusste schon ein Achtjähriger? Kindheitserinnerungen müsse man teilen und vergleichen können, dafür habe man Geschwister, aber John sei zu einem Gespenst geworden, das nicht mehr beim Namen genannt werden durfte. Es habe nicht einmal mehr ein Foto von ihm zu Hause gegeben. Er habe seither gedacht, so sehe Trauer aus, man spreche nicht über den Toten. Jetzt verstehe er endlich, dass es um etwas anderes gegangen sei. Eine Wahrheit, die verschwiegen werden musste, eine unerträgliche Schande.

Ein Deserteur in der Familie, das müsse gewesen sein, als hätte sich der Teufel persönlich in ihr Haus in Long Beach geschlichen – oder Gott, der die Eltern in ihrem Glauben prüfen wollte, dem felsenfesten, unerschütterlichen.

«Ihre Reaktion, als sie es erfahren haben, war wahrscheinlich heftiger als das große Erdbeben. Es muss ihre Welt in den Grundfesten erschüttert haben.»

Seine Familie habe der Christian Anti-Communist Crusade angehört, die ihr Hauptquartier ausgerechnet in Long Beach hatte. Eine evangelikale Bewegung, deren erbittertes Ziel es gewesen sei, den Kommunismus zu bekämpfen, sie hätten Schulungen abgehalten und Fernsehsendungen produziert und in revolutionären Ländern wie El Salvador mit dem Militär zusammengearbeitet, zu ihren Sympathisanten hätten Prominente gezählt wie Ronald Reagan oder John Wayne.

Frank erzählte, er habe nach der Todesnachricht seine älteste Schwester angerufen, sie hätten nur selten Kontakt.

«Catherine wurde ganz still. Erst da begriff ich, dass sie es bereits wusste, dass sie es immer schon gewusst hatte. Nicht, dass John nach Schweden gegangen war, das war für uns alle neu, aber dass er desertiert war.»

Seine Schwester war zu Hause gewesen, als das Militär im November 1967 bei ihnen geklingelt hatte, sie hatte sich runtergeschlichen und heimlich gelauscht, obwohl sie auf ihr Zimmer geschickt worden war.

«Sie hat gehört, wie meine Mutter weinte und meine Eltern

sagten, dass John nicht mehr ihr Sohn sei, sondern ein Feind Amerikas. Catherine hat nie gegen diese Lüge protestiert. Ich habe fast keinen Kontakt mehr zu meinen Geschwistern, nur sie ruft mich manchmal an, versucht immer noch, mich auf den richtigen Weg zu bringen. Sie sagt, dass keiner von den anderen etwas damit zu tun haben möchte. Sie haben sich abgesprochen. Es interessiert sie nicht, was geschehen ist, sie betrachten es als Gottes Willen, als Strafe für Johns Landesverrat.»

«Das tut mir leid», sagte Eira.

«Danke, das bedeutet mir sehr viel.»

Der darauffolgende kurze Moment erinnerte Eira an die Schweigeminuten, wenn jemand gestorben war. Sie gab Frank die Zeit, die er brauchte.

«Falls John sich bei meinen Eltern gemeldet hat», sagte Frank, «haben sie wahrscheinlich sofort aufgelegt und ein Extra-Gebet gesprochen, eventuelle Briefe haben sie wohl verbrannt.»

«Das würde zumindest erklären, wieso ihn niemand als vermisst gemeldet hat.»

«Für sie war er bereits tot.»

Eira überlegte, ob sie ihm von den Männern erzählen sollte, die John abgeholt hatten. Aus ermittlungstechnischen Gründen hätte sie es wohl verschweigen müssen, es widerstrebte ihr, unbestätigte Informationen weiterzugeben.

«Ich würde meinen Bruder gerne nach Hause holen», sagte Frank Aiello.

«Natürlich. Es tut mir leid, dass es so lange gedauert hat. Er befindet sich in einer Stadt namens Umeå, etwas nördlich von hier, Sie können kommen, wann immer Sie wollen.»

«Ich bin einfach nur froh, dass Sie ihn identifizieren konnten, dafür möchte ich Ihnen danken.»

«Da ist noch etwas.»

Vielleicht bemerkte er ihr Zögern.

«Sie können mir auch schwierige Dinge sagen», meinte er. «Ich habe als Journalist gearbeitet, habe über Polizeieinsätze in L.A. berichtet und schon viel Schlimmes gesehen, auch wenn das inzwischen lange her ist.»

«Es gibt einen Zeugen, der glaubt, Ihr Bruder könnte an die CIA berichtet haben.»

«*What?*»

Sie wiederholte, was sie gesagt hatte, und am anderen Ende wurde es still. Eira registrierte nebenbei, dass bereits sieben E-Mails eingetroffen waren, während sie telefonierten. Alle betrafen den Sprengstoffanschlag, es gab Spuren, die zu einem kriminellen Netzwerk in Stockholm führten, auch Eira war an den Ermittlungen beteiligt gewesen, hatte die Kollegen aus dem Innendienst heraus unterstützt.

«Das klingt etwas seltsam», meinte Frank Aiello schließlich. «Wieso sollte er erst desertiert sein und sich gegen den Krieg positioniert haben, um dann die Seiten zu wechseln. Könnte er dazu gezwungen worden sein?»

«Oder man hat ihm eine Strafmilderung versprochen, falls er wieder nach Hause wollte.»

Ein kurzes Lachen von der anderen Seite des Atlantiks.

«In Anbetracht dessen, was ihn bei seiner Heimkehr erwartet hätte, frage ich mich, ob ein militärischer Arrest nicht vorzuziehen gewesen wäre.»

«Wie gesagt, es ist lediglich ein Gerücht.»

«Fall es tatsächlich so gewesen ist», sagte Frank Aiello, «dann haben meine Eltern nichts davon gewusst. Sonst hätten sie Johns Porträt auf einen Ehrenplatz gestellt, umgeben von brennenden Kerzen.»

ALS Allan damals davon munkeln hörte, abends, wenn alle schon ein bisschen betrunken waren, hatte er es zunächst für den üblichen Tratsch gehalten.

Geschwätz und dummes Zeug.

Hast du schon gehört, der arbeitet für die CIA, doch, doch, das weiß ich aus sicherer Quelle ...

Amerikanische Spione in Lunde, das klang nach einem schlechten Scherz, vielleicht wollten sich die Leute über ihn und seine Überzeugungen lustig machen. Und lachten hinter seinem Rücken.

Wenn er es jetzt auch noch weitererzählte, würden die Leute vielleicht denken, nun sei er vollkommen durchgedreht. Würden ihn im Krankenhaus von Gådeå einsperren und den Schlüssel wegwerfen, ihn in eine Zwangsjacke stecken und so etwas.

Allan war in jenem Sommer bereits mehrfach ausgerastet, vor allem, wenn er zu viel intus gehabt hatte, aber verdammt, so heulte er eines Abends im Garten eines Freundes, es geht doch um meine Braut, um mein Kind. Das Leben, das wir zusammen führen wollen.

Es kam vor, dass die Genossen sagten, er solle sich gefälligst zusammenreißen.

Das sei ein Hirngespinst, und es helfe Maarit und dem Kind absolut nicht, wenn er zur Flasche greife und alle möglichen Leute beschuldige.

Dann soll ich mich also beugen, fragte Allan, die Schnauze halten. Meine Überzeugungen verraten, wie alle anderen, die kuschen, sobald sie selbst was zu fressen auf dem Tisch haben. Wie C. H. Hermansson und die anderen Salonsozialisten, die ihr Fähnchen einfach immer nach dem Wind drehten, um sich beliebt zu machen?

Soll ich auch noch dankbar dafür sein, dass sie mich nicht oben in Storsien internieren?

He?

He?

Sagt es mir ruhig, oder seid ihr auch schon zu satt geworden?

Wie, zum Geier, sollen wir die Revolution vorantreiben, wenn selbst die Partei, unser Grundpfeiler, Wasser gezogen hat wie ein leckgeschlagener Kutter?

In jenem Sommer hatte er Kontakt zu ein paar Leuten aufgenommen, die den Glauben an die Revolution noch nicht verloren hatten. Es wurde darüber geredet, leise, aber beharrlich, dass die Sowjetunion all jenen Unterstützung zugesichert habe, die die Partei wieder auf den richtigen Kurs bringen wollten, ein Komitee war gegründet worden, mit einem Namen, der harmlos wirkte.

Wohlfahrtsausschuss.

Wer ahnte schon, was sich hinter einem solchen Namen verbarg?

Jetzt würden endlich andere Zeiten anbrechen, hatte Allan gedacht, während er mit seinem Kater kämpfte. Darauf wartete, dass es Arbeit gab. Auf der Werft hatten sie im Spätsommer Personalkürzungen vorgenommen. Wahrscheinlich würde auch sie bald dichtmachen, auf dem Fluss herrschte immer weniger Verkehr, und die Sägewerke schlossen eins nach dem anderen, es ging sogar das Gerücht – auch wenn das doch sehr unwahrscheinlich klang –, dass selbst das Werk in Marieberg bald an der Reihe wäre.

Allan griff nach dem Stift und versuchte Worte zu finden, doch er hatte keine. Nicht wie Maarit, die die schönsten Sätze schreiben konnte, wie Lieder strömten sie aus ihrer Hand, und dann hörte er ein Pfeifen und blickte auf, und die Fahne war oben, und er rannte stattdessen zum Fahrrad, dem rostigen, alten seines Vaters, weil er sein eigenes betrunken in den Straßengraben gefahren hatte.

Landete ganz am Ende der Schlange und bekam keine Arbeit, trieb sich stattdessen herum. So ein Tag war es, als er im Spätsommer hörte, was über den Amerikaner geredet wurde. Allan wusste natürlich, wer sie waren, Deserteure, die aus dem Krieg in Vietnam geflohen und in Lunde aufgetaucht waren. Direkt aus dem Krieg, das war zweifellos beeindruckend, aber dann hatte er gehört, dass mindestens zwei von ihnen abgehauen waren, bevor sie überhaupt nach Asien geschickt worden waren. Hätte Allan besser Englisch gekonnt, hätte er sie vielleicht etwas gefragt, doch sie landeten nie in derselben Arbeitsmannschaft. Jemand meinte zwar, sie könnten inzwischen ein bisschen Schwedisch, aber dennoch. Sie sahen aus wie die Hippies oder die bürgerlichen Revolutionäre, die man im Fernsehen sah, Leute, die wahrscheinlich ihr ganzes Leben noch nie richtig geschuftet hatten.

An jenem Tag war Allan ganz kirre geworden, weil er keine Arbeit hatte, und war die Straße am Folkets Hus entlanggegangen, wo die Sozen und ein paar vom Gewerkschaftsvorstand auf der Treppe saßen und sich wichtigtaten.

Wahrscheinlich kam es zu einer kleinen Auseinandersetzung, wie immer, laute Stimmen, Dinge, die ihnen mal gesagt werden mussten. Sie hatten die anderen verraten und waren den Arbeitgebern auf den Schoß gekrochen, erklärten sich mit

Schließungen und Kündigungen einverstanden, vielleicht war es ja einer von ihnen gewesen, der landauf, landab erzählte, wer hier alles Kommunist war?

An beschwichtigendes Gemurmel erinnerte er sich und dass einer von denen, die er kannte, ihn heranwinkte und ihm etwas ins Ohr flüsterte.

Hatte er das mit dem Amerikaner noch nicht gehört? Einer der Deserteure, der Dunkle, der aussah wie ein Italiener. Er war nicht der, der er zu sein vorgab.

Das habe er aus sicherer Quelle.

Allan hatte zunächst gelacht, aber später lachte er nicht mehr, nachdem das, was zuerst so merkwürdig und vollkommen unwahrscheinlich geklungen hatte, langsam zu ihm durchdrang und nach ein paar Pils und Falu-Würstchen an dem Abend konkrete Gestalt annahm.

Man durfte ihnen verdammt noch mal nie den Rücken zukehren.

Präsident Lyndons Lakaien praktisch vor seiner eigenen Haustür.

Sein Finger zitterte, als er ihn spät an diesem Abend in die Wählscheibe steckte. Noch nicht oft in seinem Leben war es vorgekommen, dass er ein Ferngespräch geführt hatte.

EIRA gelang es, Shirin Ben Hassen in der Cafeteria abzufangen, wo sie ihren mitgebrachten Lunch aß. Sie selbst wärmte sich eine Fertiggulaschsuppe auf und zog sich mit Shirin in eine Ecke zurück. Shirin hatte die technischen Beweise vom Sprengstoffattentat des Vortags ins Labor in Linköping geschickt und betete nun, dass man den Fall vorrangig behandeln würde.

«Sonst gelingt es noch jemandem, den Mordversuch zu rächen, und der wird dann auch wieder gerächt, und derjenige, der die Bombe gelegt hat, liegt bald auch auf dem Asphalt.»

Der Sprengsatz war in einem ganz gewöhnlichen Hauseingang platziert worden, ein elfjähriges Mädchen, das gerade mit dem Hund der Familie hatte rausgehen wollen, lag jetzt auf der Intensivstation. Ein Aussteiger aus einer Motorradgang war unter dieser Adresse gemeldet, war aber wahrscheinlich nur ein kleiner Fisch. Es gab Verbindungen zu mehreren Schießereien in Stockholm, bei denen es auch darum ging, wer den Drogenhandel in Sundsvall beherrschte. Wenn die Konkurrenz in den Großstädten zunahm, drückte das die Preise, was Norrland für kriminelle Netzwerke noch viel interessanter machte.

«Ich habe mit John Aiellos jüngerem Bruder gesprochen», sagte Eira. «Er ist uns wirklich dankbar, dass er endlich weiß, was passiert ist.»

«Dann hat es sich also gelohnt», sagte Shirin.

Eira lächelte.

«Ja, das hat es.»

Es gab Kompetenzüberschreitungen, und es gab Dienstvergehen, aber ein bisschen zu viel zu machen, zählte nicht dazu.

«Also, wie läuft es gerade», fragte Shirin. «Besteht eine Chance, dass wir den Fall lösen?»

Eira fischte nach einem Fleischstück in der Suppe, fand aber nichts als zerkochtes Gemüse. Sie hatte das Gefühl, sie drehten sich im Kreis. Sie erfuhr Dinge über ihre Mutter, über die Zeit damals und den Krieg, aber ob sie dem Täter näher kamen, war eine ganz andere Frage. Manchmal kam es ihr vor, als wäre es eine reine Privatangelegenheit, die sie da vorantrieb, keine Mordermittlung.

«Ich weiß nicht», sagte sie, «ich bin schon froh, dass wir ihn identifizieren konnten, weiter werden wir vielleicht nicht kommen.»

«Aber das ist doch gar nicht deine Art: den Kopf hängen lassen und aufgeben.»

Eira schob die halb aufgegessene Suppe von sich, fade, zerkochte Kartoffeln, sie schmeckte nach gar nichts.

Seit sie allein wohnte, hatte sie aufgehört, zu kochen und die Reste einzufrieren. Ein weiterer Punkt, an dem sie unbedingt arbeiten musste. Daran denken, dass sie nicht mehr allein war.

«Kaffee?»

«Ich hole uns welchen», sagte Shirin und war schon halb aufgestanden.

«Ich kann auch gehen», sagte Eira.

Als sie wieder zurückkam – ihren eigenen Kaffee hatte sie mit Hafermilch verdünnt, weil ihr inzwischen schlecht wurde, wenn sie ihn schwarz trank, und Laktose und Kuhmilch heutzutage ja nicht mehr als gesund galten –, bat Shirin sie, ihr den Fall noch einmal darzulegen.

«Hast du denn Zeit dafür?»

«Nein, aber laut Gesetz steht mir noch eine weitere Viertelstunde Mittagspause zu.»

Die Fakten herunterzurattern, ging schnell, Eira brauchte nur das Heikle und Persönliche wegzulassen, bis zu dem Abend, an dem ein paar unbekannte Männer dabei beobachtet worden waren, wie sie John Aiello in den Wald geführt hatten.

Dann der Schuss, den Steve gehört hatte.

«Und wie weit ist es von da bis zum Hafen?», fragte Shirin. «Wenn wir mal davon ausgehen, dass der *lover boy* deiner Mutter sich richtig erinnert und außerdem die Wahrheit sagt.»

«Überhaupt nicht weit.» Eira sah es vor sich, den Kiesweg, der auf der anderen Seite der Sandö-Brücke weiterführte, an den Häusern unterhalb der Bethanien-Kapelle entlang, wo der Wald begann. «Hundert Meter vielleicht oder zweihundert, aber man muss an mehreren Häusern vorbei, eher unwahrscheinlich, dass sie ihn durchs Dorf getragen haben.»

«Kommt man mit dem Boot dorthin?»

«Ja, zumindest kommt man nah ran.»

«Also, sie holen ein Boot», schlug Shirin vor. «Entweder haben sie eins, oder sie leihen es sich. Haben die Leute damals ihre Boote angeschlossen?»

Es war nicht schwierig, sich den Ablauf vorzustellen. Sie trugen John Aiellos Leiche zum Ufer, es war September und deshalb dunkel. Irgendwo unterwegs, oder nachdem sie hinausgerudert waren – bestimmt waren sie gerudert, um nicht gehört zu werden –, wurde ihnen klar, dass sie ein Gewicht brauchten, um die Leiche zu versenken. Also drangen sie ins

Werftgelände ein, was nicht weiter schwierig war, denn es lag offen und unbewacht da, man konnte sich im Schutz der großen Kräne zwischen den Schiffen hindurchschleichen. Eira hatte Schwarz-Weiß-Fotos von der Werft in einer Ausstellung im Folkets Hus gesehen.

«Sie müssen sich auf dem Gelände ausgekannt haben», meinte sie. «Sie wussten, welche Schiffe dort gerade lagen und was sie holen konnten, einfach nur planlos dort herumzuschleichen, erscheint mir jedenfalls sehr umständlich und riskant. Vor allem mit einer Leiche im Boot. Wieso hätten sie das Risiko eingehen sollen?»

«Dann war einer von ihnen von hier?»

«Mindestens einer.»

Shirins Handy blinkte, sie musste weiterarbeiten. Zusammen gingen sie zum Abfalleimer, warfen die Reste und die Verpackung hinein und nahmen die Treppe nach oben.

«Ich habe mir noch mal den Bericht der Gerichtsmedizin angeschaut, das, was du dazu geschrieben hast», sagte Eira und versuchte mit Shirin Schritt zu halten, es war ein entsetzliches Geschnaufe. Sie hatte sich einfach nicht dazu durchringen können, auf Schwangerengymnastik umzusteigen, wo sie doch ein viel härteres Training gewohnt war. «Gibt es irgendetwas, das mir hätte auffallen müssen, etwas, das ich übersehen habe – ist dir noch etwas aufgefallen?»

Shirin blieb mit der Schlüsselkarte in der Hand vor der Sicherheitstür auf ihrer Etage stehen.

«Der Winkel der Patrone», sagte sie, «was du als Genickschuss bezeichnet hast. Das ist natürlich richtig, die Patrone ist im Nacken eingedrungen, besser gesagt, zwischen dem ersten und dem zweiten Wirbel, aber die Bezeichnung könnte irreführend sein.»

«Wie meinst du das?»

«Woran denkst du bei dem Wort Genickschuss?»

«An eine Hinrichtung», sagte Eira. «Laut Bericht ist die Patrone von schräg oben eingedrungen. Ich habe mir vorgestellt, er kniete, die Waffe im Nacken.»

«Genau», sagte Shirin, «wir haben uns nicht weiter darüber unterhalten, weil wir uns auf die Identifizierung des Opfers konzentriert haben. Aber wenn jemand zum Beispiel versucht wegzulaufen, könnte so ein Winkel auch entstehen, wenn er bergab rennt oder der Schütze deutlich größer ist als er ...»

«John Aiello war eins zweiundachtzig.»

«Der Täter könnte ein geschickter Schütze gewesen sein oder jemand, der aus Verzweiflung geschossen und zufällig getroffen hat, so etwas kommt vor.»

Shirin öffnete die Tür, und Eira begleitete sie noch ein Stück den Flur entlang.

Shirin hatte recht, sie hatten nicht so intensiv wie sonst über die technischen Beweise diskutiert, über die Details, der Mord selbst war bei alldem in den Hintergrund geraten. Während der Teamsitzungen und in den Gesprächen mit Silje hatte sie immer nur einen kurzen Bericht erhalten. Keine Diskussionen, kein Gedankenaustausch, natürlich blieb dafür auch keine Zeit, wenn die Organisierte Kriminalität in der Stadt Sprengsätze zündete. Eira hatte die anderen nicht mit einer möglicherweise aussichtslosen Mordermittlung in einem so lange zurückliegenden Fall belästigen wollen, wäre doch gelacht, wenn sie das nicht alleine schaffte, wenn sie sie schon für nichts anderes brauchen konnten.

«Eine Neun-Millimeter-Patrone», sagte Eira, «was sagt dir das?»

Der Halswirbel war zu stark beschädigt gewesen, aber sie hatten die Größe der Patrone anhand der Austrittsverletzung im Brustbein feststellen können.

«Dass die Waffe aus Militärbeständen stammen könnte», sagte Shirin, «obwohl das nicht zwangsläufig der Fall sein muss.»

«Amerikanisch?»

«Absolut denkbar. Die gesamte amerikanische Polizei nutzt Neun-Millimeter-Patronen, ebenso wie das schwedische Militär. Die Deutschen waren die Ersten, mit der Luger. Wusstest du, dass wir die den Nazis 1939 vor lauter Panik abgekauft haben, als der Krieg vor der Tür stand? Dann haben die Finnen eine eigene Version rausgebracht, und die Sowjetunion entwickelte zu Beginn des Kalten Krieges die Makarow. Wenn ich doch nur eine Patrone hätte oder zumindest eine Hülse ...»

EIRA war diesen Weg schon oft entlanggegangen. Die Lichtung war inzwischen zugewachsen, ihr Vater hatte ihr dort mal einen Baum mit besonders kräftigen Wurzeln gezeigt, sie wuchsen aus der Erde heraus, bildeten Tore zur Unterwelt.

An solchen Orten hörte sie immer noch seine Stimme, Steine und Zweige und Überreste von Sägewerksruinen, die eine tiefere Bedeutung in sich trugen und Geschichten erzählten, weit jenseits dessen, was das Auge sehen konnte.

Die Kirche hatte ihr Bestes gegeben, um mit ihren Hexenjagden im 17. Jahrhundert jeden Spuk und Volksglauben auszurotten, aber es war ihr gründlich misslungen. Noch in den 1930er-Jahren hatten die Menschen sich an Frauen wie die Finn-Nybergskan in Lunde gewandt, um ihre Kinder nach einem alten Ritual unter den Wurzeln durchtauchen zu lassen.

Wenn die Frau das Neugeborene unter der Wurzel eines bestimmten Baums hindurchzog und dabei die ihr überlieferten Worte sprach, war das Kind gegen Krankheiten und vorzeitigen Tod gefeit. Eiras Großvater gehörte zu den Letzten, die hier auf der Lichtung unter den Wurzeln hindurchgetaucht worden waren, was aber nicht verhindert hatte, dass er infolge einer Polio-Erkrankung hinkte und beinahe an Scharlach gestorben wäre. Eira war sich nicht sicher, wo genau das Ritual vollzogen worden war, alles war hier inzwischen zugewachsen und hatte sich verändert, und es war ja auch keine Erinnerung, die zu bewahren sie sich sehr angestrengt hatte; dieses alte Wissen, das überdeckt wurde von dem Wissen darum, welch wunderbare Blaubeerstellen es hier gab.

Eira ließ Patrask von der Leine, sollte er sich ruhig austoben, während sie versuchte, sich zu orientieren. Dieser alte Kuhstall, in dem die Deserteure übernachtet hatten, in welcher Richtung hatte er wohl gelegen? Sie folgte verschiedenen Pfaden, bis die ersten Häuser hinter den Bäumen auftauchten. Wahrscheinlich war er abgerissen worden, aber vielleicht konnte man noch Reste des Fundaments unter der Vegetation ausmachen. Vielleicht war er aber auch zu einem Künstleratelier oder einem Bed & Breakfast umgebaut worden.

Zumindest hatte sie jetzt ein ungefähres Gefühl von der Entfernung, vom Tatort. Die Männer, die John Aiello abgeholt hatten, brauchten nicht weit zu gehen, um im Altgehölz und Herbstdunkel vollständig zu verschwinden. Hundert, hundertfünfzig Meter etwa waren es bis zum nächsten Haus, größer war der Wald hier nicht. Falls überhaupt noch jemand anders den Schuss gehört hatte, was mochte er wohl gedacht haben, in einem Ort, wo wirklich jeder ein Jagdgewehr besaß? Wahrscheinlich hatte man nicht einmal aufgehorcht, zumal Anfang September, wenn die Elchjagd begann.

An einem steilen Abhang zum Kiesweg hinunter, der parallel zum Fluss verlief, blieb Eira stehen. Hatte er hier zu fliehen versucht, vorausgesetzt, Shirins Vermutungen stimmten? Hatte er sich hier losgerissen – wenn sie ihn denn festgehalten hatten –, war weggerannt und auf die Häuser dort hinten zugestolpert? Vollkommen dunkel war es wahrscheinlich gar nicht mal, im September, nicht damals, als hier noch so viel mehr Menschen lebten, Lampen in den Fenstern, vielleicht sogar eine Wegbeleuchtung, die seine Silhouette scharf hervortreten ließ.

Eira fand einen etwas schmaleren, steilen Pfad bergab und rief Patrask, der aus dem Unterholz hervorbrach, ihre Sneaker waren durchweicht von der Frühsommerfeuchtigkeit. Auf dem Weg zurück nach Lunde blieb sie unter der Brücke stehen. Es war jedes Mal schwindelerregend. Als Teenager waren sie hinaufgeklettert, hatten Wetten abgeschlossen, wer sich auf den gewaltigen Brückenbogen hinaufwagte. Es wäre ein Leichtes gewesen, am Ufer darunter mit einem Boot anzulegen, ohne dass man gesehen wurde, um dann auf dem Wasserweg in den Hafen zurückzukehren. Es war nicht weit, sie hätten im Dunkeln rudern können.

Einen Anker an Bord hieven.

Und wer hätte schon auf ein kleines Boot reagiert, das den Fluss überquerte? Es war ja nichts Ungewöhnliches, es konnte ein Angler sein oder ein Freier auf dem Weg zurück nach Sandö.

Eira ließ Patrask wie immer noch eine Weile im niedrigen Uferwasser spielen, beobachtete, wie das Abendlicht weicher wurde, während die Sonne langsam unterging.

Genau so konnte es sich zugetragen haben, bis zu dem Punkt, an dem John Aiellos Leiche im schimmernden Blau da draußen versenkt worden war.

Die Frage war, wieso.

Und von wem.

In ihrem Kopf drehte sich alles, wenn sie an die Weltpolitik, die Großmächte während des Kalten Kriegs dachte – und das hier, in Lunde?

Eira spürte einen dumpfen Schmerz im Beckenboden, obwohl sie nur ein lächerlich kurzes Stück gegangen war.

Sie waren über den Sund oder in Richtung des anderen

Ufers davongerudert, hatten sich aufgelöst wie Wolken, wie Nebel. Mit den Jahren hatten sie sich wahrscheinlich immer sicherer gefühlt, dachten, dass ihnen niemand etwas nachweisen konnte – vielleicht lebten sie noch.

THE Pike war schon vor vielen Jahren abgerissen und die ehemalige Vergnügungsmeile in Long Beach zu einem Sandstrand eingeebnet worden. Die riesige Achterbahn hatte man bereits abgebaut, als Frank Aiello neun war.

Damals begriff Frank nicht, wie man so etwas zulassen konnte. Es hieß, der Cyclone Racer müsse neuen Straßen Platz machen, damit die Queen Mary, die an die Titanic erinnerte, im Hafen anlegen konnte, wo sie zu einem Hotel umfunktioniert werden sollte. Natürlich war das auch ganz spannend, wie groß dieses Schiff war, und dann der Eisberg und wie viele im Meer gestorben waren, doch es war nicht die echte Titanic, und es war nicht der Cyclone Racer.

Zwei Wagen nebeneinander, damit es sich wie ein Wettrennen anfühlte, Anstiege, die bis in den Himmel zu führen schienen. Das Ziehen im Bauch und dass man schreien durfte, so laut man wollte, was man sonst nie durfte. Es war lächerlich, aber mit dreiundsechzig vermisste er es noch immer. Die Achterbahn aus den 1930er-Jahren war ein architektonisches Meisterwerk gewesen, die Holzkonstruktion und die geschwungenen Linien, das hatte er erst als Erwachsener begriffen, als sie längst verschwunden war. Stattdessen hatte Disneyland, das nur zwanzig Kilometer entfernt gebaut worden war, Orte wie The Pike verdrängt, wo noch jeder willkommen gewesen war, arm oder reich. Und auch einen großen Bruder vermisste er, der sich rausschleichen und seinem kleinen Bruder die Welt zeigen konnte.

Seine Hand in einer größeren Hand, war er in den Wagen geklettert. In den Tagen davor hatte Frank wie ein kleines Kind um John geweint. Er musste ihn heimlich mit ans Meer genommen haben. Frank erinnerte sich, dass es Abend gewesen war, John hatte ihm zeigen wollen, wieso man The Pike die Promenade der tausend Lichter nannte. Die Lampions hatten unterschiedliche Farben, die auch noch nachglühten, wenn man die Augen schloss. Die Musik und das Geschrei. Niemals hätte ihre Mutter das zugelassen. Jeder wusste doch, wer sich da abends auf der Vergnügungsmeile herumtrieb, Spieler und Stripperinnen und Tätowierer; wenn Satan persönlich Long Beach besucht hätte, er wäre bei The Pike an Land gegangen.

Frank fuhr am gigantischen Containerhafen vorbei, Kilometer um Kilometer stapelten sich dort die Metallboxen. Am Queensway Drive, wie er heute hieß, bog er ab. Stieg aus, um Erinnerungen einzufangen, etwas, das John gesagt, was für einen Eindruck er gemacht hatte. War er aufgeregt gewesen, hatte er Angst gehabt? Hatte er damals schon überlegt zu fliehen?

Zuckerwatte und Popcorn gab es nicht mehr, aber der Ölgeruch war noch da und die Tränen, die den Blick auf die Queen Mary trübten, bis da wieder die Lampions waren und die Farben und seine Hand, die klein in der von John lag.

Nummer zwei unter den Brüdern Aiello, Mike, hatte das Haus in der Gundry Avenue übernommen. Frank hielt auf der anderen Straßenseite. Die Zeit schlug ihre Volten. Nichts hatte sich verändert. Nur ein neues Schild am Sicherheitszaun, das jedem mitteilte, dass das Grundstück alarmgesichert war. Dieselbe blassgelbe Farbe wie früher, auch wenn die Querlatten neu gestrichen worden sein mussten. Die Bäume waren natürlich höher als in seiner Erinnerung, die Büsche noch genauso geschnitten wie damals.

Über seine Schwester hatte Mike ausrichten lassen, dass er nicht bereit sei, mit ihm über die Beerdigung zu sprechen. Er sei immer noch sauer, hatte Catherine gesagt, Mike, der so stolz auf seinen Bruder gewesen war, der in Vietnam gegen die Kommunisten kämpfte. Er hat letztes Frühjahr einen Schlaganfall gehabt, lass ihn in Ruhe.

Und kein Wort über das Familiengrab.

Dazu hast du kein Recht, ich habe die Papiere, wir sind uns alle einig. Dort wird er nicht ruhen.

Wo dann?

Die Haustür öffnete sich, eine ältere Frau kam heraus. Einen Augenblick meinte Frank, seine Mutter zu sehen, auf dem Weg zur Kirche oder zum Einkaufen, doch natürlich war es Mikes Frau Sylvia. Sie blickte in seine Richtung, und Frank ließ den Motor an, fuhr fort von der Gundry Avenue, fort von den Bildern von John, der mit seinem Fahrrad Tricks in der Einfahrt übte.

Er hatte eine Verabredung mit einem alten Bekannten in Venice.

Sie hatten vereinbart, sich in einem der kubanischen Restaurants an der Strandpromenade zu treffen, Frank lechzte nach einem Bier. Die frische Luft, die Durchgeknallten und die Skateboarder, all die heruntergekommenen, aber noch lebendigen Hippies, Graffiti-Palmen und Schilder, auf denen für medizinisches Cannabis geworben wurde, das man auf Rezept bekam. Erst jetzt, da er vor dem Restaurant nach seinem ehemaligen Mentor Ausschau hielt, wurde ihm bewusst, dass Venice Beach etwas von The Pike hatte: das schmuddelig

Farbenfrohe, fröhlich Illegale, vielleicht hatte er sich hier deshalb immer zu Hause gefühlt.

«Frank Aiello?»

Oh, er war wirklich alt geworden. Richard Evans war Gastdozent und Mentor an der Uni gewesen, als Frank noch die Ambition gehabt hatte, investigativer Journalist im Geiste Bernsteins und Woodwards zu werden, Korruption und Lügen aufzudecken und nichts als die Wahrheit zu berichten. Doch während Evans im Anschluss an die Ostküste und zu den großen Zeitungen zurückkehrte, war Frank mit Selbstzweifeln und einem Job als Englischlehrer in El Segundo geblieben.

«Ganz schön lange her!»

Sie schüttelten sich die Hände. Frank hatte zu großen Respekt vor Evans, um ihn einfach zu umarmen, so gut hatten sie einander auch wieder nicht gekannt.

Es war erschreckend, wie gebeugt und hager der Mann war, sein Anzug saß ein wenig locker. Teuer war er dennoch, ganz intellektuelle Ostküste. Richard Evans zählte zu den Großen des amerikanischen Journalismus. Als Frank nach seinen Kontaktdaten gesucht hatte, war er schon darauf gefasst gewesen, nach New York fliegen zu müssen. Doch dann hatte sich herausgestellt, dass er sich nur wenige Kilometer entfernt in einem Haus an einem der Kanäle von Venice aufhielt.

«Tja, hier sitze ich nun wie ein gealtertes Klischee und versuche *das* Buch zu schreiben. Über mein Leben im Dienst der Wahrheit. Kann ich es so vermarkten? Glauben Sie, jemand erinnert sich noch daran, was das bedeutet?»

Evans hatte sich schon immer auf diese etwas pathetische Art ausgedrückt, eine unterschwellige Ironie, sodass man nie wusste, was er ernst meinte.

Sie setzten sich an einen Tisch hinter ein paar europäischen Touristen, die Tequila Shots zum Mittagessen tranken.

«Tut mir sehr leid, das mit Ihrem Bruder», sagte Evans, «aber ich muss sagen, es hat Spaß gemacht, ein paar alte Kontakte zu reaktivieren. Einer sitzt im Pflegeheim und weiß nicht einmal mehr, was man ihm befohlen hat zu vergessen.»

Frank winkte einem Kellner, bestellte Bier und Ropa Vieja, Evans wählte dasselbe, aber mit Rotwein. «Alte Kleider – man muss wirklich Kubaner sein, um ein Gericht so zu nennen.» Er lehnte sich zurück. Sein blauer Blick war noch genauso eindringlich wie damals, sodass Frank sich schämte, was er alles aufgegeben hatte. Längst vergessene Sätze aus seinen Vorlesungen fielen ihm plötzlich wieder ein, *die stärkste Waffe des Journalisten ist Hartnäckigkeit. Ausdauer. Und wenn es zwanzig Jahre dauert, Sie müssen sich zur Wahrheit vorarbeiten, denn es gibt sie, es gibt sie immer. Bleiben Sie dran, stellen Sie immer noch eine weitere Frage. Machen Sie einen Anruf und dann noch einen. Gehen Sie immer noch einen Schritt weiter.*

«Und Sie glauben also, Ihr Bruder war bei der CIA?»

«Ich nicht», sagte Frank, «aber die schwedische Polizei. Die Mordermittlerin hat es als Gerücht bezeichnet, jemand, der damals dabei war, habe es behauptet. Ich weiß nicht, ob sie überhaupt weiterermitteln. Die Verjährungsfrist für Mord betrug in Schweden damals fünfundzwanzig Jahre. Ich verurteile niemanden, ich möchte nur wissen, wer mein Bruder war.»

«Und wer ihn getötet hat. Und wieso.»

«Das auch», gab Frank zu.

Richard Evans lächelte. Die Gläser wurden gebracht.

«Sie hatten recht», sagte er dann. «Ich hatte diverse Kontakte nach Langley, und ich habe auch tatsächlich einen Tipp bekommen bezüglich eines Typen, der damals im Gewölbe saß. Heute ist er Bienenzüchter in Arkansas.»

«Gewölbe?»

«Ein Kellergeschoss unten im Gebäude, ohne Fenster. In seiner Erinnerung existierten dort weder Tag noch Nacht. Niemand durfte wissen, womit sie sich damals beschäftigten.»

«Und was war das?»

«Eine Operation, die niemals hätte existieren dürfen. Selbst wenn Ihr Bruder dazugehört hat, wird man seinen Namen dort nicht finden. Alle Dokumente, die auf Informanten hinweisen könnten, wurden vernichtet. Der Bienenzüchter behauptet, er erinnere sich noch heute daran, wie Tonbänder riechen, wenn sie brennen. Abgehörte Gespräche, Ausdrucke, Namen von Kontaktpersonen, alles verschwand im Feuer.»

Richard Evans hielt kurz inne, bis die Kellnerin ihnen das Essen serviert und guten Appetit gewünscht hatte. Sie sprach Spanisch, es war wohl Instinkt oder alte Gewohnheit abzuwarten, bis sie außer Hörweite war.

«Ist sich die schwedische Polizei denn sicher, dass er ermordet wurde?», fragte Evans und steckte sich einen Bissen Fleisch in den Mund.

«Er wurde von hinten erschossen», sagte Frank. Seine Stimme klang fest, er war keine acht Jahre mehr. «Rein theoretisch könnte es ein Unfall gewesen sein, zu der Jahreszeit jagt anscheinend jeder in Schweden Elche, aber wohl kaum mit Neun-Millimeter-Patronen. Auch in Anbetracht dessen, was sie dann mit der Leiche gemacht haben, ist ein Versehen eher unwahrscheinlich.»

Das war beinahe das Schlimmste: dass sein Bruder so gründlich dem Vergessen anheimgegeben worden war. Es erschien ihm fast brutaler als der Mord selbst.

«Das Ganze wurde Operation Chaos genannt», erklärte Richard Evans.

VOR Kerstins Zimmertür saß eine junge Frau, kurz geschnittenes weißblondes Haar, aufrechte Haltung. Sie blickte von ihrem Handy auf.

«Kommen Sie auch zu Besuch?»

Eira blieb verwirrt stehen. Normalerweise kam hier selten jemand her. Freundinnen verschwanden mit der Zeit, Verwandte starben, ihre Mutter hatte nie einen großen Bekanntenkreis gehabt. Hatte sich manchmal auch mit Leuten zerstritten.

«Ich bin Kerstin Sjödins Tochter.»

«Na klar», die Frau strahlte, wahrscheinlich war sie kaum älter als siebenundzwanzig. «Magnus hat mir von Ihnen erzählt. Wie schön, Sie kennenzulernen.»

Sie streckte die Hand aus, und Eira begriff. Die geschlossene Tür, die gedämpften Stimmen drinnen. Eine Vollzugsangestellte, natürlich, es war so weit: Ausführung unter Aufsicht, in Zivil. Wahrscheinlich nannte die Frau auch ihren Namen, aber Eira hörte schon nicht mehr zu. Ihre Hand an der Klinke war schweißnass, ein Luftzug vom offenen Fenster, als sie die Tür öffnete.

Das Lachen ihrer Mutter. Hübsch zurechtgemacht saß sie im Sessel. Blumen in einer Vase. Eira wusste nicht, wieso sie das so wütend machte.

Von Magnus sah sie lediglich den Rücken und den Nacken;

sein Haar war seit ihrem letzten Treffen gewachsen. Blitzschnell drehte er sich um. Wahrscheinlich war es ihm in Fleisch und Blut übergegangen, sofort mitzubekommen, was hinter seinem Rücken geschah.

«Ach, hallo», sagte er, «du bist das! Schön, dass du kommst.»

Es war das erste Mal seit zweieinhalb Jahren, dass Eira ihn in Freiheit sah, außerhalb der Vollzugsanstalt. Bei ihrem letzten Besuch dort im Winter hatte sie noch einmal versucht ihn zu einer Änderung seines Geständnisses zu bewegen.

Eira stellte den Karton mit dem Gebäck von Willys ab.

«Ich habe nur zwei gekauft», sagte sie, «ich wusste ja nicht, dass du kommst.»

«Wie schön, dass jetzt alle da sind», sagte Kerstin, dieses Strahlen, diese Freude sah Eira so selten bei ihr. Sie schloss die Tür. Vergiss die Wärterin dort draußen, vergiss die Umstände.

«Mensch, Schwesterchen, wie dick du geworden bist.»

Eira teilte die Gebäckstücke in mehrere kleine Portionen und wärmte Kaffee auf, während Magnus Anekdoten erzählte, die ihre Mutter zum Lachen brachten.

Wie er mit dem Fahrrad umgefallen war oder eine verirrte Möwe mit nach Hause gebracht hatte, «du erinnerst dich doch», sagte er, und, oh Wunder, sie erinnerte sich.

Wie die Realität in ihr Gehirn zu strömen schien und alle Verkalkungen löste, wie Holzbruch im Fluss, wenn gesprengt wurde, weil das Holz sich verkeilt hatte.

Vielleicht würde sie nie wieder so klar sein, deshalb beeilte sich Eira, noch einmal auf ihre Reise nach Göteborg zurückzukommen, sobald sie sich zu ihnen gesetzt hatte.

Als Erstes die Enkel. Eira wandte sich Kerstin zu und erzählte ihr, dass sie die Mutter der Jungen besucht habe, dass es ihnen gut gehe und sie eine schöne Wohnung hätten. Sie merkte, wie Magnus neben ihr erstarrte.

«Ich kaufe ihnen Zugtickets, sobald ich den Lohn bekommen habe», sagte er und wandte sich ebenfalls ganz Kerstin zu. «Sie sind jetzt groß und können alleine Zug fahren. Ich werde sie im Sommer mit an den Fluss nehmen und mit ihnen angeln und zum Skuleberget, in die Räuberhöhlen. Erinnerst du dich, wie ich mich dort mal versteckt habe und ihr stundenlang nach mir suchen musstet?»

«Du hast gespielt, du wärst vogelfrei», sagte Kerstin und lachte erneut.

«Und dann habe ich noch einen alten Freund von dir getroffen», sagte Eira, nachdem sie noch ein wenig über das Abenteuer am Skuleberget geredet hatten. «Steve Carrano. Er war aus dem Vietnamkrieg geflohen, und ihr habt euch in Kramfors kennengelernt, als du auf dem Marktplatz demonstriert hast. Erinnerst du dich, dass ich dir davon erzählt habe?»

Sie suchte nach dem Foto von Skogsnäs, inzwischen hatte sie Steves spätere Freundin herausgeschnitten.

«Oh», sagte Kerstin, als sie das Foto betrachtete. «Oh, oh, oh.» Sie schlug sich die Hand vor den Mund und errötete.

«Erzähl mehr davon», sagte Magnus, «das klingt interessant.»

«Nein, das geht nicht.»

«Wieso nicht?», fragte Eira. «Es ist so lange her, wir wissen ja gar nicht, wie du damals so warst.»

Eira hatte einmal gelesen, eine Demenz wäre wie ein Wald, in dem man sich verirrt hatte, wo man einen Weg nicht vom anderen unterscheiden konnte. Zeit und Raum lösten sich auf, ebenso die Orientierung, aber es konnten sich dort auch Erinnerungen finden wie Bäume, wenn man sie gefällt und zum

Fluss hinuntergebracht hat, verloren und aus dem Zusammenhang gerissen.

«Es ist einfach so passiert», sagte Kerstin und setzte diesen strengen Gesichtsausdruck auf, der Eira früher immer dazu gebracht hatte, sich noch ein bisschen mehr anzustrengen. Aufzuräumen, auszugleichen, Ordnung zu schaffen. Kerstin griff nach Magnus' Hand und hielt sie mit beiden Händen fest. «Wie schön, dass du wieder da bist», und für einen Moment war nicht ganz klar, ob sie wusste, wer er war, doch dann merkte Eira, wie sie wieder in die Gegenwart zurückkehrte, und der Mann neben ihr war ihr Sohn, und sie tätschelte seine Hand, um ihn zu trösten und zu beschützen.

«Kann mir mal jemand sagen, worum es eigentlich geht?», fragte Magnus.

Eira warf einen Blick auf die geschlossene Tür, für eine Ausführung galten klare Bestimmungen.

«Wie viel Zeit hast du noch?»

«Genügend.»

ALLAN erinnerte sich, dass an jenem Morgen Nebel heraufgezogen war. Er hatte seinen dicken Pullover getragen und musste die Feuchtigkeit vom Fahrradsattel wischen.

«Allan Westin?» Der fremde Mann stand auf der anderen Straßenseite, die Kleidung, die er trug, verwirrte Allan, ein Arbeitskittel mit Anzughose darunter sowie Halbschuhe.

«Ja, der bin ich.»

Ihn durchfuhr der Gedanke, dass es ein Polizist sein könnte.

Von der gefährlichen Sorte, in Zivil.

«Ich muss zur Stauerei», sagte er, «die Arbeit wird jetzt vergeben.»

Er hörte von Weitem die Pfeife tönen.

«Ich komme mit», sagte der Mann.

Allan schob also sein Fahrrad neben sich her und wusste schon jetzt, dass er als Letzter in der Schlange stehen würde. Der Fremde nannte seinen Namen, Erik Johansson. War dieser Name nicht so gewöhnlich, dass man jemanden, der so hieß, niemals wiederfinden würde? Sein Dialekt klang nicht ganz rein, etwas Finnisches schwang mit, vielleicht kam er auch von der Grenze im Norden, das war schwer auszumachen.

Ein Deckname, dachte Allan, als der Mann erklärte, weshalb er in Lunde war. Es hatte mit dem Telefonat zu tun, das Allan geführt hatte, mit der geheimen Nummer der Leute, die für die Revolution kämpften. Ein Genosse aus Kramfors hatte sie ihm gegeben, der sich ebenfalls über die Entwicklungen in der Partei ärgerte und der ihm zugeflüstert hatte, die Sowjettreuen organisierten sich.

Es klopfte wild in seiner Brust, als sie Richtung Hafen gingen.

Endlich. Jetzt passierte etwas.

Johansson erzählte von der Jagd auf Kommunisten, die überall im Land im Verborgenen stattfand, und dass Allans Tipp so interessant gewesen sei, dass er, der enge Kontakte zu den Revolutionären und sogar zum KGB habe, es für lohnenswert gehalten habe, nach Lunde runterzukommen.

Wer genau ihn geschickt hatte, verriet er nicht, es war Allans Fantasie, die sich sofort in Gang setzte, als sie von oben auf Lunde heruntersahen und der Ort sich unter ihnen ausbreitete.

Lunde, das einst aufständisch gewesen und dann durch die Kollaborationen zwischen Gewerkschaft, Sozialdemokraten und Bürgerlichen zerrieben worden war, das rote Ådalen, das zu einem rosafarbenen verblasst war, in dem es von Mitläufern und Weißbrotsozialisten nur so wimmelte, wie Allan dem Gesandten beschrieb, damit er begriff, dass er selbst auf der richtigen Seite stand.

Eine Hand auf seiner Schulter, als sie sich dem Hafengelände näherten.

«Kannst du mir die Person zeigen, von der es heißt, sie wäre ein amerikanischer Informant?»

Vor der Stauerei hatte sich bereits eine Schlange gebildet. Nur ein einziges Schiff lag draußen auf Reede, die Arbeit würde also nicht reichen. Der Gedanke an den ausbleibenden Verdienst schmerzte ihn. Dann sah er sie aus dem Büro kommen, die Amerikaner in ihren Jeans und geschenkten

Klamotten. Ein Zittern in der Luft, als würde sie elektrisch aufgeladen. Allan traute sich nicht zu flüstern, bis sie vorbeigegangen waren.

Dass es der da, der Dunkle, sei.

«Und wie sicher bist du dir da?»

Allan suchte nach Worten, während die Arbeiter an Bord des Bootes gingen, das sie zu den Sägewerken und zum Verladen bringe sollte. Was wusste er und was nicht – in ihm herrschte damals ein ziemliches Chaos. Er kam sich blöd vor, wie ein Idiot dazustehen und einen Rückzieher zu machen. Und er war sich ja auch sicher, dass er es von den Gewerkschaftsleuten gehört hatte. Wieso sollten die bei so etwas lügen?

«Irgendwas ist bestimmt dran», sagte er. «Zumindest habe ich es aus sicherer Quelle.»

An jenem Abend wurde er in das Gästezimmer gebeten, das der Fremde hinter der Konditorei Wästerlund gemietet hatte. Die Tür wurde geschlossen, eine Zigarette aus der Schachtel geschüttelt und ihm angeboten, ein Glas Wodka eingeschenkt.

Sie prosteten sich auf Russisch zu.

«Nazdrovje.»

Und knallten die Gläser auf den braunen Holztisch.

«Bald haben wir die CIA an jedem Arbeitsplatz im Land», sagte der Mann, der sich Johansson nannte – Allan war sich inzwischen sicher, dass dies nicht sein richtiger Name war. «Es ist bekannt, dass die Sozialdemokraten mit den Amerikanern über die Landesverteidigung verhandeln, das mit der Neutralität ist nur Schein, glaub mir, so ist es seit den Fünfzigerjahren, unsere sowjetischen Kameraden wissen das.»

Hinterher war es, als hätte das alles nie stattgefunden. Hatte dieser Typ wirklich in dem Zimmer hinter der Konditorei gesessen und über die Revolution gesprochen, als stünde sie unmittelbar bevor? Hatte er behauptet, die USA stünden kurz davor, Schweden einzunehmen, mit viel perfideren Mitteln als mit Waffen? Und dass es ihrer aller Schuldigkeit sei zu handeln, bevor das Land zu einem Vasallenstaat wurde?

Das Bruderland im Osten erwarte das von ihnen.

Im Gegenzug würden sie Unterstützung bei der Arbeit erhalten, die sie zu Hause erwartete, die Macht von den Weicheiern in der Partei zurückzuerobern.

Dem Sowjet zu zeigen, wer die Getreuen waren.

«*Nazdrovje.*»

EIRA beeilte sich auf der Toilette. Die einfachsten Dinge waren inzwischen so umständlich. Es klopfte nicht häufig an ihrer Tür. Allan hatte Patrask für die Nacht bereits zurückgebracht, vielleicht war es jemand, der mit Babysachen kam. Stina hatte sowohl ein Gitterbett als auch einen Kinderwagen angekündigt, deshalb hatte Eira sich nicht weiter um diese Dinge gekümmert. Eine Ausrede vielleicht, weil sie nicht darüber nachzudenken vermochte, was ein Kind eigentlich brauchte.

Tatsache war, dass sie noch nicht einmal die Tüten ausgepackt hatte, die bereits hier gelandet waren, sie standen immer noch im Flur, es war ihr peinlich.

«Ach, hallo, du bist es.» Instinktiv fuhr Eira sich durchs Haar, was es vermutlich nicht besser machte.

GG war von der Tür zurückgetreten, stand unten an der Vortreppe. Im schwachen Abendlicht sah er blass aus.

«Entschuldige, es war dumm von mir, einfach hier aufzutauchen», sagte er. «Ich störe dich natürlich. Ich habe nicht darüber nachgedacht, wie spät es ist.»

«Ist was passiert?»

Eira sah das Unkraut, das zwischen den Steinplatten hervordrang, Löwenzahnblätter neben seinen blank geputzten Schuhen. Etwas Uraltes in ihr schämte sich dafür.

«Nein, nein, so würde ich es nicht sagen.» GG blickte sich

um und an ihr vorbei, überallhin, nur um nicht ihrem Blick zu begegnen. Es war ungewohnt, über ihm zu stehen und auf ihn hinabzuschauen.

«Komm doch rein», sagte Eira.

Ihre Notizen lagen über den Küchentisch verstreut, in den letzten Tagen hatte sich Eira mit den Anruflisten beschäftigt. Hatte die Gespräche unter den Kriminellen nachverfolgt, eine weitere Liste angefordert und zehn bis dahin unbekannte Nummern gefunden. Sie hatte eine Karte erstellt, um zu verstehen, wie die verschiedenen Netzwerke zusammenhingen und wie die Leute dort miteinander Geschäfte machten, es war ein einziges Wirrwarr aus Linien und Kreisen. Sie hatte keine Zeit gehabt, auch nur kurz darüber nachzudenken, wie sie mit dem Fall John Aiello weiterverfahren wollte. Nur manchmal vielleicht, nachts, wenn sie die Szene im Wald vor sich sah; wie er rannte, Bäume und Wurzeln, das Gesicht im Dunkeln verborgen.

GG schaute sich die Karte an, sie wirkte wie ein Kunstwerk aus dem Gehirn eines manischen Zeichners. Klar, er leitete die Ermittlung in der Drogensache, und auch wenn Silje sich jetzt um die Sprengstoffanschläge kümmerte, war er dort natürlich ebenfalls involviert.

«Wenn du willst, kann ich dir eine kurze Zusammenfassung geben», sagte Eira.

«Deshalb bin ich nicht hier.»

Er wirkte unsicher, das sah ihm nicht ähnlich.

«Möchtest du irgendetwas, einen Tee vielleicht?»

«Ich überlege, aus dem Polizeidienst auszuscheiden», sagte er.

GG wollte lieber im Wohnzimmer sitzen, er wollte wohl die Arbeitsunterlagen nicht sehen, wollte sich einfach nur aufs

Sofa fallen lassen. Eira nahm dicht neben ihm Platz. Der Raum wirkte noch kahler, jetzt wo er hier war, die Wände mit den hellen Stellen, wo früher die Bilder gehangen hatten, die sie ihrer Mutter ins Pflegeheim gebracht hatte. Wieso hatte sie keine neuen aufgehängt? Es wirkte so düster, alles hier war zu düster, viel zu dunkel.

Es roch nach Staub und nach ihm.

«Du kannst nicht aufhören», sagte Eira, «ich meine, du darfst nicht, du bist besser als alle anderen.»

«Ich bin ein elender Polizist geworden, nein, sag nichts. Du weißt, dass es stimmt, du hast mich gesehen. Ich habe gedacht, es würde vorbeigehen, aber das tut es nicht.»

GG fuhr sich mit beiden Händen durchs Haar, sein kräftiges, graues. Einmal hatte Eira es gestreichelt, aber da war er bewusstlos gewesen. Sie saß ganz still, die Hände auf dem Sofa. Nicht auf dem Bauch, in diesem Moment wollte sie vergessen, dass es ihn gab.

«Hat es mit dem zu tun, was draußen auf Högbonden passiert ist?», fragte sie behutsam und bereute es sofort. GG hatte mehrere Tage eingesperrt in diesem verfluchten Erdkeller gelegen, sie konnte sich die Todesangst gar nicht vorstellen, die Ohnmacht, die er empfunden haben musste, bevor er irgendwann bewusstlos geworden war. Es störte das Gleichgewicht zwischen ihnen, gehörte in die Stille. Es war etwas, das sie gemeinsam hatten und das dennoch nicht existierte.

«Ich habe ständig Angst», sagte er.

«Wovor?»

«Wenn ich das wüsste, könnte ich etwas dagegen tun. Es kann jederzeit auftauchen, völlig ohne jede Logik.»

Wie heute Nachmittag. Deshalb habe er sich ins Auto gesetzt und sei nach Lunde gefahren.

«Ich wollte mit jemandem reden, der mich nicht als Fall

betrachtet, als jemanden, der behandelt oder eingesperrt werden muss.»

«Das tue ich sicher nicht», sagte Eira und schluckte, legte eine Hand auf seinen Rücken, er war feucht und warm. «So sehe ich dich nicht.»

«Ich weiß», sagte GG und lächelte schwach.

Er sei nach Dienstschluss über den Stora Torget in Sundsvall gegangen. Wohin er unterwegs war, habe er vergessen. Eine Besorgung machen, irgendeine Kleinigkeit. Die Apotheke vielleicht, um ein Rezept einzulösen, das der Arzt ihm ausgestellt hatte. Es sei derselbe Weg gewesen, den er schon tausendmal gegangen sei, in einer Stadt, in der er alles und jeden kannte. Plötzlich habe er eine Stimme hinter sich gehört, ein Klicken und eine plötzliche Bewegung. Geräusche und Wahrnehmungen seien ihm enorm vergrößert erschienen, ein Moment der Panik, in dem er sich umgedreht und zugeschlagen habe.

«Ich habe nicht gesehen, wer es war. Ich dachte nur, dass ich es gesehen hätte, bevor ich mich umdrehte. Ich hatte eine Waffe gesehen, ich dachte, ich hätte sie gesehen, und habe einfach zugeschlagen.»

Ein junger Mann habe halb auf dem Boden gelegen, eine ältere Dame habe sich hastig zurückgezogen, die Angst stand ihr deutlich sichtbar in den Augen. Menschen ringsum seien stehen geblieben, Handys gezückt worden. Eine junge Frau habe geschrien: «Scheiße, was machen Sie denn da?»

«Da war keine Waffe. Der Junge war dreizehn, kein Bandenmitglied, er hatte einfach nur im Gehen auf sein Handy geschaut und war mir versehentlich zu nahe gekommen. Das war alles.»

«Du bist bestimmt nur vollkommen überarbeitet», sagte Eira, «du sitzt seit Monaten an diesen Ermittlungen ...»

«Ich möchte einfach keine Angst mehr haben», sagte GG.

Sie schwieg. Vorsicht mit den Worten. Alles, was ihr durch den Kopf ging, waren Banalitäten: dass er einem schweren Verbrechen zum Opfer gefallen und beinahe gestorben war. Und dann die Schuldgefühle, er betrachtete es immer noch als seinen eigenen Fehler. Es war kompliziert, Polizist und Opfer zugleich zu sein – als ob er das alles nicht wüsste.

«Ich würde dich vermissen», sagte sie und schluckte.

«Das glaube ich nicht», sagte GG, «du wirst alle Hände voll zu tun haben.»

Er strich mit dem Handrücken ganz leicht über ihren Bauch. Es war wirklich nicht das erste Mal, dass jemand ihn berührte. Manchmal irritierte es sie, dass ihr Körper eine Art Allgemeinbesitz geworden zu sein schien, und manchmal war sie aus demselben Grund fast gerührt; dass ein Kind tatsächlich alle anging. Aber erregt hatte es sie bisher nie, nicht einmal, wenn es einer der möglichen Väter gewesen war, für die sie doch zumindest herzliche Gefühle hegte.

Nicht so wie jetzt, da sie sofort nach seiner Hand greifen musste und diese nie wieder loslassen wollte. Scheiße, es war nicht vorbei, es war immer so gewesen. Rauer Stoff, als sie sich an seinen Brustkorb lehnte, ein Schweigen, in dem sich schwer atmen ließ. Gerüche nach Rauch und Mann und etwas leicht Parfümiertem.

«Es war dumm von mir hierherzukommen.» Seine Stimme hatte sich verändert, als säße ihr etwas im Weg. «Ich möchte nicht, dass du ...»

Der Satz wurde nicht beendet. Keine Antwort. Eira konnte weder ihn ansehen noch den Teppich oder die Tischplatte mit ihren Kratzern und all das andere, Heruntergekommene, das im Hause Sjödin treue Dienste geleistet hatte und das ihr ständig zuzischte, wie sie ihr Leben zu leben habe: nicht unnötig schwanger werden, ihre Chancen nicht verspielen. Eira schloss die Augen und spürte, wie sein Brustkorb sich hob. Das Hemd war zugeknöpft bis auf die beiden oberen Knöpfe, eine Öffnung, um sich anzunähern. Sie war schon einmal dort gewesen und hatte mit den Lippen nach seinem Puls gesucht, der damals schwach und matt gewesen war, jetzt aber hart und schnell schlug.

«Eira, Eira.» Er verstummte, als ihre Lippen sich seinem Mund näherten, sie spürte seine Anspannung, seine Hände an ihrem Gesicht, schob er sie von sich?

«Was würde er dazu sagen?», murmelte GG.

«Wer?»

«Der Vater von diesem hier.»

Seine Hand schwer auf ihrem Bauch, das Leben schon wieder so schrecklich kompliziert.

«Das spielt keine Rolle.» Eira nahm seine Hand und führte sie nach unten, weg von dem Bauch, der im Weg war, in die ausgeleierte Schwangerschaftshose, auf keinen Fall würde sie jetzt aufhören. Sie hatte seit fast einem halben Jahr mit niemandem mehr geschlafen, nicht, seit die Schwangerschaft eine sichtbare Komplikation geworden war und sie sich den beiden Liebhabern, die sie gehabt hatte, gegenüber neu positionieren musste. An jemand Neues war in dieser Situation kaum zu denken gewesen. Sie wollte auch niemand Neues, sie wollte nur das hier.

«Bitte, vergiss es», flüsterte sie, und dann war er da mit seinem Mund, und alles fühlte sich richtig an. Wenn sie sich zur Seite drehte, kam sie besser an ihn heran, oder wenn sie ein Bein über seines schob, die Knöpfe gingen nicht auf, und sie stöhnte laut, als ihr Handy zu schrillen begann, oh verdammt, wie lange es her war.

Und dann war es irgendwie vorbei. Vielleicht lag es an ihm

oder an der Unmöglichkeit, an diesem dämlichen Handy, das schon wieder anfing zu klingeln.

GG lehnte sich auf dem Sofa zurück, sie hatte seine Hose nicht ganz aufbekommen.

Zwei entgangene Anrufe von einer verborgenen Nummer, sollten sie doch noch mal anrufen. Eira legte sich in GGs Arme, schloss die Augen und spürte seinen Schweiß an ihrer Wange, das Hemd hatte sie zumindest geöffnet. GG streichelte ihr Haar.

«Das hätte nicht passieren dürfen.»

«Es ist nicht passiert», sagte Eira.

«Mein Gott, du hast nur noch ein paar Wochen bis zur Geburt, ich weiß nicht, was in mich gefahren ist.»

«Ich glaube, ehrlich gesagt, ich habe angefangen», sagte Eira.

Sein Lachen klang anders, ganz ohne Arroganz und sanft wie etwas, in das man seine Nase vergraben kann, wenn man Trost braucht.

«Ich kenne eine Menge Leute, die das tun», sagte er, «mein eigener Bruder zum Beispiel, als seine Frau im Prinzip schon auf der Entbindungsstation war.»

«Ich habe keine Beziehung mit dem Vater des Kindes», sagte Eira.

«Okay.»

«Ich weiß nicht einmal, wessen Kind es ist.»

«Das klingt interessant», sagte GG und kraulte weiter ihren Nacken, wühlte in ihrem Haar. «Erzähl mir mehr.»

Eira sagte ihm, wie es war, dass es zwei Möglichkeiten gab. Dass der eine niemals sein nicht ganz legales Königreich auf der anderen Seite des Flusses verlassen und der andere wahrscheinlich nach Stockholm ziehen würde, beide aber gewillt seien, sich um ein Kind zu kümmern.

«Und welche Alternative wäre dir lieber?»

Diese hier, wollte Eira gerne sagen, du wärst mir am liebsten.

«Ich weiß es nicht», sagte sie stattdessen. «Mir kommt es vor, als würde ich auf dem Mittelstreifen einer Autobahn sitzen, auf der der Verkehr in beiden Richtungen vorbeidonnert, und ich kann mich nicht bewegen, denn wenn ich anfange, in die eine Richtung zu denken, muss ich vielleicht wieder umkehren, und dann wird alles noch schlimmer.»

«Gegen den Verkehr anzurennen?»

«Ich empfinde nichts», sagte sie.

«Für die Väter?»

«Für das Kind.» Sie sagte es so leise, dass er es vielleicht gar nicht hörte, hoffte es beinahe. Denn sofort war da die Scham, wuselte herein wie Mäuse unter Schränken und Schwellen. Was spielte es für eine Rolle, wer der Vater war, wenn das arme Kind eine Mutter bekam, die das Wichtigste nicht konnte. Ein Kind sollte man bis zum Mond lieben, nichts weniger. «Ich wollte dieses Kind, ich will es immer noch, aber ich finde keinen Kontakt zu meinen Gefühlen, falls da überhaupt welche sind.»

«Glaub mir, das kommt ganz von selbst», sagte er.

«Und wenn nicht?»

«Für ein Neugeborenes ist es weniger wichtig, was du fühlst, als was du tust. Sieh zu, dass das Kind satt ist und nicht den Wölfen zum Opfer fällt. Das reicht erst mal vollkommen.»

Eine Weile verharrte Eira noch so, im Rhythmus seines Herzschlags. Dann schrillte wieder das Handy, heulte wie ein Streifenwagen. Ihre Wange klebte ein wenig fest, als sie den Kopf hob, um es zu suchen. Die Außengeräusche kehrten zurück, das Surren und Brummen von Holzspaltern und Rasenmähern draußen, das Bestreben, niemals auf der faulen Haut zu liegen.

Am anderen Ende die Stimme einer Frau.

«Entschuldigung, ich habe Ihren Namen nicht verstanden?»

«Jenna Taubert, wir sind uns heute Nachmittag begegnet.»

Am Nachmittag?

«Im Seniorenheim, ich arbeite für den Strafvollzug in Umeå.»

Eira zog die Wolldecke um ihren halbnackten Oberkörper und kam auf die Füße. Klar, die junge Frau, die vor der Tür gesessen hatte.

Das Kind in ihrem Bauch strampelte wie verrückt.

«Worum geht es?»

«Um Magnus.»

«Ja, das dachte ich mir. Was ist passiert?»

«Er ist abgehauen.»

«Was?» Eira musste raus aus dem Wohnzimmer, musste allein sein, um es sacken zu lassen.

«Es war nur ein ganz kurzer Moment», sagte die Vollzugsangestellte, «er wollte nur seinem Kindheitsfreund hallo sagen, bevor wir nach Umeå weitermussten.»

Und du konntest es ihm nicht abschlagen, dachte Eira und trank ein halbes Glas Wasser. Schon vor der Tür ihrer Mutter hatte sie so etwas geahnt, das etwas zu Familiäre in der Art, wie die Frau sie angesprochen hatte, wie sie seinen Namen gesagt hatte.

«Also habe ich ihn aussteigen lassen, damit er reingehen konnte, das war in einem Dorf, ein Hof mit massenhaft Schrottautos auf dem Grundstück ...»

«Ich weiß, wo das ist.»

«Magnus ist rein, und ich habe im Auto gewartet. Wir hatten noch fast zwei Stunden, wir hätten es trotzdem noch pünktlich zurück in die Vollzugsanstalt geschafft.»

Nach einer guten halben Stunde habe sie dann doch das Gefühl gehabt, dass etwas nicht stimmte. Sie sei aus dem Auto gestiegen und zum Haus gegangen, habe an die Tür geklopft. Der Freund habe ihr geöffnet.

«Und Sie haben nicht gewusst, dass Rickard Strindlund diverse Einträge in unseren Registern hat?» Eira fasste sich unbewusst an den Bauch. Kleinere Diebstähle, geringfügige Körperverletzung, nichts Großes, aber dennoch.

«Es fühlte sich nicht gut an, als ich die ganzen Schrottautos gesehen habe, aber da hatte ich es schon versprochen. Ich weiß, es war dumm, aber es war ja nur für einen ganz kurzen Moment.»

Ricke habe ihr gesagt, Magnus sei auf der Toilette, und da habe sie noch mal zehn Minuten gewartet. Im Vollzug herrschte Personalmangel, es war nicht leicht, vernünftige und kluge Menschen zu finden, die bereit waren, für schlechte Bezahlung Zehnstundenschichten zu arbeiten. Gleichzeitig riefen die Politiker nach längeren und härteren Strafen, da war man anscheinend gezwungen, jeden einzustellen.

Nachdem Jenna Taubert irgendwann eingesehen hatte, dass ihr Klient nicht wiederkommen würde, hatte sie das Haus durchsucht, war übers Grundstück gerannt und hatte ihn gerufen, doch er war nirgends.

«Er hat ja auch kein Handy, auf dem ich ihn anrufen könnte.»

«Und der Kindheitsfreund hatte natürlich auch keine Ahnung», sagte Eira langsam, während Eiseskälte sie überkam. Dieser Blödmann, dem würde sie die Meinung sagen.

«Ich weiß nicht, was ich machen soll», sagte die Frau, vielleicht weinte sie auch. «Natürlich müsste ich das sofort melden, aber das hat gleich so heftige Konsequenzen. Ich will nicht, dass Magnus seine Hafturlaube riskiert und schlimmstenfalls seine Entlassung auf Bewährung nächstes Jahr. Deshalb habe ich Sie angerufen.»

Weil du verliebt bist, dachte Eira, weil irgendetwas in dir hofft, dass du ihn draußen wiedertreffen wirst, wenn er frei ist und dankbar für alles, was du für ihn getan hast. Aus dem Augenwinkel sah sie, dass GG sich aufgesetzt hatte und seine Hose zuknöpfte. Wer war sie, irgendwelche Meinungen über die Liebe zu haben.

«Wo sind Sie jetzt?»

«Im Auto, an einer Müllsortierstation ein paar Hundert Meter vom Haus entfernt. Ich bin schon hin und her gefahren, aber ich sehe ihn nirgends.»

«Ich melde mich.»

Das Schwierigste war, GG davon zu überzeugen, sie fahren zu lassen. Ein einziger Kuss, der vielleicht doch eher mehrere gewesen war und ihr erschütternde Dinge darüber erzählt hatte, was er fühlte, hatte ihn von einem Moment auf den anderen zum Ritter und Beschützer werden lassen.

«Ich fahre dich», sagte er.

«Das geht schon», erwiderte Eira, während sie versuchte, in ihre Schuhe zu kommen. «Es ist mein Bruder, nicht irgendein Einsatz, glaub mir, da draußen warten keine Gewaltverbrecher auf mich.»

«Aber du weißt nicht, wo er ist, vielleicht musst du die ganze Nacht suchen», sagte GG. «Und ich habe gerade nichts anderes vor.»

Eira kämpfte weiter mit ihrem Schuh und dem Verlangen, einfach nachzugeben, sich umsorgen zu lassen.

«Du kennst meinen Bruder nicht. Wenn ich ihn finde, und er sieht, dass ich einen Bullen dabeihabe, dann war's das, Magnus würde mir nicht mehr zuhören.»

Sie schlüpfte stattdessen in die dicken Stiefel, nahm den Autoschlüssel, schnappte sich eine Jacke, ertrug keine weiteren Fürsorglichkeiten. Sein Körper, der so stark war und ihr den Weg versperrte, sie hätte sich am liebsten in seine Arme verkrochen, um nie wieder allein zu sein.

«Ich kann nicht zulassen, dass er schon wieder sein Leben zerstört.»

DAS Sonnenlicht kroch in Streifen durch die Jalousie, je später der Abend, umso blasser. Der Mann, der sich Johansson nannte, hatte kein Licht im Zimmer gemacht. Es herrschte Dunkelheit, die vielleicht von der schlechten Beleuchtung draußen herrührte, vielleicht lag es aber auch an der Schwäche seines Gedächtnisses, dass er sich nicht genauer an ihn erinnerte.

Denn eine Waffe hatte Allan nicht gesehen, oder? Wäre er sonst mitgegangen, als der Mann sagte, jetzt sei es so weit?

Genau in dem Moment hatte er zur Toilette gemusst und war eine Weile sitzen geblieben, mit Bauchkneifen und Dünnschiss.

«Wohin denn?», hatte er wahrscheinlich gefragt.

An die Antwort erinnerte er sich nicht. Nur an die Septemberdunkelheit, nachdem sie die Straßenbeleuchtung hinter sich gelassen hatten und weiter in den Wald hinaufgegangen waren, schwarz wie das Innere eines Grabes.

Keine Sterne, kein Mondlicht.

Der andere hielt eine Taschenlampe in der Hand.

Aber Moment, war es nicht er selbst gewesen, der die Führung übernommen hatte? Der Fremde hatte ja wohl kaum gewusst, wo Svedbergs alter Stall lag. Es war kein Geheimnis, dass dort die Deserteure wohnten.

Das Gebäude stand leer, seit die letzten Kühe geschlachtet

worden waren und es an einen Großbauern verkauft worden war, dem es nur um das dazugehörige Land gegangen war.

Kein Mensch war zu sehen, als sie hinkamen. Der Wodkageschmack rau wie Sandpapier in seinem Mund. Ganz nüchtern war er wahrscheinlich nicht, aber auch nicht betrunken. Sie schlichen hinein und duckten sich in eine der verlassenen Boxen. Allan fragte flüsternd, was sie tun würden, wenn die Amerikaner auftauchten, bekam aber keine Antwort.

Es knackte im Holz, als sich die Tür öffnete. Eine Taschenlampe ging an, und sie hörten, wie ein Streichholz angerissen wurde; so still war es, obwohl Allans Puls heftig pochte und er gegen ein Husten ankämpfen musste.

Die Petroleumlampe in der Ecke begann zu leuchten. Breitete ihr Licht über einen Schlafsack und einen kleinen Tisch aus. Es war der Dunkle, und er war allein.

«Stehen bleiben, *stay where you are.*»

Der Mann, der sich Johansson nannte, richtete sich auf, trat aus der Box. Der Amerikaner fuhr herum, hob eine Hand, die Taschenlampe blendete ihn.

«*Who are you? What are you doing here?*»

Einfache Worte, die auch Allan verstand. Auch die Angst verstand er. Erst als Johansson sich der Petroleumlampe näherte, entdeckte er die Waffe in dessen Hand.

Im Lichtschein wurde alles zu einem Schattenspiel.

Was anschließend gesagt wurde, verstand er nicht. Die Stimme des Amerikaners wurde schrill und die des anderen strenger, bis Johansson ins Schwedische wechselte und ihm befahl mitzukommen.

«Komm jetzt, nimm die Taschenlampe.»

Presste er sich da an die Rückwand der Box? Bezweifelte er, dass es richtig war, was gerade geschah? Dachte er an Maarit und das Kind?

Allan wusste es nicht. Er erinnerte sich lediglich an das Gefühl, unter Strom zu stehen, während er ihnen den Weg in den Wald leuchtete. Ein glühender Hass auf alles, was sein Leben zerstört hatte.

EIRA fuhr gefährlich schnell durch die Gålå-Kurven und trat auf gerader Strecke das Gaspedal noch weiter durch. Die Route hatte sie verinnerlicht, die Straßen waren in ihren Körper eingeschrieben; die waldbedeckten Höhen und die niedrig gelegenen Wiesen, die einmal Meeresboden gewesen waren.

Ohne zu halten, bog sie an der Kreuzung nach Strinne ab. Warf lediglich einen Blick nach links, als sie den Müllsortierplatz dort passierte, ganz richtig, da stand ein weißes Auto vor den Containern. Eira fuhr weiter zur Bucht hinunter.

Kies spritzte auf, als sie in Rickes Einfahrt bog, direkt an der Vortreppe scharf bremste und auf die Hupe drückte.

«Mensch, sorry, ich wusste doch nicht, dass er abhauen würde!»

Ricke hatte anscheinend keinen Besuch mehr erwartet – oder doch? War dieses Schlaftrunkene, nur mit Unterhose Bekleidete nur Scharade, schau, wie unschuldig ich bin?

«Du kapierst aber schon, dass er damit Gefahr läuft, seine Strafe komplett abzusitzen, oder?», fragte Eira. «Das sind noch vier weitere Jahre. Wenn er heute Abend wieder zurück ins Gefängnis geht, kommt er vielleicht noch drum herum.»

«Aber ich weiß nicht, wo er ist.» Ricke zog die Schultern hoch, breitete die Arme aus, diese nonchalante Art, in die sie sich einst so haltlos verliebt hatte.

Die Wut kam von einem Ort vor langer Zeit.

«Halt die Klappe, halt einfach nur die Klappe, okay?» Eira brüllte ihm ins Gesicht, dass der Speichel flog, er wich zurück.

«Hoppla.»

«Entweder sagst du mir jetzt, wohin Magnus geflohen ist, oder du wirst dieses Kind niemals zu Gesicht bekommen. Ich hoffe bei allen Göttern, dass es nicht deins ist.»

«Jetzt beruhige dich doch mal», sagte Ricke. «Ich sag doch, dass ich es nicht weiß. Ich lüge dich nicht an, Eira, das würde ich niemals tun.»

«Was für ein Blödsinn. Du bist immer auf Magnus' Seite gewesen, immer. Du hast dich verdammt noch mal nicht einmal getraut, mit mir zusammen zu sein, weil du Angst vor ihm hattest.»

«Was redest du denn da?» Ricke versuchte sie an der Schulter zu fassen, aber Eira schlug seine Hand fort. Legte die Arme um ihren Bauch und hoffte, dass das Adrenalin und die Wut nicht über das Blut bis zum Kind gelangten. Sie hören und spüren da drinnen alles, lass es also ruhig angehen und sing schöne Lieder, spiel gern ein bisschen Mozart für das Kleine.

«Was hast du getan, he? Hast du ihm ein Auto gegeben? Ein Boot? Das Quad? Wohin wollte er?»

«Das war doch nicht der Grund, weshalb ich damals mit dir Schluss gemacht habe», sagte Ricke leise, als wäre es wichtig und hätte etwas mit der Sache zu tun. «Du warst so viel besser. Du solltest einen anderen bekommen, jemand Gutes. Ich wollte nicht, dass du für immer hier festsitzt – nicht mit jemandem wie mir.»

Eira kam wieder zu sich. Der Kern all dessen, was sie über die Liebe zu wissen geglaubt hatte, lag in diesem Satz. Das Risiko, abgewiesen zu werden, niemals an erster Stelle zu stehen – so war die Welt.

«Wie meinst du das», brachte sie mühsam heraus, «mit jemandem wie dir?»

«Ich habe ihm das Boot überlassen», sagte Ricke.

«Idiot! Wie konntest du!»

Eira lief um die Hausecke und zwischen den Wracks einiger amerikanischer Autos hindurch. Auf der Rückseite fiel das Grundstück zum Strinnefjärden hin ab. Dort lag ein Steg. Weiche Schritte, direkt hinter ihr auf der Wiese.

«Was für ein Boot?», fragte Eira.

«Die Gerda.»

«Hat es einen Motor, Ruder, ein Segel? Ich weiß doch nicht, wie deine Scheißboote heißen.»

«Ich habe nur eins, das alte Ruderboot meines Vaters. Ich mag keine Motoren draußen auf dem Fluss, das weißt du doch, oder?»

«Ich weiß nicht alles über dich.»

Er blickte über die schmale Bucht. Der Himmel färbte alles düsterblau, Farben der Wehmut, das Gefühl, zu spät zu sein. Auch wenn Magnus ruderte, konnte er bereits weit sein, wenn er der Strömung gefolgt war und sich zum Meer hatte treiben lassen, vielleicht rüber nach Kramfors. Dann war er vielleicht weitergetrampt oder in einen Zug gestiegen.

«Er hatte nicht vor abzuhauen», sagte Ricke. «Er wollte einfach nur seine Ruhe haben.»

Die Idee kam Eira, als sie über die Bucht blickte. Mit dem Boot war es nur ein kurzes Stück ans andere Ufer, war das seine Absicht gewesen?

Mit dem Auto war es weiter, sie musste zuerst auf die große Straße zurückfahren, um die Bucht zu umrunden, und dann auf der anderen Seite abbiegen, Richtung Lockne, wo die Straße zur Schotterpiste wurde. Verschlafene Höfe mit

Scheunen, müde und ergraut, eine Erinnerung an die Landwirtschaft, eine Volksschule, ein Sägewerk; Wald, der dichter wurde, je mehr sie sich der Landspitze näherte. Als der Fluss noch eine viel befahrene Wasserstraße gewesen war, hatte das Sägewerk sehr zentral gelegen, nun waren es nur noch wenige, die zu seinen Überresten fanden. Man konnte nicht ganz heranfahren, deshalb parkte Eira neben einem kleinen Gutshof, den irgendein Holzbaron sich irgendwann einmal hatte bauen lassen. Ein paar Gartenmöbel standen draußen, aber Autos waren nicht zu sehen, keine Feriengäste zu Hause. Jemand bemühte sich zumindest, den Weg zum Fluss hinunter frei zu halten, sie ging zu Fuß weiter. Ihr Handy vibrierte in der Tasche, die Vollzugsangestellte schon wieder. Eira ignorierte das Klingeln, sie hatte ihr bereits zweimal geschrieben, kurze Nachrichten, *Bleiben Sie, wo Sie sind, ich melde mich.*

Die Juli-Kriebelmücken waren die schlimmsten, gierig und giftig jagten sie im Rudel. Eira wedelte sie mit beiden Händen fort, sah aber dann ein, dass es nichts nützte, sollten sie sich doch gütlich tun. Der Boden leuchtete blau von Vergissmeinnicht. Zwischen den Bäumen hindurch sah sie kurz darauf die alte Schmiede und das Kesselhaus, Reste des Ziegeldachs, der Ort, an dem alles begonnen hatte.

Vor fast drei Jahren hatte es hier von Kriminaltechnikern gewimmelt, unter den Balken des Stegs und unter dem Blaulehm hatten sie eine Leiche gefunden.

Der Mord, den ihr Bruder auf sich genommen hatte, der Grund für seine Gefängnisstrafe.

Instinktiv verlangsamte sie ihren Schritt, schlich so lautlos sie konnte. Dennoch knackten Zweige, hörte man ihre Schritte. Wer konnte auch mit einem blinden Passagier im Bauch schleichen, den dreizehn Kilo, die sie zugenommen hatte.

Als sie ganz nahe war, rief sie leise.

«Magnus, ich bin's nur, Eira. Ich bin allein.»

Keine Antwort, kein Laut bis auf die Mücken und das Vogelgezwitscher. Wenn die Natur übernahm, war die Schlacht verloren, in den letzten Jahren war der Verfall rasch vorangegangen. Am Eingang der Schmiede klaffte ein großes Loch, die Tür hing schief in den Angeln, und überall waren Ziegel heruntergefallen. Eira hatte gehört, dass das alte Gebäude abgerissen werden sollte, vielleicht im kommenden Jahr, wenn man auch den dioxinverseuchten Boden sanieren wollte.

Durch eine Türöffnung erblickte sie seine Umrisse. Von Westen brach die Abendsonne durch die kaputten Wände und warf ein glühendes Licht in den Raum. Er lehnte am ehemaligen Ofen, unter einem Dach, das jederzeit einstürzen konnte.

«Magnus, ich bin's nur.»

«Das sehe ich doch, dass du es bist.»

«Kannst du nicht rauskommen? Es ist lebensgefährlich da drinnen.»

«Dann komm halt nicht rein.»

Eira blickte sich auf dem zugewucherten Gelände um. Gestrüpp und Hopfenranken drängten in die Mauern, die Grenze zwischen Menschenwerk und Natur existierte nicht mehr. Sie ließ sich auf einer kleinen Pyramide hundert Jahre alter Ziegelsteine nieder, die jemand draußen aufgestapelt hatte, vermutlich in der Absicht, zurückzukommen und sie mitgehen zu lassen.

Um daraus einen Grill zu bauen, zum Beispiel.

«Woher wusstest du, dass ich hier bin?», fragte Magnus.

«Das wusste ich nicht.»

Von ihrem Platz aus konnte Eira ihn nicht sehen, aber sie hörte das Scheppern von drinnen, das Echo seiner Bewegungen in dem leeren Raum. Sie kannte jeden Zentimeter da drinnen, seit die Kollegen ihn als Tatort untersucht hatten. Sie war den Gedanken ihres Bruders gefolgt, genau wie sie es damals bei der vermissten Lina gemacht hatte. Auch Lina war mit dem Ruderboot hierhergekommen.

Ein Streifen Wasser zwischen heute und damals.

«Das Dach und die Wände – alles war damals noch ganz», sagte Magnus. «Ich bin oft mit Lina hergekommen, wir haben Bier getrunken und geraucht, gebumst und hier übernachtet, wir haben davon geträumt, hier einzuziehen. Keiner kümmerte sich um dieses Gebäude, es stand nur herum.»

Eira beobachtete drei Mücken, die auf ihrer Hand saßen und Blut saugten. Es war besser, sie zu Ende trinken zu lassen, dann trat das Gift gleich wieder mit aus. Sie erinnerte sich an die Überreste eines Schlafsacks, die sie gefunden hatten, Kondome mit der DNA ihres Bruders.

«Wieso bist du abgehauen?», fragte sie. «Was wolltest du hier?»

Magnus erschien in der Öffnung, lehnte sich an die wacklige Außenwand. Eira warf einen Blick auf das Dach, das oberhalb von ihm überstand, die scharfkantigen Löcher darin.

«Mama hat mich nicht erkannt, als ich heute reingekommen bin», sagte er, «es hat mehrere Minuten gedauert. Was hat es für einen Sinn weiterzumachen, wenn man ohnehin alles vergisst?»

«Wieso bist du nicht einfach weitergerudert», fragte Eira. «Du könntest schon auf halbem Weg nach Härnösand sein, vielleicht hätten sie dich nie gefunden.»

«Wie Lina.»

«Du hast dich ganz allein dazu entschieden, die Schuld auf dich zu nehmen.» Eira schlug nun doch nach den Mücken. «Kannst du ein verdammtes Mal die Konsequenzen dafür übernehmen, was du tust? Aber nein, du musst mit der Vollzugsangestellten flirten, eine Bootstour auf der Allee der Erinnerungen machen, während in Umeå Alarm geschlagen wird. Was glaubst du, was mit Jenna geschieht? Sie wird versetzt, du zerstörst ihre Karriere, Glückwunsch, gute Arbeit, Magnus.»

Drei auf einen Schlag.

Blut verteilte sich auf ihrer Hand.

«Entschuldige», sagte Magnus.

«Für was jetzt genau?»

«Mama. Dass ich dich mit allem alleingelassen habe.»

Eira versuchte hochzukommen, aber der Ziegelstapel war zu niedrig, sie schaffte es nicht. Rutschte mit der Hand ab und wäre beinahe kopfüber ins Gras und den Schlamm und auf den verseuchten Boden gestürzt, wie die Erinnerungen, wie alles, was sie einander zu sagen hatten.

Sie musste fort, wenn sie nicht losheulen wollte.

«Bleib hier und tu dir selbst leid, wenn du willst», sagte sie, «aber hilf mir gefälligst hoch.»

Endlich begab er sich aus der akuten Einsturzgefahr heraus und hielt ihr seinen Arm hin. Muskulös; wahrscheinlich hatte er im Gefängnis trainiert.

Eira wischte sich Matsch und Dioxin von den Händen und ging los. Es gab zu viel zu sagen. Es gab gar kein Ende.

«Warte», sagte Magnus.

ER hatte nicht vorgehabt abzuhauen. Es war eher das Gefühl, noch nicht alles erledigt zu haben, als sie Kramfors verließen.

Die Leere, die er während der ersten Minuten im Blick seiner Mutter wahrgenommen hatte – Magnus kam einfach nicht darüber hinweg. Dann die Freude, als sie begriff, wer er war, die Fotos, die sie gemeinsam angeschaut hatten, die ganze Geschichte, die er erfuhr, nachdem Eira dazugekommen war, von Vietnamdeserteuren und Liebesaffären, schwindelerregende Geschichten, und doch hatte nichts davon dieser Leere etwas entgegensetzen können.

Wenn wir einander aus dem Bewusstsein geraten, existieren wir dann überhaupt?

Panik legte sich um seinen Hals, er konnte nicht sofort wieder zurück hinter Gitter. Musste mit einem Menschen reden, der wirklich wusste, wer er war.

Und ja, er hätte tatsächlich gerne auch ein bisschen Spaß mit der hübschen Vollzugsangestellten gehabt, es hatte auf dem Weg hierher schon ein bisschen gefunkt zwischen ihnen, verdammt, er saß seit fast zweieinhalb Jahren, und sie hatte so eine Art, sich zu bewegen. Selbstbewusst. Bestimmt hatte sie einen Instagram-Account, wo sie Fotos von sich hochlud. Magnus durfte sich die natürlich nicht anschauen, aber er konnte sich die attraktive Frau durchaus auch deutlich leichter bekleidet vorstellen.

Er hatte sie überredet, die Abkürzung über Träsk zu nehmen. Bei Bjärtrå brachte er sie dazu, falsch abzubiegen. Nur auf einen kurzen Abstecher, zu einem Kindheitsfreund. Vor Rickes Haus hatte er vorsichtig ihren Arm berührt.

«Sie sind wirklich ein guter Mensch, nicht wie die anderen. Sie erlauben es sich, menschlich zu sein.»

Einen Moment lang kamen sich ihre Gesichter zu nahe. Magnus widerstand dem Drang, sie zu küssen, er ahnte, dass das Verbotene sie anmachte.

Und das konnte man ihm doch wohl als Pluspunkt anrechnen, dass er stattdessen aus dem Auto stieg, oder?

In den Wind, der von Norden blies, mit der Kühle vom Fjäll, obwohl der Abend lau war, genau wie damals, und das Licht, dieses durchsichtige, kalte Blau, als er so verdammt jung gewesen und alles kaputtgegangen war. Er vermochte nicht einmal, mit Ricke zu reden, ging einfach runter zum Ruderboot am Steg, zur alten Gerda, die vielen Tausend Male, die sie mit ihr rausgerudert waren, um zu angeln, und Ricke sagte zu ihm, es wäre dumm, jetzt abzuhauen, und Magnus erwiderte, das habe er nicht vor, er wolle nur seine Ruhe haben.

Dieses Gefühl, das Boot anzuschieben und hineinzuspringen, das Quietschen der Ruder, für ihn der Inbegriff von Entspannung.

Quer über die Bucht, im späten Sonnenschein, tanzende Libellen, die die Flucht ergriffen, sobald ein Ruder ins Wasser tauchte.

Magnus hatte das Seil an einem der Pfeiler festgemacht, die noch vom Kai übrig waren, und war an Land gesprungen. Zum ersten Mal nach all den Jahren kehrte er an diesen Ort zurück.

Das steile Ufer. Wie er im Wasser mit der Leiche und dem

Lehm gekämpft hatte, die Klamotten des Typen trieben immer wieder nach oben, er musste sie mit Balkenresten beschweren.

Und Lina?

Sie könne keinen toten Menschen anfassen, hatte sie gesagt.

Scheiße, Mann, wieso musstest du hierherkommen?, hatte sie gesagt.

Du wirst dafür eingelocht werden, überleg mal, wem sie eher glauben, dir oder mir?

Und sie hatte die Eisenstange weit in die Bucht hinausgeschleudert, und er hatte gesehen, wie das Wasser sich darüber schloss. Niemand würde es je erfahren, hatte sie gesagt.

Magnus folgte dem Weg hinauf und betrat erneut die Schmiede. Alles schien sehr nah, und doch unendlich weit weg. Zeit war nur eine Art, die Welt in Maßeinheiten einzuteilen, die der Mensch begreifen konnte.

«Es ist nicht zu spät», sagte Eira, nachdem sie ihn gefunden hatte, seine nervige Schwester, die einen nie in Ruhe lassen konnte.

Ein Plan hatte schließlich Form angenommen, während er alleine dort drinnen saß, auf der Kante des großen Ofens. Die Bilder von Lina hatten sich aufgelöst. Was er damals gesehen hatte, war nicht die Wahrheit gewesen, sondern nur seine eigene, verzerrte Version davon. Sie war dort gewesen, um mit dem Typen zu bumsen, weil sie es wollte, nicht weil er sie gezwungen hatte. Ihn selbst hatte Lina da schon längst aufgegeben. Er hatte in ihr die Frau gesehen, die er liebte, aber die gab es nicht, und dann war ein Mensch gestorben, und alles Bestehende war zu nichts zerfallen. Die Wand vor ihm war ein Sinnbild dafür. Für die Vergänglichkeit. Alles Fleisch vergeht wie Heu, wie sie in der Kirche sangen. Und nun hatte

Lina erneut getötet. Die Strafe, die er absaß, die er sich selbst aufgebürdet hatte, war nichts wert. Die Schuld warf ihn immer wieder zurück in die Vergangenheit, es gab keinen Ausweg.

Magnus sah die Risse im Dach, die über ihm breiter wurden, Ziegel, die lose saßen. Er streckte die Hand nach einer der richtig schweren Eisenstangen aus, die noch immer überall herumlagen, und wog sie in der Hand. Konnte man auf den Holzofen klettern, um damit zuzustoßen, um die Ziegel rauszubrechen, oder sollte er sie werfen? Wie viel Kraft brauchte man dazu?

Würden sie ihn unter dem Schutt finden?

Und dann hörte er die Stimme. Er wusste nicht, ob sie in seinem Kopf widerhallte oder ihn von einer fernen Wirklichkeit draußen, am Ende der Straße, erreichte.

«Magnus, ich bin es nur.»

IM Auto bestand Magnus darauf, ihren Bauch anfassen zu dürfen. Sonst würde er nirgendwohin mitkommen.

Das Kind verhielt sich absolut still, kein Kräuseln an der Oberfläche.

«Nenn mich Onkel», flüsterte er Eiras Pullover zu, «und sieh verdammt noch mal zu, dass du nicht wirst wie ich.»

Sie hatte ihm erzählt, dass Ricke möglicherweise der Vater sei. Magnus war weniger überrascht, als sie erwartet hatte, vielleicht hatte er es immer gewusst.

«Ich bringe ihn um, wenn er sich nicht anständig kümmert», sagte er, «und einspringt, wenn das Kind krank ist und so weiter.»

«Ich habe nicht vor, nach Strinne zu ziehen, falls du das denkst.»

Die Hand ihres Bruders lag warm auf ihrem Bauch. Sobald sie das Auto starten würde, wäre dieser Augenblick vorbei. Magnus hatte eingewilligt, die Vollzugsangestellte anzurufen, hatte selbst mit ihr gesprochen. In zehn Minuten waren sie an der Kreuzung verabredet, es war höchste Zeit loszufahren.

«Du machst das doch nicht noch mal?», fragte Eira, die Hand am Zündschlüssel.

«Was genau?»

«Abhauen. Darüber nachdenken, dir das Leben zu nehmen.

Ich kann nicht losfahren und dich oben in Umeå suchen gehen.»

Er schüttelte leicht den Kopf, es wirkte nicht sehr überzeugend. Eira dachte an seine Söhne in Göteborg, dachte an Lina, die erneut getötet hatte, und daran, dass Magnus sie beim ersten Mal hatte davonkommen lassen. Sie wusste nicht, wo sie anfangen sollte. Wollte einfach nur schweigend dasitzen. Zusehen, wie die Nacht kam und ging.

«Ich habe über Mama nachgedacht», sagte Magnus. «Was du über den Deserteur erzählt hast und dass sie so verliebt in ihn war. Warum hat sie nie davon erzählt? Dass sie es vor Papa geheim gehalten hat, ist das eine, aber uns gegenüber? Nachdem wir erwachsen waren?»

«Vielleicht tat es ihr zu weh. Man erzählt seinen Kindern wahrscheinlich nicht alles.»

«Ich habe sie ziemlich oft streiten hören.» Magnus machte keine Anstalten, sich zu beeilen, natürlich nicht. Noch ein paar Minuten, das war alles, was er hatte.

«Daran kann ich mich nicht erinnern.»

«Wahrscheinlich hatten sie damit aufgehört, als du geboren wurdest. Ich glaube, Mama hatte es aufgegeben ihn ändern zu wollen. Ich habe gehört, wie sie brüllte, sie habe ihn nie geliebt. Er hatte ihr irgendetwas vorgeworfen, zu wenig Sex war es, glaube ich, diesmal, dass sie nie wolle, er warf ihr vor, frigide zu sein. Ich bin runtergeschlichen, um das Wort im Lexikon nachzuschlagen, nachdem sie schlafen gegangen waren.»

«Das war sie ganz und gar nicht», sagte Eira, «sie hat sich manchmal nachts rausgeschlichen und ihn betrogen, das wissen wir doch.»

«Wahrscheinlich hat er ihr einfach Sicherheit gegeben», sagte Magnus. «Dafür tun manche Leute alles.»

Eira schaute aufs Moos, auf die Steine, den struppigen Wald

voller alter Bäume, der sich den Berg hinaufzog. Ihre Eltern hatten sich erst getrennt, als Eira dreizehn war und Magnus über zwanzig. In ihrer Kindheit hatte eher ein unbegreifliches Schweigen zwischen ihnen geherrscht. Vielleicht hatte sie gedacht, es müsse so sein. Menschen, die umeinander herumgingen, ohne sich zu begegnen und innezuhalten. Die Irritation wie ein niedrigfrequentes Geräusch, wie das vage Brummen des Kühlschranks.

Bilder flackerten vorbei, von ihr selbst in Rickes geerbtem Eternit-Haus in Strinne, ein Kind unterm Arm, dann in einer anonymen Stockholmer Wohnung, auf August wartend, der gerade Johanna-Nacht hatte. Sie mussten los. Die zehn Minuten waren bereits um.

«Wie hat er das ausgehalten», sagte sie und dachte an ihren Vater, seine Ruhe und Quadratigkeit, die Geschichten, die er ständig wiederholte. «Wie kann man sein halbes Leben mit jemandem verbringen, der einen nicht liebt?»

«Wir sind wahrscheinlich auch nicht sehr gut im Lieben geworden», sagte Magnus.

ER war in Amsterdam zwischengelandet und hatte dann einen Direktflug nach Göteborg genommen. Mit steifem Rücken und einem stechenden Schmerz hinter den Augen versuchte Frank Aiello sich einen Überblick über die Straßenbahnlinien zu verschaffen.

Järntorget.

Sein neues Handy verfügte über eine Funktion, mittels der man einen Text sofort übersetzen konnte, wenn man die Kamera darauf richtete.

The Iron Square.

Noch nie war er über den Atlantik geflogen. Früher hatte er von Paris und Rom geträumt und sogar von Ägypten, doch es war, als fehlte in seinem Inneren ein Zahnrad, über das Träume und Entscheidungen hätten ineinandergreifen können. Eine Furcht vor dem Unbekannten vielleicht, dabei hatten ihm doch eher diejenigen, die ihm am vertrautesten waren, den größten Schmerz zugefügt: seine Familie. Vertrieben zu sein und unter den Menschen, die ihm am nächsten standen, nicht er selbst sein zu können.

Ein freundlicher Schwede half ihm, eine App herunterzuladen, um sich ein Ticket für die Straßenbahn zu kaufen, es stellte sich heraus, dass sie in dieselbe Richtung mussten. Frank wunderte sich über sein Glück, einen Mann zu treffen, der sowohl ausgezeichnet Englisch sprach als auch an derselben Haltestelle aussteigen musste wie er. Auf der kurzen Strecke erzählte der Mann ihm, er sei Psychologe, habe sich aber eine Auszeit genommen, um seinen Roman fertig schreiben zu können. Es fühlte sich ganz selbstverständlich an, ihm von seinem Bruder zu erzählen, wie John sich als jemand ganz anderes entpuppt hatte, und wie ihn das dazu gebracht hatte, auch noch mal über sich selbst nachzudenken. Sind wir Menschen die, die wir zu sein glauben, oder gibt es andere Persönlichkeiten in uns, die das verkörpern, was wir eigentlich hätten werden sollen?

Nachdem sie ausgestiegen waren, begleitete ihn der Mann noch ein Stück, er wohnte an der Ecke, an der die Andra Långgatan begann, und kannte die Läden, in denen alte Schallplatten verkauft wurden, sehr gut.

«*Good luck with everything*», sagte er zum Abschied.

Es herrschte drückende Hitze, wie vor einem Gewitter, das nicht ausbrechen wollte, dabei war der Himmel fast wolkenlos. Auf den Tourismusseiten der Stadt hatte er gelesen, dass es in Göteborg oft regne. Die erhöhte Lage führe dazu, dass die Wetterfronten von den Britischen Inseln rasch nach oben gedrängt würden, wodurch die Luft abkühle und sich Regenwolken bildeten. Er aber schwitzte unter seinem Jackett, solche Temperaturen hatte er von einem Land, das auf demselben Breitengrad lag wie Alaska, nicht erwartet. Die stickige Luft folgte ihm in den Laden, dessen Inhaber über eine Schallplatte gebeugt dastand und diese auf Kratzer und Staub untersuchte. Frank bekam schlecht Luft.

Um die siebzig war der Mann, trug einen grauen Pferdeschwanz

«Steve Larsson?»

«*Are you American?*»

Frank nannte seinen Namen und wessen Bruder er war. Der

alte Deserteur sank auf einen Bürostuhl, der sofort wegrollte, sodass der Mann auf dem Boden gelandet wäre, hätte er sich nicht an der Tischplatte festgehalten.

«*Oh my God. I'm so sorry*», Steve Larsson stotterte leicht, als er sich entschuldigte, sagte, er habe es selbst gerade erst erfahren. Natürlich hätte er sofort Kontakt mit der Familie aufgenommen, wenn er das auch nur geahnt hätte.

Frank glaubte nicht die Hälfte von dem, was der Mann sagte. Nervosität und Schuld jagten über sein Gesicht, das Lächeln kam nicht von innen.

«Können wir uns irgendwo setzen?»

Der Ventilator sei kaputt, vielleicht könnten sie irgendwo anders hingehen? Steve Larsson zog die Tür hinter sich zu, vergaß aber, das «Geschlossen»-Schild aufzuhängen. Er machte lange Schritte, als wollte er fliehen, redete unzusammenhängend. Erzählte von den Baracken, in denen sie in Stockholm gewohnt hätten, und von einer Kommune draußen auf dem Land, wo sie Steckrüben anbauen sollten. Doch er habe John eigentlich nie richtig kennengelernt, trotz allem, was sie gemeinsam erlebt hätten.

«Er zog sich in sein Schneckenhaus zurück, wenn Sie verstehen, was ich meine. Er war jemand, der die Dinge mit sich ausmachte, nicht der Typ, der auf der Straße stand und agitierte. Wenn ich ehrlich sein soll, weiß ich nicht, ob er überhaupt eine politische Überzeugung hatte, er sprach eher darüber, was er werden wollte, über seine Träume und solche Dinge.»

«Was wollte John denn werden?», fragte Frank, als sie das Ende der Straße erreichten. Die einfachsten Worte waren am schwierigsten auszusprechen, es war leichter, über den Krieg und die Demonstrationen zu reden.

«Er sprach viel über Kunst, Malerei und so etwas, Gedichte.

Dass es dort, wo er herkam, nichts gewesen sei, womit Jungs sich beschäftigt hätten. Das verstand ich gut, ich meine, ich bin selbst in *South Philly* aufgewachsen.»

Ein Müllwagen fuhr vorbei, und Franks Antwort war in dem Lärm nicht zu hören. In einer Familie, in der die Jungs Fabrikarbeiter und Ingenieure wurden, hatte er sich geschämt, wenn er seine Aufsätze vorgezeigt hatte, und nie laut über die Autoren geredet, die er gerade las.

«Hat er sonst noch etwas von seiner Familie erzählt?»

«Er meinte, sie sei streng religiös und patriotisch.»

«Und John selbst, hat er an Gott geglaubt?»

Das war eine wichtige Frage, er musste schließlich wissen, wie sein Bruder beerdigt werden sollte.

«Ich hatte nicht den Eindruck, dass er besonders religiös war», sagte Steve. «Wir rebellierten damals ja gegen so gut wie alles, aber was weiß ich, wir waren erst zwanzig, ich glaube, wir haben nicht viel über Gott geredet. Oder doch: dass Gott nichts damit zu tun hätte, was wir in Vietnam taten. Wenn es einen Gott gäbe, wäre er doch der Gott aller, also auch der Vietnamesen.»

Sie setzten sich in ein Café in der Nähe des Marktplatzes, hier gab es, laut Steve, den besten Kaffee der Stadt. Frank hatte viel zu viele Fragen. War John mal verliebt, war er in der kurzen Zeit, in der er sich frei fühlen durfte, glücklich gewesen? Wenn es doch nur Antworten darauf gegeben hätte, wenn die Antworten doch geholfen hätten. Vor dem Café saßen dicht gedrängt junge Menschen auf gepolsterten Kisten, drinnen aber waren sie fast allein. Sie setzten sich an die Bar vor den Fenstern, von wo aus man die Stadt in schwitzenden Sommervergnügungen vorbeifließen sah, Shorts und dünne Kleider. Zum Glück gab es eine Klimaanlage.

Seit seiner kurzen Karriere als Journalist wusste Frank,

dass manche Fragen überraschend gestellt werden müssen. Die Reaktion sagte dann oft mehr als die Worte.

«Woher wussten Sie, dass mein Bruder an die CIA berichtete?»

Steves Hände zitterten so sehr, dass der Kaffee überschwappte und auf seine zerschlissene Jeans tropfte. Frank reichte ihm eine Serviette. Steve zerknüllte sie in der Faust.

«Mit wem haben Sie darüber gesprochen?»

Der Kaffee tropfte von der Tischkante, Steve schien vergessen zu haben, wozu er die Serviette bekommen hatte. «Ich weiß nicht, was Sie von mir denken. Ich habe nichts mit Johns Tod zu tun.»

«Ich mache Ihnen keine Vorwürfe», sagte Frank ruhig.

«Was hätte ich denn tun sollen? Ein paar Männer sind gekommen und haben ihn abgeholt, ihn mit in den Wald genommen, dann habe ich einen Schuss gehört. Hätte ich hinrennen sollen, wie stellen Sie sich das vor? Ich war über den halben Erdball geflohen, um dieser Scheiße zu entkommen, ich wollte nicht sterben.»

Frank beobachtete ihn schweigend, sein Fuß trommelte nervös auf den Querstreben des Barhockers, er hielt die Serviette fest umklammert. Frank musste an seine Schüler denken, wenn sie die Hausaufgaben nicht gemacht hatten, aber so taten, als ob.

Mit Richard Evans' Hilfe hatte er sich eine Woche lang durch das finstere Kapitel der illegalen Spionage in den 1960er-Jahren gewühlt, die CIA hatte sie von den Kellergeschossen aus betrieben, weil es gegen die Regeln der eigenen Organisation verstieß.

Die Antikriegsbewegung zu unterwandern, ganz zu schweigen von der Black-Power- Bewegung; alles, wo möglicherweise Kommunisten oder andere Feinde der nationalen Sicherheit zu finden waren. Natürlich hatten sich auch Leute von ihnen unter die Deserteure im Ausland gemischt. Diese wurden verdächtigt, unter sowjetischem Einfluss zu stehen und militärische Geheimnisse an den Osten zu verraten.

Ein Journalist der New York Times hatte die Operation im Dezember 1974 enthüllt. Zu dem Zeitpunkt war sie bereits beendet und fast alles Material vernichtet worden, *Operation Destruction*, doch es herrschte kein Zweifel, dass ihre Tentakel bis ins neutrale Schweden gereicht hatten.

Anonymen Quellen zufolge gab es Wissen, das aus den eigenen Reihen der Deserteure stammen musste.

«Wann ist Ihnen klar geworden, dass John nicht der war, für den Sie ihn hielten?», versuchte Frank seine Frage etwas milder zu formulieren.

«Es war keine plötzliche Erkenntnis», sagte Steve und runzelte die Stirn, bemühte sich, sich zu erinnern, «mir sind eher *bit by bit* Dinge aufgefallen. Er verhielt sich irgendwie seltsam, zog sich zurück. Ging an den Abenden manchmal raus. Ich weiß nicht, was er da gemacht hat. Er meinte, er würde spazieren gehen, aber *man*, wer geht denn einfach so im Wald spazieren? Da gab es Bären, ich sag's ja nur. Nehmen Sie es mir bitte nicht übel, er war Ihr Bruder, aber er hatte so eine Art, dazusitzen und einen anzustarren, ohne was zu sagen, einfach *creepy*. Schon nachdem wir diesen Hof in Norrland verlassen hatten, schöpfte ich Verdacht. Vorher hatte ich immer gedacht, Agenten wären Leute in dunklen Autos, ein Freund sei ein Freund und ein Feind ein Feind, verstehen Sie, was ich meine. Dass sie nicht in ein und demselben Körper wohnen können, aber dann begreift man, dass sie sich auch unter den Menschen befinden, die einem nahestehen. Ist ja auch eigentlich ziemlich schlau, oder?»

Frank hatte noch nie so große Lust gehabt, einen Menschen

am Kragen zu packen. Diesen mageren, leicht gebeugten Mann zu schütteln, der in seiner Kaffeetasse rührte, bis der kunstvolle Milchschaum sich auflöste.

«Sie wussten es also nicht», sagte er langsam, «es war nur so ein *Gefühl?*»

«Das Einzige, worauf man sich verlassen kann», sagte Steve und klopfte sich an die Brust, «ist das hier drinnen. Meine Gefühle haben mich aus Vietnam gerettet. Meine Gefühle haben mich hierhergeführt. Und ich lebe noch, oder? Ich bin nicht nach Hause zurückgekehrt, um Abbitte zu leisten, wie viele andere. Ich habe immer dazu gestanden, was ich getan habe, denn in dem Moment, in dem ich in Tokio mitten in der Nacht an Bord eines Fischerbootes gegangen bin, hatte ich für mich die Wahrheit gefunden.»

Frank ballte die schweißnasse Hand in der Hosentasche, er war immerhin Oberstufenlehrer in einem der ärmeren Viertel von Los Angeles. Es ging hier nicht darum, wer recht hatte, eine These zu beweisen, solche Dinge diskutierte er gerne mit seinen Schülern; die absolute Wahrheit gab es nicht.

«Uns wurde gesagt, in der Armee würden wir zu Männern», fuhr Steve fort. «Wenn wir uns drückten, wurden wir als feige bezeichnet, man betrachtete uns zu Hause als Verräter und feierte uns hier als Helden. Hier wollten alle so sein wie wir, denn ein echter Mann war einer, der für das Richtige kämpfte, *no matter what*, verstehen Sie? Wir waren einerseits der Abschaum der Welt und andererseits ihr Erlöser. *Jeez, man*, ich war, wie gesagt, erst zwanzig.»

«Wem haben Sie von Ihrem Verdacht erzählt?»

«Dass John für die CIA arbeitete? Niemandem. Natürlich nicht. Die Leute hätten ja gedacht, ich wäre verrückt, oder sie hätten mir noch mehr Agenten auf den Hals gehetzt, ist doch klar, dass man über so was nicht geredet hat.»

«Aber das muss Ihnen doch schwergefallen sein», meinte Frank. «Eine so große Sache ganz für sich zu behalten, meine ich. Sie sagen es ja selbst, Sie waren noch so jung.»

Kaum älter als meine Schüler, dachte er, zwanzig – was war er selbst in dem Alter gewesen? Ein verwirrter junger Mann auf der Flucht vor seiner Familie, mit Alkohol und Marihuana und elenden Morgenstunden zwischen den Laken, wenn die ewige Verdammnis nach ihm griff.

«Zum Glück hatte ich da oben ein Mädchen», sagte Steve und wischte sich mit der Serviette den Schweiß aus dem Nacken, «aber jemand anderem habe ich nicht davon erzählt.»

AM Ende fand Lina einen alten Ford, den sie kurzschließen konnte, etwas nördlich von Timrå. Es war lange her, seit sie so etwas gemacht hatte, doch ihre Hände erinnerten sich an die Kabel, den Triumph, als der Motor ansprang. Immerhin das hatten die Jungs in Kramfors ihr beigebracht.

Magnus war darin geschickter als alle anderen gewesen. Er klaute selten für längere Zeit einen Wagen, denn er konnte ja schlecht mit einem Auto in Kramfors herumkurven, von dem jeder wusste, wem es wirklich gehörte – und wer die Eltern des Fahrers waren. Also benutzte er sie meist nur eine Nacht lang, wischte alle Spuren ab und ließ sie irgendwo stehen. Einmal hatten sie zusammen das Tor zum alten Sägewerksgelände in Marieberg aufgebrochen, in den Leerlauf geschaltet und die Karre direkt in den Fluss rollen lassen. Irgendwas musste im Leben doch passieren! Das hatte Lina ihm klipp und klar gesagt: Sonst wirst du wie dein eigener Vater, pass auf, die Falle schnappt zu, bald ist es so weit.

Sie erinnerte sich an die Wellen und die Blasen im Wasser, den Sog, als das Auto verschwand. Beim nächsten Mal wollte sie drinsitzen, wollte Gas geben und über den Kai hinaus durch die Luft fliegen und dann versuchen rauszukommen. Man musste abwarten, bis es gesunken ist, hatte sie gehört.

Du spinnst, hatte er gesagt, das Wasser ist hier dreißig Meter tief.

Dann war Kenny aufgetaucht, und Magnus konnte sich verpissen, sie hatte keinen Bock mehr auf ihn. Er war ein Weichei, in so vieler Hinsicht. Kenny war jemand, der mit ihr über die Kante gefahren wäre, wenn sie ihn gefragt hätte, das sah man ihm an. Das merkte sie an der Art, wie er sie fickte, er hatte keine Skrupel, keine Hemmungen.

Und dann war er gestorben.

Ja, das war er.

Die steilen Berge der Hohen Küste ragten vor ihr auf, und dort war der Fluss oder das Meer, wen juckte es, wo das eine aufhörte und das andere begann. Eine verdammte Menge Wasser war es, genau wie sie es in Erinnerung hatte. Lina fuhr auf eine Brücke, deren Pfeiler wie gigantische erigierte Penisse in den Himmel ragten, die hatte es damals noch nicht gegeben.

Es war Ende Juli, also immer noch hell. Die Mitternachtssonne hatte sie beinahe vergessen und dass man nicht mehr schlafen konnte. Auf der Brücke befand sich kein anderes Auto, sie hielt mitten auf der Fahrbahn und stieg aus. Richtung Norden schlängelte sich der Fluss wie eine glitzernde Schlange durchs Kieferndunkel.

Hier sollte sie also angeblich gestorben sein. Dreißig Meter bis auf den Grund gesunken oder ins Meer hinausgetrieben worden sein, von den Strömungen herumgewirbelt.

Damals hatte sie jede Zeitung gelesen, die ihr in die Finger kam, hatte die Ereignisse um ihr eigenes Verschwinden und ihren vermeintlichen Tod verfolgt. Leute, die weinten, weil Lina Stavred so eine gute Freundin, Schülerin und Tochter gewesen war – was für eine Heuchelei!

Ein Auto hupte. Lina presste sich ans Geländer, spürte den Sog der Gefahr und was es bedeutete, am Leben zu sein.

EIRA sah den Mann die Straße heraufkommen, er musste den Bus genommen haben, der oben am Väg 90 hielt, etwa einen Kilometer entfernt.

Kein Zweifel, dass es sich um Frank Aiello handelte. Jackett und feine Halbschuhe waren nicht das übliche Sommeroutfit in Lunde; das war ein Mann, der etwas anderes im Sinn hatte, als in der Erde zu graben und am Haus herumzuwerkeln oder was sonst das Leben am Laufen und die meisten Sorgen auf Abstand hielt.

Der Amerikaner wischte sich den Schweiß von der Stirn und schaute in regelmäßigen Abständen auf sein Smartphone, obwohl die Straße geradewegs auf die Konditorei Wästerlund zuführte.

Sicherheitshalber hatte Eira ihm das ansprechende Neonschild auf dem Dach und die Lage kurz vor der Sandö-Brücke beschrieben und ihm auch gesagt, dass es für sie selbst nicht mehr weit bis zum Entbindungstermin war. Sie hatte sich an ihren Körper gewöhnt oder dieser sich an sie, es tat beinahe nirgendwo mehr weh. Lediglich eine gewisse Müdigkeit manifestierte sich im Beckenboden sowie im Kopf.

Frank Aiellos Lächeln war herzlich, zur Begrüßung drückte er ihr lange die Hand. Seine Dankbarkeit beschämte Eira ein wenig. Ein klein wenig mehr hätte sie schon zustande bringen können.

«Hier ist es also passiert?»

Sie blickten aufs Wasser hinaus. Sonnenglitzer. Ein paar Sommerjünger in bunten Neoprenanzügen übten sich im Stand-up-Paddling in der Bucht, weiße Segel glitten von der Hohen Küste herein. Eira deutete mit dem Finger hinaus, dort haben wir die Leiche Ihres Bruders heraufgeholt, dort haben wir ihn an Land gebracht, in dem Wald da oben ist es wahrscheinlich passiert.

«Ich weiß, dass die Polizei normalerweise ihre Gedanken und Spekulationen für sich behält», sagte Frank Aiello nach längerem Schweigen, «aber haben Sie irgendeine Idee, wer es getan haben könnte?»

«Wollen wir uns vielleicht setzen?»

Sie gingen nach drinnen, wo die Sonne nicht so blendete und die Einrichtung noch dieselbe war wie zu den Hochzeiten des Cafés, grün und braun und volksheimgriesgrämig.

Das Speisenangebot war ebenfalls eher gediegen, auch wenn der neueste Besitzer Thai-Gerichte mit auf die Karte genommen hatte. Frank Aiello schwankte lange zwischen Punschrolle und Vanillecremewaffel, es schien, als wäre plötzlich alle Kraft aus ihm gewichen. Die Sommeraushilfe suchte nach Wörtern für den Geschmack von Arrak und Marzipan, am Ende entschied der Amerikaner sich dann doch für eine Zimtschnecke.

«Sie müssen wissen, dass die Beweislage sehr dünn ist», begann Eira. «Ich habe versucht, den Spuren Ihres Bruders zu folgen, und mit Leuten gesprochen, die ihn kannten, ich habe alles zusammengetragen, was wir haben, den Anker, den Schuss, der ihn von hinten getroffen hat. So ist eine Art Bild entstanden. Ich kann aber nicht dafür garantieren, dass es stimmt.»

«Wie wenig Sie auch wissen, es ist immer noch mehr, als ich

je herausfinden konnte.» Frank Aiello wischte sich den Zucker von den Fingern, in der Wärme wurde alles klebrig.

«Ich glaube, es könnte mit den Gerüchten über die CIA begonnen haben», sagte Eira, «dass Ihr Bruder möglicherweise ein doppeltes Spiel gespielt hat. Es gab starke politische Gegensätze, da war der Kalte Krieg, vielleicht liegt dort irgendwo die Antwort, aber ich weiß nicht, ob ich die richtige Polizistin bin, um das zu beurteilen. Ich bin niemand, der spekuliert und große Theorien entwickelt, ich verlasse mich lieber auf Fakten und zähle eins und eins zusammen.»

«Erzählen Sie.»

Eira beschrieb den Verlauf, wie es sich logisch betrachtet hätte zutragen können, sie hörte erst auf, als sie bei dem Boot angekommen war, das vielleicht in die Nacht hinausgerudert war, wie leicht der Täter verschwunden oder in sein normales Leben zurückgekehrt sein könnte. Dass sie vermutlich zu mehreren gewesen seien, wenn man an die Leiche denke, den Anker – das sei zu viel für eine einzelne Person. Und dass mindestens einer von ihnen mit Lunde vertraut gewesen sein müsse, mit der Werft, der Fahrrinne und der Wassertiefe.

«Wenn es je Beweise gab, sind diese längst fortgespült worden. Die einzige Möglichkeit wäre, dass jemand sich meldet, falls überhaupt noch einer der Betroffenen am Leben ist.»

Frank Aiello antwortete nicht, er verlor sich im Blick aus dem Fenster. Ein Reisebus kam und versperrte die Sicht, Handykameras richteten sich auf die Brücke, das Café, das Neonschild. Am Tisch neben ihnen wurde Deutsch gesprochen, ein paar vereinzelte Touristen, die sich belesen hatten und wussten, wie das Café über Nacht als Schwarzbau entstanden war, weil es Wästerlund nicht gelungen war, rechtzeitig vor der Brückeneröffnung eine Baugenehmigung zu bekommen. Eine

Geschichte unter vielen, die erzählte, dass man es hier mit den Gesetzen nicht so genau nahm, das störrische Lunde. Eira hatte das Gefühl, beim Tourismus gehe es vor allem darum, sich ein wenig übers Ohr hauen zu lassen. Alles, weswegen die Leute hier herumreisten, war längst Geschichte, die Demonstrationszüge und Neonschilder, Denkmäler und Plastikbänke, während die Gegenwart im Hintergrund ablief.

«Ich habe mich ein bisschen umgehört», sagte Frank Aiello, «ich hoffe, Sie nehmen mir das nicht übel.»

«Wozu umgehört?»

«Zur Operation Chaos.»

Eira wartete, während Frank Aiello den Teller mit der halb aufgegessenen Zimtschnecke von sich schob und sich den Mund abwischte.

«Es gab einen Keller in Langley, das Gewölbe», erklärte er, «wo sie saßen und heimlich diese Art von Informationen sammelten.»

«Die CIA, meinen Sie?»

Er nickte.

«Unser damaliger Präsident, Lyndon Johnson, war überzeugt, dass die Deserteure von Moskau gesteuert wurden, trotz Überwachung fanden sie aber keinen einzigen Beweis für eine sowjetische Einmischung.»

«Und Ihr Bruder», fragte Eira, «haben Sie über den etwas herausgefunden?»

«Nicht wirklich. John könnte bei den Deserteuren eingeschleust worden sein, freiwillig oder gegen seinen Willen. Oder aber auch nicht. Sie haben sämtliche Dokumente vernichtet, die auf ihre Quellen hätten hindeuten können.»

«Es tut mir leid.» Zum wievielten Mal sagte sie das schon? Es waren keine leeren Worte, die man so dahinsagte, es tat ihr wirklich leid. Wäre der Bauch ihr nicht im Weg gewesen, hätte sie sich vielleicht vorgebeugt und Frank Aiellos Hand genommen, er sah aus, als könnte er es gebrauchen.

«Johns alter Deserteur-Freund schien jedenfalls sehr überzeugt davon», fuhr Frank Aiello fort und berichtete von seinem Treffen mit Steve Larsson in Göteborg. «Aber als ich ihn ein bisschen unter Druck gesetzt habe, konnte er nicht sagen, woher er es wusste. Niemand hatte es ihm gesagt. Er hat nie gesehen, dass John irgendetwas übergeben hätte, Sie wissen schon, wie man es sich vorstellt, wenn jemand auf der Gehaltsliste der CIA steht.»

«Und was denken Sie?»

«Dass Steve aus dem Krieg kam. Er war traumatisiert. Und wir wissen, dass die CIA sie beobachtet hat, es wäre nicht weiter seltsam, wenn er Dinge gesehen hätte, die es gar nicht gab. Eine der Aufgaben der Operation Chaos bestand zudem darin, die Deserteure ‹zu infiltrieren, zu verwirren, gegeneinander auszuspielen und zu spalten›, man geht davon aus, dass es Informanten gab, die aus diesem Grund die politische Verwirrung vorantrieben.»

«Dann glauben Sie es nicht?» Eira trank etwas Wasser und lehnte sich zurück. Sie versuchte eine Ähnlichkeit zwischen dem Foto von John und dem Gesicht von Frank Aiello zu erkennen.

«Ich weiß nicht», sagte er, «aber wenn wir ein Motiv suchen, weshalb jemand meinem Bruder nach dem Leben getrachtet haben könnte, ist es vielleicht gar nicht so entscheidend, was Wahres daran ist. Viele Leute gehen doch einfach von dem aus, von dem sie glauben, dass es stimmt.»

Frank Aiello schwieg und schien sie mit neuen Augen zu betrachten. Eine leichte Verschiebung, als wäre er der Polizist und sie seine Zeugin. Als er weitersprach, hatte sein Ton sich verändert.

«Ich habe Steve auch gefragt, wem er davon erzählt hat. Niemandem, meinte er, absolut niemandem – außer seiner Freundin.»

«Kerstin? Meiner Mutter?»

«Ich fürchte, ja.»

Es dauerte einen Moment, bis Eira wieder sprechen konnte. Beinahe flüsternd, weil das Kind gerade auf ihre Lunge drückte, sodass sie kaum Luft bekam, sagte sie, es sei zu spät, sie zu fragen, ihre Mutter scheine sich an nichts aus dieser Zeit mehr zu erinnern. «Manchmal frage ich mich allerdings, ob sie es nicht doch tut.»

«Könnte sie jemandem davon erzählt haben?»

«Nein. Nein, das glaube ich nicht. Wieso sollte sie?» Eira spürte, wie sehr diese Frage sie verunsicherte, grenzte das nicht fast an einen Vorwurf? «Meine Mutter hat nie ein Wort über Steve oder irgendetwas aus dieser Zeit verloren. Sie konnte den Mund halten. Wieso hätte sie sein Geheimnis ausplaudern sollen?»

«Um ihm zu helfen? Um den Verdächtigen aus dem Weg zu räumen?»

«Nein», wiederholte Eira, «nein, das kann nicht sein.»

ALLAN Westin ließ Patrask ins Nachbarhaus schlüpfen. Der merkte wohl, dass etwas nicht stimmte, er sträubte sich, jaulte und stieß ihn immer wieder mit der Schnauze an, dass Allan ganz warm ums Herz wurde.

«Du wirst es hier gut haben», flüsterte er, «Eira wird öfter zu Hause sein, wenn das Baby erst da ist, sie kümmert sich um dich.»

Es stimmte, was er sagte, dennoch schmerzte es ihn, als er wieder in seinem Haus war. Er schloss die Tür von innen ab, wie er es sonst nur zur Nacht tat.

Dann drehte er eine Runde durch die Küche und die gute Stube – was alles ihrs gewesen war. Würde Maarit es vielleicht doch behalten wollen, wenn er nicht mehr da war, oder die Kinder? Was gab es hier zu bewahren? Um zurückzukehren, mit den Enkelkindern herumzugehen, auf alles zu zeigen und zu erzählen, was Schlimmes geschehen war. Hier ist im Mai 1931 Eira Söderberg gestorben, und da haben sie Erik Bergström ins Zollhaus getragen, wo er auf dem Sofa verblutet ist, und am nächsten Tag kratzte die Frau des Hauses das Blut ab und begrub es an dem Ort, an dem er gefallen war, zur Friedenszeit, ein schwedischer Arbeiter, vergiss ihn nie, und da drüben seht ihr die Sandö-Brücke, und unter der Oberfläche, ganz tief unten, liegt bis in alle Ewigkeit ihr dunkler Schatten, achtzehn Menschen sind gestorben, als sie eingestürzt ist, und so weiter.

Tod und Blutvergießen und in der Folge Generationen von Trauernden.

Wenigstens könnte niemand seine Enkel und deren Kinder an die Hand nehmen und mit ihnen in den Wald hinter der Konditorei Wästerlund gehen, den Hang hinunterdeuten und sagen: Da! Da stand euer Urahn Allan Westin und sah zu, wie ein Mann erschossen wurde.

Ohne einen Finger zu rühren. Verängstigt wie ein kleines Kind, sodass er sich in die Hose machte.

Dunkel war es an dem Abend, vielleicht erkannte er deshalb weniger, als er im Nachhinein dachte, doch er hörte, wie der junge Mann sich losriss und rannte und wie der andere ihm etwas hinterherrief, was Allan verstand, obwohl es Englisch war, *stop, stay where you are*, und dann der Schuss, der durch den Wald hallte, über den Fluss, durch die Berge und Schluchten und weit hinaus bis aufs Meer, in diesem bitteren Ådalen seiner Jugend.

Der Schrei unten am Hang, am bewaldeten Hügel.

Zwanzig Jahre alt war der Mann, das wusste Allan zu dem Zeitpunkt, als es passierte, noch nicht. Das weiß er erst jetzt. Schwarz auf weiß hat es in der Zeitung gestanden, im Grunde war er noch ein Junge gewesen. Jetzt weiß er auch, dass es einen Bruder gibt, das hat ihm Eira Sjödin erzählt, und dass dieser Bruder gekommen ist, um den Toten nach Hause zu holen.

Seine Überreste, muss man wohl sagen. Allan hat selbst gesehen, wie sie aus dem Fluss geborgen wurden, während der Boden unter ihm zu schwanken und zu zittern begann, wie bei einem Erdbeben, einer Sprengung, einer gewaltigen Frühjahrsflut, er hätte es bereits damals tun sollen.

Heimgehen und Brennbares jeglicher Art um den Holzofen verteilen, vielleicht sah es dann so aus, als wären einfach Funken herausgeflogen, so etwas passierte. Ein Unfall, sagten die Hinterbliebenen, vielleicht konnten sie bei der Versicherung noch etwas für den alten Kasten herausschlagen.

Etwas früher am Tag hatte er von Weitem den Bruder gesehen, wie er Eira Sjödin vor der Konditorei Wästerlund entgegenging.

Hinterbliebene, über das Wort musste er nachdenken, während er im Ofen Feuer machte. Das Gitter würde er schließen, sobald es ordentlich brannte, dann konnte es vielleicht als Vergesslichkeit oder Schlamperei eines alten Mannes durchgehen. Er wusste, dass das Kohlenmonoxid ihn ruhig einschlafen lassen würde, und der Liter Wodka, für den er mit dem Bus nach Kramfors gefahren war.

Er goss sich ein paar Schluck hinter die Binde, empfand einen leichten Schwindel und fühlte sich benebelt. Die Flamme leckte an den Holzscheiten.

Ein Hinterbliebener war in gewisser Weise auch er selbst, seit jener Nacht 1968, einer, der hinterher noch lebte, obwohl das Leben aus ihm gewichen war, wie der Atem in jener Nacht, als er zur Werft hinunterrannte, um ein Gewicht für den Körper des Toten zu finden.

Der andere bewachte das Bündel, das sie zum Ufer hinuntergeschleppt hatten, während Allan an Bord der Åbord schlich, um den Anker von der Reling zu holen.

Das Geräusch der Ruderschläge, das Glimmen einer Taschenlampe in der Nacht. Das Boot hatte am Ufer gelegen, Allan hatte keine Ahnung, wem es gehörte. Niemand hatte in den darauffolgenden Tagen deswegen Theater gemacht. Wenn Leute umzogen oder starben, blieben die Boote oft liegen. Er hatte es bei Tagesanbruch klein gehackt und die Stücke bei aufgehender Sonne dem Meer zutreiben sehen. Von der anderen Seite her füllten die Bergbäche den Fluss wieder auf, im ewigen Fließen, stromabwärts, über die Tiefen an der Lunder Werft hinweg. Allan wäre lieber noch weiter hinausgerudert, aber er hatte hier nicht das Kommando.

Er erinnerte sich an das Gewicht, unter dem das Boot fast gekentert wäre, als sie die Leiche und dann den Anker über Bord geworfen hatten.

Als würde ein Fisch an die Oberfläche stoßen und dann wieder abtauchen.

Wie sich die Ringe im Wasser immer weiter ausbreiteten und dann nicht mehr. Die Stille danach.

Allan blies ins Feuer. Legte Holz nach, so viel in den Ofen hineinpasste, und wartete, bis es lichterloh brannte. Bevor er ein Scheit herausangelte und zusah, wie die Flammen auf den verstreuten Müll am Boden übergingen, nahm er noch ein paar kräftige Schlucke. Dann wendete er dem Ganzen den Rücken zu. Hustend und ein wenig schwankend vom Alkohol und vom Rauch, ging er langsam die Treppe hinauf, die Flasche in der Hand.

DAS Bett unter ihr ruckte kräftig, Krallen kratzten kurz an ihren Beinen. Als Eira sich aufsetzte, war Patrask bereits die Treppe hinunter, an der Haustür blieb er stehen, knurrte und schlug an.

«Halt die Klappe», murmelte sie in ihre Bettdecke, «was ist es denn jetzt wieder, ein Hase, ein Reh ... Hör auf, dir einzubilden, du wärst ein Jagdhund.»

Doch Patrask bellte nur noch mehr und sprang herum wie ein Besessener. Es fiel ihr schwer aufzustehen, noch dazu ohne Grund und mitten in der Nacht.

«Ruhig, mein Guter», sagte Eira auf der Treppe, und unten angekommen, kraulte und streichelte sie ihn, aber Patrask bleckte die Zähne und riss sich los. «Was ist denn? Da ist doch nichts.»

Plötzlich nahm sie Brandgeruch wahr. War er deshalb aus dem Bett gesprungen, die scharfen Sinne eines Hundes, spürte er Gefahr? Eira ging durch die Küche, das Wohnzimmer – sie hatte kein Feuer gemacht oder Kerzen angezündet, doch ein Handyladegerät war ja auch eine häufige Brandursache, wie eigentlich jedes elektrische Gerät.

Da war nichts außer diesem Geruch.

Sie öffnete die Tür, hatte den Hund zur Sicherheit angeleint. Doch der Ruck, mit dem er hinausstürmte, brachte sie aus dem Gleichgewicht, sie ließ los, um nicht zu stürzen.

Der Hund schoss davon wie ein schwarzer Pfeil. Es lag tatsächlich Brandgeruch in der Luft. Sie hatte ihr Handy oben gelassen, dachte sie noch, dann sah sie den Rauch vom Nachbarhaus aufsteigen. Allan. Verdammt. Wie sollte sie zu ihm rüberrennen oder die Treppe rauf, wo sie sich doch kaum bewegen konnte? Aber die Feuerwehr war das Wichtigste, also eilte sie auf allen vieren, um auf der steilen Treppe besser voranzukommen, nach oben, rief die 112 und stolperte gleichzeitig wieder nach unten, schnappte sich die Löschdecke, riss den Feuerlöscher von der Wand, Gott sei Dank hatte sie ihre Mutter gezwungen, all diese Dinge anzuschaffen.

«Wie schnell könnt ihr einen Rettungswagen schicken, habt ihr gerade einen in Kramfors?»

Der Wasserschlauch fiel ihr noch ein, während sie über die Wiese rannte und der Rauch dichter wurde, sie einhüllte, der Hahn war an der Giebelseite zum Nachbarn hin, wann hatte sie zuletzt den Garten gewässert, vor ein paar Monaten? Wo war der Eimer?

Patrasks Heulen weckte wahrscheinlich die ganze Nachbarschaft, er rannte vor dem Haus hin und her, liebster, hässlicher, süßer Hund, du wusstest, dass er dich braucht, du hast es begriffen. Die Tür war abgeschlossen, klar, wie dämlich von ihr, dass sie keinen Schlüssel mitgenommen hatte! Eira zerbrach eine der Fensterscheiben zum Vorraum, steckte den Arm hindurch und verbrannte sich am Riegel, schrie auf und drehte ihn dann herum. Feuchte Tücher wären auch nicht schlecht gewesen, um sie sich vor den Mund zu halten, sie zerrte die Löschdecke aus der Box und wickelte sie sich um Mund und Nase, bückte sich und ging hinein.

Rief seinen Namen.

Sah das lodernde Feuer in der Küche, dort brannte es, noch hatte es sich nicht bis in den Flur ausgebreitet, wo die Treppe nach oben führte. Sie sollte das nicht tun, die Feuerwehr war unterwegs, es gab eine Wache in Kramfors, die vierundzwanzig Stunden besetzt war, zehn Kilometer entfernt, sie würden jeden Moment hier sein, die Polizistin in ihr schrie, sie dürfe nicht weitergehen.

Schrie immer noch, während sie sich die Treppe hinaufbewegte, so wie vorhin schon, es gab eine Feuerleiter da oben, sie käme wieder raus, sie hatte Allan mal hochklettern sehen, als Möwen auf seinem Dach ihre Nester gebaut hatten und er dort oben unter Lebensgefahr einen Besen geschwungen hatte.

Der Rauch war giftig und dicht. Eira atmete flach, nur nicht zum Kind hin.

Die Schlafzimmertür stand weit offen, als Erstes entdeckte sie seine Pantoffeln neben dem Bett. Er lag auf dem Rücken und schlief.

«Allan, wach auf, wach auf, verdammt noch mal!» Sie schüttelte ihn, brüllte ihm ins Ohr, doch er rührte sich nicht. Kraftlose Hände. Sie legte das Ohr an seinen Mund, nahm den Alkoholgeruch wahr, doch, er lebte! Eira riss das Fenster auf und atmete ein paarmal tief durch, maß den Abstand bis zur Leiter, bis zum Boden. Vielleicht würde sie es schaffen hinüberzuklettern, auch in ihrem Zustand, der Sprung musste nicht unbedingt tödlich zu sein. Nicht für sie, aber vielleicht für das Kind. Sie hatte bisher ganz instinktiv gehandelt, ohne nachzudenken, was hätte sie auch sonst tun sollen?

Eira griff nach dem reglosen Körper und zerrte Allan aus dem Bett, zog mit Kräften an ihm, von denen sie nicht gewusst hatte, dass sie sie besaß. Er hatte in letzter Zeit stark abgenommen, und groß war er nie gewesen, sie schleifte ihn über den Boden. Den ganzen Weg wieder runter und zum Vorraum hinaus würde sie nicht schaffen, wenn sie denn überhaupt so weit kam, bevor das Feuer darauf übergriff. Es war ein Holzhaus, da konnte es sich um Minuten handeln. Waren das Martinshörner, die sie hörte, oder nur ein paar Vögel?

Sie hatte keine Zeit zu überlegen.

Zwei Meter bis zum Fenster.

Die Füße zuerst, besser als der Kopf. Dann kam es vielleicht zu einem Beinbruch oder Schlimmerem. Das Grundstück war bepflanzt, es gab dichte Sträucher. Besser jedenfalls, als ihn hierzulassen.

Mit einem Brüllen hievte sie ihn hoch und wälzte ihn über das Fensterbrett.

Der Aufprall klang weich. Johannisbeersträucher, rote. Es hatte geregnet, die Erde war locker und nicht sehr hart. Er konnte es geschafft haben.

Eira lehnte sich zur Leiter hinaus und stellte fest, dass sie die Entfernung unterschätzt hatte. Ja, sie erreichte sie mit der Hand, aber wie, bitte schön, sollte sie es rüberschaffen? Die Balance, das veränderte Gleichgewicht, sie hatte trainiert, richtig zu fallen, aber in ihrem Zustand? Wie groß war das Risiko, auf dem Bauch zu landen? Kurz wägte sie die Alternativen ab. Dann schlang sie sich erneut die Löschdecke ums Gesicht, griff nach dem Feuerlöscher und begab sich wieder in den dichten Rauch, rückwärts, die Treppe hinunter. Das Feuer war jetzt auch im Flur, züngelte an den Wänden hinauf und fraß alles, was es erreichte, Eira sprühte Schaum vor sich her und stürzte haltlos in den Vorraum, fiel über Schuhe und Gerümpel, und da war endlich Luft.

Der Hund bellte. Eira kroch das letzte Stück hinaus und die Vortreppe hinunter, ihre Beine waren taub, sie musste auf die Füße kommen, weg vom Feuer.

Um die Hausecke herum, zu den Johannisbeersträuchern.

Er war aufgewacht. Gott sei Dank. Saß aufrecht und sah seinem Haus beim Brennen zu, ohne sich zu rühren.

«Allan, du musst hier weg», keuchte Eira, der Rauch hatte irgendetwas mit ihrer Stimme gemacht, sie packte ihn am Arm, «bist du verletzt?»

Von Weitem das Martinshorn.

«Hast du dir was gebrochen? Kannst du laufen?»

Er hustete, von ganz tief unten.

«Ich habe ihn sterben sehen», sagte er heiser, ohne sie anzublicken, «er ist dort im Wald an der Bethania gestorben. Es war meine Schuld.»

«Wovon redest du, Allan, komm jetzt», Eira zerrte an seinem Arm, und wenn sie ihn mit Gewalt zwingen musste, er musste fort von hier. Doch sie hatte selbst keine Kraft mehr.

«Der Mann, den ihr aus dem Fluss geborgen habt. Der Amerikaner. Ich sag doch, das war ich.» Allan schlug um sich, um loszukommen, traf ihre Brust, nicht fest, aber es tat weh. «Lass mich in Ruhe.»

«Ich habe dich da rausgeholt, Allan, sonst wärst du jetzt tot.»

«Wäre besser so gewesen.»

Er fasste sich an die Hüfte, stöhnte, wahrscheinlich hatte er sich was gebrochen.

«Nein, wäre es nicht. Komm jetzt, ich stütze dich.»

Allan machte keine Anstalten mitzuhelfen, als sie wieder an ihm zog, der Schock vielleicht. Er saß einfach nur da, obwohl die Hitze fast unerträglich war, bald würden Teile des Hauses einstürzen, und allmählich stellte sich der Gedanke ein, er könnte es selber in Brand gesetzt haben, es gab Anzeichen dafür. Er hustete, bis er sich erbrach. Hatte er nicht aufgehört zu trinken, wieso hatte er sich so sinnlos besoffen, war das der Grund, weshalb er beim Feuermachen nicht aufgepasst hatte, oder war es gar keine Nachlässigkeit gewesen? Und dann das Gefasel über den Amerikaner. Zu viel, um alles zu verarbeiten. Patrask war auch da und schnüffelte herum, sie musste sie alle vom Feuer wegschaffen.

«Dein Vater jedenfalls wäre froh gewesen, uns alle los zu sein.»

«Was hat der denn damit zu tun? Allan, du stehst unter Schock, kannst du aufstehen?»

«Damals habe ich es nicht kapiert, aber dann habe ich das eine oder andere gehört», er versuchte allein auf die Füße zu kommen, wollte ihre Hilfe nicht, «verdammt, wenn ich das damals gewusst hätte, wär das doch alles nicht passiert.»

Offensichtlich war er immer noch betrunken, aber zumindest schien er sich nichts gebrochen zu haben. Eira dankte dem Alkohol dafür, dem tiefen Schlaf, der alle Gliedmaßen entspannt hatte.

Und dann ließ Allan zu, dass sie seinen Arm nahm, humpelte über die Grundstücksgrenze.

Die Hitze wurde schwächer, nur der Rauch reichte noch bis zu ihnen. Die Löschfahrzeuge trafen ein. Auf der Straße hatten sich Nachbarn versammelt. Endlich bekamen sie die Schläuche in Gang, Tröpfchen rieselten herab, als Eira Allan auf die Gartenbank setzte. Sie hätte Wasser holen, ihm zu trinken geben müssen, doch die Anstrengung war zu groß, sie sank neben ihn und atmete, atmete. Der Rettungswagen musste jeden Moment kommen.

«Was meintest du, als du gesagt hast, du hättest ihn sterben sehen?», brachte sie heraus. «Den Amerikaner? Warst du dabei, als er im Wald erschossen wurde?»

Allan hustete und wischte sich die Hand an der Schlafanzughose ab, bevor er reden konnte, der Schleim war schwarz. Es hatte nicht in den Zeitungen gestanden, dass es im Wald passiert war, da war sich Eira ziemlich sicher. Und auch sie selbst hatte ihm nichts davon gesagt.

Jetzt strömte es nur so aus ihm heraus, zusammenhanglos, von Hetzjagden auf Kommunisten und jemandem, der behauptet hatte, dass dieser Amerikaner für die CIA spioniere. Eins habe zum anderen geführt, und dann sei dieser Mann aus dem Norden gekommen, oder woher auch immer, der habe eine Pistole dabeigehabt. Niemand hatte wirklich vorgehabt zu schießen. Er sollte den Amerikaner lediglich aufhalten, damit der nicht abhaute, es sei dunkel gewesen, ein furchtbares Unglück.

Der Teufel könne das bezeugen.

Den Anker, den hatte Allan von der Åbord herbugsiert, dem Schlepper, der gerade drinnen lag, aber nichts von alledem wäre passiert, so Allan, wenn er damals zu Maarit nach Luleå hätte ziehen dürfen.

Eira begriff nicht, was Allans Frau damit zu tun haben sollte, und auch vieles andere in dieser wirren Geschichte blieb ihr schleierhaft. Sie war mit der Hälfte ihrer Aufmerksamkeit bei der Straße, wo der Rettungswagen eingetroffen war, aus dem Augenwinkel sah sie, wie eine Trage herausgehoben wurde.

«Pistole, sagst du – weißt du, was es für eine war?»

«Eine echte Makarow, damit hat er noch angegeben.»

Ihr Polizistinnengehirn machte sich sofort Notizen.

«Wer war der Mann, der geschossen hat?»

«Keine Ahnung. Er hat nur einen Namen genannt, der wahrscheinlich nicht mal sein echter war, aber es war meine Schuld. Ich habe angerufen und gesagt, dass wir einen Verräter hier hätten, der an die Amerikaner berichten würde und bestimmt auch an die SÄPO, unseren eigenen Geheimdienst, das war ein und dasselbe, glaub mir. Diese Neutralität, die konnte der Herr Erlander sich sonst wohin stecken.»

«Wen hast du angerufen? Warum?»

«Die Genossen. Eine Nummer. Die hatten wohl auch Verbindungen zu Moskau.»

«Du meinst, die Sowjets hatten was mit dem Mord an John Aiello zu tun?»

«Davon weiß ich nichts. Der Typ kam aus dem Norden, vielleicht auch aus Finnland, er nannte sich Johansson, aber es lohnt sich nicht, nach ihm zu suchen. Das war nicht sein richtiger Name.»

Eira atmete tief durch, um Klarheit in ihre Gedanken und Ruhe in alle galoppierenden Herzen zu bringen.

All die Male, die sie mit ihrem Nachbarn über die Ermittlungen gesprochen hatte, ohne auch nur zu ahnen, dass er da mit drinsteckte. Alles hatte er gewusst, von dem Moment an, in dem er mit den Tauchern in ihre Küche gekommen war. Hatte er sie deshalb zu ihr gebracht, hatte er gedacht, er könne sie täuschen? Wie hatte ihr Vater ihn genannt, «der kleine Stalin von nebenan». Sie hatte es vergessen. Sie und Allan unterhielten sich immer nur über Hundefutter und Spaziergänge, Wind und Wetter.

«Dann war es also eine Lüge, als du behauptet hast, du hättest die Deserteure nicht gekannt?»

«Ich kannte sie nicht.»

«Aber du wusstest, dass John Aiello für die CIA gearbeitet hat?»

«Wissen und wissen. Hatte es von jemandem gehört.»

«Von wem? Allan, wer hat es dir gesagt. War es meine Mutter?»

«Was, Kerstin? Damals wusste ich doch kaum, wer sie war.»

«Wer dann?»

Allan schenkte ihr einen langen Blick, den ersten direkten

während dieses ganzen Gesprächs. Es lag etwas Abgrundtiefes darin. Seine Augen tränten, und er blinzelte heftig, wahrscheinlich brannten sie vom Rauch. Dann waren Stimmen in der Nähe und überall um sie herum, die Rettungssanitäter waren da.

«Sind Sie Allan Westin? Wie geht es Ihnen? Können Sie atmen? Wissen Sie Ihre Personennummer? Haben Sie irgendwo Schmerzen? Wir nehmen Sie jetzt mit nach Sundsvall, können Sie alleine aufstehen?»

Eira erzählte, was passiert war, und versicherte, dass es ihr selber gut gehe. Sie hätte nur gern ein Glas Wasser, wenn sie reingehen könnten und ihr eins holen, die Tür stehe noch weit offen, seit sie hinausgelaufen sei.

Die Sanitäter streiften ihr ein Blutdruckmessgerät über, prüften den Sauerstoffgehalt ihres Blutes, alles war okay, auch den Bauch hörten sie ab. Eira hätte ihnen gleich sagen können, dass es dem Baby gut ging, so wie es in ihr strampelte und tanzte.

«Wir möchten Sie dennoch gerne mitnehmen, zur Sicherheit.»

«Nicht nötig», sagte Eira, «mit mir ist alles in Ordnung. Es ist besser, wenn ich hier bin, wenn die Kollegen von der Kommunalpolizei vorbeikommen, ich muss ja noch eine Zeugenaussage machen.»

Skeptische Blicke, aber was sollten sie tun?

Patrask rannte ihnen hinterher, bis sein Herrchen im Rettungswagen verschwunden war und die Türen zufielen, dann ließ er die Ohren hängen und trottete zurück.

Eira vergrub ihr Gesicht in seinem Fell und versprach ihm alle möglichen Leckereien.

Das Feuer schien unter Kontrolle zu sein.

Der Streifenwagen bog schleudernd auf das Grundstück ein, sie erkannte August, noch bevor er ausstieg und auf sie zugerannt kam.

«Bist du okay? Ich habe die Adresse sofort erkannt, aber wir waren schon auf halbem Weg nach fucking Junsele.»

Er nahm sie fest in seine Arme.

«Ich weiß nicht, was ich getan hätte, wenn ...»

«Ist gut», flüsterte Eira und lehnte sich an seine Brust, so nah sie konnte. Das Adrenalin, das sie eben noch unbesiegbar gemacht hatte, war verschwunden. Sie fühlte sich schwindlig, war erschöpft und erschrocken über das, was sie getan hatte. Wenn sie den Blick hob, konnte sie von hier aus die Feuerleiter erkennen, der Giebel war schwarz, aber ansonsten intakt, mehrere Meter von der letzten Sprosse bis zum Boden.

Wenn sie dort nicht herausgekommen wäre, wenn sich das Feuer schneller ausgebreitet hätte ... Sie vermochte all die Wenns gar nicht zu denken.

«Es ist gut gegangen», sie trank Wasser aus einer Flasche, die sie plötzlich in der Hand hielt – hatte August sie ihr gegeben? «Allan ist auf dem Weg ins Krankenhaus, mein Nachbar, er wäre beinahe draufgegangen.»

«Und was ist mit dir? Ich habe gehört, du bist da reingegangen, du bist doch völlig wahnsinnig!»

«Es war sonst niemand hier.»

«Eira.»

Sie schob ihn von sich, um Luft zu bekommen.

«Es gab niemand anderen. Er wäre in seinem Haus verbrannt.»

«Willst du reingehen?»

Eira nickte, und er stützte sie beim Aufstehen, die Straße war jetzt voller Nachbarn und Unbekannter, sie wollte nur fort von all den Blicken.

«Hast du irgendeine Idee, was die Brandursache gewesen sein könnte?»

Sie saß in der Küche, er ließ sie nicht in Ruhe.

«Ich bin mir ziemlich sicher, dass es im Holzofen begonnen hat», sagte sie, «dass er Feuer gemacht hat und dann hochgegangen ist, um sich schlafen zu legen.»

Das stimmte alles, und dennoch fühlte es sich wie eine Lüge an, es gab mehr, was sie hätte sagen können, über Zeug, das auf dem Boden gelegen hatte und brannte, einen Stuhl, der normalerweise nicht umgekippt neben dem Ofen lag, den Zeitungskorb, der im Flur hätte stehen müssen.

«Dann glaubst du, es war ein Unfall, dass er irgendwie nicht aufgepasst hat?»

«So könnte es gewesen sein», sagte Eira.

NACHDEM alles wieder ruhig war und Eira ein paar Stunden auf dem Wohnzimmersofa geschlafen hatte – es war ihr zu unheimlich gewesen, sich oben hinzulegen –, setzte sie sich an ihren Computer.

Die Fenster standen weit offen, um auch den letzten Brandgeruch zu vertreiben. Dennoch würde der Gestank sich noch lange halten. Die Stimmen auf der Straße stiegen und fielen in einem Gemurmel, Menschen gingen vorüber, hielten kurz inne und trugen ihren Anteil zu der Erzählung bei, die für die kommenden Generationen entstand; wie Westins Bude gebrannt hatte und die Nachbarin, das Mädchen, das Polizistin geworden war, den alten Mann gerettet hatte.

Ganz schön Glück gehabt, der arme Allan Westin.

Eira sah sich die Aufzeichnungen zu den Ermittlungen an, die gerade begonnen hatten. Es handelte sich um Brandstiftung, und ein Mensch war zu Schaden gekommen, bis man eine natürliche Ursache gefunden hatte, war es also eine Angelegenheit der Abteilung Gewaltverbrechen. Ermittlungsleiter: G. Georgsson. Ein Ziehen in ihrem Becken, das Kind machte sich wieder bemerkbar.

Wieso kümmerte sich der erfahrenste Ermittler der Abteilung um diese Angelegenheit? War es ein Zeichen dafür, dass GG Ernst machte, die großen Fälle abgab? Oder hatte er ihren Namen gehört, war das der Grund?

Bei diesem Gedanken wurde ihr warm ums Herz.

Noch war Allan nicht befragt worden, zumindest gab es kein Vernehmungsprotokoll. Vielleicht war er noch nicht aufgewacht, es gab wohl auch keinen Grund zur Eile, wozu sollte man einen so mitgenommenen alten Mann unter Druck setzen. Solange die Kriminaltechniker nicht reingehen konnten, gab es daher nicht viel zu berichten. Nur die Fakten: der eingegangene Notruf und so weiter, eine kurze Beschreibung ihres eigenen Einsatzes.

Noch war Eira allein mit dem, was sie wusste.

Wie hatte sie die ganze Zeit über so blind sein können? Als ob ein Zweiundachtzigjähriger – über sein genaues Alter hatte Eira nie nachgedacht, bevor sie jetzt seine Personennummer las –, der sich eines herrenlosen Hundes annahm und diesen abgöttisch liebte, keinen Mord begehen könnte. Das Fundamentalste überhaupt: Glaube nie, dass ein Mensch eindimensional ist.

War Allan so verschlagen oder sie einfach verblendet gewesen?

Hätte sie die Zeichen erkennen müssen, etwa, dass er die Kartoffeln nicht rausgeholt, sondern den Acker hatte zuwachsen lassen, dass er ständig vorbeikam und Fragen stellte; doch das alles hätte ja auch einfach nur darauf hindeuten können, dass er erschüttert war; die Bergung einer Leiche war schließlich keine Kleinigkeit, so etwas betraf immer auch den gesamten Ort.

Eira loggte sich aus und begann aus dem Gedächtnis aufzuschreiben, was er gesagt hatte, als er wieder zu sich gekommen war.

Allan Westin.

War im Wald, hat den Mord mitangesehen, *geplanter Mord oder Totschlag?*

Hatte jemanden angerufen und mitgeteilt, dass es in Lunde eine Person gab, die als Informant für die CIA tätig war, unter den Deserteuren im Hafen, *wen hat er angerufen?*

Hatte im Hafen gearbeitet, den Anker vom Schlepper geholt, *was ist ihm durch den Kopf gegangen, als sie den Toten wieder rausholten, aus der Tiefe, der Vergessenheit?*

Eira verspürte nicht die übliche Befriedigung, als alle Puzzleteile an ihrem Platz waren und ein Bild der Tat zutage trat, im Großen und Ganzen klar und deutlich, wenn auch der zweite Mann nach wie vor eine Schattenfigur blieb. Sie merkte, dass sie Allan als alten Mann sah, obwohl es mehr als fünfzig Jahre her war, *wer war er damals?*

Und was zum Geier hatte ihr Vater mit dem Ganzen zu tun?

Dein Vater wäre froh gewesen, uns alle los zu sein.

Es musste um ihre alte Gegnerschaft gehen, dachte sie, der Gewerkschafter Veine Sjödin und Klein Stalin im Haus nebenan, vielleicht waren sie nicht die besten Freunde gewesen, aber so etwas gab sich doch mit der Zeit, man kehrte es unter den Teppich, sie waren Nachbarn, man lieh sich gegenseitig Werkzeug aus.

... wenn ich es gewusst hätte, wäre das alles nicht passiert.

Wie verwirrt Allan gewesen war, als er zu Bewusstsein kam und sein Haus brennen sah, als er begriff, dass er hätte tot sein können, *wollte er sterben, hatte er nicht gesagt, es wäre besser so gewesen?*

Eira ging ihre Notizen noch einmal durch und versuchte sie zu ordnen, es gab Dinge, die mit dem alten Mordfall zu tun hatten, und anderes, das nicht dazugehörte.

Dann rief sie GG an.

«Störe ich?»

«Wie geht es dir?» Er klang besorgt.

«Alles gut, ich bin okay.»

«Hat dir mal jemand gesagt, dass man nicht einfach in ein brennendes Haus rennt?»

«Ich habe dazu mal einen Kurs gemacht», sagte Eira, «auf Sandö. Es war nicht das erste Mal.»

«Dem Arzt zufolge hatte Westin fast drei Promille Alkohol im Blut. Er wäre garantiert draufgegangen, wenn du nicht gewesen wärst.»

«Weißt du, wie es ihm geht?» Eira hatte noch nie gut mit Lob umgehen können, unterbrach ihn deshalb schnell, ehe er noch mehr sagte oder sie ausschimpfte. Ja, sie wusste, dass sie nicht in brennende Gebäude reingehen sollten, dass es Sache der Feuerwehr war.

«Er hat sich den Arm gebrochen und wahrscheinlich eine Gehirnerschütterung», sagte GG. «Dafür, dass er aus einem Fenster im Obergeschoss hinausgeworfen wurde, betrachten sie das als eine Art Wunder.»

«Wirst du ihn morgen vernehmen?»

«Ich weiß nicht, ob ich das selber mache, es gibt noch eine Menge ...»

Eira musste tief Luft holen, eine heftige Wehe nahm ihr den Atem, sie unterdrückte ein Stöhnen.

«Allan Westin war am Mord an John Aiello beteiligt», sagte sie dann.

«Was?»

«Er hat es gestanden, als er draußen wieder zu sich gekommen ist. Ich habe mir aufgeschrieben, was er gesagt hat. Es könnte sich in seinem Fall um Anstiftung zum Mord gehandelt haben.» Es klang absurd, dass sie die juristischen Termini benutzte, gleichzeitig wurde es dadurch realer. «Ich schicke dir, was ich dazu habe.»

Sie hörte das Pling!, mit dem die Nachricht bei ihm eintraf, GG saß anscheinend abends ebenfalls noch am Laptop.

«Melde dich, wenn du es gelesen hast», sagte Eira, sie musste jetzt wirklich dringend zur Toilette.

«Okay», sagte GG.

Vornübergebeugt ging sie zur Toilette, atmete, atmete – fühlte es sich so an, wenn man Wehen bekam? Woher sollte sie das wissen? Sie hatte alles vergessen, was die Hebamme gesagt hatte, musste noch mal googeln oder genauer nachdenken.

Nachdem sie gepinkelt hatte, fühlte es sich etwas besser an, sie trank einen Schluck Wasser, es war wohl alles nicht so schlimm.

Sie musste an den Blick denken, wie Allan sie angesehen hatte, als sie ihn gefragt ... Was genau hatte sie noch mal gefragt?

Wieder zog sich ihr Unterleib zusammen, ein heftiger Druck. Eira blieb auf halber Treppe stehen, beugte sich vor und atmete. Es waren noch drei Wochen bis zum errechneten Termin, viel zu früh, es war wohl nur der Schock nach dem, was sie erlebt hatte.

Wer, Allan, wer hat es dir gesagt?

War es meine Mutter?

Seine Überraschung hatte echt gewirkt, ebenso, dass er es abgestritten hatte. Dennoch verbarg er etwas, sie sah es in diesem abgründigen Blick. Ihr Nachbar hatte soeben gestanden, mitschuldig an einem Mord zu sein – was konnte es da Schlimmeres geben? Sekunden waren vergangen, vielleicht eine ganze Minute, dann waren sie unterbrochen worden.

Das war kein Widerstand, den sie in seinem Blick gesehen hatte, oder ein Schuldeingeständnis, es war etwas anderes.

Rücksichtnahme?

Eira ließ sich auf das Kinderbett sinken, das geerbte, in dem schon Kerstin gelegen hatte und das in die Kammer unter der Dachschräge verbannt worden war. Kerstin hatte immer davon geträumt, dass ihre Enkel in dieser Kammer übernachten würden, Magnus' Söhne, eines Tages vielleicht auch Eiras Kinder, jetzt diente sie als Stauraum für alles Mögliche.

Eira hatte sich bemüht, alles wieder ordentlich zurückzulegen. Papiere und Schulbücher und ganz zuunterst die Bündel handgeschriebener Briefe. Ein Teil davon rutschte ihr aus der Hand, als die nächste Wehe kam, da war ein Schwarz-Weiß-Foto ihrer Mutter mit einem Neugeborenen im Arm, es musste Magnus sein, späte Siebzigerjahre, unglaublich, wie jung sie darauf aussah.

Liebesbriefe, mit einer Schnur zusammengebunden.

Die Handschrift ihres Vaters erkannte sie sofort. Die Briefe waren datiert. 1972, 1971, er hatte lange um Kerstin gekämpft, sie kannte die Geschichte, wie sie seinem beharrlichen Werben schließlich nachgegeben hatte, Veine war sogar mit gekauften Rosen angekommen, wer in Lunde tat bitte so etwas? In dem Jahr, in dem Kerstin von der Schule beurlaubt gewesen war und in Stockholm gearbeitet hatte, hatte er ihr intensiv geschrieben. Keine langen Briefe, eher Karten, *Liebste Kerstin*, unterschrieben mit *Für immer Dein*, Eira fiel es schwer, ihren Vater darin zu erkennen, so pathetisch und romantisch, fast poetisch. *Jener Abend, an dem wir so eng beieinandersaßen, dass nicht einmal der Regen zwischen uns drang.*

Der erste Brief war auf April 1968 datiert.

Derselbe Monat, in dem Kerstin auf dem Marktplatz von Kramfors Steve Carrano kennengelernt hatte. Waren sie tatsächlich damals schon zusammen gewesen?

Ich habe so viel an dich gedacht, seit Samstagabend ...

Dann schrie Eira laut auf, etwas in ihr drehte sich um und kehrte das Innerste ihres Körpers nach außen, das war wirklich nicht gut.

Man musste die Zeit zwischen den Wehen messen, fiel ihr ein, falls es denn wirklich Wehen waren, aber ihr Handy lag unten. Eira hörte es klingeln und dann wieder verstummen.

Sie kroch aus der Dachkammer, ging auf alle viere, als die nächste Wehe sie überrollte.

LINA wuchtete eine alte Kabeltrommel aus Holz unter das Fenster an der Rückseite des Hauses. Kriebelmücken stachen sie beim Hinaufklettern. Es war zugewucherter, als sie es in Erinnerung hatte, die Brennnesseln reichten ihr bis zu den Oberschenkeln. Das Haus stand wirklich leer.

Sie hatte einen Umweg genommen, um ungesehen durch den Wald zu gelangen, auch wenn in Geresta nachts ohnehin niemand unterwegs war. Das Dorf lag dort vor ihr, im selben Dämmerzustand wie in den Nächten, in denen sie sich früher rausgeschlichen hatte und später wieder hineingeklettert war. Die Abstände zwischen den einzelnen Gehöften waren groß, ein wunderschönes Tal, nannten es die Leute. Lina selbst nahm nur die Enge wahr, den Wald und die Berge wie Mauern um sich herum.

Sie zog den Ärmel über ihre Hand und schlug die Scheibe ein. Streckte den Arm hindurch und öffnete den Haken. Duckte sich, als das Fenster in einem rasselnden Glasscherbenschauer aufsprang. Die weißen Gardinen hingen noch, wie sie bereits vermutet hatte, diese grässlichen Spitzengardinen. Lina warf ihren Rucksack und das Gewehr hinein und stemmte sich hoch.

Was man jung lernt, prägt sich dem Körper ein, wie Schwimmen oder Radfahren, aber sie war ungelenker als früher, der Rücken steif, manchmal hatte sie auch Schmerzen in der Hüfte, wie eine alte Frau, obwohl sie doch erst zweiundvierzig war. Sie musste auch den zweiten Fensterflügel öffnen, um besser Halt zu finden, und zerbrach versehentlich eine weitere Scheibe, als sie dagegenschlug, wieso musste das auch so fest sitzen! Waren diese Fenster je wieder geöffnet worden, seit dem Tag, an dem Lina Stavred verschwunden war? Dann musste sie sich irgendwie drehen, um nicht kopfüber zu landen, prallte drinnen mit dem Knie auf dem Teppich auf, aber nicht schlimm.

Dass auch der noch dort lag.

Ganz allmählich nahm sie das Unwahrscheinliche in sich auf. Das Ecksofa. Ein Tier schien sich daran zu schaffen gemacht zu haben. Die Tischdecke, die ihre Großmutter bestickt hatte. Das Nippesregal. Einer der Glasvögel war heruntergefallen. Es roch nach Seife und Holz und stickiger Luft. Wahrscheinlich eher eine Erinnerung an diese Gerüche, die das Gehirn einem vorspiegelte. Hier hatte sicher seit fünfundzwanzig Jahren niemand mehr den Boden mit Seife geschrubbt. Das große Gemälde, das Lina als kleines Kind immer solche Angst gemacht hatte. Vierecke und Linien und dunkle Farben, sie hatte nicht gewusst, was es darstellen sollte. Jetzt erkannte sie drei Gesichter darin.

In der Küche war der Boden aufgerissen, vielleicht hatten Maulwürfe vorgehabt, hier einzuziehen, es sich dann aber anders überlegt, was sie durchaus verstehen konnte. Die Speisekammer war leer, doch in den Schubladen lag noch Besteck. Sie hatten wirklich alles so hinterlassen, wie es war. Hatten sie nur vorgehabt, zu verreisen und anschließend wiederzukommen?

Waren sie ins Wasser gegangen, hatten vorher aber noch aufgeräumt?

Die Treppe knarrte beim Hinaufgehen an anderen Stellen als früher. Auf dem Dachboden herrschte Kälte, obwohl es Sommer war, hier hing früher immer die Wäsche, es gab Schränke für die Winterkleidung, denn die Temperatur hier tat ihr gut, sie hielt die Motten fern. Als lebten sie noch in den Dreißigerjahren, als gäbe es kein Spray oder anderes Zeug, als wäre der Trockner noch nicht erfunden worden. *Wozu Strom verschwenden, wenn wir doch Platz haben, um die Wäsche aufzuhängen, die Kleidungsstücke gehen nur schneller kaputt.* Lina sah das kleine Mädchen vor sich, das sich zwischen den Laken versteckt und so getan hatte, als wären es Gespenster, das Verstecken gespielt hatte, obwohl sie niemand suchte.

Die Tür ganz am Ende des Dachbodens war abgeschlossen. Lina rüttelte und zerrte an der Klinke, vielleicht hatte sich ja nur das Holz verzogen, aber nein. Sie ging runter, um den Schlüssel zu suchen, fand stattdessen einen Hammer, ein Messer, den Schürhaken.

Während sie hämmerte und hebelte, sah sie das eingesperrte Mädchen, der Körper war hinausgeklettert, aber die Seele lag noch unter der Bettdecke, lutschte Zahncreme, damit niemand merkte, dass es nach Zigarettenrauch roch.

Der Türrahmen gab bald nach, altes Holz, Eigenbau. Leer. Natürlich. Schwarze Punkte auf dem gehäkelten Bettüberwurf, schwarze Fliegen, sie hatten tatsächlich noch das Bett gemacht, bevor sie sie für tot erklärt hatten.

Alle Spuren der sechzehnjährigen Lina waren beseitigt worden, die Poster an den Wänden, um die es immer Streit gegeben hatte, *sind das wirklich gute Menschen, diese Leute da, was sollen das für Vorbilder sein, die trinken, Drogen nehmen und so etwas alles*. Sie sah vor sich, wie erst ihre Eltern und dann die Polizei ihre Sachen durchwühlten, nachdem sie fort war. Wie sie nach Haaren und Fingerabdrücken suchten, heimlich alles lasen, was ihnen in die Hände fiel, Gott sei Dank hatte sie kein Tagebuch geschrieben, wozu auch, es passierte ja doch nie etwas. Die Schublade war leer, nur der Spiegel lag noch auf dem Schminktisch. Lina fuhr mit dem Finger durch den Staub und versuchte, ihr eigenes Gesicht von damals vor sich zu sehen, doch das einzige Bild, das sie sah, war dieses affige Schulfoto, das später für die Suche nach ihr benutzt worden war. Sie hatte sich strikt dagegen gewehrt, dass ihre Eltern das Foto kauften, ihre Mutter hatte es dennoch getan. Hatte es gerahmt und unten aufgehängt, während die echte Tochter oben auf dem Dachboden mit den Türen knallte. Sich einschloss und aus dem Fenster kletterte. Die Leiter zum Dach hing gleich daneben, es war so leicht gewesen. Leicht zu lügen, leicht abzuhauen. Das letzte Mal sah Lina vor sich, als beobachtete sie sich selbst, wie in einem Film. Sie war ganz normal nach draußen gegangen, in Sommerkleid und Strickjacke, nur den kleinen Rucksack hatte sie dabei, *ich übernachte heute bei Elvira.*

Was der eigentliche Plan war, hatte sie vergessen, wahrscheinlich gab es keinen, außer Kenny zu treffen, der war spannend, und dann das Spiel zu spielen, gemeinsam abzuhauen. Wie auch immer, es war gründlich schiefgegangen, und jetzt war sie müde. Sie riss den Bettüberwurf herunter, das Kissen lag noch da, auch eine alte Decke.

Ein Ort, an dem niemand nach ihr suchen würde.

EIN Klopfen weit weg, zu weit, um eine Hilfe sein zu können. Irgendetwas war mit ihrem Bein passiert, Eira konnte nicht aufstehen, sie hatte sich zusammengerollt, um das Ganze zu verzögern.

Zählte Sekunden, die zu Minuten wurden, bald waren es nur noch zwei Minuten zwischen den Wehen. Sie hielten nun auch länger an, manchmal fast eine ganze Minute, und ihr fiel wieder ein, dass das der Zeitpunkt war, an dem man losfahren sollte – oder längst hätte losfahren sollen. Neunzig Kilometer bis zur nächsten Entbindungsstation, wussten das die Leute, die die Infobroschüren schrieben?

Ich möchte mein Kind nicht im Krankenwagen bekommen, dachte sie, und im nächsten Augenblick: Wenn doch nur ein Krankenwagen käme.

Erst als sie von unten ein «Hallo» hörte, begriff sie, dass noch jemand im Haus war.

«Hier bin ich», stöhnte sie, schrie sie, so laut sie konnte, als die nächste Wehe kam, «ich bin oben!»

Und dann Schritte und Hände und ein Geruch, den sie unter Tausenden wiedererkannt hätte.

«Wo kommst du denn her? Was machst du hier?»

«Du bist nicht ans Handy gegangen.»

GG half ihr hoch und führte sie die Treppe hinunter, Eira hing an seinem Arm.

«Irgendwas stimmt nicht mit meinem Bein.»

«Wahrscheinlich hast du dir einen Nerv eingeklemmt.»

«Bist du jetzt Arzt oder was?» Mit seiner Anwesenheit kamen die Tränen, was tat er plötzlich hier, Gott sei Dank war er hergekommen.

«Denk dran, ich bin schon mal dabei gewesen», sagte GG und half ihr, sich im Vorraum auf einen Stuhl zu setzen. «Hast du eine Tasche gepackt?»

«Nein», stöhnte Eira, als die nächste Wehe kam, «hab ich nicht, es war ja noch nicht so weit.»

«Von allen Möglichkeiten, wie eine Geburt anfängt ...» Er lächelte, gleichzeitig erreichte er endlich jemanden unter der 112. Ein kurzer Wortwechsel jedenfalls, wo denn der Krankenwagen, der eigentlich in Kramfors sein sollte, jetzt sei, zehn Minuten entfernt, aber eigentlich eben doch nicht, weil jemand an der Neunzig-Grad-Kurve nach Nyland von der Straße abgekommen war. GG beendete das Gespräch.

«Ich fahre dich, du sollst nach Örnsköldsvik, haben sie gesagt.»

Sie schaffte es nicht mehr, eine Tasche zu packen, was sollte da überhaupt rein, Zahnbürste, Babyklamotten, war das wirklich wichtig? Eira schnallte sich halb liegend auf der Rückbank an, während GG schneller fuhr als erlaubt und ihr gleichzeitig einredete, alles sei in Ordnung. Was für eine offensichtliche Lüge!, und genau in dem Moment, als er wegen der Baustelle bei Herrskog vom Gas gehen musste, platzte die Fruchtblase, Scheiße, und das auf dem Sitz seines neuen Audi.

Er hatte ihr angehört, dass etwas nicht stimmte, aber gezögert, sie so spät noch mal anzurufen. Dann hatte er es doch getan, hatte ein ungutes Gefühl gehabt, als sie sich nach mehr als fünf Versuchen immer noch nicht gemeldet hatte und er ja wusste, dass sie am selben Tag in ein brennendes Haus gegangen war und wie Menschen manchmal auf Schock reagierten. Also hatte er sich ins Auto gesetzt und war die gut neunzig Kilometer von Sundsvall bis zu ihr nach Lunde gefahren. Hatte geklopft, dann gegen die Tür geschlagen und schließlich die Klinke gedrückt, es war nicht abgeschlossen gewesen.

Eira musste ihr Kind nicht auf einem Rastplatz am Skuleskogen zur Welt zu bringen. Auf den letzten Kilometern hatte GG Telefonkontakt zur Entbindungsstation in Örnsköldsvik und fragte sie alle dreißig Sekunden, ob sie okay sei.

«Ja», brüllte Eira, «jetzt nerv mich doch nicht die ganze Zeit!»

Auf dem Krankenhausparkplatz kam das Personal ihnen schon mit einer Trage entgegen und hievte Eira aus dem Auto. Freundliche Stimmen um sie herum, Effektivität. GG machte den Leuten Platz, die Proben nahmen und sie untersuchten, dem Kind Elektroden am Kopf befestigten. Dann war er wieder zurück und streichelte ihr Haar, sagte, es sehe gut aus, und dann war es so weit. Sie schafften es gerade noch, sie in den Kreißsaal zu schieben, bevor die Presswehen einsetzten, und alles Bisherige war ein Kinderspiel gewesen, nicht schreien, vergeude deine Kraft nicht, sagte die Krankenschwester neben ihr, und Eira brüllte nach Wasser und schlug dann die Hand weg, die es ihr reichte, nicht pressen, geh mit den Wehen mit, sagten sie, und alles war so ein Blödsinn und der Schmerz und viel zu wenige Sekunden Pause dazwischen, bevor die nächste Grabungsmaschine in ihrem tiefsten Innern loslegte.

Ich fühle den Kopf schon, jetzt dauert es nicht mehr lange, ermunterte sie jemand zwischen ihren Beinen, und jemand anderes nahm ihre Hand, und dann fegte ein Orkan durch sie hindurch und legte alle Bäume um, die ihm im Weg standen.

Die Stille, als es vorbei war. Ein Wimmern, ein kläglicher

Schrei, ein kleiner Körper auf ihrer Brust, vollkommen blass und blau.

«Es ist ein Junge.»

So klein, dachte Eira, während Tränen der Erschöpfung über ihre Wangen liefen und die Leute das Blut vom Boden wischten und sie ein sauberes Laken zum Zudecken bekam, wenn ich was falsch mache, stirbt er.

«Könnt ihr ihn bitte nehmen? Ich glaube, ich muss mal zur Toilette.»

SIE hatten dem Kleinen Krankenhauskleidung angezogen, und er schlief in einem Plastikwagen, als August hereinkam. Er zog Babyklamotten aus einer Tüte. Strampler mit Bärchen drauf, weicher Stoff.

Waren das Tränen, was sie in seinen Augen sah?

«Wie konnte ich dich allein lassen, ich war doch ein paar Stunden vorher noch bei dir.»

«Da habe ich noch nichts gemerkt», sagte Eira. «Und du warst im Dienst.»

«Ja, trotzdem.»

«Es ist ja gut gegangen.»

Sollte sie sich obendrein auch noch mit seinem schlechten Gewissen abplagen? Ja, er war wieder gefahren, aber hatte sie ihm nicht gesagt, er solle ruhig wieder los, es sei alles in Ordnung? Wieso sagte sie so etwas, wenn nicht alles okay war, wieso konnte sie nie Hilfe von anderen annehmen, egal von wem?

GG war bei ihr gewesen, als alles vorbei war, hatte sie in den Arm genommen, und Eira hatte ihm gedankt, aber es hatte sich viel zu dürftig und plump angefühlt, sie hatten über die Peinlichkeit der Situation gelacht, als jemand vom Personal ihn für ihren Vater hielt. Rein theoretisch war es durchaus möglich. So hatte sie es noch nie betrachtet. Eira hatte ihm gesagt, er solle sich ein Hotelzimmer nehmen, um ein bisschen zu schlafen, wusste aber nicht, ob er es wirklich getan hatte oder gleich wieder nach Sundsvall zurückgefahren war. Mach dir keine Gedanken über den Brand oder wegen des Mordes, hatte er gesagt, ich kümmere mich darum, und es gab nichts, was sie sagen konnte, um ihn zu halten.

«Dass es ausgerechnet losgehen musste, als du alleine warst», fuhr August fort, er regte sich darüber auf, dass sie ihn nicht direkt angerufen hatte, und verbreitete eine schreckliche Unruhe im Zimmer, wo es doch eigentlich ruhig sein sollte, «und das bei der Entfernung zur nächsten Entbindungsstation, das ist doch lebensgefährlich.»

Eira meinte, einen Unterton wahrzunehmen, du solltest dein Leben so leben wie ich, wäre dann nicht alles viel einfacher?

Oder war sie es, die so dachte?

August beugte sich erneut über das Bettchen.

«Was glaubst du, wann wir es erfahren?»

Er hatte bereits eine DNA-Probe abgegeben. Sie würde ans selbe Labor gehen, das auch die DNA-Tests der Polizei bearbeitete, sie wussten beide, dass es ewig dauern konnte. Das kleine Lebewesen in seinem durchsichtigen Wagen schwebte in einer Zwischenwelt. Wieder ergriff Eira die Angst, es könnte zu zart sein für dieses Leben. Sie wäre nicht geeignet, ihn zu beschützen. Bekäme keinen Zugang zu dem Fantastischen, von dem alle behaupteten, dass man es empfände. Eine Mutter, die in einen Brand ging und das Leben ihres Kindes riskierte, bevor es überhaupt geboren war, die die Gerichtsmedizin hinzuziehen musste, um herauszufinden, wer sein Vater war.

August streichelte das Köpfchen, so zerbrechlich wie Glas.

«Weck ihn nicht auf», sagte Eira.

«Sieht er mir nicht tatsächlich ein bisschen ähnlich?»

Eira lachte.

«Ich muss dich um einen Gefallen bitten», sagte sie dann.

«Klar, was immer du willst, ich habe auf der Arbeit schon Bescheid gesagt, dass ich mir eventuell freinehmen werde. Meinst du, man kann Vaterschaftsurlaub nehmen, obwohl man nur vielleicht der Vater ist?»

August war so aufgedreht, er wollte lachen und ihre Hand halten. Schien sie auf eine neue Weise wahrzunehmen, irgendwie bewundernd, weil sie das alles geschafft hatte, und gleichzeitig auch gerade nicht, so als müsste er jetzt die Verantwortung für alles übernehmen. Das Baby maunzte, bewegte sich. August streckte die Arme aus.

«Ist es okay, wenn ich ...»

«Klar, das mit dem Kopf weißt du?»

«Ja, natürlich.»

Es war rührend zu sehen, wie er den Jungen hochhob, sanft und gleichzeitig sicher.

Er setzte sich auf die Bettkante, streichelte und kitzelte ihm die Wange, versuchte den Blick des Neugeborenen einzufangen.

«Ich möchte, dass du auf dem Rückweg bei Ricke vorbeifährst», sagte Eira.

«Nicht im Ernst, oder?» Sie hatte das Gefühl, als ob August das Kind plötzlich fester hielt, sich von ihr zurückzöge, obwohl er still sitzen blieb. «Wozu?»

«Er weiß es noch nicht», sagte Eira. «Er muss informiert werden, dass er vielleicht Vater geworden ist.»

«Wieso hast du ihn nicht selbst längst angerufen?»

«Du kennst Ricke nicht. Er hat kein Handy, das hat mit dem Abhören zu tun, dass all unsere Daten gespeichert werden ...»

«Klingt nach einem verantwortungsvollen Vater.»

«Er hat einen Festnetzanschluss», fuhr Eira fort, «aber ich

bin mir nicht sicher, ob er den noch nutzt. Er geht jedenfalls nicht ans Telefon.»

«Und jetzt soll ich hinfahren und es ihm erzählen?» August lachte. In diesem Moment verabscheute sie ihn.

«Kannst du bitte einfach kurz vorbeifahren?» Natürlich hätte sie auch jemand anders fragen können, aber sie wollte, dass August es tat, wollte ihm die Chance geben zu beweisen, dass seine Worte nicht nur Gerede waren. Dass er auch zu Unbequemem bereit war.

«Na gut. Ja, ich glaube, das kann ich machen.» Er legte das Kind in ihren Arm, lächelte, als er sah, wie sein Mund nach ihrer Brustwarze suchte, die tastenden Finger. «Vielleicht besorge ich uns vorher noch je eine Zigarre?»

Eira wurde vom Klingeln ihres Handys geweckt und stellte fest, dass sie mit dem Kind an der Brust eingeschlafen war. Wenn sie sich im Schlaf gedreht hätte, sich auf ihn gelegt hätte oder er heruntergefallen wäre ... Vorsichtig legte sie ihn zurück in die Plastikwiege.

Mehr als zwei Stunden waren vergangen, seit August gefahren war.

«Im Ernst», sagte er etwas zu laut am Telefon, «glaubst du, es wäre eine gute Idee, dein Kind dort aufwachsen zu lassen? Wovon lebt er eigentlich, dieser Ricke? Ich habe mal nachgeschaut ...»

«Was hat er gesagt?» Eira wurde immer noch leicht schwindlig, wenn sie aufstand, sie hatte viel Blut verloren, dennoch trat sie ans Fenster, die Welt draußen existierte noch. «Wegen des Kindes, meine ich.»

Sie wusste, was in den Registern stand, Diebstahl, Körperverletzung und vor vielen Jahren wiederholter Anbau von Cannabis, das brauchte August ihr nicht zu erzählen.

«Ah, okay. Also, er ist völlig ausgeflippt, führte so eine Art Kriegstanz auf dem Hof auf, ‹Ich bin Vater geworden›, brüllte er durchs ganze Dorf, als stünde schon fest, dass er es ist.»

Eira musste lachen, sie freute sich, dass Ricke sich freute, er, der doch nie ein Kind in diese Welt hatte setzen wollen. Sie hatte ihn noch nie tanzen sehen. Vielleicht damals, als sie in der verlassenen Ölzisterne auf Svanö herumrannten und sangen, bevor sie ihm ihre Unschuld geopfert hatte. Hatten sie da nicht auch getanzt?

«Er meinte, er würde vorbeikommen», sagte August.

«Danke, dass du es gemacht hast», sagte Eira.

«Aber er hat nicht vor, eine DNA-Probe abzugeben.»

«Was?»

«‹Keine Chance, verdammt›, hat er gesagt.» August versuchte Rickes weichen, singenden Ångermanland-Dialekt nachzuahmen, «‹weißt du, was sie mit der ganzen gespeicherten DNA machen›, meinte er, ‹welche Informationen sie so erhalten? Klar, du bist ja Bulle, nichts für ungut, es gibt eine Polizistin, die ich liebe, aber du bist ein Teil dieser Struktur, und dann ist sie es wohl auch …›»

«Das hat er gesagt?»

«Ich meine, wenn er nicht mal Verantwortung für seine Vaterschaft übernimmt, wie soll er sich dann um ein Kind kümmern? Mein Sohn wird nicht zwischen Autowracks aufwachsen, ich sag's nur.»

Das war es nicht, was Eira gemeint hatte. Doch sie konnte ihn ja schlecht fragen, ob Ricke wirklich gesagt hatte, dass er sie liebe. Sie machte sich nicht die Mühe, auf die mangelnde Logik in seiner Argumentation hinzuweisen, dass der Junge natürlich nicht in Strinne aufwachsen würde, wenn August der Vater war. Und übrigens auch sonst nicht.

«Eigentlich ist das ja auch gar nicht nötig», meinte sie. «Der

Test wird zeigen, ob du der Vater bist, und wenn nicht, ist es Ricke.»

«Schon, aber vom Prinzip her», sagte August.

«Ich muss Schluss machen», antwortete Eira und hielt sich am Fensterbrett fest, die Stadt schwankte und vervielfältigte sich in den glitzernden neuen Hotelfassaden und Eisdielen draußen zum Meer hin. «Ich sollte mich vielleicht doch lieber wieder hinlegen.»

DREI Tage später spürte sie den Schmerz schon nicht mehr, die Erinnerung daran war fort.

«Das ist so gedacht, dass wir es vergessen», sagte Stina, die gekommen war, um sie nach Hause zu fahren, «sonst würden wir es uns wohl kaum noch mal trauen. Konntest du gleichzeitig auch wieder kacken? So war das bei mir. Merkwürdig, aber schon auch irgendwie logisch.»

Mit geübten Händen zog sie dem Kleinen Jacke und Hose an und steckte ihn in eine wattierte Stofftrage.

«Du kannst ihn nicht ewig Junge nennen.»

«Es ist nicht für ewig», sagte Eira.

Sie hatte ihre Kindheitsfreundin angerufen, um eine ruhige Heimfahrt zu haben, ohne Diskussionen, zum Beispiel mit August. Außerdem meinte sie, ihr das schuldig zu sein, nach allem, was sie an Zubehör und Kleiderspenden von ihr erhalten hatte. Ein Kindersitz für Säuglinge war bereits im Auto festgeschnallt.

«Den kannst du behalten, bis ich Oma werde», sagte Stina.

Eira setzte sich auf die Rückbank und ließ den Jungen ihren Finger festhalten, er war ruhig, vielleicht gefiel es ihm, dass etwas Neues passierte.

«Hast du dich sofort als Mama gefühlt?», fragte Eira. «Ich meine, nach der Geburt?»

«Beim ersten Mal kann das manchmal schwierig sein»,

sagte Stina und warf ihr im Rückspiegel einen Blick zu. In der Autoschlange durch Docksta war sie vom Gas gegangen, Horden von Touristen, die auf den Skuleberg wandern und deren Kinder im Räuberdorf spielen wollten, Lkw, die an der Raststätte rein- und rausfuhren. «Wenn sie so klein sind, grübeln sie noch nicht so viel, weißt du, sie sitzen nicht im Wagen und kritisieren herum, ‹was habe ich bloß für eine bescheuerte Mutter bekommen, kann man das Modell irgendwo umtauschen?›»

Eira lachte, was eine schlechte Idee war, denn sie war genäht worden und konnte den Urin noch nicht wieder richtig halten.

«Und jetzt komm schon, wem, findest du, sieht er ähnlich? Wer von den beiden wäre dein Wunschpapa?» Stina wusste von ihrem Dilemma und hatte herzlich gelacht, sie zog sie gerne damit auf, hielt sich aber jetzt, wo das Kind da war, wieder ein bisschen zurück, als könnte der Junge sie verstehen.

«Ist doch egal.» Manchmal hatte Eira ein Blau in seinen Augen gesehen, wie bei August, oder war es eher ein Grün, wie bei Ricke? Das Grübchen am Kinn – woher hatte er das wohl? «Er bekommt den Papa, den er bekommt», sagte sie. «Und wird ihn lieben, egal, wer es ist, oder?»

Hinter Ullånger fuhr Stina ab, und sie ließen den Verkehr der E4 hinter sich, die Ruhe der Täler und weiten Wiesen empfing sie. Als sie am kleinen Badestrand des Butjärn vorbeifuhren, sah Eira, dass der Kiosk des Bürgervereins noch geöffnet war, Kinder aßen Eis und sausten über die Rutsche ins Wasser.

«Bleibst du dann jetzt eigentlich hier?»

Durch den Rückspiegel sah Stina sie forschend an, Unsicherheit, aber auch eine leichte Machtverschiebung.

Als Eira Ådalen nach der Schule verlassen hatte, um ihre

Ausbildung zu machen, veränderte sich auch ihre Freundin, wurde zu der, die geblieben war. Stina hatte bereits während des Gymnasiums ein Kind bekommen, wovor die Frauen der älteren Generation immer am meisten warnten: Schütz dich, lebe dein Leben, mach eine Ausbildung, pass auf, dass du dich nicht zu früh bindest.

Vier Kinder später verfügte Stina über ein Wissen, das sie selber nie auch nur im Entferntesten haben würde.

«Ist es okay, wenn wir einen Umweg über Kramfors machen?», fragte Eira.

Das Personal nahm sie an der Tür in Empfang, Eira trug den Kleinen auf dem Arm. Sie hatte bereits eine Babytrage bekommen, aber dafür war es noch zu früh, außerdem waren es viel zu viele Riemen und Schnallen, mit denen sie sich erst auseinandersetzen musste, es kam ihr lebensgefährlich vor.

«Oh, was für ein süßes Kerlchen.»

«Ein Junge also.»

«Alle Finger dran, wie ich sehe, und kneifen kann er auch, ein kräftiger kleiner Bursche.»

«Dass sie das noch erleben darf, was für eine Freude für Ihre Mutter.»

Eira hatte angerufen und die Pflegerinnen vorgewarnt, sie hatten Kerstin geholfen, eine feine Bluse anzuziehen. Die Lesebrille war bereits vor einer Weile verschwunden, das Buch lag geschlossen vor ihr.

«Hallo, Mama.»

«Aber wen haben wir denn da?»

Eira zog sich einen Stuhl heran, um sich neben sie setzen zu können, den Jungen zwischen ihnen. Ein ganz neues Gefühl überkam sie, das sich nur schwer in Worte fassen ließ. Ein Fokus außerhalb von ihnen beiden.

«Da ist sie ja», sagte Kerstin.

«Nein, er», sagte Eira und lachte, «es ist ein Junge, Mama. Du bist Oma geworden.»

Es war nicht weiter merkwürdig, dass Kerstin sich vertat, die Kleider, die August gekauft hatte, waren geschlechtsneutral, weder hellblau noch rosa, damit die Leute das Kind nicht sofort als Junge oder Mädchen ansprachen.

Sie streckte die Arme aus, wollte ihn nehmen.

«Ach, wie süß sie ist, komm her, mein Schatz ...»

Eira zögerte, ihr den Säugling zu überlassen. Wenn Kerstin nicht einmal begriff, welches Geschlecht er hatte, war sie dann geistesgegenwärtig genug, seinen Kopf zu halten? Was, wenn sie ihn fallen ließ? Das schlechte Gewissen schlug zu, als Eira ihre ausgestreckten Arme sah, erwartungsvoll, wie verkehrt es wäre, ihr das zu verweigern, ihr, die doch zwei Kinder großgezogen hatte. War dieses Wissen nicht im Körpergedächtnis gespeichert? Eira hielt sich bereit, ganz dicht neben ihr, als sie ihr das Kind in die Arme legte.

Sofort legte Kerstin ihm die Hand unter den Nacken. Der Reflex war noch da. Es bestand keine Gefahr. Nur die gemeinsame Freude in diesem Moment. Kerstin summte ein Lied, streichelte dem Baby die Wange.

«Kleine süße Nora, liebes, kleines Ding.»

«Nein, Mama. Das ist mein Kind, dein Enkelkind. Ich komme direkt von der Entbindungsstation in Örnsköldsvik. Ich bin so schnell gekommen, wie ich konnte, damit du ihn kennenlernen kannst.» Eira hörte selbst die Enttäuschung in ihrer Stimme, kämpfte gegen die Trauer an, die sie plötzlich übermannte. Dass nicht einmal das genügte, um einen klaren Moment bei Kerstin hervorzurufen, nicht einmal, wenn sie mit einem Enkel zu ihr kam. Dass sie es sogar mit einem anderen Kind verwechselte, mit welchem auch immer. Oder hatte sie es falsch verstanden, hatte Kerstin Eira gesagt, war sie so durcheinander, dass sie dachte, sie selbst wäre Mutter geworden?

Dann die Einsicht: Es schien sie auf jeden Fall glücklich zu machen. Sie hatte einst ein Kind haben wollen, das sie dann Eira genannt hatte.

«Er hat bei der Geburt drei Komma zwei Kilo gewogen», sagte Eira, Fakten, um die Demente an die Gegenwart zu binden, «das ist nicht schlecht, wenn man bedenkt, dass er ein paar Wochen zu früh gekommen ist. Ich weiß noch nicht, wie er heißen soll, er ist erst drei Tage alt. Ich hatte an Albin oder Jonathan gedacht, vielleicht auch Tore, aber das ist ja nicht allein meine Entscheidung.»

Kerstin wiegte den Kleinen, hingerissen von seinem Blick. Zufrieden und ruhig war er zumindest. Mit Stinas Hilfe hatte Eira ihn im Auto kurz gestillt, es war also eine Lüge, als sie sagte, er habe Hunger.

«Wahrscheinlich ist es besser, ich nehme ihn jetzt wieder, wir müssen nach Hause.»

«Nein, ich glaube, das ist nicht nötig.» Kerstin hielt ihn fester in ihrem Arm, drückte ihn an sich.

«Wir kommen wieder, Mama, morgen oder übermorgen, versprochen, es ist nur so, dass wir direkt aus dem Krankenhaus kommen, wir sind noch ein bisschen müde.»

Eira nahm ihr das Kind aus dem Arm, und Kerstin leistete keinen Widerstand mehr. Ihre Hände, die nun leer waren, hingen kurz in der Luft, dann fielen sie ihr schwer auf die Oberschenkel.

«Du kennst doch bestimmt noch ein paar schöne Jungennamen aus der Familie», sagte Eira. «Lass uns zusammen überlegen, wenn ich dich das nächste Mal besuche.»

DIESER Triumph, als es ihr endlich gelang, ihn zu Hause zu stillen, nachdem er lange verzweifelt nach ihrer Brust gesucht und sie sich abgemüht hatte, um ihm dabei zu helfen.

Flecken auf dem Pullover, die andere Brust lief aus, kleine Kissen im BH, um die Milch aufzufangen.

Eira schob den Kinderwagen in die Küche, bewegte ihn hin und her, um ihren Sohn zum Schlafen zu bringen. Das Schaukeln würde Kindern ein Gefühl von Geborgenheit vermitteln, hieß es. Und Musik! Eira schaltete den Plattenspieler ein, das schien ihr besser als die hektischen Stimmen aus dem Radio. Dann sah sie die Platten durch.

Es waren die alten von ihrer Mutter, Musik aus Kerstins Jugend, da gab es Bob Dylan und Joni Mitchell, perfekt als Einschlafmusik. Auch die Hep Stars waren dabei, richtig, die Band aus Kramfors hatte ja immer gespielt, wenn im Babels Shake-Abend gewesen war.

Sie schuckelte mit einer Hand weiter den Wagen, während sie die Ermittlungsdatei zu John Aiello öffnete.

Tatsächlich, GG hatte sich gekümmert und die Vernehmung mit Allan Westin schriftlich hinterlegt.

AW: Dass ich keine Arbeit bekam. Ich glaube, das war der Anfang. Wenn man das so sagen kann.

GG: Anfang wovon?

AW: Dieser elende Sommer. Okay, Maarit – da bin ich auch nicht wirklich zum Zug gekommen, wenn ich das so sagen darf.

GG: Und was hatte John Aiello damit zu tun?

AW: Irgendwer steckte den Leuten, wer hier ein echter Kommunist war, deshalb habe ich keine Arbeit gefunden. Sie hatten damals Angst vor solchen wie uns.

GG: Und Sie dachten, es wäre John Aiello, der diese Informationen verbreitete?

AW: Ja, das dachte ich damals. Oder irgendwas in dieser Richtung. Jedenfalls wollten wir solche Leute hier nicht haben. Nicht hier in Lunde.

GG: Wen haben Sie denn angerufen, nachdem Sie gehört hatten, dass John vielleicht für die CIA arbeitete?

AW: Eine Nummer.

GG: Die Kommunistische Partei?

AW: Nein, natürlich nicht, das waren Hermansson und seine Gang.

GG: Hermansson?

AW: Der die Revolution verraten hat. C. H. Hermansson. Fing an mit den Sozen zu kollaborieren und demonstrierte gegen die Sowjetunion, als die in der Tschechoslowakei einmarschierte, da wusste man ja, worauf das hinauslief.

GG: Wen haben Sie angerufen?

AW: Die Revolution wird nicht gewonnen, indem man den Sozen in den Arsch kriecht. Ja, so dachte man damals.

GG: Und heute?

AW: Was, heute?

GG: Glauben Sie immer noch an die Revolution?

(*Schweigen*)

AW: Die Arbeiter wurden nie aufgeklärt, sie gingen nach Hause und schauten lieber fern. So lief das.

GG: Wen haben Sie angerufen?

(*Räuspern. Pause*)

AW: Ich kann Ihnen keine einzelne Person nennen. Es war eine Gruppe. Der revolutionäre Wohlfahrtsausschuss. Wir sollten von den Parteien der Genossen im Osten unterstützt werden, wenn wir erst die Macht in der Partei zurückgewonnen hatten. Aber stattdessen kam es zur Spaltung, nur um uns zum Schweigen zu bringen.

GG: Der Wohlfahrtsausschuss?

AW: Ja, da wäre nicht mal die SÄPO drauf gekommen, was sich dahinter verbarg.

(*Lachen*)

Und so ging es weiter. Ein Herumgestochere, um Allan Einzelheiten zu entlocken, verwirrende Exkurse in eine politische Landschaft, die weit entfernt schien. Ein paar Fragen hatte GG von Eira übernommen, sie hatte sie ihm zusammen mit Allans Aussagen kurz nach dem Brand zugeschickt.

Eine Auswertung gab es noch nicht, doch es wurde allmählich deutlich, wie der Tag damals abgelaufen war, wenn auch nur häppchenweise und mit viel Widerstand.

Allan war ein Job verweigert worden, weil er ein Kommunist der harten Sorte war, einer von denen, die engere Verbindungen zur Sowjetunion wollten und der Ansicht waren, die bewaffnete Revolution wäre der einzige Weg.

Jemand trug anscheinend Namen von Leuten wie ihm zusammen, sie wurden registriert und weitergegeben, sodass der Arbeitgeber bereits wusste, wer er war, als er fünfhundert Kilometer von zu Hause entfernt eine Stelle suchte.

Es klingelte irgendwo im Hinterkopf, Eira erinnerte sich an irgendetwas, das sie gelesen oder gehört hatte. Der Name Jan Guillou fiel ihr ein, ein berühmter Autor und Journalist, der in den 1970er-Jahren im Gefängnis gesessen hatte, weil er genau solche Dinge enthüllt hatte.

Moment, hatte sie das nicht von Ricke? Hatte der das nicht mal in einem seiner vielen Vorträge über den Überwachungsstaat erzählt, in denen es wie immer darum ging, dass sie alle permanent abgehört und beobachtet würden? Selten hatte Eira genauer zugehört, vor allem nicht, als sie verliebt und verblendet gewesen war.

Sie schloss die Vernehmung und googelte; IB-Affäre, so hatte man es genannt. 1973. Zwei Journalisten hatten aufgedeckt, dass Mitglieder der regierenden Sozialdemokratischen Partei zusammen mit der Gewerkschaft eine Art illegaler Spionage gegen Kommunisten betrieben und Arbeitnehmervertreter als Informanten benutzt hatten. Eira stutzte, als sie einen weiteren Artikel fand: In Norrbotten war man besonders kritisch gewesen, weil hier die Kommunisten so stark waren; die Angst vor einer Revolution war groß, wenn sie die Wahlen gewonnen hätten.

Vor der Enthüllung 1973 hatte das alles im Verborgenen stattgefunden. Es konnte also etwas dran sein, an dem, was Allan erzählte, man hatte ihn damals im Blick gehabt. Eira musste an Steve Larsson denken, der wiederum überall die CIA gewittert hatte, es war eine Zeit der Paranoia gewesen, aber manchmal war vielleicht auch etwas Wahres daran.

Sie kehrte wieder zum Vernehmungsprotokoll zurück.

GG: Wenn wir nun zu dem Moment zurückkehren, in dem Sie zum ersten Mal das Gerücht gehört haben, John Aiello würde für die CIA arbeiten …

AW: Ja.

GG: Wer hat ihnen das erzählt?

(*Schweigen*)

AW: Es ist schon so lange her.

GG: Sie scheinen aber eigentlich ein sehr gutes Gedächtnis zu haben, Allan.

AW: Ja, das stimmt.

GG: Ich habe gehört, eine der wenigen, die es wussten, war eine Person, die Sie sehr gut kennen, Kerstin Sjödin. Hat Sie es Ihnen erzählt?

AW: Nein, verdammt. Kerstin? Damals kannte ich sie doch noch gar nicht, sie war noch ein kleines Mädchen. Glaube nicht, dass sie es war.

GG: Sie war in der Vietnambewegung aktiv, hatte eine Beziehung mit einem der Deserteure.

AW: Davon weiß ich nichts. Hatte sie das?

GG: Sind Sie sich sicher, dass Sie es nicht von Kerstin Sjödin gehört hatten?

AW: Aber das sage ich Ihnen doch!

GG: Dann erinnern Sie sich aber doch auch daran, wer es war. Wer, Allan?
(*Schweigen*)

AW: Es waren wahrscheinlich mehrere dabei, damals.

GG: Wo?

AW: Am Folkets Hus, glaube ich. Nach der Arbeit. Schnaps gab es auch. Man wird so wütend.

GG: Wer war dort?

AW: Die Sozen, die von der Gewerkschaft. Wahrscheinlich habe ich herumgepöbelt, behauptet, es wäre einer von ihnen, der solchen Mist im Land verbreitet.

GG: Hatten Sie den Verdacht, eine dieser Personen hätte Kommunisten registriert?

AW: Ich glaube, ich war wirklich einfach nur wütend. Und betrunken, wie gesagt. Krakeelte herum, wie man das dann so macht, musste ihnen ja mal jemand die Meinung sagen.

Und dann hat einer von denen gesagt, ich sollte lieber mal zur Stauerei gehen und die Kriegsverweigerer fragen.

GG: Weil einer der Deserteure für die CIA arbeiten würde?

AW: Ja. Das hätte keiner gedacht. Die Amerikaner und ihre Weltherrschaft, das schon, aber sie direkt vor der eigenen Haustür zu haben ...

GG: Wer hat es Ihnen gesagt?

(*Schweigen*)

GG: Wie gesagt, dieser Mord ist verjährt. Sie werden dafür nicht vor Gericht kommen, niemand wird verurteilt, aber um der Familie des Toten willen müssen wir herausfinden, was damals wirklich passiert ist. Verstehen Sie das, Allan?

(*Schweigen*)

AW: Kann man jetzt endlich mal pinkeln gehen?

Eira las weiter, doch er nannte keine Namen.

Keine Namen.

Patrask zuckte zusammen, als sie sich erhob, er schien glücklich, dass sie zu Hause war. Eine Nachbarin war mit dem Hund gegangen, während sie auf der Entbindungsstation gewesen war, und hatte ihn mit Futter versorgt. Eira hatte Mette aus dem Zollhaus angerufen und ihr gesagt, dass der Schlüssel unter dem Stein am rechten Fuß der Hollywoodschaukel liege.

Der Junge war aufgewacht. Eira stillte ihn und aß dabei ein Butterbrot, es funktionierte richtig gut. Ihr fiel ein, was GG gesagt hatte: Nahrung und Fürsorge. Dann ließ sie Patrask raus, damit er sein Geschäft erledigen konnte, er war schon bald wieder zurück. Möwen kreisten und schrien über dem Fluss.

Eira wechselte die Windel, säuberte den Babypopo, vergewisserte sich mehrmals, dass der Kleine schlief und noch atmete. Dann legte sie sich hin und wagte es, die Augen zu schließen. Sie sah immer noch die Männer auf der Treppe zum Folkets Hus vor sich.

So wie sie auch in ihrer Kindheit oft dagesessen hatten, wenn sie hingelaufen war, um ihren Vater zum Essen zu rufen.

DER Junge hatte die Nacht überlebt. War ungefähr alle zwei Stunden aufgewacht, und Eira hatte ihn hochgenommen, ihn gestillt, und einmal hatte sie es nicht mehr geschafft, ihn zurückzulegen, war mit ihm neben sich im Bett wieder eingeschlafen. Die Tür zu Patrask draußen im Flur hielt sie geschlossen, es musste Grenzen geben.

Zunächst hatte der Hund kläglich gejault, sich dann aber in sein Schicksal gefügt.

Unter der Dusche brauchte sie ewig, das Kind auf der Babydecke neben sich, ebenso wie es dauerte, bis zwei Personen gefrühstückt hatten, zum Glück war noch Brot im Gefrierfach, und Mette hatte ihr ein wenig Käse und Saft und Milch in den Kühlschrank gestellt, dazu frisch gepflückte Tomaten, «man weiß ja noch so genau, wie es war».

Als sie beide trocken und satt waren, ging Eira mit dem Kinderwagen nach draußen. Begeisterungsrufe aus den umliegenden Gärten, Leute, die stehen blieben und in den Wagen schauten, in dem das Kind schlief.

Kalle Molin wohnte hinter den Näslunds, die früher den Laden betrieben hatten, er saß in einem Liegestuhl im Garten und blinzelte in die Sonne, das Radio lief.

Eine Morgensendung über die Stürmung des Kapitols, die laufenden Vernehmungen.

«Hallo, Kalle.»

Er hob die Hand, wie zum militärischen Gruß, als Schutz gegen die Sonne.

«Sjödin? Ach was – hast du jetzt was Kleines?»

«Ist es okay, wenn ich mich einen Moment setze?»

«Ich habe doch nichts ausgefressen, Frau Polizistin?» Er lachte und versuchte aufzustehen. Das funktionierte nicht richtig, sein Liegestuhl war einer von der niedrigen Sorte und er fast achtzig, groß und kräftig, aber dennoch. Eira erinnerte sich an ihn als an einen der Lauteren, einen von denen, die Raum einnahmen und ihre Stimme über andere erhoben. Späße, die sie als Kind nicht verstanden hatte und über die sie heute kaum lachen würde.

Kalle Molin gab sein Vorhaben, sich zu erheben, auf, wollte sich wahrscheinlich keine Blöße geben.

«Hol dir einfach was aus der Küche, wenn du was trinken willst.»

«Danke, ich habe etwas dabei.» Sie deutete auf die Kinderwagentasche. «Ich habe ein paar Fragen zu meinem Vater, ihr wart doch recht gut befreundet, oder?»

«Ja, das kann man wohl sagen.»

«Über die Gewerkschaft, oder wie kam das?» Eira sah, dass ihr Sohn die Augen geöffnet hatte, und schaukelte den Wagen, damit er ruhig blieb.

«Ja, schon, und über den Sozialistenverband, da waren wir wohl vor allem aktiv.»

«Ich weiß, dass ich das schon mal gefragt habe, aber hattest du Kontakt zu den Deserteuren, die 1968 hier waren?»

«Geht es um den Mord an dem Amerikaner?» Kalle Molin hievte sich aus der halb liegenden Haltung in eine sitzende und blinzelte zu Eira hoch, die in der Sonne stand. «Bekommt man als Polizistin heutzutage keinen Mutterschaftsurlaub, oder was? Haben sie den jetzt auch gestrichen?»

«Ich versuche nur, ein paar lose Fäden zusammenzubringen», sagte Eira und drehte den Wagen so, dass er das Baby sah, «du weißt ja, am Anfang schlafen sie noch sehr viel.»

«Junge oder Mädchen?»

«Junge.»

«Da wäre dein Vater aber stolz.»

Der Satz blieb gewissermaßen in der Luft hängen, als wartete Kalle Molin gespannt darauf, was sie antworten würde. Dieses Nachhorchen, der Tratsch, der ebenfalls zum Dorfleben gehörte, waren manchmal nur schwer von echter Anteilnahme zu unterscheiden, vielleicht war es auch ein und dasselbe.

Man interessierte sich, im Guten wie im Schlechten.

«Doch, bestimmt», sagte sie.

«Veine war auch auf dich wahnsinnig stolz, weißt du das eigentlich?»

«Da gibt es vieles, das ich nicht über ihn weiß.» Eira setzte sich, damit er nicht in die Sonne blicken musste und ihr Gesicht sehen konnte. «Du weißt schon, man fragt nie genug, wenn man noch jung ist, und dann ist es plötzlich zu spät.»

«Verfluchter Krebs», sagte Kalle Molin und griff nach der Wasserflasche neben sich, «ist doch zu schade, dass er sein Enkelkind gar nicht zu sehen bekommen hat.»

«Ich möchte dich vor allem etwas zu einem Ereignis im Sommer 1968 fragen.»

«Spricht da jetzt die Polizistin oder Veine Sjödins Tochter?» An seiner geistigen Beweglichkeit war jedenfalls nichts auszusetzen, auch wenn der Körper nicht mehr richtig mitmachte.

«Beide.» Eira lächelte.

«Na dann.» Der ehemalige Gewerkschafter bedeutete ihr mit einer Geste, dass sie loslegen könnte, die Neugier war geweckt und richtete sich endlich auf etwas anderes als auf die Frage, wer wohl der Vater des Kindes war. «Weißt du, dass Veine mich gefragt hat, ob ich nicht Patenonkel deines Bruders werden wollte? Aber ich habe nein gesagt. Ich wollte nicht in einer Kirche stehen und vorgeben, ein geistiger Wegbegleiter zu sein, was wusste ich schon davon?»

Sie lachten beide.

«Unglaublich, dass er sie am Ende doch bekommen hat. Deine Mutter. Veine hat so um sie gekämpft. Ich erinnere mich noch, wie sie nach Stockholm ging, und selbst da hat er nicht aufgegeben. Er hat nie eine andere angeschaut, glaub mir, nicht bevor er von ihr geschieden war.»

Kalle Molin strich sich übers Kinn, zupfte an einem Barthaar, das der Rasur entkommen war. Ansonsten sah er gepflegt aus, richtig elegant, auf eine gealterte Weise.

«Erinnerst du dich zufällig an die Situation», fragte Eira, «als ihr vorm Folkets Hus saßt, du und mein Vater wahrscheinlich, vielleicht auch noch ein paar andere, irgendeine Zusammenkunft, vielleicht auch ein Fest?»

«Ja, da gab es viele Feste, damals wurde jedes Wochenende getanzt.»

«Und dann kam Allan Westin dazu, er muss ziemlich betrunken gewesen sein und hat herumgebrüllt, du weißt doch sicher, dass er überzeugter Kommunist war?»

«Oh ja, der gehörte zur alten Garde, der gute Allan, da gab es einige Zusammenstöße. Wie geht es ihm eigentlich?»

«Er kommt durch.»

«Das ist ja mal eine gute Nachricht.»

Dann erzählte Eira, was Allan ihr über Luleå gesagt hatte, dass jemand den Arbeitgebern dort gesteckt hätte, dass er Kommunist sei, und dass er an so einem Abend, wie sie ihn gerade geschildert hatte, erfahren habe, dass es unter den Deserteuren in Lunde einen Informanten der CIA gebe.

Dass er das im Suff und wütend, wie er war, mit seiner eigenen Situation in Verbindung gebracht habe.

Eira beobachtete Kalle Molin, während sie redete, wie seine Miene ernst wurde und der Blick sich nach innen kehrte, wie seine Gedanken zu rotieren begannen – da war sie sich sicher.

Ein kurzer Moment des Überlegens, in dem er schwieg, nachdem sie geendet hatte.

Das Räuspern, der neuerliche Griff nach seiner Wasserflasche.

«Das waren andere Zeiten», sagte er schließlich.

«Dann erinnerst du dich?»

«Kann schon sein», sagte er. «Aber bist du dir sicher, dass du das hören möchtest?»

Eira musste den Kleinen hochnehmen, er hatte zu wimmern begonnen. Sie versuchte ihm den Schnuller zu geben, wollte nicht während der Befragung stillen, auch wenn sie in einem lauschigen Garten stattfand und sich in Teilen als Plauderei über ihren verstorbenen Vater tarnte.

«Ich würde ihn auch selbst fragen, wenn ich noch könnte», sagte sie.

Kalle Molin betrachtete sie eine Weile.

«Bestimmt hätte Veine dir auch geantwortet. Das glaube ich ganz sicher. Es war nichts, wofür wir uns schämen müssten. Wir hatten keine Ce-I-A nötig in unserem Land, um mit den Kommunisten fertigzuwerden.» Er sprach die Abkürzung schwedisch aus, streckte sich, sodass sein krummer Rücken gerade wurde. «Das haben wir schon selber hingekriegt.»

Dann fügte er hinzu, dass man es aber auch irgendwie verstehen könne, dass die Amerikaner die langhaarigen Typen, die vor dem Militärdienst geflohen waren, im Blick hatten behalten wollen. Sie hätten sich mitten im Kalten Krieg befunden und im roten Ådalen, und da habe er doch gestutzt, als Veine Sjödin das mit der CIA gesagt habe.

Und es dann doch irgendwie nachvollziehbar gefunden.

«Nicht, dass wir die Bombardierung Vietnams unterstützt hätten, natürlich nicht, selbst Palme hat ja demonstriert und sich so mit den Amerikanern angelegt, aber gleichzeitig muss ein Staat schon auch ein bisschen für Ordnung sorgen.»

«Du sagst, ihr hättet das selbst hingekriegt.» Eira wiegte den Jungen an ihrer Schulter, bemühte sich um seinetwillen um eine sanfte Stimme. «Was meinst du damit?»

«Ja, du bist wahrscheinlich zu jung», sagte Kalle Molin, «aber es ist doch inzwischen auch kein Geheimnis mehr, selbst wenn es damals eins war. Wir sahen die Gefahr, dass sie die Gewerkschaften unterwandern könnten, so machten sie das damals, du musst bedenken, dass es da drüben diesen Eisernen Vorhang gab», er deutete Richtung Meer, ostwärts, nach Russland, weit in der Ferne.

«Hat mein Vater für den IB gearbeitet?» Sie musste die Frage so direkt stellen, auch wenn sie es eigentlich bereits begriffen hatte.

«Ja, wir beide haben das.»

«Also habt ihr über Kommunisten berichtet und verhindert, dass sie einen Job bekamen? So wie Allan Westin, zum Beispiel?»

«Ich finde, du solltest dankbar dafür sein, was dein Vater getan hat.» Kalle Molin wedelte ein Insekt vor seinem Gesicht fort, versuchte es mit der Hand zu fangen. «Oder hättest du vielleicht in so einer Gesellschaft aufwachsen wollen?»

SIE war auf kürzestem Wege von Kalle Molin nach Hause zurückgegangen. Hatte den Jungen gestillt, der so zufrieden wirkte und noch nichts vom Leben wusste.

Wie es sich von einem Tag auf den anderen gegen einen wenden konnte.

Eira hatte ihren Vater vergöttert, in ihrer Erinnerung war er es gewesen, der sie in seinen Armen getröstet hatte, als Teenager war er ihr dann eher peinlich gewesen, vor allem, wenn er immer wieder dieselben Geschichten von früher erzählte, was die Menschen vor ihr getan und womit sie sich abgemüht hatten, sodass sie selbst in diesem Wohlstand aufwachsen konnte.

Über den Geheimdienst IB hatte er natürlich kein einziges Wort verloren.

Eira steckte eine Scheibe Brot in den Toaster, sie musste wirklich mal nach Kramfors und etwas Vernünftiges zu essen einkaufen.

Also, was hatte das zu bedeuten?

Wenn ihr Vater einer derjenigen gewesen war, der Allan Westin die Möglichkeit genommen hatte, in Norrbotten einen Job zu bekommen?

Wenn er und Kerstin sich damals bereits nahestanden und sie ihm aus irgendeinem Grund erzählt hatte, was ihr zu Ohren gekommen war?

Wieso hatte er es dann einem völlig betrunkenen und wütenden Allan Westin gesagt? Um die Schuld von sich abzuwälzen? Oder aus Eifersucht? Hatte er die Deserteure in Misskredit bringen wollen, weil einer von ihnen Kerstin zu nahegekommen war?

Eira musste noch mal nach oben, all die Papiere und Briefe durchsuchen, das Einzige, was geblieben war. Sie blätterte in den Liebesbriefen ihres Vaters, *erinnerst Du Dich, wie nicht einmal der Regen sich an jenem ersten Abend zwischen uns drängen konnte, meine Liebe ist größer als die Berge und der Himmel und der Fluss, meine Sehnsucht ruft nach Deiner warmen Hand und Deinen Blicken …*

Er war wirklich kein großer Poet gewesen.

Das Hochzeitsfoto lag seit der Scheidung ebenfalls hier oben. Ja, Kerstin war schön und er zweifelsohne stolz auf sie gewesen, Veine stand schräg hinter ihr, hatte die Hände beschützend auf ihre Schultern gelegt, doch war sie glücklich?

Eira suchte nach Erinnerungen darüber, wie ihre Eltern miteinander umgegangen waren, außer im Schweigen der letzten Jahre ihres Zusammenlebens. Da gab es die politischen Differenzen, «du weißt nicht, wovon du redest», hatte Veine oft gesagt, so etwas setzte sich fest, dadurch wurde die Stimmung immer unangenehmer, «hättet ihr euch durchgesetzt, wären wir jetzt auf der anderen Seite des Eisernen Vorhangs».

Als Kind hatte Eira gedacht, es handle sich um einen echten Vorhang aus Eisen, sie hatte beklemmende Bilder im Kopf gehabt, wie sie einsam davorstand.

Und vorher, als Veine verliebt war und Kerstin sich für einen anderen entschieden hatte, in einer Zeit, in der die Politik aufgeheizter war als je zuvor?

War er eifersüchtig gewesen? Hatte er schlecht über die

FNL und die Deserteure gesprochen, sie vor diesem Amerikaner gewarnt? Und Kerstin? Vielleicht war sie damals die Stärkere gewesen und hatte Veine widersprochen, hatte gesagt, er verstehe und begreife nichts. Was mochte sie gesagt haben? Dass nicht Steve die Bedrohung sei und dass Veines Sozen ein doppeltes Spiel spielten, wenn sie den Krieg verurteilten, aber hinter den Kulissen mit den Amerikanern zusammenarbeiteten und mit der Nato gemeinsame Sache machten, dass sie gehört habe, die CIA hätte sogar hier in Lunde ihre Leute. Unmöglich erschien es Eira nicht.

Dennoch hatte sie ihn am Ende geheiratet.

Auf dem Hochzeitsfoto trug Kerstin ihr Haar kurz und lockig, eine Welle über der Stirn, ihr Kleid war eng anliegend, wirkte aber gleichzeitig streng. Es war das Jahr 1974, sechs Jahre nach ihrer Liebesbeziehung mit Steve. Sie war erst dreiundzwanzig, sah aber viel älter aus als auf den Fotos vom Ende der Sechzigerjahre, mit denen Eira sich in der letzten Zeit so intensiv beschäftigt hatte.

Fünf Jahre später wurde Magnus geboren. Eira erinnerte sich an das Foto, dass sie neulich gesehen hatte, auf dem Kerstin ihn im Arm hielt, dass sie überrascht gewesen war, wie jung sie Mutter geworden war, es war ein Schwarz-Weiß-Foto gewesen.

Sie fand es ganz unten unter den Briefen. Kerstin mit langem Haar, sie sah aus wie ein junges Mädchen, hatte noch etwas Wildes an sich, eine Strähne ihres Haars fiel über das Kind in ihrem Arm. Das Baby trug ein weißes Kleid, vielleicht war es das, worauf sie reagiert hatte, dass es irgendwie seltsam wirkte, ein Spitzenhäubchen, zog man Ende der Siebzigerjahre einen Jungen so an?

Sie drehte das Bild um, keine Namen, lediglich ein Datum.

3. Juni 1969.

Dann war es also gar nicht Magnus, den sie auf dem Arm hatte. Kein Wunder, dass Kerstin darauf so jung aussah, da war sie ja erst achtzehn gewesen. Das Jahr, in dem sie ihren Schulabschluss hätte machen sollen, stattdessen war sie nach Stockholm gegangen.

Juni 1969.

Dann der nächste Gedanke, schwindelerregend. Das war neun Monate nach Steves Verschwinden aus Lunde gewesen. Als ihre Mutter verzweifelt an den Ufern des Flusses entlanggelaufen war und ihn gesucht hatte, bis sie irgendwann aufgab, die Schule schmiss und nach Stockholm ging.

Konnte man so etwas tatsächlich geheim halten? Es würde ihr Schweigen über Steve jedenfalls nachvollziehbarer machen.

Eira hörte den Jungen unten weinen, er war also wieder aufgewacht, vor lauter Eile wäre sie auf der Treppe beinahe gestolpert. Sie nahm ihn hoch und legte ihn an die Brust. Als sie auf dem Stuhl saß, sah sie ihre Mutter vor sich, wie verwirrt sie gewesen war, als Eira ihr den Säugling gezeigt hatte.

Nora?

Kerstin hatte das Kind Nora genannt.

Es war umständlich, sich auf dem Dienstlaptop einzuloggen und gleichzeitig den Jungen wieder anzulegen, etwas Milch war ihr über den Bauch geflossen.

Sie hatte nie einen Grund gehabt, ihre eigene Mutter in die Register einzugeben, die für die Allgemeinheit nicht zugänglich waren und in denen alle Personendaten aufgeführt waren.

Kerstin Sjödin, geborene Backlund. 1974 verheiratet und 1990 wieder geschieden, da waren die Großeltern mütterlicherseits und da die Kinder, Magnus, geboren 1979, und Eira, geboren 1987.

Wie groß der Altersunterschied zwischen ihnen war. Eira hatte nie darüber nachgedacht, wieso. Hatte Kerstin kein zweites Kind gewollt, schliefen ihre Eltern nie miteinander? Wollte sie bereits damals raus aus ihrer unglücklichen Ehe?

Und da stand es, schwarz auf weiß. Ziffern, die ihr förmlich ins Gesicht schrien. 1969.

Ein Mädchen.

Geboren am 3. Juni im Sabbatsberg-Krankenhaus in Stockholm. Vater unbekannt.

Geboren, aber nicht gestorben. Eira hatte kurz gedacht, Kerstin hätte das Kind vielleicht unmittelbar nach der Geburt verloren, das hätte vieles erklärt, aber so war es anscheinend nicht.

Am nächsten Tag zur Adoption freigegeben.

Das Mädchen war nicht namentlich registriert, vielleicht hatte sie den Namen Nora nie erhalten.

Eira schloss die Augen, nahm das eifrige Saugen des Jungen wahr.

Eine Schwester.

Irgendwo da draußen hatte sie eine große Schwester. War das nicht etwas, das sie sich als Kind immer vorgestellt hatte, dass es jemanden gab, der für sie da war und sie verstand?

Eine Schwester, von Kerstin verheimlicht, doch jetzt hatte die Demenz alle Widerstände und Verteidigungslinien niedergerissen, und das Mädchen war wieder aufgetaucht. Aus den Tiefen der Erinnerung, in der die Zeit frei schwebte.

Nora.

Der Name, der nie vergeben wurde.

Eira legte das Kind an die andere Brust, folgte den Anweisungen: immer an beiden Brüsten trinken lassen, sonst käme es zu Milchstau und anderen Problemen.

Kerstin hatte also kein Sabbatjahr eingelegt, weil sie schulmüde gewesen war, sondern um außer Sichtweite zu sein, fünfhundert Kilometer von zu Hause entfernt, um die Schwangerschaft zu verbergen und ihr Kind zur Welt zu bringen. Hatte Veine davon gewusst? Die Großeltern? Oder war sie abgehauen, bevor man es sah, ohne etwas zu sagen?

Um anschließend nach Ådalen zurückzukehren, einen anderen zu heiraten.

Ihren Sohn, der ein paar Jahre später zur Welt kam, über alles zu lieben, das Mädchen, das danach kam, aber nie richtig annehmen zu können, obwohl sie ihr einen ganz ähnlichen Namen gab.

Nora.

Eira.

Der Junge war an ihrer Brust eingeschlafen, Eira legte ihn vorsichtig in den Wagen. Eigentlich hätte er noch ein Bäuerchen machen müssen, aber sie wollte ihn nicht wecken. Spürte, wie sich Kopfschmerzen ankündigten, während sie die Nummer heraussuchte und wählte, es war einfach zu viel, sie konnte es nicht mehr verarbeiten, dazu die Müdigkeit, die wenigen Stunden Schlaf, die sie bekam.

Das Schweigen am anderen Ende verriet alles.

Unni wusste es. Sie war Kerstins engste Freundin gewesen, sie hatte es immer gewusst. Sekunden vergingen, eine halbe Minute, eine Ewigkeit.

«Wie hast du es herausgefunden?», fragte Unni schließlich.

«Mama hat sich verraten», sagte Eira. «Sie hat mein Kind mit dem anderen Kind verwechselt, sie dachte, er heiße Nora. Hat sie ihr erstes Kind so genannt?»

«Ach, es ist ein Junge! Ist alles gut gegangen?»

Eira berichtete kurz, unterbrach Unnis Glückwünsche.

«Ich habe dich nach der Zeit damals gefragt, und du hast mir von Steve erzählt», sagte sie. «Dann ist er doch wahrscheinlich der Vater? Wieso hast du nichts davon gesagt?»

«Ich habe es Kerstin damals hoch und heilig versprochen, das musst du doch verstehen. Natürlich ging es mir ständig durch den Kopf, nachdem du mir dieses Foto gezeigt hattest, aber was sollte ich machen? Sie wäre schrecklich wütend geworden, wenn ich was ausgeplaudert hätte. Freundschaft, du weißt schon.»

«Das ist fünfzig Jahre her», sagte Eira, «ihr seid jetzt alt. Kerstin weiß nicht einmal mehr, in welcher Zeit sie sich gerade befindet. Muss es wirklich erst zu einer polizeilichen Ermittlung kommen, um zu erfahren, dass man eine Schwester hat?»

«So alt sind wir auch wieder nicht.»

Eira hörte, wie Unni während des Gesprächs in ihrer Wohnung herumlief, bestimmt schenkte sie sich ein Glas Wein ein. Wie üblich versuchte Eira auf den Tonfall zu achten, um beurteilen zu können, was stimmte und was nicht.

Unni erzählte, wie es in jenem Herbst Oktober geworden war und Kerstins Periode ausblieb, «damals gab es ja diese Tests noch nicht, die man heute in der Apotheke kaufen kann». Klar hätten die Eltern Theater gemacht, als Kerstin die Schule habe schmeißen und nach Stockholm gehen wollen, das ganze Programm: wie sie geschuftet hätten, damit sie diese Chance bekomme, aber Kerstin habe nur zurückgebrüllt, sie verstünden das nicht, es seien andere Zeiten, und sie hätten überhaupt keine Ahnung. Sie sei abgehauen, bevor man etwas gesehen habe. Habe sich einen Job in einem Krankenhaus mit Schwesternwohnheim genommen und bis zum Schluss gearbeitet.

«Wieso wollte sie das Kind nicht behalten?»

«Wahrscheinlich hatte sie was anderes vor.»

«Zum Beispiel?»

«Kerstin wollte studieren und in die Welt hinaus, schreiben, vielleicht Schriftstellerin werden, sie hat davon geträumt, in Pariser Cafés zu sitzen.»

«Und ist dann doch nach Hause zurück und hat Papa geheiratet – das passt doch alles nicht zusammen.»

«Wie gesagt, ich habe es auch nie verstanden. Was weiß man über einen Menschen? Veine schrieb ihr ständig Briefe und lag ihr in den Ohren mit seiner Liebe, und sie saß in Stockholm mit tropfenden Brüsten und einem Kindsvater, der sie sitzengelassen hatte. Sie war wohl doch nicht so stark, wie sie gerne sein wollte. Brauchte ein bisschen Liebe, das vielleicht auch. Gar nicht so einfach, jemandem zu widerstehen, der einen wirklich haben will.»

Eira betrachtete den Jungen, der dalag und schlief, ein beinahe andächtiges Gefühl überkam sie.

«Dennoch hat deine Mutter ihn nie verloren, nicht dass du das denkst», fuhr Unni fort, «diesen Drang, du weißt schon, und sei es durch die Bücher, diesen Traum wegzugehen. Seit du auf der Welt bist, hat sie immer gesagt: Dieses Mädchen soll mal raus in die Welt, die darf niemand festhalten, sie wolle dich stark machen, meinte sie, du solltest keine alberne kleine Gans werden.»

«War das der Grund?»

«Wofür?»

Eira fand nicht die richtigen Worte, es waren nicht einmal klare Gedanken, nur ein Sammelsurium an Gefühlen, Bruchstücke, eine Mutter, die sie von sich stieß, mach was aus dir, hau ab, heul nicht, steh auf.

«Wenn ich sie später gefragt habe, wie es ihr damit ging», sagte Unni, «ob sie sich fragen würde, was aus dem Mädchen geworden ist, sagte Kerstin nur Nein. Wischte es weg. Es war nichts, woran sie dachte oder was sie interessierte, es war vergessen.»

«Hatte sie sie Nora genannt?», fragte Eira.

«Ja.»

«Dann hat sie sie nicht vergessen.»

«Wahrscheinlich nicht.»

EIRA hatte Patrask rausgelassen, damit er sein Geschäft erledigen konnte, und das schlafende, satte Kind gerade in seinen Wagen gelegt, als sie vor dem schwarz verbrannten Nachbarhaus ein Auto entdeckte. Ein unbekannter roter Toyota mit einer Werbeaufschrift, ein Mietwagen vielleicht. Die Versicherungsgesellschaft, war ihr erster Gedanke. Eine ältere Frau stieg aus, blaue Farbe im Haar, ausgestellte Hosen, ein schickes Kostüm.

«Maarit?»

Die Frau hörte sie nicht. Stand da und betrachtete die Überreste ihres ehemaligen Zuhauses. Eira stellte den Kinderwagen unter den Dachvorsprung, damit die Sonne nicht hineinschien, und ging über die Grundstücksgrenze zu ihr.

«Hallo, Maarit», sagte sie und konnte nur ahnen, was diese fühlte, was es in einem Menschen auslöste, wenn er nach Hause kam und eine solche Zerstörung vorfand.

Sie legte ihr eine Hand auf die Schulter.

Maarit Westin zog die Nase hoch, drehte sich halb um und betrachtete Eira ein paar Sekunden. Dann umarmte sie sie.

«Was wäre gewesen, wenn du nicht ... Dass du ... Ach, Mädchen, dass du da reingegangen bist.»

«Ich bin ja kein Mädchen mehr», sagte Eira. Das Weinen war ansteckend, die Frau kramte Papiertaschentücher heraus und gab ihr eins.

«Ich hätte ihn nicht allein lassen dürfen. Einsame Männer – es ist, als würden sie sich verlieren.»

«Du hast nur getan, was für dich richtig war», sagte Eira. Über ihre Mutter hatte sie mitbekommen, wie Maarit hin und her überlegt und sich gequält hatte, bevor sie die Entscheidung traf. Sie hatte es nicht ausgehalten, so weit von den Enkelkindern entfernt zu leben, alt zu werden, ohne sie richtig kennenzulernen.

«Er hat immer gesagt, er kommt nach, und dann ist die Zeit einfach vergangen. Es war, als wäre er hier festgekettet. Ich glaube, das hing mit ... dieser Sache zusammen.»

«Dem Mord?»

Maarit antwortete nicht. Langsam ging sie um die Hausecke herum und betrachtete ihr ehemaliges Zuhause, Eira begleitete sie schweigend. Zerbrochene Fensterscheiben, an manchen Stellen hatte das Feuer sich durch die Fassade nach draußen gefressen.

«Allan hat es dir wahrscheinlich erzählt?», fragte sie vorsichtig.

Maarit war bei den Gartenmöbeln auf der Rückseite des Hauses stehen geblieben, die seltsamerweise unversehrt waren.

«Ach der!», sagte sie. «Lag da mit Tropf und allem und tat, als wäre alles wie immer. Kerle halt. Wie kann man sein Leben lang über so etwas schweigen, wie kann man das?»

«Dann hast du also mit der Polizei gesprochen? Weißt du, was genau in den Sechzigerjahren passiert ist?»

Ein Grunzen oder Brummen, ein Laut, der Eira zu verstehen gab, dass man über das, was damals passiert war, genug geredet habe.

«Ohnehin wird er mit mir nach Stockholm gehen, wenn sie ihn erst entlassen haben. Hierher wird er nicht zurückgehen.

Alleine dasitzen und vor sich hin grübeln, das führt doch zu nichts Gutem.»

Das Barsche, vor dem Eira sich als Kind immer ein wenig gefürchtet hatte, kam wieder durch. Sie wollte sie fragen, wie man mit so einem Wissen weiter zusammenleben konnte, ein Mord, über den nie gesprochen worden war, ein Mann, der ein anderer war, als man gedacht hatte, aber niemand zwang sie etwas zu fragen. Rein technisch betrachtet war sie keine Polizistin, sie war im Mutterschaftsurlaub.

«Es wäre schön, wenn du ein Auge auf das Haus haben könntest», sagte Maarit. «Du bist ja jetzt zu Hause. Bis wir von der Versicherung Bescheid bekommen. Man will ja nicht, dass die Leute einfach reingehen, wenn es jetzt leer steht.»

Es war ein lauer Abend, die Augustdämmerung mit ihrem sanften Dunkel und ihrem klaren Mondschein. Das Kind kann ruhig ein bisschen draußen stehen, dachte Eira, als sie wieder zurück war. Nicht die ganze Nacht natürlich, aber einen kleinen Moment noch. An der frischen Luft zu schlafen, sei für sie das Beste, hatte Stina gesagt. So konnte sie die Zeit dazu nutzen, noch etwas im Garten zu machen, vielleicht nicht den Rasenmäher anwerfen, das würde den Jungen wecken, aber vielleicht mit der Schere die Kanten ums Haus herum schneiden? Löwenzahn stechen, der etwas zu viel Freiraum bekommen hatte, und vielleicht die Lupinen rausreißen, was die Leute eben gern von einem wollten.

Aus dem Kinderwagen war kein Laut zu hören. Eira ging hin, um zu schauen, ob er noch so ruhig schlief wie eben, sie hatte ihn zum Haus gedreht. Auf den ersten Blick konnte sie das Kind nicht sehen, und eine Welle der Angst überrollte sie, war er unter die Decke gerutscht, war er vielleicht erstickt?

Sie riss die Decke zur Seite.

Da war kein Kind. Ihr erstickter Schrei war kaum zu hören. Sie drehte sich um, sah aber niemanden, rannte zur Straße, auch dort war kein Mensch.

Komm schon, denk nach. Keine Panik. Auf der anderen Seite des Hauses, natürlich. Jemand, den sie kannte, musste vorbeigekommen sein, vielleicht hatte das Baby sich gemeldet, und die Person hatte gesehen, dass sie sich mit der armen Maarit unterhalten hatte, es waren zwanzig, dreißig Meter, wie konnte sie ihr Kind nur so lange unbeaufsichtigt lassen?

Eira rannte auf die andere Seite des Hauses, aber auch dort war niemand.

Vielleicht waren sie reingegangen. Magnus, dachte sie, er hat Freigang bekommen, er hat doch gesagt, dass er darum bitten wollte, um seinen Neffen kennenzulernen, er war so aufgekratzt gewesen am Telefon, der stolzeste Onkel der Welt, wie er selbst sagte.

Sie riss die Tür auf und wusste sofort, dass etwas nicht stimmte. Der Hund. Er kam ihr nicht entgegen.

«Hallo? Patrask? Ist hier jemand?»

Ein leises Knurren irgendwoher, ein Bellen, aber er kam nicht zu ihr. Eira blieb stehen und lauschte. Langsam betrat sie ihr eigenes Haus, wie eine Polizistin, den Blick überall zugleich, mit leisen Schritten.

Dann sah sie den Hund. Er stand in der Öffnung zwischen Küche und Wohnzimmer, die Nackenhaare gesträubt.

Und dann die Frau. Eine unbekannte Frau, blond und vage vertraut, sie saß auf dem Sessel. Zu ihren Füßen lag das Kind, direkt auf dem harten Parkett.

«Wer sind Sie? Was machen Sie hier?»

«Erkennst du mich nicht?»

Eira trat ein paar Schritte näher. Bückte sich, ohne die Frau aus den Augen zu lassen, und legte Patrask eine Hand aufs Fell, ruhig, ich bin jetzt hier, er knurrte weiter, immer noch angriffsbereit. Das Kind beschützen, das war es, was er tat. Seit sie mit dem Baby nach Hause gekommen war, hatte er sich verändert, lief die ganze Zeit herum, alle Sinne hellwach. Eira ging die Ermittlungen durch, an denen sie beteiligt gewesen war. Jeder Polizist und jede Polizistin wurde bedroht, ein Bewährungshelfer, den sie kannte, war in der eigenen Wohnung von einem seiner Klienten mit dem Messer angegriffen worden.

«Ich nehme nur das Kind hoch», sagte Eira ganz ruhig, sie konnte das, sie war mit solchen Situationen vertraut, sie musste wie eine Polizistin denken, jetzt bloß nicht schreien.

Die Frau hörte nicht auf zu lächeln. Ein weiterer Schritt.

«Bleib, wo du bist.»

Dieses Lächeln. Eira meinte, es schon einmal gesehen zu haben, aber wo? War es lange her?

«Ich möchte dich ein paar Dinge fragen», sagte die Frau.

«Kein Problem», sagte Eira, «wir können reden. Ich will nur schauen, ob er hungrig ist, wenn das für Sie okay ist, es ist ein Junge, er ist erst vier Tage alt, wir wollen ja nicht, dass er anfängt zu schreien.»

Hatte sie zuerst das harte Geräusch gehört oder die Waffe neben dem Oberschenkel der Frau gesehen, die teilweise von der Armlehne verborgen war? Ein Jagdgewehr. Jetzt hielt sie es mit beiden Händen, richtete es aber nicht auf Eira. Der Lauf zeigte zu Boden, auf den Jungen, der auf dem Rücken lag.

«Machen Sie keine Dummheiten», sagte Eira, «nehmen Sie das weg, sodass wir reden können. Sie dürfen mich fragen, was sie wollen, und ich verspreche zu antworten, Hauptsache, Sie legen das Gewehr weg.»

Stelle nie infrage, dass eine Waffe geladen ist. Während

ihrer Ausbildung hatte Eira Geschichten über Polizisten gehört, die diesen Fehler gemacht hatten.

«Ich fasse es nicht, dass du immer noch hier lebst», sagte die Frau und blickte sich um, ganz ruhig, wie es schien, wie eine alte Bekannte auf Besuch. «Hast du nie darüber nachgedacht, dieses Loch zu verlassen?»

Eine, die schon mal hier gewesen war, vor langer Zeit.

Das Lächeln, so süß und falsch wie damals.

«Lina? Bist du das? Lina Stavred?»

Die Frau lachte.

«Dachte ich mir doch, dass du dich an mich erinnerst.»

Die Gesichtszüge waren jetzt schärfer. Ihre Zähne nicht mehr so weiß. Die Augenfarbe ließ sich im Dunkeln nicht gut erkennen. Als Eira drei Jahre zuvor die erwachsene Version Lina Stavreds in einem Stockholmer Café gesehen hatte, war sie runder gewesen.

Die Tätowierung. Ein Herz und ein paar Vögel. Das Hemd war hochgekrempelt, aber es war ein anderes Muster, übertrieben und brutal.

Vielleicht bemerkte sie Eiras Blick, denn sie kratzte sich genau dort. Tätowierungen konnte man entfernen oder mit einer neuen überdecken lassen, das hatte nichts zu bedeuten.

Oder doch: dass ihr daran gelegen war, nicht wiedererkannt zu werden, dass sie darauf baute, wieder davonzukommen.

Oder sie hatte ihr einfach nicht mehr gefallen.

«Entschuldige, ich hätte fragen sollen, wie es dir geht», sagte Eira und versuchte die Entfernung bis zum Sessel einzuschätzen, sechs Meter, das Kind war etwas näher, zu Füßen der Frau. «Wir haben uns ja lange nicht gesehen.»

Die Stimme ruhig, als gäbe es keine Gefahr, nur die Gefühle für das Kind nicht die Kontrolle übernehmen lassen, sosehr sie auch an die Oberfläche drängten. Nicht darüber nachdenken, dass die Frau vor ihr bereits zweimal getötet hatte. Vielleicht sogar öfter?

«Wir haben uns gesehen», sagte Lina. «Du bist in einem Café gewesen. Ich weiß, dass du Magnus' Schwester bist, ich weiß, dass du Polizistin bist. Ich habe in der Zeitung über dich gelesen, als ihr diesen Toten aus dem Fluss gefischt habt, war lustig, dass sie dachten, ich wäre es, oder?»

«Wieso bist du hierhergekommen», fragte Eira, «brauchst du Hilfe?»

Nur nicht provozieren, Ruhe ausstrahlen.

«Ich will wissen, was ihr über mich habt. Ich will wissen, was die Polizei weiß.»

Professionell bleiben, um die Angst einzudämmen. Abwägen, strategisch denken. Du weißt nicht, was sie weiß, dachte sie, also lüg nicht, halte dich eng an die Wahrheit.

«Am Tatort in Täby sind Fingerabdrücke gefunden worden», sagte sie. «Sie stimmten mit deinen überein, die Polizei weiß daher, dass Lina Stavred lebt.»

«Werde ich verdächtigt?»

«Rein juristisch betrachtet nicht. Sie wissen nicht, was in dem Haus passiert ist, nur, dass du dort warst. Er hat eine Vergangenheit mit Alkohol und Körperverletzungen, wenn du dich stellst, müsstest du mit Totschlag davonkommen, vielleicht auch mit fahrlässiger Tötung.»

«Er war so ein verdammter Loser», sagte Lina.

Eira wagte einen kurzen Blick auf das Baby. Der Junge gab einen Laut von sich, der beinahe an Sprache erinnerte, als wollte er am Geschehen teilhaben, begreifen, wie es in der Welt zuging.

Es ging nur um eine Sache, ihn zu schützen.

«Es muss furchtbar gewesen sein, mit so jemandem zusammen zu sein», sagte Eira, «das verstehe ich. Ich will dir nichts

Böses. Du kannst mein Auto nehmen, abhauen, ich werde dich nicht anzeigen.»

Linas Lachen war schlimmer als ihre Härte, so herzlich, als fände sie das alles wirklich lustig.

«Ich erinnere mich an dich», sagte sie, «du warst so ein nerviges Gör. Ständig hast du mir und Magnus nachspioniert, hingst dauernd an seinem Bein. Entschuldige, Eira Sjödin, aber ich glaube nicht, dass du ein Geheimnis für dich behalten kannst.»

«Magnus hat mir erzählt, was damals in der Nacht wirklich passiert ist», sagte Eira, «im Kesselraum in Lockne, als Kenneth Isaksson ums Leben kam. Er hat gesagt, du seist es gewesen, nahm die Schuld aber auf sich. Er sitzt dafür im Knast, trotzdem habe ich nichts gesagt.»

«Ach Gott», sagte Lina und schlug sich mit der flachen Hand an die Stirn, Kriebelmücken waren ins Haus gekommen, Eira merkte jetzt erst, dass sie die Haustür offen gelassen hatte, sie konnten also nach Belieben rein- und rausfliegen und sich so auch über das Baby hermachen. War das der Grund, weshalb es jetzt zu wimmern begann?

Ruhig, mein Schatz, bitte, sei einfach still.

«Was für eine scheinheilige kleine Polizistin du bist. Und das hast du ihm geglaubt? Weil er seine Schwester nicht anlügen kann, oder was? Hat Magnus nicht erzählt, dass er meinem neuen Freund eine Eisenstange über den Schädel gezogen hat? Dass ich ihm helfen musste, ihn verschwinden zu lassen, damit wir nicht beide ins Gefängnis kamen – hat er dir das nicht gesagt?»

Für einen Moment geriet alles ins Wanken.

«Und vergiss das Handy», sagte Lina. Sie hatte gesehen, wie Eira heimlich die Hand in die Hosentasche steckte, hatte vielleicht gehört, wie es vibrierte, verdammt. «Gib's her.»

«Klar, hier.» Eira warf es ihr zu, die Frau reagierte blitzschnell und unbewusst, hoch die Hand, wie ein Volleyball-Star der Kramforsskolan eben reagierte. Im selben Moment, in dem Lina kurz abgelenkt war, warf Eira sich nach vorne, riss den Jungen an sich, ohne das Köpfchen zu stützen, das war jetzt egal, Hauptsache, sie bekam ihn zu fassen. Falls einer von ihnen sterben sollte, musste sie ihn im Arm halten. Erst als sie mit ihm auf dem Boden saß, wurde ihr klar, dass sie sich lieber auf die Waffe hätte konzentrieren sollen. Jetzt war sie auf sie beide gerichtet, Lina war aufgestanden. Dann ein Bellen, Eira nahm aus dem Augenwinkel einen Schatten wahr, Patrask sprang wild kläffend um sie herum, schnappte nach Linas Beinen, als sie wild um sich trat. Und dann der Schuss. Stelle nie infrage, dass eine Waffe geladen ist. Eira beugte sich schützend über das Kind. Ihr Kopf war leer, sie sah und hörte nichts mehr. Das Kind in ihrem Arm war warm, ich lasse dich nie wieder los, nie wieder.

«Hoch mit dir», sagte Lina und stieß sie in den Rücken, mit dem Fuß, dem Gewehr? Irgendetwas Klebriges, als Eira sich mit der Hand abstützte, um hochzukommen, erst da öffnete sie die Augen, es war Blut. Das Kind, immer noch warm, atmete, und sie selbst spürte keinen Schmerz.

Dann sah sie den schwarzen Körper, die heraushängende Zunge, die Augen, die ihren Blick suchten. Er war noch nicht tot. Da war so viel Blut.

«Verdammt, was hast du getan?»

Eira hörte, wie die Waffe erneut entsichert wurde, irgendwo über ihrem Kopf, sie drehte sich um und starrte direkt in den Lauf.

«Der Scheißhund hat nach mir geschnappt, was hätte ich tun sollen? Der ist ja vollkommen gaga. Den hätte man längst abknallen müssen.»

«Ist es okay, wenn ich ihn streichle?», fragte Eira und streckte die Hand aus, fuhr über den zitternden Nacken, sah etwas in seinen Augen erlöschen.

«Versuch so was nicht noch mal.»

«Habe ich nicht. Ich wollte dir nur mein Handy geben.»

«Ich brauche Geld», sagte Lina.

«Ich habe nichts im Haus. Nimm den Schmuck von meiner Mutter, der ist oben, in ihrem ehemaligen Zimmer.»

«Lebt die Alte noch?»

«Sie ist dement, wohnt in einem Heim in Kramfors.»

«Was für eine Gnade», sagte Lina, «sich an die ganze Scheiße nicht mehr erinnern zu müssen. Ich wünschte wirklich, ich hätte diesen Ort vergessen, dieses Scheißhaus, meine Eltern, all die dämlichen Typen, die glaubten, einen verteidigen zu müssen. Wie dein Bruder, der war der Schlimmste, ist mir durch den Wald in dieses bescheuerte Kesselhaus gefolgt, dachte, ich bräuchte so jemand wie ihn. Er hätte dort sterben sollen, nicht Kenny, dann wäre alles anders gekommen.»

«Wieso?», fragte Eira vorsichtig. Sie streichelte noch immer das weiche Fell. «Wie hätte es denn werden sollen?»

«Was weiß ich! Schätze, das ist der ganze Sinn, nicht zu wissen, was passiert, was aus einem wird, studieren und planen und diese ganze Scheiße, wenn man am Ende doch sowieso sterben muss.»

Sie muss weiterreden, dachte Eira, damit sie nicht merkt, dass draußen jemand ist. Das Geräusch eines Autos, das anhielt, ganz in der Nähe. Das Schnaufen neben ihr wurde leise. Wenigstens war Patrask nicht allein, als er seine letzten Atemzüge tat.

«Ich verstehe, was du meinst», sagte Eira und spürte sofort, dass sie das Falsche gesagt hatte, Lina Stavred wollte ihr Verständnis nicht, «und ich bewundere dich dafür. Dass du untergetaucht bist und genau das gemacht hast, was du wolltest, dass dir alle anderen egal sind, ich wünschte, ich wäre ein bisschen mehr wie du.»

Schritte auf der Wiese, komm rein, dachte sie und hoffte, dass es jemand war, der einfach ins Haus ging, weil die Tür offen stand, der sich fragte, was da los war, oder nach dem Kind schauen wollte, egal, Hauptsache, es war jemand, der damit umgehen konnte, dass eine Waffe im Spiel war.

«Du kannst meine Autoschlüssel haben», sagte Eira, «sie liegen im Korb im Flur.»

«Und das Geld?»

«Der Schmuck meiner Mutter ist oben.»

«Was soll ich denn mit Schmuck, verdammt, ich brauche Geld.»

«Meine Karten sind in der Tasche draußen, ich kann dir die PINs geben.»

«Vielen Dank», sagte Lina, «sehr nett von dir. Und dann möchte ich, dass du dich ins Polizeiregister einloggst und mich löschst.»

«Das kann ich nicht», sagte Eira. «Aber ich könnte etwas hinzufügen, zum Beispiel, dass wir eine Leiche gefunden haben. Dass wir annehmen, dass es Lina Stavred ist. Dann würdest du Zeit gewinnen. Es dauert ewig, eine Leiche zu identifizieren, wenn sie zum Beispiel im Wasser gelegen hat. Ich kann einen Zeugen erfinden. Jemanden, der dich in Finnland gesehen hat oder wo auch immer. Du kannst auch meinen Pass haben. Dir die Haare färben.»

Sie duckte sich, als über ihr etwas durch die Luft sauste. Ein Kochtopf? Ein Fahrradhelm?

Und dann noch etwas, diesmal traf es Linas Arm, das Gewehr fiel ihr aus der Hand, und bevor sie reagieren konnte, hatte er sich schon brüllend auf sie gestürzt.

Eira floh rückwärts in eine Ecke, schützte das Kind mit ihrem Körper, jetzt weinte der Kleine – war es ein Weinen? Sie sah die Gestalten im Dunkeln umhertaumeln, streckte die Hand aus und erreichte den Lichtschalter, es wurde hell.

Ricke.

Er hatte die Situation unter Kontrolle, Lina biss und fauchte und schlug um sich, aber er saß auf ihr, die Knie auf ihren Armen. Liebster, liebster Ricke, er hatte so etwas schon einmal gemacht.

Eira blickte sich suchend nach ihrem Handy um, wo war es gelandet? Sie musste die Kollegen rufen.

Das Kind schützen.

Fliehen?

Sie sah, wie Ricke sich nach rechts lehnte und das Gewehr zu fassen bekam, ohne dass es Lina gelang, sich zu befreien. Dann erhob er sich und richtete es auf sie, jetzt war sie es, die wehrlos auf dem abgenutzten Parkett lag.

Erschieß sie, wollte Eira sagen. Sie ist sowieso schon tot, alle glauben das, wir könnten ihre Leiche verschwinden lassen, und niemand würde sie vermissen.

«Nicht schießen», sagte sie.

Ricke entsicherte die Waffe. Eira wusste, dass er kein Jäger war, er mochte Tiere zu sehr. Sein Vater hatte ihn, wie alle Väter, mit in den Wald genommen und ihn den toten Hasen nach Hause tragen lassen.

«Das ist es nicht wert», sagte Eira, nachdem sie es wieder wagte, sich zu bewegen, den Kleinen hielt sie fest. Sie rutschte über den Boden vorsichtig zum Sofa hinüber, um zu schauen, ob ihr Handy dort gelandet war.

«Ich bin's doch», sagte Lina. «Rickard, guck mich an. Du kennst mich, hast dich gar nicht verändert. Warte, ich will mich nur hinsetzen, ich will niemandem was tun, okay?»

«Scheiße, Mann», er drehte sich zu Eira um und dann wieder zu der Frau, «wer ist das?»

«Lina Stavred», sagte die Frau. «Ich weiß, das ist lange her.»

«Aber …?»

«Ja, sie lebt», sagte Eira, «sei vorsichtig, sie war es, die dem Typen in Lockne eine Eisenstange über den Schädel gezogen hat, Magnus hat ihr bei der Flucht geholfen.»

«Ich habe Magnus das Leben gerettet», sagte Lina, «vergiss das nicht. Ich hatte keine Ahnung, dass er dafür in den Knast gegangen ist, das hab ich eben erst erfahren, tut mir leid.»

«Stimmt das?», flüsterte Ricke. Er trat einen Schritt zurück, verlor kurz den Fokus, und Lina rappelte sich vorsichtig auf, setzte sich mit dem Rücken zum Bücherregal, sah ihn an, richtete sich das Haar.

«Sie ist zur Fahndung ausgeschrieben», sagte Eira, «hat wahrscheinlich einen Mord begangen, ein Mann in Täby, bei dem sie gelebt hat, im Laufe der Jahre hat sie zig verschiedene Namen gehabt.»

Ricke fühlte sich mit der Waffe sichtbar unwohl, hatte er je eine benutzt? Bei den Körperverletzungen im Strafregister hatte es sich immer um Schlägereien gehandelt, immer hatte der andere zuerst angegriffen. Sie spürte, wie zwiegespalten er war, kannte das nur zu gut, wie er immer von einem Fuß auf den anderen trat, sich nie entscheiden konnte.

«Ich brauche mein Handy», sagte Eira. «Damit ich telefonieren und die Polizei rufen kann. Ich habe es ihr zugeworfen, aber ich sehe es nirgends. Sie muss es haben.»

«Ich gebe alles zu», sagte Lina, «wenn ihr mich nur gehen lasst. Ich kann nicht eingesperrt leben, kapierst du das?»

Sie riss ihre großen blauen Augen auf, fokussierte sich auf

Ricke. Eira konnte beobachten, wie sie sich veränderte, eine andere Gestalt annahm, sobald ein Mann zugegen war.

«Wartet, schaut her, ich nehme alles auf.» Lina hielt jetzt das Handy in der Hand. «Gib mir die PIN. Ich werde aussagen, dass ich Kenneth Isaksson getötet habe, es war keine Absicht. Ich haue ab und lasse das Handy hier, sodass man es findet, wir einigen uns auf eine Stelle, Magnus kommt aus dem Knast, und ihr könnt eure hübschen kleinen Leben weiterführen.»

«Glaub ihr kein Wort», sagte Eira.

«Aber, was ...»

«Oder ihr ruft die Polizei», fuhr Lina fort und spielte mit dem Handy. «Dann bestätige ich Magnus' Story. Ich habe alles in der Zeitung gelesen, ich weiß genau, was er gesagt hat. Er war eifersüchtig und hat sich mit Kenny geprügelt, ich war gar nicht dort. Ich bin abgehauen, weil ich Angst vor Magnus hatte. Ich erinnere mich genau an dich, Ricke, ihr wart so gute Freunde, habt immer zusammen abgehangen. Und du, Eira. Ich verstehe ja, wenn du mir nicht glaubst, aber ich weiß, dass du alles dafür tun würdest, deinen Bruder in Freiheit zu sehen.»

Eira murmelte beschwichtigend, musste den Jungen beruhigen, konnte nicht klar denken, wenn er ihr ins Ohr schrie, sah alles, was geschah, wie in einem Film.

Wie Lina Stavred aufstand und Ricke zurücktrat, das Gewehr immer noch auf sie gerichtet, wie sie zur Tür ging.

Nahm sie die Autoschlüssel aus dem Korb?

Dann schlug die Haustür zu.

«Nein», keuchte Eira und war wieder zurück in Zeit und Raum, «wir können sie nicht gehen lassen.» Seine Arme um sie herum, ein Geruch nach Öl und Schweiß.

«Ist gut, Eira, alles ist gut, es ist vorbei.»

«Aber begreifst du das denn nicht? Sie hat getötet, sie wird es wieder tun.»

«Aber Magnus ...»

«Du bist so ein Idiot!» Eira riss sich los und stieß ihn zur Seite. «Kapierst du nicht, dass sie davonkommen wird? Wir müssen sie aufhalten.»

Sie war schon auf dem Weg zur Haustür, als ihr bewusst wurde, dass sie das Kind in ihren Armen hielt. Draußen startete ein Motor, der Kleine schrie herzzerreißend. Eira sank auf einen Küchenstuhl.

Zog den Pullover hoch, öffnete den Still-BH und klappte gleichzeitig den Laptop auf, um über das Internet die 112 anzurufen. In Umeå nahmen sie ab, und Eira nannte ihren Namen und ihre Adresse, ihre Brüste schmerzten und waren zum Bersten voll, der kleine Mund bekam sie nicht zu fassen. Als sie auf ihre Brust drückte, spritzte dem Jungen Milch ins Gesicht und auf den Bildschirm, aber schließlich klappte es doch, das rhythmische Saugen setzte ein, ihre entzündete Brustwarze schmerzte, Leben. Eira beschrieb ihr Auto, einen schwarzen VW Passat 2019, Kombi, sie wiederholte das amtliche Kennzeichen und ratterte sämtliche Straftaten herunter, deren Lina Stavred verdächtig war, fügte Freiheitsberaubung und Nötigung sowie den Mord an einem Hund hinzu, «sie hat ihn erschossen».

«Wen? Ist die Person jetzt tot?»

«Nein, Patrask, der Hund, also, nicht meiner, ich habe ihn zu mir genommen, nachdem ...» Sie schluchzte auf. Erst jetzt schien der Schock einzusetzen, vielleicht schoss er mit der Milch ein, die in den kleinen Körper floss, er lebte, er lebte, es war ein so überwältigendes Gefühl, dass sie zu zittern begann, vor Dankbarkeit und Erleichterung und etwas, das noch größer war. Dann erst entdeckte sie die E-Mail, die eingetroffen war.

Die RMV aus Linköping, die Gerichtsgenetik, ein Kollege,

den sie ein wenig besser kannte und gefragt hatte, ob es möglich wäre, die Analyse ein wenig vorzuziehen. Natürlich war es nicht in Ordnung, die Vorschriften nicht zu befolgen, seine Kontakte zu nutzen, aber sie wollte nicht noch wochenlang auf das Ergebnis warten müssen.

Nachdem sie das Gespräch mit der Notrufzentrale beendet hatte und der Streifenwagen losgefahren war, ging Eira ins Wohnzimmer, wo Ricke eine Decke über den Hund gebreitet hatte und aufs Sofa gesunken war.

«Entschuldige, dass ich dich nicht im Krankenhaus besucht habe», sagte er. «Ich war schon auf dem Weg, aber dann hatte ich plötzlich solche Angst.» Er redete drauflos, als wäre er nicht gerade erst in einen gewaltsamen Übergriff verwickelt gewesen, Gewaltandrohung, ein toter Hund auf dem Boden, klar, auch er stand unter Schock. Der Junge war in Eiras Arm eingeschlafen, sah unwirklich rosig und zufrieden aus. Sie brachte es nicht über sich, ihn mitten im Chaos abzulegen. Der umgestürzte Stuhl, das Blut, sie musste es aufwischen, Patrask begraben, sobald die Kriminaltechniker da gewesen waren, vorher durfte sie nichts anrühren.

«Ich weiß nicht, ob ich das kann, Vater sein», sagte Ricke, «aber heute Abend dachte ich, jetzt muss ich herkommen, damit du mich nicht für einen vollkommenen Versager hältst. Und ich wollte ihn auch sehen, den Kleinen. Er ist toll. Wie du. Ich wollte sagen, ich hoffe, es ist der andere. Dieser August ist bestimmt ein besserer Vater als ich. Ein ordentlicher Mann. Ziemlicher Snob, aber was soll's. Ich habe nichts gegen ihn, obwohl er Bulle ist. Das wollte ich nur sagen, dass es okay für mich ist.»

Eira hielt den Laptop im Arm.

«Das Ergebnis ist negativ», sagte sie.

«Sag nicht so was, Eira, du kennst mich doch, ich will das

eine, und dann wird es das andere. Scheiße, vielleicht hattest du recht. Ich hätte sie nicht gehen lassen dürfen.»

Eira drehte ihm den Bildschirm zu, damit er es selbst lesen konnte.

«Der Vaterschaftstest», sagte sie. «August ist nicht der Vater.»

Und sie sah, wie sich seine Miene veränderte, eine verwirrte Freude und gleichzeitig Angst, der Schock, gefolgt von einem weiteren.

«Dann bin ich es also? Echt jetzt?»

«Du bist es», sagte Eira.

EIRA erkannte ihn schon von Weitem. Es dämmerte bereits, war fast dunkel, doch seine Gestalt wurde auf dem Weg zum höchsten Punkt der Brücke von den Scheinwerfern der vorbeifahrenden Autos erleuchtet.

«Das ist nett, dass Sie gekommen sind», sagte Frank Aiello.

«Selbstverständlich», sagte Eira und blockierte die Räder des Kinderwagens, hielt ihn gut fest. Sie brauche nicht dabei zu sein, er könne das auch alleine machen, hatte er gesagt. Wollte sie nicht mit etwas belasten, das nicht ganz legal war. Eigentlich brauchte man eine Genehmigung für das, was er vorhatte, doch er konnte nicht so lange in Schweden bleiben, um darauf zu warten.

Hatte ein Leben zu Hause, eine Arbeit, die auf ihn wartete.

«Ich habe keine Lust, mich mit meinen Geschwistern wegen des Familiengrabs zu streiten», sagte er. «Ich hatte zuerst an ein Grab in Segundo gedacht, wo ich wohne, aber John hat gar keinen Bezug dazu, und ich gehöre dort keiner Kirche an. Und hätte John überhaupt zurückkehren wollen? Woher soll ich das wissen? Hierherzukommen war damals zumindest seine eigene Entscheidung.»

Der Amerikaner stellte seine Umhängetasche auf dem Gehweg neben dem Brückengeländer ab und nahm vorsichtig eine Plastiktüte heraus. Darin eine Urne, wie Eira sie noch nie gesehen hatte, aus einer Art Pappe und vollkommen weiß, fast wie eine Geschenkverpackung.

«Biologisch abbaubar», sagte Frank, «nach ein paar Minuten im Wasser löst sie sich auf.»

«Klingt gut», sagte Eira. Sie hatte deutlich Schlimmeres befürchtet. Dass die Asche des Toten lose hinabgeworfen, vom Wind erfasst und ihnen ins Gesicht geweht, über die Fahrbahn gewirbelt würde, auf Windschutzscheiben oder Leute, die vorbeiradelten.

Frank Aiello hielt den Behälter noch kurz im Arm.

«Trotz allem fühlt es sich an, als hätte ich meinen Bruder zurückbekommen», sagte er, «so seltsam das auch klingen mag. Als könnte ich seine Nähe spüren, eine Ahnung dessen, was er gewesen ist.»

«Das kann ich gut verstehen.»

Er murmelte etwas, das Eira nicht verstand, vielleicht ein Gebet. Wartete einen vorbeidonnernden Holzlaster ab, streckte dann die Hand mit der Urne über das Geländer. Nach einer Minute ließ er los. Eira beugte sich vor und sah sie die fünfzig Meter zum Wasser hinuntersegeln, vollkommen geräuschlos traf sie auf der Oberfläche auf. Schaukelte eine Weile auf den Wellen und verschwand dann außer Sichtweite. Vielleicht war sie gesunken, löste sich auf, vielleicht verteilte sich John Aiellos Asche bereits und war auf dem Weg zum Meer.

Eira wartete schweigend, ließ Frank in seinen Gedanken verweilen.

«Ich musste daran denken, was Sie über die Freiheit gesagt haben. Dass er jetzt frei ist. Zumindest liegt er da unten nicht mehr in Ketten.»

«Ich habe auch einen Bruder, der viel über Freiheit redet», sagte Eira, «dennoch sitzt er im Gefängnis. In Umeå, Sie wissen schon, wo Sie Johns sterbliche Überreste abgeholt haben.»

«Weswegen sitzt er dort?»

«Dummheit. Loyalität. Aber er sagt, er habe ein Wiederaufnahmeverfahren beantragt, er will Onkel sein für mein Kind, Vater für seine eigenen Söhne, ich weiß nicht. Er redet viel.»

Juristisch stellte es kein leichtes Unterfangen dar. Magnus war bereit, sein Geständnis zurückzunehmen, er hatte sie angerufen und gesagt, er wolle einmal im Leben das Richtige tun. Ricke hatte sein Prinzip aufgegeben, sich niemals mit Behörden einzulassen, und eine Zeugenaussage zu Lina gemacht und zu dem, was sie gesagt und getan hatte. Vielleicht würde es klappen.

«Er ist ein hoffnungsloser Fall», sagte Eira. «Aber er ist mein Bruder.»

Auf dem Rückweg meinte sie den schwarzen Hund neben sich wahrzunehmen, obwohl er unter den Rosenbüschen begraben lag.

Frank schob den Wagen auf den letzten Metern die Brücke hinunter, der Junge war aufgewacht, und Eira trug ihn auf dem Arm. Er hatte einen flauschigen Overall an mit kleinen Teddybären darauf, sie hatte keine Ahnung, woher er kam und welches Kind ihn bereits getragen hatte. Sie ging mitten auf dem Gehweg, nicht zu nah an den Autos, aber auch nicht zu nah am Geländer, dort wurde ihr immer schwindlig, eine irrationale Furcht zu fallen. Sie hielt ihn fest und doch behutsam, spürte seinen Atem an ihrem Hals.

Hab keine Angst, Tore, ich bin da.

Hab keine Angst, Hugo, Edvin, Joel. Noch immer probierte sie verschiedene Namen aus.

Vielleicht würde sich bald ein Gefühl dafür einstellen, wer er war.

Jedenfalls nicht Bernhard, wie sein Großvater väterlicherseits, oder Dylan nach Bob, Ricke rief sie immer mal mit neuen Vorschlägen an, er hatte seinen Festnetzanschluss nach langem Zögern wieder aktiviert.

Es wird dir gefallen, hatte sie gedacht, als sie ihn zum ersten Mal mit dorthin genommen hatte, du wirst in diesen Autowracks herumklettern und alles über sie lernen, und egal, wer dein Papa ist, du wirst ihn über alles lieben.

Tore war gar nicht so schlecht. Tore Sjödin. Klang ein bisschen wie Nora. Da machte es nicht so viel aus, wenn seine Oma sich mal versprach.

Adoptionen, so hatte sie inzwischen gelernt, unterlagen siebzig Jahre der Geheimhaltung. In fünfzehn Jahren konnte sie sich mit der Anfrage zu einem Mädchen, das im Juni 1969 zur Adoption freigegeben worden war, an die Behörden wenden.

Oder sie konnte die Register durchforsten, Nachforschungen zu jeder weiblichen Person anstellen, die an diesem Datum geboren war, alles genau untersuchen und ausschließen und irgendwann eine finden, die gar nicht gewusst hatte, dass sie adoptiert worden war. Wunden aufreißen und das Leben eines Menschen auf den Kopf stellen – hatte sie dazu das Recht?

Wollte sie das?

Frank Aiello umarmte sie zum Abschied und bedankte sich, bevor er zum Bus ging. Er blickte in die Stille hinein, die mit der Dämmerung gekommen war.

«Ein guter Ort zum Aufwachsen», sagte er.

«Das hoffe ich», antwortete Eira.

Aus der Zeitung Ångermanland

Im Ångermanälven wurde gestern vor dem Kai in Marieberg ein Pkw gefunden. Polizeitaucher entdeckten ihn nach einem Hinweis aus der Bevölkerung. Passanten hatten beobachtet, wie er mit hoher Geschwindigkeit auf den Kai zuraste. Von Insassen fehlt jede Spur. Privatfotos der Bergung zeigen, dass das Fenster auf der Fahrerseite geöffnet war.

Bei dem Wagen handelt es sich um einen schwarzen VW Passat Bj. 2019. Die Polizei bestätigt, dass er vermisst gemeldet war.

Die Suche nach einer möglichen Leiche dauert an.

NACHWORT

DIESER Roman ist fiktiv, dennoch beziehe ich mich auch auf die Wirklichkeit, wie immer. Eine erste Idee dazu entstand, nachdem ich erfahren hatte, dass zwei Marinearchäologen auf dem Grund des Ångermanälven dreihundert Wracks gefunden und darüber hinaus Fotos von der ursprünglichen Sandö-Brücke gemacht hatten. Ich absolvierte einen Tauchkurs, um vielleicht, ganz vielleicht, selber dort hinunterzukönnen und die «Kirche» mit eigenen Augen zu sehen, aber so weit ist es nie gekommen.

Vielen Dank daher an euch, Lennarth Högberg und Jens Lindström, dass ihr euer Wissen über das Tauchen, die Marinearchäologie und alles, was sich in diesen Tiefen verbirgt, so großzügig mit mir geteilt habt.

Tatsächlich befindet sich ein russisches Schiff aus der Zarenzeit auf dem Grund des Ångermanälven, manche sind überzeugt, dass es sich dabei um die Berkut handelt, andere halten es eher für deren Schwesterschiff, die Kondor. Wie dem auch sei, ich habe mir die Freiheit genommen, das alles fünfzehn Kilometer zu verlegen, deshalb eignet dieses Buch sich nicht als Tauchkarte.

Bei den Deserteuren John Aiello, Steve Carrano und Terry Anderson handelt es sich um fiktive Personen, ich habe sie mir basierend auf vielen verschiedenen Personen und Geschichten ausgedacht. Mein herzlichster Dank geht an Vincent Strollo, Gerry Warner, Norman Burns und Herb Rains, die ihre Erinnerungen mit mir geteilt haben. Aus meiner Rechercheliteratur möchte ich den Titel *Operation Chaos* nennen, in dem der britische Journalist Matthew Sweet versucht, dem System aus Informanten auf den Grund zu gehen, das die CIA unter den Deserteuren aufgebaut hatte, außerdem *Waiting out a war* von Lucinda Franks, *Vietnam's Prodigal Heroes* von Paul Benedikt Glatz, *Desertörerna* (*dt.: Die Deserteure*) von Johan Erlandsson sowie Johan Romins *Desertören och Vietnamkriget* (*dt.: Der Deserteur und der Vietnamkrieg*). In Wirklichkeit lag die Kommune der Deserteure in Torsåker, Gästrikland, doch ich habe mir die künstlerische Freiheit genommen, einen Ort desselben Namens nach Ångermanland zu verlegen.

Meinen größten Dank auch an euch in Ådalen, die ihr meine seltsamen Fragen beantwortet und mich überallhin fahrt, wohin man mit dem Fahrrad nicht kommt, die ihr eure Geschichten teilt und Details prüft; ihr werdet immer mehr, und ich hoffe, ich vergesse hier niemanden. Danke an Göran Andersson, Kerstin Nylander und Mette Bäverbäck, die mir von ihren Erinnerungen an Lunde erzählt haben, Bengt-Olof Näslund, Bengt Westin und all die anderen, die sich mit der Geschichte des Schiffsverkehrs auf dem Ångermanälven beschäftigen.

Danke, Ragnar Forsberg von den Chepp Steppers und Tom Sahlén vom FNL in Kramfors, Raimo Laukka und Ingvar Ohlsson für Erinnerungen an die Dreharbeiten zum Film *Ådalen 31*. Danke auch, Fredrik Höberg, Mats de Vahl, Tony Naima und Nina Andersson, Ylva Aller, Lena Persson und nicht zuletzt Ulla-Karin Hällström-Sahlén und Jan Sahlén, die noch einen Extrablick auf die Sprache und die Details des Ångermanländischen werfen.

Ohne die Hilfe von Veronica Andersson von der Abteilung Gewaltverbrechen in Sundsvall, Kriminaltechnikerin Zorah Linder Ben-Salah, Johanna Loisel von der Gerichtsmedizin in Umeå und Kajsa Älgenäs vom Gerichtsgenetischen Institut in Linköping, Vollzugsbeamtin Eva Linder sowie von den ehemaligen Polizeibeamten Rund Lindström und Per Bucht könnte Eira keine Polizeiarbeit leisten. Danke auch an Källa Bie und Åsa Rylander für all die Dinge, die ich seit der Zeit, in der ich selbst schwanger war und Kinder geboren habe, vergessen hatte.

Eventuelle Fehler und Ausschweifungen gehen ganz allein auf meine Kappe.

Meinen innigsten Dank auch an euch, die ihr mich in meinem Schreibprozess begleitet und ihn so viel weniger einsam macht: Göran Parkrud für nervige Fragen und lange Gespräche, Liza Marklund, Gith Haring, Anna Zettersten, Malin Crépin und Kicki Linna und Claes Josefsson fürs Lesen und den genauen Blick auf die Figuren sowie auf den Text. Ohne euch würde ich es nicht schaffen.

Kristoffer Lind, Kajsa Willén, Anders Gustafson und alle anderen im Verlag Lind & Co, es ist ein großes Vergnügen, mit euch zu arbeiten. Astri von Arbin Ahlander, Kaisa Palo und alle anderen von der Ahlander Agency – ich bin so froh, dass gerade ihr euch meiner Bücher angenommen habt.

Astrid, Amelie und Matilde, die Wichtigsten von allen, danke für jede Minute, die ihr in meinem Leben seid, euch kümmert und mich unterstützt und die wunderbaren Menschen seid, die ihr seid.

Tove Alsterdal